安徽师范大学中国诗学研究中心资助项目

宛敏灏文存

文学作品集

宛敏灏 著
胡传志 整理

黄山书社

〉〉宛敏灏先生

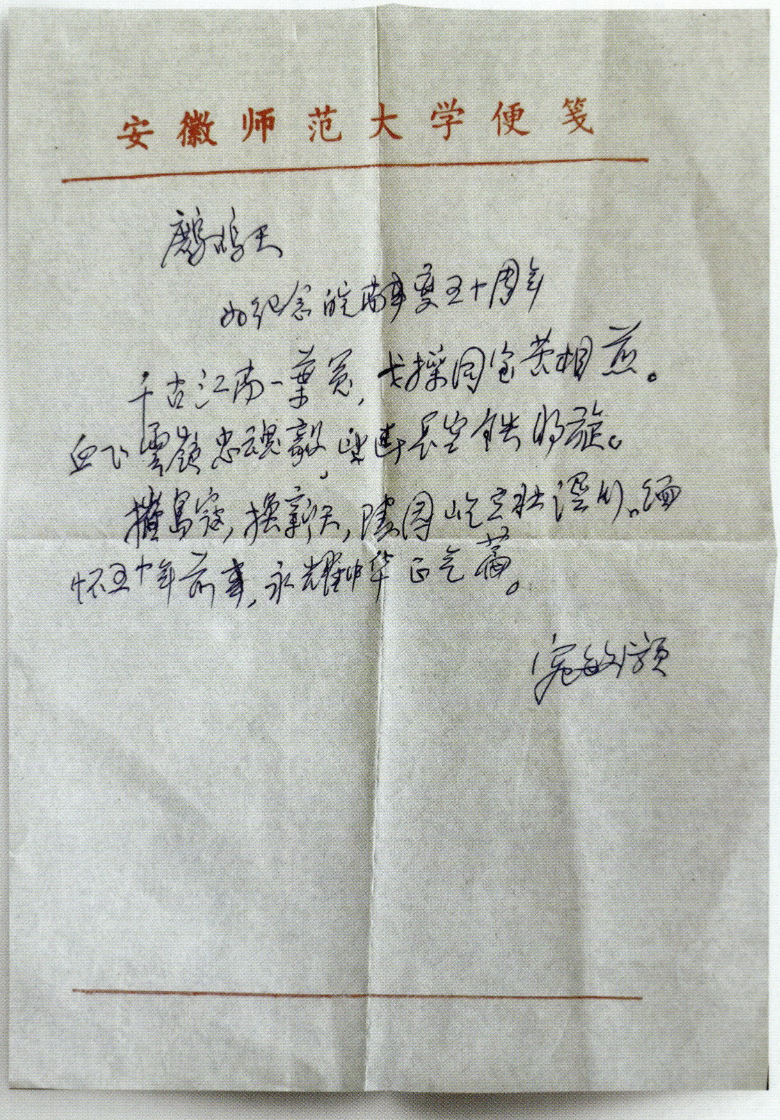

安徽师范大学便笺

鹧鸪天

为纪念皖南事变五十周年

千古江南一叶冤，戈操同室苦相煎。血飞云岭忠魂毅，坐断长空铁鸟旋。

驱岛寇，换新天，陵园屹立壮泾川。缅怀五十年前事，永耀中华正气篇。

宛敏灏

〉〉宛敏灏先生手迹（一）

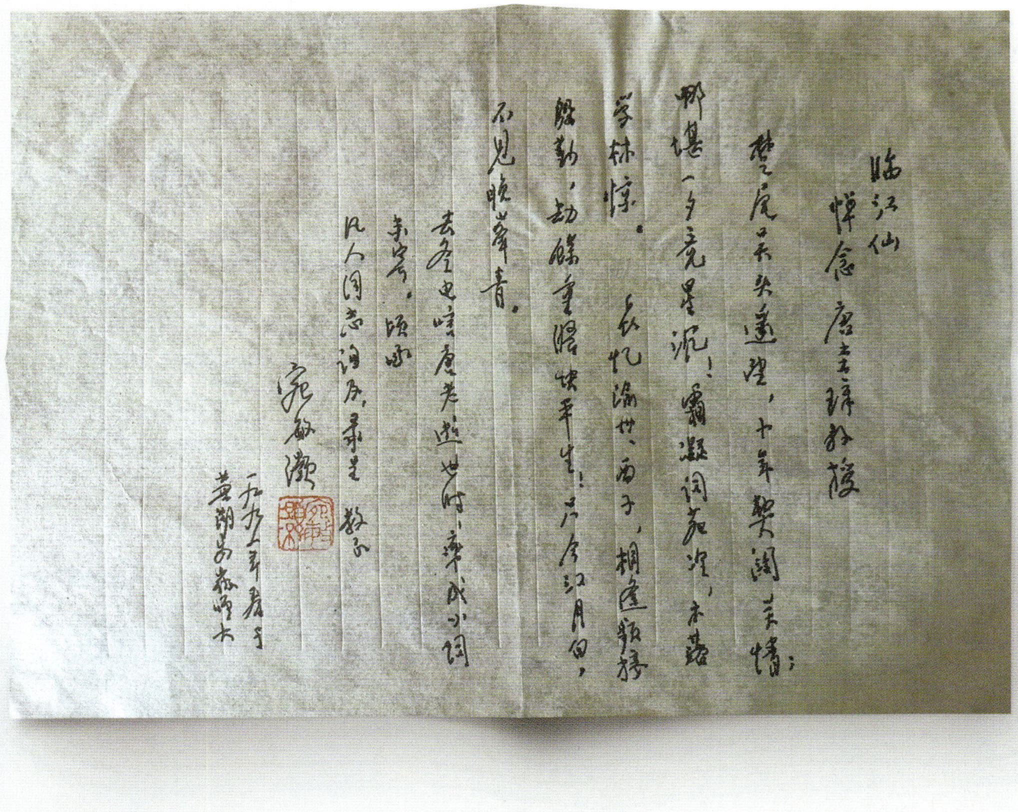

〉〉宛敏灏先生手迹（二）

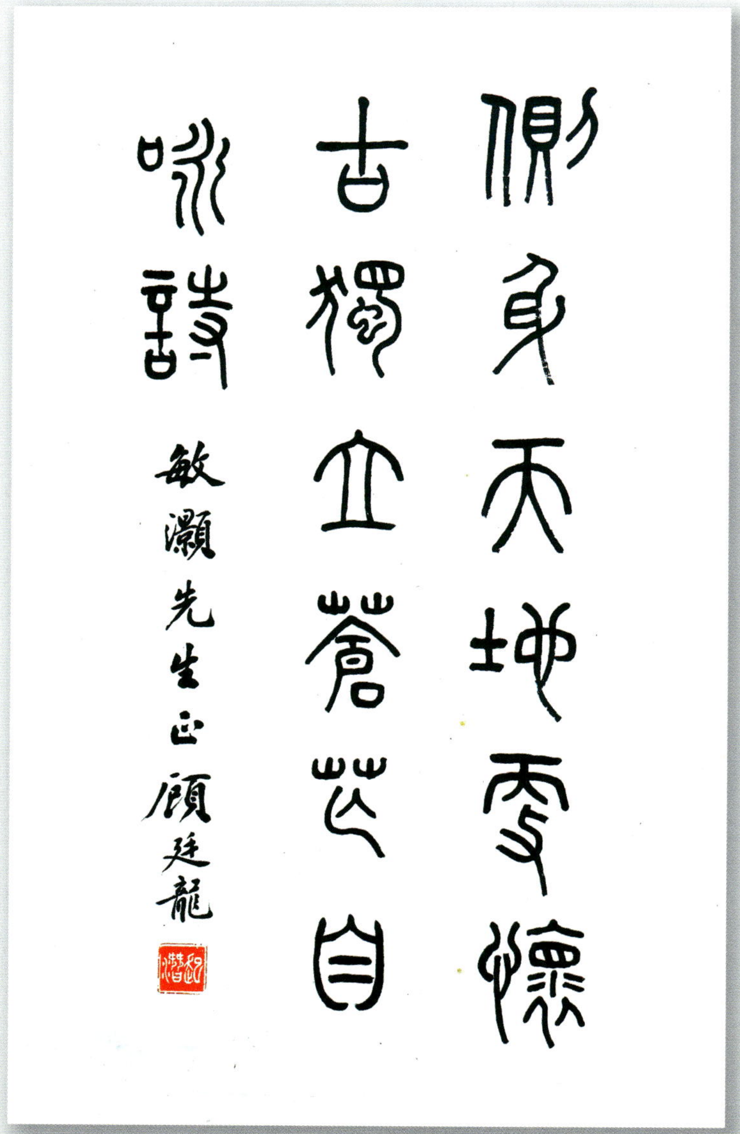

〉〉顾廷龙先生书杜诗赠宛敏灏先生

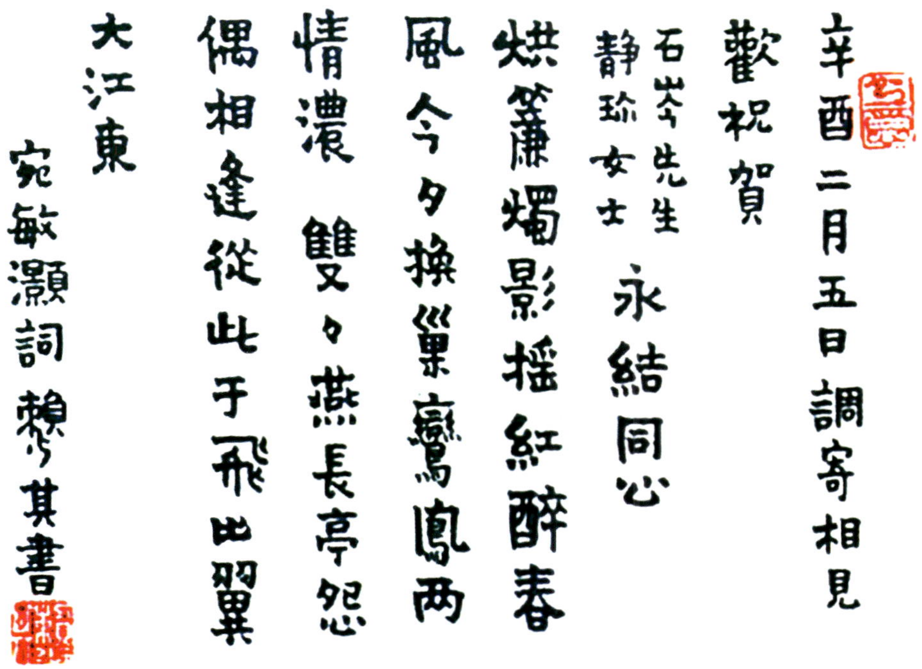

〉〉赖少其先生书宛敏灏先生词

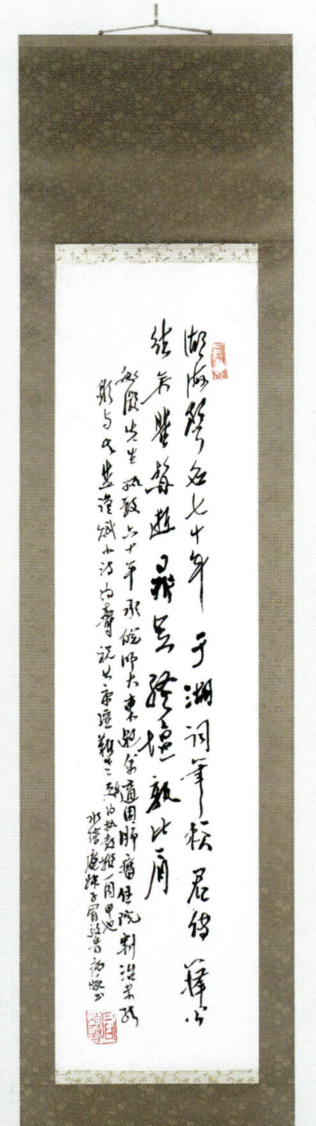

〉〉冒效鲁先生书赠宛敏灏先生诗

目录

诗词曲

卷一

卷二

卷三

卷四

附录

联语

散文

剧本

附录

代序·论宛敏灏诗词

邓小军

一、绪论

宛敏灏先生（1906—1994），字书城，号晚晴，安徽庐江人，著名词学家、古典文学学者、诗人、词人。1929 年考入安徽大学中文系，受业于姚永朴、李大防、周岸登等名师，1934 年以安徽大学中文系第一名成绩毕业。历任国立女子师范学院、国立音乐学院、国立安徽大学、安徽师范学院、合肥师范学院、安徽师范大学等校教授、中文系主任、副教务长、图书馆馆长。著有《二晏及其词》《张于湖评传》《张孝祥词校笺》《宋四十词人述评》《词学概论》《唐宋词选》等词学著作，以及《从敦煌曲子词和花间集谈词的发展》《北宋两位承先启后的词人——张先和贺铸》《南宋两种不同的词风——慷慨愤世和感喟哀时》《张孝祥研究中的几个问题》《张孝祥怀念弃妇词考释》等词学论文。

抗日战争时期，宛敏灏曾经为抗战而钻研兵学，著有《抗战与天时》[①]《抗战与地利》[②]，列入《抗战丛刊》，1939 年由中山文化教育馆出版。《抗战

①宛书城：《抗战与天时》，《抗战丛刊》第 82 种，重庆：中山文化教育馆 1939 年 3 月出版。北京图书馆编《民国时期总书目（1911—1949） 军事》，著录于“军事气象学”类，北京：书目文献出版社 1994 年版，第 371 页。

② 宛书城：《抗战与地利》，《抗战丛刊》第 93 种，重庆：中山文化教育馆 1939 年 11 月出版。北京图书馆编《民国时期总书目（1911—1949） 军事》，著录于“中国军事地理”类，北京：书目文献出版社 1994 年版，第 432 页。

与地利》系兵要地志著作，提出“须持久以定胜负”，“须凭有利之地形”，“以为持久敝敌之资”①；书中融兵要地志与相关战史为一体，指出利用西部形势之险要，资源之雄厚，“抗战有必胜的把握”。② 宛敏灏所学并非军事或地理专业，他是怀抱爱国之心和从头学起的雄心壮志，来完成这一份兵学业绩，奉献于抗日战争的。在宛敏灏诗词中，对战史和兵要地志的娴熟掌握，犹时有流露，对抗战时期的怀念，则刻骨铭心，皆平添一份深情与深挚。

宛敏灏诗词，60 岁以前所作大多数毁于“文革”③。宛敏灏诗词今存近 700 首，其中诗约 440 首，词约 240 首，大多数是“文革”中后期和改革开放时期所作，且大多数是此次编集出版第一次公布于世。

宛敏灏诗词反映了中国现代史七十年之历程与作者之心路历程，笔力之大，包罗巨细，堂庑之大，深弘博丽，取得了卓越之成就，允称大家。其中亦有应酬之作，知人论世，当不难理解。决定宛敏灏诗词之历史地位者，在其杰作佳篇，不在应酬之作也。

二、论宛敏灏诗

宛敏灏诗最突出之成就，是在韵味与神韵；诗史之深致；咏史诗之深致；长篇叙事诗、叙情诗，波澜壮阔，刻画出人物形象之鲜明性格特征等四个方面。

（一）韵味与神韵

中国诗的基本题材是触景生情，托物言情，崇尚的标准是由此而来的韵味，尤其是神韵。韵味与神韵，谈何容易，虽名家大家，亦并不能多有之。

---

① 宛书城：《抗战与地利》，第 1 页。

② 宛书城：《抗战与地利》，第 42 页。

③ 宛敏灏《晚晴轩诗词选·序》：“十年动乱，旧稿散佚殆尽。”（芜湖：安徽师范大学图书馆 1986 年版，第 2 页。）

诗家擅场，首先在此。宛诗颇有韵致，亦有神韵。

《新春偶成》（1942年初春于东川白沙）：

一从西走避胡沙，道路流离到处家。底事新春动乡思，他乡胡豆又开花。

自注：四川呼“蚕豆”曰“胡豆”。俗以农历正月初一扫墓，由于节候较早，其时已开花。

四川胡豆，种植于田间田埂，早春开花，紫花白边，风姿绰约，饶有乡土气息。“底事新春动乡思，他乡胡豆又开花”，胡豆花开，优美，韵致。韵致之中，包含抗战西迁、道路流离之家国时事，对花思乡之兴发感动，是有深致。

韵致与深致，出之以明白如话，此是诗歌语言艺术极高明之造诣，亦是宛敏灏诗词之根本艺术特色。

《晓望散花坞》（1956年8月7日于黄山）：

深山幽谷鸟相呼，松石玲珑秀气殊。应是昨宵天女过，千红万紫散云衢。

唐王勃《滕王阁序》“虹销雨霁，彩彻区明”，宋谢维新编《事类备要》别集卷十六作“虹销雨霁，彩散云衢”。宛诗“应是昨宵天女过，千红万紫散云衢”，熔为新辞，画出黄山瑰丽曙色，画面气派、韵致。

《骤雨》（1976年6月10日后）：

飞沙折木走风雷，倒泻银潢骤雨来。天地低昂摧腐朽，湖山瞬息荡尘埃。

霞明柳外蝉鸣润，水漫桥头蛙鼓催。好是晚凉香满径，玉簪栀子一时开。

“霞明柳外蝉鸣润”，柳外霞明，写景设色，层次分明。“蝉鸣润”，从听那蝉鸣之声，感觉出夏天雨后蝉子之滋润，天地万物之湿润，是神来之笔，诗之韵致，臻于神韵。此意境，似从未有人道出过。后三句亦美，饶有韵味。

前四句写骤雨，气势磅礴，如怒涛震海；后四句写雨霁，韵致无穷，如微波荡漾。七律气韵跌宕顿挫，变化如此。

《庄子·人间世》云：“无听之以耳而听之以心，无听之以心而听之以气。”“霞明柳外蝉鸣润”，可谓听之以耳，进至听之以心、听之以气矣。

《初试空调戏作》（1992年夏）：

月喘吴牛舌吐龙，鸭惊水暖沸长江。喜闻塘上轻雷动，秋意潜滋夜入窗。

自注：曩作《新凉》诗有“人间有味是新凉，秋意潜滋夜入窗”一联，庐江县志办转来《庐江诗选》稿，承采拙作，编者改为“秋夜潜滋悄入窗”，以“夜”易“意”，意境全失。“潜”“悄”亦有重复之嫌。新秋入夜，凉气阵阵入窗，此正予生活体验。若谓“潜滋”指秋夜渐长，则时间应限于秋分以后，其时长江流域已盖棉被，并非新凉。昼夜改变，尤非关门、闭户所能抵挡得住，用不着“悄”也。

《新凉》诗“秋意潜滋夜入窗”，写出感觉到新秋凉意潜入滋润，尤其是从窗户入室，而无声无息，传神，韵致。亦可谓听之以耳，进至听之以心、听之以气矣。

由诗人自注，可见读诗解人之难。

《悼陈雪尘教授（二首）》（1972年12月）：

饮恨轻生与世辞，书生悻悻抑何痴。秋坟从此凭君唱：“独坐江头数雨丝。”

邂逅江南记赠诗，一生低首小山词。重来故地人何在，添得刘郎两鬓丝。

自注：1949年秋，初识陈雪尘教授于芜湖安徽大学。暇日以得意断句“独坐江头数雨丝”相示，并赠诗云：“一生低首小山词。”其后以分校，不相闻问逾十年。曾口占一绝，顷偶忆及，更续一章。

关于陈雪尘教授（1898年1月—1966年9月）[①] 其人其诗。

南京林业大学林业遗产研究室《中国近代林业史》第十章《林业学术团体和林业人物》第二节《林业人物》中的《林业官员和林业学者》：

陈雪尘，林学家。字虚白。光绪二十一年（1895年）生。江苏人。北京农业大学林科毕业。曾任南京私立建邺大学教授，南京《民生报》总编辑、江苏省第二农场场长、财政部科长、中央模范林区委员会委员兼课长、农矿部设计委员会委员。[②]

《北京林业大学校史》第一章《学校前身历史简述及部分知名校友简介》第三节《本校前身部分知名校友简介》：

陈雪尘（1898—1966），字虚白，江苏萧县（今安徽萧县）人。1919年毕业于国立北京农业专门学校林学科。历任芜湖第二农校教员、徐州师范学校教师，江苏省农产所技士、国民政府中央民运会农人科第一股干事、国民政府中央社会部专员、中央模范林区委员会委员兼课长、农矿部设计委员会委员、江苏省政府参议员、无锡江苏教育学院教授等

① 陈雪尘生卒年月，据黎健图编《陈雪尘先生纪念集》卷首陈雪尘照片配文，《陈雪尘教授简介（代前言）》，合肥，2006年。

② 南京林业大学林业遗产研究室：《中国近代林业史》，北京：中国林业出版社1989年版，第566页。

职。中华人民共和国成立后历任安徽大学农学院、安徽农学院林学系教授。1966 年逝世。①

陈雪尘早年所发表林学论文和调查报告，有《调查江苏教育公有林之报告》（《江苏大学教育行政周刊》1928 年第 33 期）、《中山先生之森林政策》（《林学》1929 年创刊号）、《江苏南部森林概况（附图、表）》（《农矿公报》1929 年第 10 期）、《国内森林消息》（《林学》1930 年第 3 期）等。

2005 年 12 月 23 日《安徽日报》第二版文兵《杰出书家陈雪尘》：

陈雪尘先生笔名黄山子，安徽萧县人，生于 1898 年。他是卓有建树的林业科学家，解放前曾在上海、南京、无锡、苏州等地高校任教，解放后任安徽农学院教授。十年浩劫之初，被迫害致死。他生前在教学之余，曾和南京林学院合作，主编了《中国林业遗产》一书，对我国林业科学贡献卓著。

雪尘先生博学多才，还工诗词，擅书法和中国画。可惜他生前极少出示自己的书画作品，所以长期不为人知。

郭照东《雨花台烈士传丛书·陈履真传》：

在徐州省立七师，陈雪尘老师是陈履真的班主任。陈雪尘，萧县人，毕业于北京农业大学，理科、文学皆出众，其诗清新，尤为人称道。在陈履真入学后的首篇作文上，陈雪尘老师毫不犹豫地批注了“横扫千军”四个字。②

① 北京林业大学校史编辑部：《北京林业大学校史》，北京：中国林业出版社 1992 年版，第 54—55 页。
② 郭照东：《雨花台烈士传丛书·陈履真传》，南京：江苏人民出版社 2017 年版，第 12 页。

《林散之书法集·陈雪尘（〈游采石矶〉）诗》：

故友陈雪尘能诗，与余为诗友，惜已物化。曾游采石矶，作诗一首，诗亦逼近青莲，兹录之，以供后人之吟哦耳。

青山脚下太白墓，黄土长埋旷世才。唤起诗魂同一醉，请邀小谢过江来。

甲寅（1974 年）冬暮，书为健图暨其爱人元岭（原注：雪尘长女）同政，以志不可忘也。林散之，时年七十有七矣。[①]

林散之（1898—1989）《江上诗存》卷三十一《寄雪尘二首》其一（1968 年）：

我爱陈风子，襟怀实散仙。情留姜白石，狂入李青莲。文字真尘垢，功名笑圣贤。三年离别意，应识憨如前。[②]

综上所述，可知陈雪尘教授是卓有建树的林业科学家，天分极高的诗人，亦是出色的教师。

《悼陈雪尘教授》："饮恨轻生与世辞，书生悻悻抑何痴。"伤痛。1966 年 9 月陈雪尘含恨自尽。"悻悻"，愤恨难平貌。《孟子·公孙丑下》："予岂若是小丈夫然哉！谏于其君而不受则怒，悻悻然见于其面。"

"独坐江头数雨丝"，用陈雪尘原句。独坐江头，看雨丝初起，若有若无，

---

① 林散之研究会编：《林散之书法集》，北京：文物出版社 2006 版，第 36 页。陈雪尘诗题《游采石矶》，系本文笔者根据诗内容及林散之题款而拟。

② 林散之：《江上诗存》，南京教师进修院 1979 年版，第 344 页；林散之研究会整理：《林散之诗集——江上诗存》增订本，北京：文物出版社 2004 年版，第 134 页。此诗作年，据南京教师进修学院印本《江上诗存》下卷目次，卷三十一为"自一九六七年至一九六八年"，诗编次近于卷末，故定为 1968 年。时林散之可能尚不知道陈雪尘已于 1966 年"被迫害致死"。

一丝，两丝，三丝，故曰“数”。意境优美，空灵，闲逸，神韵淡荡。但是，冠之以前三句叙事“饮恨轻生与世辞，书生悻悻抑何痴。秋坟从此凭君唱”，是此神韵化为悲剧性之神韵矣。

此悲剧性之神韵，是韵致与诗史之合一。

（二）诗史之深致

《诗·大序》：“以一国之事，系一人之本。”能以个人之生活，反映国家之命运，即是诗史。自李白、杜甫而后，中国诗特重诗史，诗史乃与韵味、神韵并列为诗之最高评价标准①。宛敏灏《晚晴轩诗词选序》：“十年动乱，旧稿散佚殆尽。”②今存宛诗，或多或少地反映了作者亲身经历的七十年中国现代史历程，从“五卅”运动、北伐战争，到抗日战争、国共战争、中华人民共和国成立，以至“文化大革命”、改革开放。今存宛诗，以1960—1990年作品为多。

《声援“五卅”反帝运动，参加游行并编〈淝水怒潮〉专刊》（1925年6月于合肥）：

九州奋起志成城，叱咤风云百万兵。漫道睡狮犹未醒，请听淝水怒潮声。

《读报知北伐胜利，军阀溃逃》（1925年，1926年）：

汀泗桥南血战场，惊心风鹤遁仓皇。洛阳霸业今安在？落日孤城剩

① 通常认为自杜甫而后，中国诗特重诗史，诗史乃与韵味、神韵并列为诗之最高评价标准，根据笔者之研究，应该加上李白。实际上，自曹植、阮籍、陶渊明以来，诗史就已经成为中国五七言诗之最重要之组成部分。

② 宛敏灏：《晚晴轩诗词选》，芜湖：安徽师范大学图书馆1986年版，第2页。

武昌。

坐断东南五省强，霸图直欲继孙郎。奈何粤海雄风劲，遗恨空随江水长。

《参加抗日，诸生出手册嘱题》（1937 年于安庆）：

腥风挟雨袭江楼，萧瑟宜城一片秋。家国兴亡吾辈责，先鞭喜见誓中流。

漫伤明日两茫茫，投笔临歧意气扬。待得凯旋同一醉，菱湖重赏好风光。

《自四川江津迁寓白沙，夜宿舟中》（1940 年 12 月）：

晓发江浦宿雾迷，白沙在望夕阳低。乡心一夜随流水，岁暮移家更向西。

这些诗篇，是青年诗人亲身参加或经历“五卅”运动、北伐战争、抗日战争的记录与心声，弥足珍贵。

虽然诗人早期诗今存者不多，但是晚年回忆早期抗战时期生活之诗却不少，点滴片断，印象难以磨灭，笔端流注深情。

《纳凉闲话渝州旧事，戏成五绝句》（1975 年 7 月）：

万家灯火到渝州，两度移家更上游。哀乐中年忙里过，驴溪风月又中秋。

自注：1938 年夏，余以薄暮抵渝，旋移家江津，越年复徙白沙新桥。

“狄人所欲”费猜疑，“淡趣芭菰”语出奇。阵摆龙门忘日暮，耐人寻味是“玻璃”。

自注：沙坪坝至瓷器口道旁岩壁上有两神像，额题“狄人所欲”，盖“土地”的歇后语。“狄人之所欲者，吾土地也”，语见《孟子》。“淡趣芭菰”见于烟肆条幅，似由“淡芭菰”译音而来。据卢鼎丞先生语余，曾在茶楼索“玻璃”一杯，良久始悟其义即白开水。

长林雾散喜秋晴，橘熟橙黄点万金。千树木奴应亦老，垂垂龙眼忆山岑。

自注：寄寓新桥桂花庄，庄后有桂圆桂木数百株。隔溪有徐氏橘林，据称始植于清光绪三十二年，盖与余同庚也。

“盐水花生”下酒香，“金钩抄手”怯初尝。“帽儿头”与“阳春面”，喜更相因胜故乡。

自注：初不知其为何物，谓虾米为“金钩”，尚不难理解；称馄饨为“抄手”，则至今未悉其得名由来。

问讯船期未有期，归来硕鼠过桥驰。几声“炒米糖开水”，正是山城入暮时。

自注：重庆候船所见。

“万家灯火到渝州，两度移家更上游”，写出抗战备尝流离艰苦。“阵摆龙门忘日暮，耐人寻味是‘玻璃’”，“‘帽儿头’与‘阳春面’，喜更相因胜故乡”，“几声‘炒米糖开水’，正是山城入暮时”，写出四川良多生活趣味。“长林雾散喜秋晴，橘熟橙黄点万金”，美丽宛如童话境界。

宛诗抒写抗战时期渝州生活，虽苦犹甜，一事一物，一饮一啄，一言一语，诗情画意，留在心间永远回味。

《忆东川白沙桂花庄》（1976 年 7 月 24 日）：

驴溪曲处小山楼，风雨新桥几度秋。龙眼枝底零晓露，箭滩声急泻奔流。滋兰种蕙空陈迹，落月流萤动客愁。西望巴山如梦寐，梦中无计到渝州。

自注：抗战期间，任教国立女师学院，宿舍在驴溪对岸桃花庄，新桥、箭滩皆附近地名，1946 年迁重庆，余始东归。

回顾抗战时期，任教国立女师学院，小山急流之一山一水，滋兰种蕙之教学生涯，看似寻常，又不寻常，以致于数十年后，犹念念不忘，梦寐求之，“梦中无计到渝州”矣。

少怀（宛敏灏）《抗战中的国立女子师范学院》（1941 年）：

这里本是三溪环绕的小冈……比较大的是驴子溪，他发源于黑石山，蜿蜒经过本院门前，下流注入大江。（江津）白沙夙以产酒著称，实赖有此甘冽的溪水。溪流湍急，在本院附近有箭滩，冬季水落石出，使人领略到白居易“幽咽泉流水下滩”句正是写实。……校后有橘林绵亘里许，苏东坡谓“一年好景君须记，正是橙黄橘绿时”，其实橘熟时景色尤胜。隔溪相望又有一龙眼林，每届新秋，甘实累累。

每日晨光熹微，一声角号，全院师生以至工友都活跃起来，在朝霞绮丽或晓雾迷离中升旗，在白鹤翱翔、山光如画中工作。在教室里，每人有宽大而有靠背之课椅一张，听讲确很舒适。……天黑了，大家都进到自修室，黄卷青灯，颇觉古色古香。[1]

原来，宛诗中，小山急流之一山一水，滋兰种蕙之教学生涯，“橘熟橙黄点万金”之美丽童话境界，都是写实。

---

① 少怀（宛敏灏）：《抗战中的国立女子师范学院》，《民意》，汉口，1941 年第 172 期，第 10—12 页。

少怀（宛敏灏）《抗战中的国立女子师范学院》，叙述全面、生动，是一篇珍贵的国立女子师范学院校史之原始文献。

《吊戴安澜将军》（1986年）：

雄师转战越关山，大树飘零竟不还。草没墓门谁为扫，独留浩气翠微间。

自注：外孙蔡劲随其父登小赭山，归言山上荒凉，惟见戴安澜将军墓，因叹芜湖市中小学生每年清明扫墓循例赴神山，其中甚至混有“武斗英雄”而封为烈士者，何如改扫戴安澜将军墓，尚可进行爱国主义教育也。

“大树”，代大树将军，原指东汉名将冯异，后常指不居功自傲的将领。典出《后汉书·冯异传》：“诸将并坐论功，异常独屏树下，军中号曰‘大树将军’。”此指抗战名将戴安澜。“大树飘零竟不还”，喻指戴安澜将军牺牲于缅甸抗日战场（详下文论宛词《满江红》）。

诗人俯仰抗战名将戴安澜将军身前身后事，回肠荡气。起句“雄师转战越关山”，气势磅礴。次句“大树飘零竟不还”，转为悲壮激烈。三句“草没墓门谁为扫”，再转为哀伤低回。四句“独留浩气翠微间”，复振奋而起，浩然之气，长留青山翠微，以景结情，余音不尽。短幅七绝，已尽气韵跌宕回翔之能事。谋篇布局，精心结撰。兴发感动，有深情焉。

《悼史颂民伉俪》九首其三、其四（1988年）：

八载流离历苦辛，渝州乍晤倍情亲。浔阳江上风波恶，往事惊心记尚新。

自注：1921年秋，与君同学于安徽省立第六师范学校。……1946年夏始与君在重庆复员候船时相遇，承邀同乘拖船，并代预约舱位，盛意可感，但因另有联系而辞谢。旋闻该船在九江遇险，世兄庆幸落水获救，愚夫妇惊愕多日，待确息始安。

沧海横流劫余身，曾望并州哭故人。最是江南重晤日，惊呼牛鬼遇蛇神。

自注：“浩劫”中闻君在太原被折磨谢世，不知已被遣回皖。1970年春，予以合肥师院与皖南大学合并，重来芜湖，忽承过访，乍见惊疑，君问：“不认识吗？”我脱口答以“活见鬼了”。

第三首追述八年抗战，诗人与友人史颂民颠沛流离之苦。

第四首追述“文革”之中，闻史颂民被折磨致死，遥哭故人，后与诗人重逢，疑是“活见鬼了”。“沧海横流劫余身，曾望并州哭故人”，沉痛。“最是江南重晤日，惊呼牛鬼遇蛇神”，黑色幽默。此等黑色幽默，包含诗史之深致。可与前揭《悼陈雪尘教授》合观。

《偶感口占一绝》（1992年1月19日）：

湖山不老春常在，雨露无私木向荣。寄语儿曹休迫促，兴阑我自就归程。

自注：昔人谓生寄死归，老病侵寻，对生死早无所谓，病中闻有因予好转而失望者，人情毋乃太薄，口占一绝慰之。

“湖山不老春常在，雨露无私木向荣。”“湖山”，身边之镜湖、赭山，皆在芜湖。“春常在，雨露无私木向荣”，典出杜甫《次空灵岸》：“青春犹无私，白日亦偏照。”《北征》：“雨露之所濡，甘苦齐结实。”陶渊明《归去来兮辞》：“木欣欣以向荣。”其终极依据，乃是中国哲学之本体论——“万物并育而不相害”（《中庸》）。“万物并育而不相害”，表示天道之作用，是使所有个体生命获得生存发展，相互之间不施亦不受伤害，个体生命权利不受侵害。此即是杜诗“青春犹无私”、宛诗“雨露无私木向荣”之意义。

“寄语儿曹休迫促，兴阑我自就归程。”看似说旅行归期，宛如家常之语，观自注“病中闻有因予好转而失望者，人情毋乃太薄”，却原是揭露现实人心险恶，希冀病人治不好、去死——其实就是过去“文革”整人害人思维之残余。字面委婉、诙谐，其实深刻、犀利。此诗揭露、讽刺现实人心之险恶，超越了嵇康《与山巨源绝交书》“七不堪”。

诗人直面人心险恶，履险如夷。此种无畏精神，来自受中国传统文化、中国哲学之熏陶，对道理之信心：“雨露无私木向荣。”害人之心，违背天道、反人性，其能久乎？又何足畏也。诗人精神境界之高度与深度，由此可见。

《苏联宇航员欲归不得》（1992 年）：

> 碧海青天日夜飞，嫦娥悔恨苦思归。那堪下望人寰处，故国飘零事已非。
>
> 自注：报载正在和平号空间站的苏联宇航员克里卡廖夫接受美广播公司电视采访时说：国内经济困难，迫使他在太空滞留的时间延长半年。见《解放日报》1992 年 2 月 25 日第 4 版。《长恨歌》：“回头下望人寰处，不见长安见尘雾。”不知此君见莫斯科否？“故国飘零事已非”记为明袁凯《白燕》诗句，予十余岁时读过，附录于此：“故国飘零事已非，旧时王谢见应稀。月明汉水初无影，雪满梁园尚未归。柳絮池塘香入梦，梨花庭院冷侵衣。赵家姊妹多相忌，莫向昭阳殿里飞。”

“碧海青天日夜飞，嫦娥悔恨苦思归”，典出自李商隐《嫦娥》：“嫦娥应悔偷灵药，碧海青天夜夜心。”其余用典，已见自注。

诗史扩至世界，写苏联宇航员克里卡廖夫太空半年欲归不得之时事，而出之以嫦娥飞天之典故，温柔敦厚之字面。“碧海青天日夜飞，嫦娥悔恨苦思归”，苏联宇航员飞天半年欲归不得，事比较小。“那堪下望人寰处，故国飘零事已非”，欲归不得之原因，乃是 1991 年苏联之解体，此则是 20 世纪末人类历史上之大事。一如苏联之建国，乃是20世纪初人类历史上之大事。以小见大，诗史深致。

《甲戌春深喜逢八十九初度口占（二首）》（1994年）：

苍颜白发骨嶙峋，俯仰人间又一春。花落闲庭如有待，不堪回首忆前尘。

词多情致思秦七，老更痴顽笑宛三。自是河清人亦寿，来年春色满江南。

自注：1994年3月14日，予以八十九岁生辰，大儿适因公南来马钢参加会议，趁便省视，信宿即去。仲子□□□□□□□□①，其同有关单位询问国务院特殊津贴消息，据答1993年上半年早到，要等候下半年续到才发，于是改变常规。宛三，早年所用笔名。结句谓来年九十春光将满时，予亦晋入九十晚景矣。

日常生活，亦可能是史。由作者自注，可知1994年3月14日此诗“自是河清人亦寿，来年春色满江南”之句，寓托着作者1993年国务院特殊津贴拖延不发之本事及感慨。至1994年作此诗时情况如何，不得而知。比兴之微婉，亦可以体会矣。

（三）咏史诗之深致

《江上偶感，用陆游〈小舟游近村舍舟步归〉原四首诗韵（二首）》（1976年3月）：

三家村外几家庄，古往今来剧一场。春水方生闻杜宇，江东何处觅孙郎。

---

① 此处原稿字迹潦草，难以辨认，故以□代之。

赵家庄外几家村，浩劫余波亦及门。今日澄江静如练，人间何必问桃源。

《咏史》（1983年2月）：

悲歌垓下霸图空，刘季还乡唱大风。成败到头同下泪，难论若个是英雄。

虎踞龙盘自古争，孙郎年少负英名。一篙春水曹瞒走，坐断东南鼎足成。

武昌建业去留难，铁锁沉江强自宽。辜负金陵龙虎地，晋元南渡亦偏安。

邯郸道上古今地，梦断黄粱亦可伤。陈涉沉沉忘故旧，是非听唱赵家庄。

第一首自注：始皇东巡，项羽曰："彼可取而代也。"刘邦曰："大丈夫当如是也。"及霸王别姬，高祖还乡，竟皆泣下数行，令人欲以成败论英雄而不可得，宁不为祖龙所窃笑耶？

诗人咏史，感慨系之，故有深致，绚为奇光异彩。

"古往今来剧一场"，"成败到头同下泪，难论若个是英雄"，"是非听唱赵家庄"，寄托了一种超越于历史之上的超越感，皆非寻常之思。"今日澄江静如练，人间何必问桃源"，则表达了一种人间即是桃源、当下即是超越的哲思，尤为难能可贵。

"春水方生闻杜宇，江东何处觅孙郎"，"虎踞龙盘自古争，孙郎年少负英名。一篙春水曹瞒走，坐断东南鼎足成"，"武昌建业去留难，铁锁沉江强自宽。辜负金陵龙虎地，晋元南渡亦偏安"，是有感于三国东吴孙策、东晋元帝创业江东之历史。

唐李吉甫《元和郡县图志》卷二十六《江南道一·润州》："汉献帝兴平二年，长沙桓王孙策创业江东。"

陈寅恪《述东晋王导之功业》："东晋元帝者，南来北人集团之领袖。吴郡顾荣者，江东士族之代表。……南人与北人戮力同心，共御外侮，而赤县神州免于全部陆沉，东晋南朝三百年之世局因是决定矣。"①

诗人再三称叹孙郎"一篙春水曹瞒走，坐断东南鼎足成"，"晋元南渡亦偏安"，而感慨东吴末代皇帝孙皓"辜负金陵龙虎地"，当与自己身处江东之地有关。盖身在其地，易感其史，此亦是读史之一良法。此亦与诗人早年抗日战争时期曾治兵要地志之学养有关，盖孙郎、晋元之兴盛，乃至东晋南朝三百年之定局，以及孙皓之败亡，皆与能否利用江东之军事地理条件有关。江东军事地理之最主要条件，就在于这"一篙春水曹瞒走"的一江春水——长江天堑。

（四）长篇叙事诗、叙情诗，波澜壮阔，刻画出人物形象之鲜明性格特征

中国诗最重要的艺术评价标准，除了韵味与神韵、诗史，隐然还有一个鼎足而三的第三项评价标准，此即是长篇叙事诗、长篇叙情诗（指兼有叙事叙情之长诗），尤其是长篇叙事诗之佳篇杰作（不曰名篇，是指未必已流传于世；曰佳篇，是衡量其艺术造诣而定名），不仅故事情节波澜壮阔，而且能刻画出人物形象之性格特征。诗人是否能成为大家，有没有长篇叙事诗、叙情诗佳篇杰作，是一个重要的评价因素。中国现代学者诗人，往往以诗词为学术工作之余事，长篇叙事诗、叙情诗往往付诸阙如，更难说佳篇杰作。宛敏灏青年中年诗大多已佚，其中有多少长篇叙事诗、叙情诗，不得而知。但是，"文革"后期，宛敏灏又颇作长篇叙事诗、叙情诗，佳篇杰作，硕果累累，赫然在焉。足见老人对于诗，是有心人，是用心人，是有志之士，迥然而非视诗词为余事者矣。更何况在"文革"时期被批斗后，仍然作旧体诗，是冒风险之事。

① 陈寅恪：《金明馆丛稿初编》，北京：生活·读书·新知三联书店 2001 年版，第 59 页。

《正谊二中、六师诸同乡毕业锦归诗以赠别》（1925 年）：

先鞭示我青云路，数年淝水萍踪驻。春来秋去曾几时，销魂复咏江郎句。四月清和日正长，骊驹声里伯劳忙。榜花既开身不系，柳条未折心已伤。古来骨肉斯文重，回头欢聚浑多梦。有如社燕与秋鸿，相逢未稳仍相送。送君远腾万里足，莺迁乔木出幽谷。长公早受欧阳知，李白但愿荆州瞩。君不见香花墩畔鹧鸪鸣，一年一度饯行觥。今年此际送君去，他年此日我将行。又不见巢湖水清蜀山崛，钟毓英奇盛文物。于今先达几登龙，后来名士应如鲫。愿君勿复心恻恻，相期努力春华惜。草檄须凭倚马才，匡时伫待凌云笔。别后相望各勉旃，两心千里如一室。噫嘻乎，两心千里如一室，又何怅乎天之南兮地之北。①

诗题“正谊二中、六师”两校，均在合肥。宛敏灏《老去园丁忆合肥》：“1920 年冬，我以 3 年期考六连冠的成绩从庐江县第一高小毕业，次年又认真复习了一学期，满怀信心去报考号称难取的合肥省立第六师范学校……侥幸录取在第四名。六师校址在前大街上的大书院，原是庐州府的科举考棚。”“1926 年冬，由于北伐战事的影响，安徽省立中等学校停办。次年，省立二中、六师合并为省立第六中学。我们应届毕业生即以历年考试分数平均数作为毕业考试成绩，我得留六中附小任教。”②

诗中“香花墩”，在合肥城南，包公祠在焉；“蜀山”，孤峰卓立合肥城西，为合肥城区最高点；“巢湖”，从东南直至合肥城下，是我国五大淡水湖之一。这些风景山水名胜，妆点合肥如花似玉，亦使诗篇锦上添花。

---

① 宛敏灏：《正谊二中、六师诸同乡毕业锦归诗以赠别》，《学生文艺丛刊》第 2 卷第 7 期，1925 年 9 月版，诗第 4 页，总第 84 页。作者姓名前署：安徽六师。

② 宛敏灏：《老去园丁忆合肥》，合肥市政协文史资料委员会、合肥市教育委员会编《合肥文史资料》第 10 辑《教育专辑》，1994 年，第 132—136 页。

此篇七古，为今存宛敏灏诗最早作品，作者时年19岁，叙同乡同学毕业之事，送别惜别之情，才华横溢。“四月清和日正长，骊驹声里伯劳忙。榜花既开身不系，柳条未折心已伤”，春光明媚，优美；伤离别，顿挫。“古来骨肉斯文重，回头欢聚浑多梦”，上言毕业同乡急于回家与骨肉家人团圆，笃厚，下言同学分离回首几多欢聚如梦，虽少年，亦悲欣交集，又顿挫。“送君远腾万里足，莺迁乔木出幽谷”，言远行，优雅。“长公早受欧阳知，李白但愿荆州瞩”，言前途，气派。“今年此际送君去，他年此日我将行”，句法颇有刘希夷“年年岁岁花相似，岁岁年年人不同”、张若虚“人生代代无穷已，江月年年望相似”风味，然而自是少年气象。“草檄须凭倚马才，匡时伫待凌云笔”，写出民国早期一代少年之壮志凌云，警策。“别后相望各勉旃，两心千里如一室。噫嘻乎，两心千里如一室，又何怅乎天之南兮地之北”，大有王勃“海内存知己，天涯若比邻。无为在歧路，儿女共沾巾”之意趣，同一警策，然而意境焕然一新，气势磅礴展开，并不逊色于初唐气象也。全诗浑灏一气，浏漓顿挫，句句可圈可点，音节铿锵谐调，尤可贵者，是写出了民国早期少年气象。

《春日与老伴闲话，有怀颂民伉俪，章成寄奉一粲》(1976年2月15日)：

百年谓已分，子桓良可嗤！七十古来稀，我辈偶得之。八十固在望，九十未可期。莫谓桑榆晚，来者犹可追。春风陌上来，花开蝴蝶飞。长夏蝉惊梦，荷花香溢池。秋山红叶艳，矫首雁南归。冬夜鸡鸣早，梅窗月上迟。四时皆可乐，此乐两心知。借问何能尔？老去际明时。忽忆宋与史，偕老广阳陲。平生重素交，长记少年姿：当年君初婚，故乡访鸾居。啜茗泉水口，游目眺黄陂。匆匆五十年，南北各奔驰。中间消息断，存殁费猜疑。白头惊忽遇，执手大江湄。相对如梦寐，悲欢不自持。昨夜春雷动，江南雨万丝。遥想陈村水，应亦泓涟漪。溶溶鱼鸟乐，苍苍松柏奇。岁月不我待，离思又暗滋，何时重把晤，樽酒漫谈诗。人生不满百，多忧无乃痴。儿孙各得所，远念亦非宜。裁笺报故人，何以慰相思？走笔难尽意，不暇更修辞。

此诗五古长篇，叙事叙情，兴会淋漓，作于“文革”末期。开篇叙述老来之喜欢大自然风光，四时万象更新，“春风陌上来，花开蝴蝶飞。长夏蝉惊梦，荷花香溢池。秋山红叶艳，矫首雁南归。冬夜鸡鸣早，梅窗月上迟”，几乎是一片欢天喜地。再追叙五十年来与故人之情谊，“文革”中生死存亡之难以确知，以及后来之悲欢离合，“中间消息断，存殁费猜疑。白头惊忽遇，执手大江湄。相对如梦寐，悲欢不自持”，划然转为悲欣交集。“昨夜春雷动，江南雨万丝。遥想陈村水，应亦泓涟漪。溶溶鱼鸟乐，苍苍松柏奇”，再写出眼前大自然之春天，遥想对方之同一春天，画面优美，韵致，是再划然转为其乐融融。最后叙述相思深情，“岁月不我待，离思又暗滋”。全诗俯仰今昔，历历道来，叙事叙情兼具，笔下波澜壮阔。

《走笔寄刘泽长、史颂民两老太原》（1977 年重九前五日于芜湖）：

汉祖还乡唱大风，余风千载几诗雄。文房梦得承公干，并世今数泽长翁。童颜鹤发八十四，下笔犹能作小字。携壶健步日行吟，十里八里浑闲事。老去订交得颂民，一樽相对细论文。清词时亦示伧父，江东遥望不胜情！一年好景重阳近，蟹肥姜嫩黄花韵。读罢瑶章兴有余，寄言欲把题糕问。

“题糕”，典出宋邵博《邵氏闻见后录》卷十九：“刘梦得作《九日》诗，欲用糕字，以五经中无之，辍不复为。宋子京以为不然，故子京《九日食糕》有咏云：‘飙馆轻霜拂曙袍，糗糍花饮斗分曹。刘郎不敢题糕字，虚负诗中一世豪。’遂为古今绝唱。”

“一年好景重阳近，蟹肥姜嫩黄花韵。读罢瑶章兴有余，寄言欲把题糕问”，诗言读罢寄示清词瑶章，兴致有余，今逢重阳佳节将近，还盼新的佳作。

以上两篇五古、七古，皆叙事叙情长篇，兴会淋漓，前一篇作于1976年粉碎“四人帮”之前，莫非是已预感到时代即将改变耶？后一首作于1977年改革开放之初，万象更新，更自然是有此等兴会淋漓。

《无题》（1970年代初）：

侧艳篇章，多传往事；风流人物，还数今朝。破旧立新，摧封建之残垒；同心永好，寄希望于来兹。爰赋《无题》，以坚有志。江郎好事，竟忘才尽之年；张叟打油，聊博茶余一粲。

春秋迭代悲欢续，人生万事何时足。女娲不解补情天，天上从来月一圆。

月圆朗照江波碧，江头年少心胆赤。恨不相逢未嫁时，同病相怜情脉脉。脉脉无言几度春，江南淮北两情深。岂期淝上重相见，疑是三生石上盟。

山盟海誓竟何益，恨海不填精卫石。罗敷一怒谢故夫，使君有妇归未得。有妇数载不相闻，鬼蜮含沙苦弄人。巢湖秋雨延陵病，唯有阿娇知此心。

知心千载诚难遇，患难不忘生死俱。夜奔非为凤求凰，仓促相携五湖去。五湖浩渺卷狂澜，水远山长行路难。浪迹江东艰一死，尽欢甘把一生拚。拚将一切同殉爱，待月重圆须月在。此理难与俗人言，翩然归来众嗔怪。

归来倏忽几经秋，阅尽人间苦与愁。雨覆云翻何足道，欲加之罪集愆尤。匹夫怀璧原无罪，日月昭昭食暂晦。下塘风月苦撩人，相见常稀心欲碎。

月明又复照江干，岁暮过江风雨寒。旧地重游伤老大，花开花谢几悲欢。悲欢本自无凭据，咫尺天涯天不曙。但期饮水共长江，聊慰相思无着处。

君不见，天上双星岁一逢，胜却人间朝暮同；又不见，移山愿遂有愚公，不信人生长恨水长东。

《无题》是七古长篇叙事诗，叙述主人公“延陵诗老”吴昭铭之爱情故事（参看下文），作于“文革”后期。“女娲不解补情天，天上从来月一圆”，“拚将一切同殉爱，待月重圆须月在”，抒发爱情之主题思想，警策，优美，似从未经人道出。“脉脉无言几度春，江南淮北两情深。岂期淝上重相见，疑是三生石上盟。”“夜奔非为凤求凰，仓促相携五湖去。”“匹夫怀璧原无罪，日月昭昭食暂晦。下塘风月苦撩人，相见常稀心欲碎。”“悲欢本自无凭据，咫尺天涯天不曙。但期饮水共长江，聊慰相思无着处。”历叙男女双方之悲欢离合，回环婉转，极富故事性、情节性。“巢湖秋雨延陵病，唯有阿娇知此心。知心千载诚难遇，患难不忘生死俱。”笔端熔铸至情，回肠荡气，刻画出女主人公视爱情高于生死之鲜明性格特征，尤为难得。洵为大手笔也。

《无题》七古叙事长篇，故事情节千回百转，波澜壮阔，回肠荡气；字面清辞丽藻，词句警人，余香满口；风格哀感顽艳；雅近《长恨歌》《圆圆曲》一路叙事诗，而所写故事、人物，焕然一新，全然是自家面目；尤能刻画出女主人公视爱情高于生死之鲜明性格特征；比之古人，未尝逊色矣。

同时有三首七律，系同一题材之作，而自注大略述及本事，当一并观之。《次韵奉和延陵诗老〈读无题〉二首》（20世纪70年代初）：

千秋佳话白头吟，无限温馨儿女情。王令授琴殊解事，长卿作赋早知名。阴晴圆缺原常见，离合悲欢证夙因。应是芳香终不灭，君看捣麝纵成尘。

穷士聊为《梁甫吟》，风流人物总多情。春深铜雀犹余梦，年少周郎早擅名。咫尺天涯无限意，三生石上有前因。吴蚕到老莹如玉，吐尽芳丝不染尘。

自注：此二首录自一纸片，为拨乱反正之前所作。延陵诗老谓吴昭铭。

关于吴昭铭。

何伟成主编《枞阳风雅》吴昭铭条：

吴昭铭（1927—1979），高甸乡人。皖南大学毕业，留校工作，任教学研究科科长。[①]

所录吴昭铭《和章士奇寄赠原韵》等诗三首，才力、工力可观。[②]

柏晶伟《为农业大包干报户口的人——王郁昭》第三章《教育生涯》：

教务处工作人员吴昭铭……的正楷毛笔字非常工整。[③]

彭国忠《宛敏灏先生年谱》：

一九五二年　先生在芜湖，任安徽师范学院教授，兼副教务长。[④]

一九五九年　先生赴合肥，担任合肥师范学院教授，兼副教务长。[⑤]

一九七〇年　合肥师范学院与皖南大学合并，成立安徽工农大学，先生离开合肥赴芜湖，任教于安徽工农大学。[⑥]

---

① 何伟成主编、枞阳诗词学会编：《枞阳风雅》，合肥：安徽人民出版社 2006 年版，第 953 页。“皖南大学毕业”一语似误。

② 何伟成主编、枞阳诗词学会编：《枞阳风雅》，第 953—954 页。

③ 柏晶伟：《为农业大包干报户口的人——王郁昭》，北京：中国发展出版社 2007 年版，第 67 页。

④ 彭国忠：《宛敏灏先生年谱》，《词学》，2009 年第 2 期，第 264 页。

⑤ 彭国忠：《宛敏灏先生年谱》，《词学》，2009 年第 2 期，第 265 页。

⑥ 彭国忠：《宛敏灏先生年谱》，《词学》，2009 年第 2 期，第 268 页。

一九七三年　安徽工农大学改名安徽师范大学，先生除担任教授外，先后担任……教务处副处长。[①]

宛敏灏《追念吴昭铭同志》（1982年9月）：

秋风嫋嫋大江波，木落淮南鬼夜歌。有志未酬挥手去，用才不尽惜君多。中年哀乐迷情网，豪气纵横困宿疴。泽畔同吟追往事，下塘月冷奈愁何。

自注：君以1980年9月卒于蚌埠，回忆1969年同在下塘集农村参加“斗批改”，不胜人琴俱渺之感。平生以才华横溢见忌，甚至个人婚姻问题亦屡为好事者所阻，腰椎又于“十年动乱”中受损，终以忧伤致肺疾转为癌症而殁。

安徽省长丰县下塘集位于合肥北偏西，图上距离40余公里。

由上可知，吴昭铭，安徽枞阳县人，历任合肥师范学院、安徽工农大学、安徽师范大学教务处工作人员、教学研究科科长，是副教务长、教务处副处长宛敏灏先生之下属。吴昭铭能诗、多才多艺，为宛敏灏先生所赏识。在1967—1969年“文革”初期，宛敏灏、吴昭铭同在安徽省长丰县下塘集劳动改造，又同患难。吴昭铭自号“延陵诗老”，当取义于延陵为古吴地。《史记·吴太伯世家》：“季札封于延陵，故号曰延陵季子。”

《新秋纳凉口占，再步前韵》（20世纪70年代初）：

老去狂生学苦吟，春花秋月并关情。云深巫峡欢难续，珠系罗襦恨莫名。水皱一池干底事，桥成七夕岂无因？天台不远刘郎瘦，应为新诗

① 彭国忠：《宛敏灏先生年谱》，《词学》，2009年第2期，第269页。

感旧尘。

（题下署：南阳逸叟。）

“南阳逸叟”，宛敏灏自号。按《明一统志》卷三十《南阳府·南阳县》：“本周申伯国，战国为韩宛邑，秦为宛县，南阳郡治此。汉因之。”诸葛亮《出师表》：“臣本布衣，躬耕于南阳，苟全性命于乱世。”可知宛敏灏以南阳逸叟自号，取义于南阳为古宛地；1967—1969 年合肥师范学院“牛鬼蛇神”在下塘集农村躬耕劳动改造时，当并取义于诸葛亮“躬耕于南阳，苟全性命于乱世”。

《次韵奉和延陵诗老〈读无题〉二首》《新秋纳凉口占，再步前韵》与长篇叙事诗《无题》皆为吴昭铭悲欢离合之爱情本事而作。

此有关《无题》七律三首，以优美之象征和典故营造意境，缠绵悱恻，沉博绝丽，雅似李义山之无题诗，而熔辞造句，抒情叙事，的是自家面目，与长篇叙事诗《无题》桴鼓相应，推波助澜。《次韵奉和延陵诗老〈读无题〉二首》其一“千秋佳话白头吟，无限温馨儿女情”，“阴晴圆缺原常见，离合悲欢证夙因。应是芳香终不灭，君看捣麝纵成尘”，其二“咫尺天涯无限意，三生石上有前因。吴蚕到老莹如玉，吐尽芳丝不染尘”，《新秋纳凉口占，再步前韵》“水皱一池干底事，桥成七夕岂无因”，揭橥爱情主题，句句警策、优美。其中“君看捣麝纵成尘”“吐尽芳丝不染尘”等句，笔势腾挪跳掷，而收笔极稳，雅近清曹学诗七律《读西青散记和贺双卿秋吟原韵九首》之句法，此境亦不易到。盖大手笔之间，有不期而暗合者也。

三、论宛敏灏词

宛敏灏词最突出之成就，是在写景抒情，宛然北宋小令，而别有自家之深致；词中有史，“溟深波浪阔”；山水词笔妙传神；怀人词情致深永等四个方面。

（一）写景抒情，宛然北宋小令，而别有自家之深致

清周济《介存斋论词杂著》："北宋浑涵。"又云："北宋词多就景叙情，故珠圆玉润，四照玲珑。"王国维《人间词话》："严沧浪《诗话》，谓盛唐诸公，唯在兴趣，羚羊挂角，无迹可求，故其妙处，透澈玲珑，不可凑泊，如空中之音，相中之色，水中之影，镜中之象，言有尽而意无穷。余谓北宋以前之词，亦复如是。" 又云："词之为体，要眇宜修。"北宋词婉约秾丽，意在象外，无迹可求，故珠圆玉润，要眇宜修。北宋词此等体性，尤见于小令。宛词写景抒情，宛然北宋小令，而别有自家之深致。此与词人早年精研二晏词，当大有关系。

《浣溪沙》（1992 年 4 月 6 日）：

雨暴风狂节序更。杜鹃啼微送春声。残红满目总无情。　　万点桐花飘荡漾，一双燕子舞轻盈。留春小住伴春醒。

词写春尽、惜春。上片言春夏之交，雨暴风狂，但见残红满目，但听见杜鹃啼声，声声渐微，送春远去矣。

过片"万点桐花飘荡漾"，桐花象外之意，包含两层，一是字面之春尽——因为桐花飘落，是春天最后的花落。《全唐诗》卷八百一崔仲容《古意》："桐花落尽春又尽。"宋赵蕃《淳熙稿》卷十九《三月六日》："桐花最晚开已落，春色全归草满园。"

二是蕴含之悼亡——典出李后主见桐花发而伤怀周后。宋马令《南唐书》卷六《昭惠周后传》载：后殂，后主哀苦，"每于花朝月夕，无不伤怀，如：

‘又见桐花发旧枝，一楼烟雨暮凄凄。凭栏惆怅人谁会，不觉潸然泪眼低。’”①

宛敏灏先生夫人章敬泰女士，逝世于1985年12月5日。夫妇俩60年伉俪情深，宛敏灏诗词集中，悼亡之作极多，而当以此词为最含蓄不露。

桐花之典，纯是意象，无迹可求。如前所述，韵致与深致，出之以明白如话，此是诗歌语言艺术极高明之造诣，亦是宛敏灏诗词之本色。

“一双燕子舞轻盈”，续写春尽。清郝懿行《燕子春秋·二月》：“来降。自海外来，莫知处所，犹天降然。”②是燕子乃春天之天使。虽然花落春尽，但是燕子犹在眼前，下意识中是希冀留住燕子，即留住春意也。故结笔曰：“留春小住伴春醒。”

“留春小住伴春醒”，是双关语，亦是痴情语。“留春小住”，字面言希冀犹能稍微挽留住春天，下意识实是希冀犹能挽留住亡灵。“春醒”，是相对于“春睡”“春酲（酒醉）”“春醉”而言，皆宋词常语，例如宋祁《蝶恋花·情景》“春睡腾腾”，欧阳修《蝶恋花·春情》“半醉腾腾春睡重”，柳永《木兰花慢·清明》“画堂一枕春酲”，朱淑真《鹧鸪天》“千钟尚欲偕春醉”，李玉《贺新郎·春情》“渐玉枕、腾腾春醒”。词言“留春小住伴春醒”，希冀犹能稍微挽留住春天，自己无醉无寐，愿以全幅清醒之心神来陪伴春天，唯恐一霎儿辜负春天——下意识则唯愿春天未逝也。

此词字面写春尽、惜春，全幅词几乎纯是凄美哀婉之自然意象，所寄托的悼亡之意，意在象外，无迹可求，而极尽缠绵悱恻之能事，乃臻于词体小令艺术之极高境地。虽说是宛然北宋小令，而别有自家之深致矣。

《浣溪沙》（1992年3月29日）：

几日轻寒闭小楼。无边细雨润如酥。柳丝袅娜划春柔。　寂寂落花

---

① 宋马令：《南唐书》，北京：中华书局1985年版，第1册，第40页、42页。

② 上海古籍出版社编：《禽鱼虫兽编》，上海古籍出版社1993年版，第87页。

迷曲径，萋萋芳草满园幽。一双燕小语帘钩。

《菩萨蛮》（1992 年 4 月 18 日）：

落红飘尽归何处。泪眼问花花不语。啼鸟怨东风。春踪已冥濛。天涯芳草遍。来去双飞燕。燕子总情深。画梁岁岁临。

《虞美人（二首）》（1992 年 4 月 29 日）：

红销香断春残了。燕子归来早。小园伫立只吁嗟。恼恨东风吹散、树头花。　凄凉满目愁无数。飘散将何去。幸遗独子隔年生。怕为多情不作、葬花人。

落花随水东流去。满眼伤离绪。几番风雨倍销魂。叶底莺啼转瞬、入残春。　欲将心事从君诉。只恐芳心苦。开时易见落难寻。长记绮年连理、便同心。

这一系列小词，皆写惜春、伤春，几乎纯是出以凄美哀婉之自然意象，皆臻于“北宋浑涵”，“就景叙情，故珠圆玉润，四照玲珑”，“要眇宜修”，几乎“无迹可求”之境。

北宋小令艺术境界，乃是词体创作之灵根。宛词一切艺术造诣与文学成就，皆始基于此。宛词写景抒情，宛然北宋小令，而别有自家之深致，尤为难能可贵。

宛词小令并非一味神似宋词，而是别开生面，开拓了词体之新天新地。

《浣溪沙·首都体育馆观冰上表演及球赛》（1973 年 10 月 9 日晚）

璀灿华灯泻水明。寒光一片照层冰。银刀闪烁技翻新。　掠地飞来春燕疾，冲霄倏逝雪鸿惊。横戈骤马扫千军。

吴孟复《书城先生词读后记》曰：“此题极难作，盖古无其事，无可依傍，更无典故可用也。作者用白描手法，曲传神态，状难写之景，如在目前，惊心动魄，一字千金。五十年来，从报刊上读过若干写现代新事物之诗词，几无一首是诗，更无一首是词。今读此作，心眼大开。始知非新事物之不可以入诗词，而是由于作者功力之不足。有志‘旧瓶装新酒’者，不可不读此词。”

史颂民《爱吾庐漫志》曰：“‘掠地’一联刻画神似；‘扫’字用于冰球亦确切。”（评语录自《当代词综》）

此词写冰上舞蹈表演，婀娜中含刚健，句句生动传神，当然是自词体艺术世界中开创出之崭新境界。

（二）词中有史，“溟深波浪阔”

词中有史，蔚为大邦，始盛于南宋，再兴于明末清初，复再兴于晚清民国。宛词词中有史，包含着中国现代史七十年之历程，其内容、其境界，借用杜甫诗句以言之，洵为“溟深波浪阔”。

《菩萨蛮》（1929 年秋于安庆）：

新秋游菱湖公园，登湖心亭，吊姜高琦、周肇基墓，两烈士系在 1921 年安徽“六二惨案”中牺牲。

湖心亭外波光渺。田田莲叶蒹葭绕。红蓼绚前汀。菱歌互答清。

郊原佳丽处。郁郁姜周墓。日夜大江流。英风浩荡秋。

民国十年（1921）6 月 2 日，安徽省会安庆各校学生代表为抗议北洋政府克扣教育经费，赴省议会请愿，遭军阀倪道烺镇压，安徽省立第一师范学校姜高琦、安徽省立第一中学周肇基被士兵刺伤致死，造成举国震惊的安徽“六二惨案”。安徽各界掀起抗议浪潮，安庆商人罢市、工人罢工，全国人民纷纷通电声援，终于推翻第三届贿选议会，驱逐行贿任命的省长李兆珍。亦称六二学潮、六二运动。

《申报》1921 年 6 月 5 日第七版《皖学界亦起大风潮——议会请以军队压迫学生　学生受刀伤数十人　一人已死》：

> 昨日省学生会以新加之教育预算案议会无表示，且闻夏历五月初二日为倪嗣冲生祠落成之日，议员有赴蚌庆贺者，恐此案一时不能成立，或因此而停滞，遂开会派代表至议会要求答复，并由各校推举代表十人，分至各议员公寓疏通。讵是日议会正公宴马联甲与倪炳文，故对于学生质问无圆满答复，学生以议会既无结果不散，于是议会议员请求马使保护，以电话调各处军队弹压，并下临时戒严令，断绝交通，如临大敌。而学生方面均得报告，各校遂率队围议会，孰料行至中途即被军队阻止，遂发生绝大冲突，学生被刀伤者数十人，唯一师姜高琦与戴文秀危在旦夕（闻姜君今午已故）。（六月三日）
>
> 《字林报》三日安庆电云：昨夜学生若干人赴省议会责问教育经费移充军费事，省议会令卫队攻击学生，致学生受伤多人，内有一人生命难保，现有三人在医院疗伤。今日各学校罢课，即圣保罗教会学生亦不上课，学潮有蔓延之象。学生已上书省长陈诉。

自 1921 年 6 月 5 日至 1925 年 6 月 5 日，仅《申报》所发表包含“姜高琦”三字的有关“六二惨案”的报道、通电等，就有 102 篇。6 月 21 日上海《民国日报》副刊《觉悟》发表了胡适的诗《死者——为安庆此次被军警刺伤身死的姜高琦作》。8 月，胡适在安庆省立一师、省立一中作《好政府主义》等演讲，宣传新文化运动，提倡好人政府。

“湖心亭外波光渺。田田莲叶蒹葭绕。红蓼绚前汀。菱歌互答清。”上片写出安庆菱湖绮丽风光，笔下饱含对于家乡安徽的深情。

“郊原佳丽处，郁郁姜周墓。日夜大江流，英风浩荡秋。”下片写出绮丽风光怀抱姜周二烈士墓，和大江奔流，英风浩荡。烈士精神永在，和对烈士无限爱敬的象外之意，有如日月朗照。

《浣溪沙·秋登安庆迎江寺振风古塔》（1932年秋于安庆）：

> 漠漠秋阴护晓寒。强从雾里认湖山。塔铃声咽诉时艰。　塞雁北来何处去，大江东去几时还？中流击楫问谁先。

1931年九一八事变爆发，日本驻中国东北的关东军攻占沈阳，并侵占东北全境，炮制伪满洲国。1932年一·二八事变（淞沪抗战）爆发，日本海军进攻上海，“国民党军队”奋起抵抗，痛击日军。5月5日，中日双方签署《淞沪停战协议》。此词作于1932年秋，发抒国难当头、抗日救国之精神，而出之以比兴之描写，用典之字面。

“漠漠秋阴护晓寒。强从雾里认湖山”，描写登高望远，秋阴漠漠，词人努力从云雾茫茫中，辨认大好湖山，隐然象喻四夷交侵，万方多难，全神关注着祖国的版图。“塔铃声咽诉时艰”，语出苏轼《大风留金山两日》“塔上一铃独自语，明日颠风当断渡”，描写塔铃声咽，好像诉说着自己忧国伤时之悲愤。

“塞雁北来何处去”，典出杜牧《早雁》“金河秋半虏弦开，云外惊飞四散哀。仙掌月明孤影过，长门灯暗数声来。须知胡骑纷纷在，岂逐春风一一回”，描写秋雁南飞，象喻东北同胞之流亡关内。“中流击楫问谁先”，典出《晋书·祖逖传》“中流击楫而誓曰：‘祖逖不能清中原而复济者，有如大江！’辞色壮烈，众皆慨叹”，表达出驱逐日寇、光复东北、光复失地之坚定决心。

《南歌子》（1946 年 9 月）：

抗战胜利，越年始得辗转东归。旧时城郭，已荡然无存矣。

避寇流离久，还乡阻滞迟。归心时共水东驰。好是昨宵乘月、渡黄陂。

旧郭无从觅，新邻乍见疑。娇嗔女问母为谁。最喜椿庭秋爽满芳菲。

自注：黄陂：湖名。予夫妇西去时小女郁如甫数月，留在家乡哺乳。

词写八年抗战，胜利还乡，悲欣交集，叙事细节描写极富戏剧性，包含着甚深的兴发感动。“旧郭无从觅，新邻乍见疑。”旧时城郭，已毁于战火。新邻乍见，反猜疑屋主。“娇嗔女问母为谁”，抗战初夫妇西去，小女留在家乡哺乳，此时反问妈妈：“你是谁呀？”真不知是喜，是悲？宛词“娇嗔女问母为谁”，较唐诗“儿童相见不相识，笑问客从何处来”，悲欣交集，更加深刻，因为此包含着八年抗战之生离死别、悲欢离合。宛词开辟了中国诗词可能是前未有的新画面、新意境。抗战胜利还乡，虽是悲欣交集，终归是欢天喜地。“最喜椿庭秋爽满芳菲。”此欢天喜地，遂化为满庭怒放的鲜花。

《满江红》（1984 年 3 月）：

读《戴安澜将军传》，其墓在芜湖小赭山。

千古英雄，埋骨处、江山生色。追往事、少年奋起，驰驱南北。勇夺昆仑寒贼胆，威扬缅甸援盟国。越炎荒、壮烈裹尸还，风瑟瑟。霓虹志，忠毅魄。昭史传，彰勋绩。问戚家军后，谁能几及。郁郁佳城松柏茂，蒸蒸禹域云霞赤。看今朝碧海颂同春，春无极。

自注：传见《安徽文史资料》，吴振潮撰。戴初驻军古北口防倭，旋南调作战，趁春节奇袭昆仑关，日寇败走。入缅后，雄镇东瓜，完成支援盟军任务后，奉命率远征军回国。归途中犹能略取棠吉，卒以日寇围困，不得不取道炎荒突破，在野战中壮烈牺牲。时国共第二次合作，毛主席、周总理、朱总司令俱有悼词，解放后追认为烈士，自全州移葬于芜湖小赭山。

戴安澜（1904—1942），安徽无为风和戴村人，1926年黄埔三期毕业，1939年初任陆军第200师少将师长，抗日名将。参加长城抗战（1933年）、台儿庄战役（1938年）、徐州会战、武汉会战、昆仑关战役（1939年），战功卓著。1942年率第200师作为中国远征军先锋部队赴缅甸抗战，指挥固守同古、攻克棠吉等役，守必固，攻必克，重创日军，为中国军队树立国际声威。5月26日在缅北毛邦指挥突围战斗中负重伤殉国。国民政府追赠陆军中将。1948年5月26日之前，戴安澜灵柩安葬于安徽芜湖小赭山之阳①。

“千古英雄，埋骨处、江山生色。”

起四字，俯仰今古，写出对戴安澜将军之崇高评价。下两句，写出眼前芜湖戴墓，俯仰江山，顿觉长江、赭山因戴墓而生光辉。起笔三句，气吞牛斗，气派超越“千古江山，英雄无觅、孙仲谋处”。

“追往事、少年奋起，驰驱南北。”

“追往事”三句，追怀青年将领戴安澜转战南北，抗日御侮之业绩与经历，曰“奋起”，曰“驰驱”，写出其英姿飒爽、奋勇报国之形象。

“勇夺昆仑寒贼胆。”

“勇夺”，典出苏轼《潮州韩文公庙碑》：“勇夺三军之帅。”

“昆仑”，指1939年12月18日至1940年1月31日广西昆仑关战役。

“勇夺昆仑”之“勇”字，写出昆仑关战役戴安澜将军身先士卒、正面强攻、决战决胜之大无畏勇敢精神，精彩。

---

①《申报》1948年5月4日第二版：《戴安澜氏灵柩昨移芜郊墓园，定本月廿六日安葬》（本报芜湖三日电），1948年5月26日第二版：《戴氏灵柩在芜安葬》（本报芜湖廿五日电）。

“勇夺昆仑”之“夺”字，确指昆仑关战役乃是抗日战争以来攻坚战役首次胜利之重大意义，精准、精彩。

“勇夺昆仑寒贼胆”之“寒贼胆”，正是昆仑关缴获日军儿玉日记中所云“实足寒心”“心胆俱裂”，词笔精彩、精准、精细。

“勇夺昆仑寒贼胆”之句，光芒万丈，“勇”字、“夺”字、“寒贼胆”，层层放光彩，写出戴安澜率第200师与第五军全军浴血奋战夺下昆仑关，歼灭日军第5师团第21旅团4000余人，击毙其旅团长中村正雄少将，乃是抗战以来攻坚战役首次胜利，日军日记自述为之“寒心”“心胆俱裂”。寥寥七字，尽在其中，非娴熟战史，老于文学，如何道得出。

“威扬缅甸援盟国。”

“威扬”，古典出自李白《羽林范将军画赞》：“心豪祖逖，气爽刘琨。名震大国，威扬列藩。”“威扬”对“勇夺”，一等典雅，铢两悉称。

1941年12月，英国为了借助中国军队支援其缅甸、印度危局，中国为了确保输入战略物资的最后的国际交通运输线滇缅路安全，签署《中英共同防御滇缅路协定》，成立中英军事同盟。1942年1月日军入侵缅甸，英军节节败退。3月1日中国远征军先锋部队戴安澜第200师入缅，3月固守同古，4月攻克棠吉。

“威扬缅甸援盟国”，用李白《羽林范将军画赞》“名震大国，威扬列藩”之古典，确指戴安澜将军所说“出国远征，扬大汉之声威”及其战史之今典，精湛。

“勇夺昆仑寒贼胆，威扬缅甸援盟国”，词中字字有史，精深绚烂，而明白如话，如日光七彩，化为一白。此是宛词本色之极致，亦是词体语言艺术之极致。

“越炎荒、壮烈裹尸还，风瑟瑟。”

“壮烈裹尸还”，古典出自《后汉书·马援传》：“男儿要当死于边野，以马革裹尸还葬耳，何能卧床上在儿女子手中邪？”

“风瑟瑟”，形容风声凄厉，语出刘桢《赠从弟》诗：“亭亭山上松，瑟瑟谷中风。”

词言1942年5月缅甸盟军失利，第五军经缅北野人山原始森林退回祖国，途中激战于缅北矛帮，戴安澜将军不幸壮烈殉国，雨潇潇，风瑟瑟，“天公垂泪，溪水呜咽，山岳摆簸，林莽悲鸣”，天地亦为之变色矣。此三句，叙事惊天地、泣鬼神，意境悲壮、苍凉，俱是写实。

“霓虹志，忠毅魄。昭史传，彰勋绩。”

换头大书深刻，戴安澜将军精忠报国、视死如归之精神，气贯长虹；赫赫勋绩，彪炳史册。上片叙事，好比史传，换头赞叹，好比史赞。

“问戚家军后，谁能几及。”

戚家军是明朝抗倭名将戚继光所统帅的精锐部队，军纪严明，拥有当时亚洲最先进的兵器、技战术和百战百胜的战绩，在抗倭战争中起到了决定性作用，建立了卓越的功绩，扬威天下。《明史》卷二百十二《戚继光传》：“继光一军特精，又以南方多薮泽不利驰逐，乃因地形制阵法，审步伐便利，一切战舰、火器、兵械，精求而更置之，戚家军名闻天下。”又云：“戚继光用兵，威名震寰宇。”

词言民国抗日名将戴安澜与所部第200师，可以比美明朝抗倭名将戚继光与戚家军。此是对戴安澜将军与所部第200师的崇高评价，比拟独到、贴切、警策，不愧词家大手笔。

“郁郁佳城松柏茂，蒸蒸禹域云霞赤。看今朝碧海颂同春，春无极。”

结笔收回到眼前芜湖戴墓，苍松翠柏，郁郁葱葱，鲜花盛开，红霞烂漫，禹域碧海春无极。瑰丽。一结极美。

全词尽美矣，又尽善也。洵为宛词之一杰作。

《浣溪沙·牛棚杂咏》（1978年）：

强自宽怀暗琢词。游园惊梦晚春时。此中滋味自家知。　　幼荷木枪今活用，老温马步愧雄姿。逢场作戏复奚疑。

此词写“文革”初期作者被批斗之情形。“游园惊梦晚春时”，用汤显祖戏曲《牡丹亭》“游园惊梦”之字面，描写1966年春末校园批斗游行；“幼荷木枪今活用”，“逢场作戏复奚疑”，言自己“以（小时候）荷枪姿势应付”令举长条凳之酷虐；皆是黑色幽默，看似令人发笑，其实包含无限悲愤、恐怖，词中是史。

“老温马步愧雄姿”，指被批斗时被两个红卫兵从后各执一臂推高，各用一手揪住头颈（所谓“喷气式”姿势），即使自己跨开双脚以马步保持平衡，站在批斗台上已难应付，更何况被如此揪住游行，脚步踉跄。自注云“偶一念及，尚有余悸”，悸，恐惧、恐怖。

（三）山水词笔妙传神

宛词山水词，词中有画，笔妙传神。其中突出之造诣与特色，是在设色点染，绕有韵致；意象描写，白描传神；并且擅于描写边角之景，留白晴空一碧或云烟缥缈，朦朦胧胧，空灵澹宕。皆伫兴而就，笔妙传神，韵味无穷，神韵出焉。

《浣溪沙·黄山玉屏楼前晚眺》（1956年8月）：

一抹斜阳映玉屏。文殊台下万峰青。却看来路细如绳。　　亦险亦奇真大巧，曰山曰海本无名。今宵倚枕听涛声。

自注：玉屏峰有“云海奇观”摩崖大字。“不险不奇”“大巧若拙”则题于楼前石山青狮上，耐人寻味。

玉屏峰映斜阳，金光灿灿，文殊台上，俯瞰万峰青翠，辨识来路细如绳；

设色金碧辉煌，展现“一览众山小”，写出黄山之高、之美。词中有画，饶有韵致。

《南歌子·黄山雨后，小立白龙潭上观人字瀑》（1962 年 1 月）：

前日银钩瘦，今朝玉臂肥。擘窠书就势如飞。底怪昨宵运笔、走风雷。

晚霁喧知了，斜阳染翠微。白龙夭矫下山溪。更与多情明月、伴人归。

吴孟复《书城先生词读后记》曰：妙从“人字瀑”之“字”字着想，运用拟人手法，复以“瘦”“肥”写出雨前、雨后之不同；而“银钩”“玉臂”“擘窠 ”“运笔”，又皆与写字有关，构思极为精巧。

史颂民《爱吾庐漫志》曰：人字瀑经白龙潭入溪，下片第三句语言生动形象，与上片有首尾相应之妙。过变以“风雷”“晚霁”暗通，意脉亦佳。

吴、史两评甚是。还可以说，“斜阳染翠微”，伫兴而就，深得王维辋川诗意，而全然是自出新辞。设色点染，“染”字传神，韵味不尽。

《南楼令·登小补旧亭》（1962 年 9 月）

谁系木兰舟。溪山胜处留。六年前、曾此清游。犹记惊心风雨夜，涛怒吼，石奔流。　　小立断桥头。凉飔入袂柔。喜重来，狎浪中洲。最是晚凉天宇净，亭角外，月如钩。

此词意象描写，皆用白描。“凉飔入袂柔”，伫兴而就，“柔”字传神。

《浣溪沙·越丛山至太平，遥望黄山一角》（1962 年 9 月）：

峻岭悬桥一线通。飙轮辗转碧山丛。当头时见插云峰。　　林密岩阴惊昼晦，峦开视展又晴空。黄山一角有无中。

《鹧鸪天·早发黄山返合肥》（1962年9月）：

残月如钩恋晓风。轻车待发恨匆匆。征轮似解行人意，故故迂回下碧峰。　　千个竹，万针松。问君此去几时逢。青山一路如相送，回首天都缥缈中。

《鹧鸪天》（1962年9月）：

自黄山出席知识分子会议回合肥，道经青阳，望九华山作。

绰约莲华出水初。亭亭九蕊望中舒。名山一见惊神采，太白刘郎意不殊。　　奇亦秀，信非虚。竹舆揽胜忆于湖。相看未是车尘远，凝伫烟霄幻有无。

自注：九华之名改自李白，以“其上有九峰如莲华”，诗谓“天河挂绿水，秀出九芙蓉”。刘禹锡亦盛称“九峰竞秀，神采奇异”，诗有“奇峰一见惊魂魄”。张孝祥《于湖词》有《水龙吟·望九华山作》，其起结句云：“竹舆晓入青阳……匆匆又去，空凝伫、烟霄里。”

“黄山一角有无中”，“回首天都缥缈中”，“绰约莲华出水初，亭亭九蕊望中舒”，皆写名山边角之景。“黄山一角”，“回首天都”，“亭亭九蕊”，皆只写出黄山、九华山之一角或山巅，隐隐约约，似有若无。此外全幅画面，均为“晴空”一碧或云烟“缥缈”之大面积留白，朦朦胧胧，空灵澹宕。伫兴而就，笔妙传神，韵味无穷，神韵出焉。

南宋画家马远、夏圭，喜作边角小景，构图常取半边，被称为“马一角，夏半边”。清朱彝尊《曝书亭集》卷十九《西湖》诗自注：“马远有水墨西湖十景册，画不满幅，人称为‘马一角’。姚云东诗‘宋家内院马一角’是也。”厉鹗《南宋院画录》卷七引录之。金埴《不下带编》卷七：“郭恕先于绢素一角，作远山数峰；马远水墨西湖十景册，画不满幅，人称为马一角，姚云东诗‘宋家内院马一角’是也。彼非不能布满也，盖方寸具千里之势耳。”

宛词“黄山一角有无中”，“回首天都缥缈中”，“绰约莲华出水初，亭亭九蕊望中舒”，擅于描写边角之景，留白“晴空”一碧或云烟“缥缈”，乃是远眺黄山、九华山之写实，伫兴而作。词家之心，师从造化，而与南宋画家不谋而合。

（四）怀人词情致深永

宛词怀人词情致深永。情，本体。致，韵致，艺术。

《乌夜啼·亡妻忌日》（1988年12月5日）：

> 江楼怅望三年。悄无言。回首春花秋月渺云烟。　　天不老。情难了。恨绵绵。漫道“曾经沧海识桑田”。
>
> 自注：词人宋亦英同志赠句。

宛词悼亡之作甚多，其深蕴不露，无迹可求，如《浣溪沙》，已如前述。此词“江楼怅望三年。悄无言。回首春花秋月渺云烟。天不老。情难了。恨绵绵”，直写出春花秋月，云海沉沉，悄然无声，奈何天，伤怀日，寂寥时之悼亡意境。

“曾经沧海识桑田”，是宋亦英赠句，包含着词人伉俪60年共患难、饱经沧桑的深沉、苍凉。“漫道‘曾经沧海识桑田’”，词言休道曾经沧海识桑田，意为即使共患难、饱经沧桑，如今亦已成空。语似解脱，其实更加深沉、苍凉。

《临江仙·悼念唐圭璋教授》（1990年12月）：

> 楚尾吴头遥望，十年契阔关情。那堪一夕竟星沉。霜凝词苑冷，木

落学林惊。　　长忆渝州西子，相逢频接殷勤。劫余重晤快平生。只今江月白，不见晚峰青。

宛敏灏先生与唐圭璋先生（1901—1990）两位词学家数十年友情深笃。唐圭璋《宛敏灏〈张于湖评传〉序》（1943年）：

于湖先生先稼轩九年生，天姿卓异，胸襟浩荡。年二十三擢进士第一，学问宏博，指陈周至，所为词二百余首，大抵感怀君国，声响彻天，真民族之词人也。曩年书城兄尝撰《二晏及其词》，精密无间，兹复为先生评传，于其家世、里居、交游、学艺，政论分明，又排比时事，系以年谱。正史籍之讹，纠方志之谬。显微阐幽，激励忠义，其有功于词苑，良非浅显。噫！岛夷纵恣，神人共愤，展读是册，庶足以坚敌忾同仇之志，而为全民抗战之一助欤！癸未秋唐圭璋序于白沙。[①]

宛敏灏《浣溪沙·寿唐圭璋先生八旬晋五大庆》（1985年11月20日）：

早岁神交仰霁光，巴山初晤话西窗。

由上可知，唐、宛之友谊，包含着抗战西迁相逢渝州，同仇敌忾患难与共所结下的深厚情谊。

《临江仙·悼念唐圭璋教授》“楚尾吴头遥望，十年契阔关情”，缅怀“文革”十年，出生入死，与唐老之间的契阔关心。“霜凝词苑冷，木落学林惊”，写出现在惊闻唐老溘然长逝，词学界为之深悲巨痛。“长忆渝州西子，相逢

① 宛敏灏《张于湖评传》卷首，贵阳：文通书局1949年3月版，序第1页。唐圭璋序原无标题，此为笔者酌拟。

频接殷勤”，则遥远地追叙抗战时期两人之密切交谊。“劫余重晤快平生”，再回顾到“十年浩劫”之后重逢，真是平生之快事。笔法之时空错综交织，回环往复，正是潜气内转地配合表现心潮之汹涌澎湃，思绪之千回百折。“只今江月白，不见晚峰青。”以景结情，比兴精深。唐先生晚年定居南京，于钟山之麓，长江之滨，精研不已，诲人不倦，故喻之以“晚峰青”，优美、贴切。如今不得见矣，沉痛。唐老学人品格，淡泊宁静，故喻之以“江月白”，长江上高高、皎洁之明月，则永远在焉，象喻其精神永在，亦最为优美、贴切。“只今江月白，不见晚峰青”，情深永永不尽。

整理说明

一、本集收录宛敏灏先生部分文学作品，学术论著另编《宛敏灏词学论集》。

二、本集由诗词曲、联语、散文（骈文）和电影文学剧本《辛弃疾》四部分组成，大多属于未刊稿。

二、宛敏灏先生公开印行发表的诗词曲约百余首，散见于《安徽日报》《合肥晚报》《大江晚报》《安徽师大报》《高教新探》《安徽吟坛》《滴翠诗丛》《当代词综》等报刊和选本。1986年，安徽师范大学图书馆曾编印《晚晴轩诗词选》，收录诗词104首。此次整理所得累计约700首，收录685首（其中诗444首，词235首，散曲6首）。这些诗词曲写作时间，或已自署，或可考知，因此，本书按编年体例，厘为四卷，不分体。少数时间失考诗词，单列于后。词作标点格式参照《全宋词·凡例》。

三、联语以挽联居多，其中个别挽联如《挽彭庆旨》曾收入《忠诚的战士——彭庆旨》一书中，其他挽联如《挽宗志黄》《挽张煦侯》等皆据手稿整理，首次发表。

四、《黄山纪游》由安徽人民出版社1957年出版，现已较为罕见，故予以收录。其他序跋、回忆类文章，或散见于各处，或为手稿，现予整理收录。少数骈文，一并归入散文中。

五、电影文学剧本《辛弃疾》系手稿，硬面装订，写作于1959年。该剧本以辛弃疾南渡抗金活动为题材，“广泛运用其生平有关抗金的言论主张以至逸闻轶事，集中表现他在尖锐民族矛盾中的忠义奋发与战斗精神”，现予收录。

六、书后附录《宛敏灏先生著述目录》。

诗词曲

卷一

甲子送春

莺飞草长百花残，九十韶光忽已阑。但愿来年春更好，相期淝上莫姗姗。

1924 年 4 月于合肥

正谊二中、六师诸同乡毕业锦归诗以赠别

先鞭示我青云路，数年淝水萍踪驻。春来秋去曾几时，销魂复咏江郎句。

四月清和日正长，骊驹声里伯劳忙。榜花既开身不系，柳条未折心已伤。

古来骨肉斯文重，回头欢聚浑多梦。有如社燕与秋鸿，相逢未稳仍相送。

送君远腾万里足，莺迁乔木出幽谷。长公早受欧阳知，李白但愿荆州瞩。

君不见香花墩畔鹧鸪鸣，一年一度饯行觥。今年此际送君去，他年此日我将行。

又不见巢湖水清蜀山崛，钟毓英奇盛文物。于今先达几登龙，后来名士应如鲫。

愿君勿复心恻恻，相期努力春华惜。草檄须凭倚马才，匡时伫待凌云笔。

别后相望各勉旃，两心千里如一室。噫嘻乎，两心千里如一室，又何怅

乎天之南兮地之北。

编者按 此诗刊《学生文艺丛刊》1925年第2卷第7期第4页，上海大东书局1925年9月版。作者姓名前署：安徽六师。据诗中“四月清和日正长”句，当写作于1925年阴历四月。

声援“五卅”反帝运动，参加游行并编《淝水怒潮》专刊

九州奋起志成城，叱咤风云百万兵。漫道睡狮犹未醒，请听淝水怒潮声。

1925 年 6 月于合肥

读报知北伐胜利，军阀溃逃

汀泗桥南血战场，惊心风鹤遁仓皇。洛阳霸业今安在？落日孤城剩武昌。

1925 年

坐断东南五省强，霸图直欲继孙郎。奈何粤海雄风劲，遗恨空随江水长。

1926 年

菩萨蛮

新秋游菱湖公园，登湖心亭，吊姜高琦、周肇基墓，两烈士系在 1921 年安徽“六二惨案”中牺牲。

湖心亭外波光渺。田田莲叶蒹葭绕。红蓼绚前汀。菱歌互答清。　郊原佳丽处。郁郁姜周墓。日夜大江流。英风浩荡秋。

1929 年秋于安庆

浣溪沙｜秋登安庆迎江寺振风古塔

漠漠秋阴护晓寒。强从雾里认湖山。塔铃声咽诉时艰。　塞雁北来何处去，大江东去几时还？中流击楫问谁先。

1932 年秋于安庆

附　吴孟复《书城先生词读后记》：登高望远，抚事感时，景与情会，由景入情，书生忧国，感喟遥深。极虚极活，极沉极郁。“北宋清奇是雅音”，可以移评此词。易安居士见之，亦当许为本色。“漠漠秋阴”逗下句“雾里”，“晓寒”逗“强从”。“塞雁北来”谓自北而来，与“大江东逝”皆承“认湖山”来。“何处去”有“我能往，寇亦能往”意，亦即“问断鸿、知落谁家”意。“几时还”有“青山遮不住，毕竟东流去”意，承“时艰”而痛切言之。然“几时还”又寓奋起抗战以“挽狂澜”之语，故结以“祖生鞭”。顿挫跌宕，针线绵密。《南歌子》结构之妙，与此相同。知此始可以言赏析。

参加抗日，诸生出手册嘱题（二首）

腥风挟雨袭江楼，萧瑟宜城一片秋。家国兴亡吾辈责，先鞭喜见誓中流。

漫伤明日两茫茫，投笔临歧意气扬。待得凯旋同一醉，菱湖重赏好风光。

1937 年于安庆

自四川江津迁寓白沙，夜宿舟中

晓发江浦宿雾迷，白沙在望夕阳低。乡心一夜随流水，岁暮移家更向西。

1940 年 12 月

新春偶成

一从西走避胡沙，道路流离到处家。底事新春动乡思，他乡胡豆又开花[①]。

1942 年初春于东川白沙

注 ①四川呼“蚕豆”曰“胡豆”。俗以农历正月初一扫墓，由于节候较早，其时已开花。

喜闻日寇投降

八年奋战殪天狼，万里山河喜复光。杜老情怀今日似，放歌纵酒说还乡。

1945 年 9 月于白沙

编者按 首句一作“秋风一夜传佳讯”。

抗战胜利，交通梗阻感赋

小镇争传复九州，欲归无计转增愁。杞忧未解天倾虑，国事依然肉食谋。
流落黎民江上望，升腾鸡犬太空游。一樽且买他乡醉，俯仰人间浩荡秋。

1945 年秋于白沙

复员东归，由白沙赴渝舟中口占[1]

流寓山庄几度秋，今朝喜得下渝州。来时腊鼓催残岁，此日薰风解客愁。
肉食强谋天下事，书生枉作杞人忧。且凭放逐还乡去，长对青山侣白鸥。

1946 年夏

注 ①国立女子师范学院被解散，予乃浩然东归。

八声甘州

一九四六年秋，复员过武汉，适值孔子诞辰，江汉关借口教师节放假不办结关手续，致使满船教师及其家属曝秋阳于江上，颇有愤愤不平者，戏作此词慰之。

问滔滔、江汉汇东流，底事阻归舟。任解维待发，严关不启，飞越无由。道是教师嘉节，有假且同休。君自寻烦恼，夫复何尤。　　回首惊心往事，恨江防瓦解，谁柱中游？但苍黄西走，巴蜀且淹留。喜重来，江山依旧，白云外，黄鹤耸高楼。君须住，上蛇山去，一醉清秋。

1946 年 8 月

附 吴孟复《书城先生词读后记》曰："时越八年，情兼喜怒。词人之笔，准确反映出大众心声。万感苍茫，集于一点；满腔忠愤，谈笑出之。所谓言内意外，诗直词曲也。读此可知诗、词之别。"

史颂民《爱吾庐漫志》曰："'有假同休'及'自寻烦恼'，妙语耐人寻味。"

鹧鸪天

一九四六年，由渝州返乡，经安庆泊舟迎江寺振风塔下作。

少小遐思宝塔王[①]。壮游古刹访迎江。十年离乱归来日，又见横江塔影长。残暑退，晚风凉。桂华新送旧时香。回头灯火渔汀渺，更远他乡近故乡。

1946 年 9 月

注 ①吾家旧物蓝字布中"安徽有个宝塔王"句，即指振风塔。"塔影横江"为安庆胜景之一。

经无为刘家渡还庐江

十年不见刘家渡，今日重来兴有余。苇岸依稀犹旧识，菱洲疑似长新淤。风清柳下眠黄犊，日晚船头卖白鱼。最喜故乡云树近，长吟吾亦爱吾庐。

1946 年 9 月

南歌子

抗战胜利，越年始得辗转东归。旧时城郭，已荡然无存矣。

避寇流离久，还乡阻滞迟。归心时共水东驰。好是昨宵乘月、渡黄陂[1]。

旧郭无从觅，新邻乍见疑。娇嗔女问母为谁[2]。最喜椿庭秋爽满芳菲。

1946 年 9 月

注 ①黄陂：湖名。②予夫妇西去时小女郁如甫数月，留在家乡哺乳。

过芜湖二街戏作

大江东去海天长，闻道舟山入皖疆。疑怪昨宵归梦易，原来咫尺即吾乡。[1]

1949 年春

注 ①解放前夕，传浙江定海有所谓安徽省政府，又闻庐江县政府设在芜湖二街太阳宫巷内。

虞美人

一九四九年四月二十三及二十四日，先后在南京、芜湖两市迎接解放。

东风几夜无消息。天堑分南北。向来铁锁枉沉江。此日千帆竞发越茫茫。

轻车便向于湖去。且与妻孥聚。晓闻爆竹满城喧。喜又高歌同迓、艳阳天。

1949 年 4 月 24 日

初游黄山

宿云谷寺

云谷松风送晚凉，披襟跣足话长廊。人生几得名山宿，梦里微闻百合香。

晓望散花坞

深山幽谷鸟相呼，松石玲珑秀气殊。应是昨宵天女过，千红万紫散云衢。

1956 年 8 月 7 日于黄山

编者按 以上二诗刊《高教新探》1989年第1期，又见《当代名人咏黄山》《安徽当代先贤诗词选》。

梦笔生花

凌云健笔花生颖，绮梦雄观两并奇。安得谪仙同一醉，濡毫北海写新诗。

江郎一夕曾惊梦，才尽余年枉自嗟。却羡黄山藏此笔，毫端千古灿春花。

1956 年 8 月 7 日

浣溪沙 | 黄山玉屏楼前晚眺

一抹斜阳映玉屏。文殊台下万峰青。却看来路细如绳。　亦险亦奇真大巧[①]，曰山曰海本无名。今宵倚枕听涛声。

1956 年 8 月

注 ①玉屏峰有“云海奇观”摩崖大字。“不险不奇”“大巧若拙”则题于楼前石山青狮上，耐人寻味。

编者按 该词刊《高教新探》1989年第1期。

浣溪沙 | 过东海门向万松林前进

东海门深何处寻？峰回路转见双岑。长风万里一披襟。　下蛋已难窥老鳖[①]，掉头且共话山禽[②]。行行渐入万松林。

1956 年 8 月

注 ①黄山东海原有一景曰“老鳖下蛋”，已被采石者凿毁。②有鸟鸣声甚异，据导游云为“山乐鸟”，唯山上有之。

编者按 该词刊《高教新探》1989年第1期。

生查子 | 一九五六年八月六日登黄山始信峰

攀登始信峰，始信峰偏好。峰断跨飞桥，壁立悬如草。　藏峰夏似秋，湿岫云时绕。遗踪访前修，安得斯山老[①]。

注 ①登始信峰，上有清江丽田琴台及嵌壁石刻。石刻有崔国因诗“湿云侵岫晴疑雨，深谷藏风夏已秋”。

嘲黄山立马空东海石刻

拥重兵，寄闲情。“立马空东海，登高望太平”。原冀名山共不朽，怎知遗臭亦无名。

1956 年 8 月 6 日

编者按 题目为编者所拟。原诗及其本事见《黄山纪游》。

一半儿

潘妃莲步古来夸，苏嫂蛇行道上遮。安庆街头狮倒爬[1]，哎呀呀，一半儿山猫，一半儿马。

1956 年 8 月 6 日

注 ①安庆有“倒爬狮子街”。

忆江南（三首）

《黄山纪游》稿成，填小词三首附于卷末。

黄山好，何似在人间。天外峰奇云作障，崖阿泉暖气如兰。能不忆黄山！

黄山忆，最忆玉屏楼。铺海云深迷海子，采莲船去望莲沟。何日更重游？

黄山忆，其次忆狮林。始信峰头攀接引，排云亭下看晴阴。早晚得重寻！

1957 年 7 月 9 日

编者按 该词刊《高教新探》1989年第1期。

望江南（二首）｜一九六一年春节[①]

春意透，宿雨破兰芽。翠麦欲浮千顷浪，玉梅争发满城花。风软柳丝斜。凝望处，春色遍人家。绿酒频斟迎淑气，红旗高举灿流霞。歌舞乐年华。

春意满，绿野啭鸣禽。农业为基明号召，江淮何处不催耕。光景一时新。形势好，万众树雄心。马壮兵强身手健，棉山粮海眼前陈。指顾庆丰登。

1961 年春

注 ①载1961年《安徽日报》第3版。

南歌子｜六一儿童节《合肥晚报》创刊[①]

灼烁榴花艳，妖娆夏景明。长淝照映灿红巾。最是良辰六一、共欢欣。佳节夸双庆，煌煌晚报生。琳琅满目创新型，喜见灯前月下、正风行。

1961 年 6 月

注 ①载1961年6月1日《合肥晚报》第3版。

浣溪沙 | “七一”四十周年大庆喜作[1]

高举红旗四十年。功成星火率燎原。辉煌事业壮山川。　　七月荷花看怒放，万方歌舞乐无前。骄阳赫赫丽中天。

注 ①载1961年7月1日《合肥晚报》第5版。

临江仙 | 中国共产党诞生四十周年祝辞[1]

云海苍茫看日出，神州顿现光明。风流人物数豪英。红旗高举处，黔首尽倾心。　　四十年来全胜利，河山新貌峥嵘。万方此日庆功成。荐荷迎盛夏，献酒祝长春。

1961 年 7 月 1 日

注 ①载1961年7月2日星期日《安徽日报》第3版。

殿前欢（二首） | 合肥新年[1]

乐乎哉，新年何处不开怀。红旗舒卷青山外，梅破香腮。　　春光暗里来，更有人豪迈，直把冬容改。无边麦菜，绿遍江淮。

美乎哉，喧阗锣鼓闹通街。合肥旧貌今安在？灯满楼台。　　钢花日溅开，动地轰机械，手创新时代。英雄气概，直贯长淮。

注 ①载1962年1月1日星期一《安徽日报》4版。

满江红 | 观安徽省话剧团公演《胆剑篇》[1]

千古兴亡，英雄事、翻新演出。想当年、会稽禹庙，忍辱含戚。一片丹忱盟胆剑，五千壮志坚金石。笑从来、但说大夫功，西施策。　　恃强暴，一时力。持公理，终无敌。看十年生聚，十年训迪。凌弱难醒图霸梦，越民气早吞吴国。发深思、最是苦成言[1]，垂千亿。

1962 年 1 月

注 ①载1962年1月6日《合肥晚报》第3版。②剧中人物越国庶民苦成说："一时强弱在于力，千古胜负在于理。"

江城子[1]

宋姜白石尝寓合肥南城赤阑桥西，自度《淡黄柳》《凄凉犯》诸曲以纾客怀，即今柳色依然，市容迥异。惜白石未能生逢兹世，一睹胜概也。

西风门巷柳萧萧。马嘶遥。夜迢迢。一代词人，曾住赤阑桥。晓角空城纾客思，情恁恶，韵偏娇。　　南城依旧柳千条。遍芳郊，涌楼高。巷陌繁荣，秋色正妖娆。欲起老仙来共赏，叹盛世，庆逢尧。

注 ①载《安徽文学》1962年1月号，总第112期。

南歌子 | 黄山雨后，小立白龙潭上观人字瀑[1]

前日银钩瘦，今朝玉臂肥。擘窠书就势如飞。底怪昨宵运笔、走风雷。晚霁喧知了，斜阳染翠微。白龙夭矫下山溪。更与多情明月、伴人归。

1962 年 1 月

注 ①人字瀑下注逍遥溪，白龙潭奔腾来会。踏月缘溪缓归，弦月入窗，溪声犹在耳也。

附 吴孟复《书城先生词读后记》曰："造物固豪纵"，词笔亦似之。"银钩""玉臂"读之，如见"运笔走风雷"也。妙从"人字瀑"之"字"字着想，运用拟人手法，复以"瘦""肥"写出雨前、雨后之不同；而"银钩""玉臂""擘窠 ""运笔"，又皆与写字有关，构思极为精巧。"始知真放本精微，不比狂花生客慧"，读者当细心玩味之。

史颂民《爱吾庐漫志》曰：人字瀑经白龙潭入溪，下片第三句语言生动形象，与上片有首尾相应之妙。过变以"风雷""晚霁"暗通，意脉亦佳。

编者按 该词刊《安徽吟坛》1986年第1期。《当代名人咏黄山》序为："雨后观人字瀑，瀑与白龙潭奔流汇合，下注入溪。"《中国当代诗词选》序为："雨后观黄山人字瀑，踏月缓归宾馆。"

南楼令 | 登小补旧亭

谁系木兰舟。溪山胜处留。六年前、曾此清游。犹记惊心风雨夜，涛怒吼，石奔流[1]。　小立断桥头。凉飔入袂柔。喜重来，狎浪中洲。最是晚凉天宇净，亭角外，月如钩。

注 ①黄山逍遥溪上旧有小补桥，1956年“八一”之夕，予于大风雨中抵黄山，尝经此桥至宾馆。是夜其南段为山洪冲断，唯桥心小亭及北段尚无恙。今岁重来，始知桥以易地重建而将此亭修缮供游客登览。遥望如小舟承溪上，凭阑俯视，浪花飞溅，因念溪上游旧有狎浪阁，此胜殆亦似之。（1962年9月）

附 吴孟复《书城先生词读后记》曰：“笔力雄健，境界恢奇，而情韵殊胜。词中亦有合阳刚、阴柔之美者，此作是也。觉稼轩弄溪、南剑双溪楼诸作，刚健有余，但犹未免着力，不能如此词之自然。此点可为知者道耳。”

编者按 此词《当代名人咏黄山》本前有小序无尾注，《当代词综》本无小序有尾注。内容相似而有所出入。此据手稿。

鹧鸪天（二首）| 游合肥包河公园作

六月荷花映日娇。盈盈绿水满城濠。千秋民爱传佳话，一笑河清说老包[①]。
添胜景，看今朝。香花墩畔旧南郊。朱甍碧瓦芜湖路，更有红旗柳外飘。

绿杨深处鹁鸪啼。犹记初寻孝肃祠。曲槛清幽留客坐，浮萍聚散见鱼嬉。
追往事，恨来迟。豪情更胜少年时。喜看群众同游乐，人自风流景益奇。

1962 年

注 ①世以包拯笑比黄河清，言其难也。而民间传说谓致仕还乡时，朝廷予以城河一段，拯为之一笑，于是其水特清。

鹧鸪天（二首）| 观黄梅戏《谢瑶环》及《碧玉簪》

儿女猜疑碧玉簪。须眉愧对谢瑶环。风波几失三生好，抔土长埋一片丹。花露重，管弦酣。黄梅余韵绕黄山。清游那管归程远，月下敲门兴未阑①。

黄梅剧团演出《刘三姐》，是日苏联宇宙航行员尼古拉耶夫及波波维奇胜利着陆。

漫道君行四十年。又看姐妹入茶园②。今宵来了刘三姐，歌更娇妍月更圆③。修竹茂，百花鲜。黄山胜境最无边。人间天上同兹乐，宇宙遨游喜正旋。

注 ①屡见半山寺僧下山观剧，因忆贾岛诗句，故戏得之。②《谢瑶环》剧中武后为一青年演员扮饰，自称临朝四十年，观众不觉长笑。此剧《刘三姐》饰武后者又为采茶少女矣。③原剧唱词有此意，二团演员潘璟琍自合肥赶来饰刘三姐，演出之时值阴历七月既望，情景更为巧合。

编者按 以上二词未署时间，据第二首词序，可知作于1962年8月15日。

浣溪沙（三首）| 再游黄山

芜繁道中

柳陌菱塘接大江。青山隐隐水茫茫。平畴弥望稻初黄。　路转三山圩势尽①，风生万木晓阴凉。轻车一瞥过繁昌。

青阳午休，喜尝“九华云雾”新茶

行尽南陵鱼米乡。茂林修竹入青阳。丰年是处好风光。　一枕午窗回客梦，九华新茗涤诗肠。登程犹喜颊留香。

越丛山至太平，遥望黄山一角

峻岭悬桥一线通。飙轮辗转碧山丛。当头时见插云峰。　　林密岩阴惊昼晦，峦开视展又晴空。黄山一角有无中。

1962 年 9 月

注 ①芜湖至繁昌三山镇公路多在圩堤上，过此渐入山区。

鹧鸪天｜早发黄山返合肥

残月如钩恋晓风。轻车待发恨匆匆。征轮似解行人意，故故迂回下碧峰。千个竹，万针松。问君此去几时逢。青山一路如相送，回首天都缥缈中。

1962 年 9 月

鹧鸪天

自黄山出席知识分子会议回合肥，道经青阳，望九华山作[①]。

绰约莲华出水初。亭亭九蕊望中舒。名山一见惊神采，太白刘郎意不殊。奇亦秀，信非虚。竹舆揽胜忆于湖[②]。相看未是车尘远，凝伫烟霄幻有无。

1962 年 9 月

注 ①九华之名改自李白，以“其上有九峰如莲华”，诗谓“天河挂绿水，秀出九芙蓉”。刘禹锡亦盛称“九峰竞秀，神采奇异”，诗有“奇峰一见惊魂魄”。②张孝祥《于湖词》有《水龙吟·望九华山作》，其起结句云：“竹舆晓入青阳……匆匆又去，空凝伫、烟霄里。”

注 以上黄山词载1962年9月16日《安徽日报》第4版。

一半儿（三首）

喜闻击落美制U—2飞机，嘲肯尼迪。

白宫月黑夜沉沉，东亚朝阳普照临。华夏岂容“U—2”侵。梦初惊，一半儿迷糊，一半儿冷。

厚颜抵赖又声明，欲盖弥彰枉费心。傀儡不离操纵人。莫装昏，一半儿无聊，一半儿蠢。

豺狼嘴脸本狰狞，巧语花言谁复听？烦恼向来由自寻。看长缨，一半儿套头，一半儿颈。

注 载1962年9月23日《安徽日报》第4版。

满江红 | 国庆十三周年献词

万里清秋，烟岚净、江山如濯。又还见、橙黄岭表，枫丹河朔。佳节重阳知渐近，丰年是处洵多乐。况今朝、建国十三周，齐欢跃。　新时代，人民觉。扫残秽，风雷作。笑垂涎窥伺，穷边海角。匣剑初鸣狐鼠窜，神威一奋鬓鸦落[1]。把红旗、高举薄云霄，光辉灼。

1962 年秋

注 ①“匣剑”联指该年印度入侵被击退，及美蒋U-2型间谍飞机被我空军击落。

玉楼春（二首）| 一九六三年迎春[1]

昨宵廿九今初一。底事安排欠三十。人民热望此心同，早送寒冬迎暖日。东风万里传消息。扫却阴霾沧海碧。擎天巨手绣河山，白雪阳春歌禹域。

乍回淑气催黄鸟。几日潜舒原上草。漫愁梅小柳醒迟，二麦青青春意早。红旗离岸光辉耀。万户千门鸡唱晓。年年社社物华新，共庆尧天无限好。

1963 年 1 月

注 ①载1963年1月25日《合肥晚报》第3版。

小阑干（二首）| 观剧归来作

萧萧芦荡水连空。战斗几英雄。幕天席地，餐风饮露，十八苍松。春来茶馆藏春处，浓艳一枝红。饱经风雨，花开胜利，湖上春浓。[1]

滔滔南海渺烟云，海上有长城。寇来能战，战之能胜，赫赫民兵。晚霞如绮三杯酒[2]，巨浪涌金鳞。渔家一怒，红旗高举，胜利常新。[3]

1964 年 7 月

注 ①此为观看《芦荡火种》。②三杯酒乃海岛岩石名。③此为观看《南海长城》。

编者按 原载1964年7月30日《合肥晚报》第3版。

浣溪沙

一九六五年春暮，自太仓浮桥归嘉定外冈，舟中口占。

风压云低夹岸飞。麦翻轻浪菜花稀。小河九曲转沙溪[1]。　　三月江乡潮水漫，一年好景雨旸时。农家争积草塘泥[2]。

注 ①舟经九曲公社及沙溪镇。②掘地作窖，以塘泥及青草相间为堆肥，称“草塘泥”。

嘉定外冈访李秀成手植黄杨

英雄事业话凄凉，天国河山浸夕阳。大厦独支凭赤胆，将军一去剩黄杨。百年罕见繁枝茂，众口流传战果煌。几度沧桑遗泽在，是非留与后人详。

1965 年春

编者按 该诗入选《中国当代诗词选》，叶元章、徐通翰编，江苏文艺出版社1986年版。

咏吴潜履斋（二首）[1]

济时有策从谁吐？报国无门枉自嗟。老死南荒千古恨，向来海角即天涯。

谁是人间孽业虫？西头狠毒过蜈蚣。临安一去休回首，忍见湖山夕照中！

1966 年

注 ①“文革”中予以曾经研究吴潜及其《履斋诗余》被批判，心殊不服，见于吟咏。后于废纸中检得此稿，题为《七绝三首》，第一首起用履斋词句：“报国无门空自怨，济时有策从谁吐。”次首谓贾似道（当时朝野以西头为贾的代称）使人作《蜈蚣谣》中伤吴潜兄弟。第三首仅存“履斋奏议诗余在”一句，盖诗未成又被揪斗矣。

满江红

牛棚夜雨，僵卧默诵杜诗，感怀得此。

八月秋高，西风急、飞蓬卷席。恨儿辈、抱茅径去，公然为贼。广厦万间清梦冷，愁肠百结床头湿。叹诗人、愿望总成虚，今犹昔。　　天地转，何曾息。晨昏变，恒相及。问盈虚消长，孰能移易。穷士应怀修竹节，楚囚漫对牛衣泣。励冰霜、冬去必春回，终难塞。

1968 年秋

编者按 此词入选《五四以来诗词选》，华钟彦主编，河南大学出版社1987年10月版。

咏马[1]

少年足健自骄行，壮岁心雄事远征。尚未识途嗟已老，岂甘伏枥负平生。
月明冀北思千里，春到淮南问几程？浅草没蹄寒食后，华山遥望不胜情。

1969 年春

注 ①1969年（农历己酉）2月20日为予64岁生日，时老伴留合肥，大儿在北京，小儿下放青阳，予独待罪下塘，行吟泽畔，以生肖为马，得《咏马》一律。自来江南，忽忽十七年矣。去冬老伴溘逝，予顷又将渡江北去，偶阅旧作，盖不胜人老珠黄之感。原稿韵脚从方言，兹尽改协庚韵。1986年10月31日。

编者按 一本原注：此诗作于下塘集，记是日独往小馆进餐，归途口占七律："少年健足轻风尘，壮岁驰驱齿暗增。尚未识途嗟已老，岂甘伏枥负平生。月明冀北三千里，雪尽淮南六四春。浅草没蹄寒食后，华山遥望不胜情。"其中尘、春在真韵，增在蒸韵。吾乡音久已不分，或以为病，因尽改为庚韵。

合肥师院与皖南大学合并，临去前夕口占（二首）

芳园日日减容光，犹有寒鸦聒噪忙。雹碎霜凋生意尽，十年弹指见沧桑[1]。

相对无言夜未央，北风吹雨送凄凉。明朝又向江南去，却望庐州是故乡。

1970 年 1 月

注 ①予于1959年8月由芜湖安徽师院调合肥师院，继续负责教务，时合师成立甫一年。匆匆十载，眼见其创建、发展以至拆并，不胜惋惜依恋之情。

人月圆

大江日夜东流去，人月却重圆。湖山劫后，琅嬛失色，憔悴谁怜？　阳生律转，百城同拥，且待春暄。欲邀山月，招来细柳，共醉陶然！

注　此词作于合肥师院与皖南大学并校再来芜湖时。1949年安徽大学建校于芜湖，其几经分合，至此大都分得重聚一堂，故有“人月圆”之感。时予犹以“牛鬼蛇神”身份，与一批同遭迫害的同事，从轻发落在图书馆劳动，故语意及之。

寄颂民石台七都（二首）

廿年晋北长相忆，几度江南喜再逢。乍见惊疑如梦寐，别来倏忽又隆冬。
向阳梅绽寒香早，转眼春明永昼慵。何日于湖重把晤，一樽相对话离悰。

联床听雨记庐州，古屋寒灯几度秋。老去渐惊知识尽，平居长忆少年游。
山中腊月怀摩诘，江上扁舟望子猷。遥望七都松竹茂，风光更胜赭山楼。

附　颂民答诗

三入寒山暂息身，频劳问讯话前尘。开缄快读情如昨，击节长吟感更新。岂敢优游消岁月，尚思服务为人民。秋高三晋容归去，小驻征程一晤君。

编者按 据《春日与老伴闲话，有怀颂民伉俪》诗，史颂民夫妇1970年之前，自太原回石台。又据《悼史颂民伉俪》诗注，1970年春史颂民夫妇曾来芜湖，与宛敏灏相晤。从诗中“别来倏忽又隆冬”来看，当作于1970年冬。

承老阮同志赠诗，走笔奉和，即请教正

少年为革命，慷慨渡江东。诗酒承先德，新功继旧庸。

春花看竞发，杲日庆方中。幸得接光霁，长怀君子风。

注 此诗约作于1971年或1972年，时住在东大门新宿舍内，阮鸿藻经常来访，并赠诗索和，因作此酬应。书于灰黄色的旧纸片上，未署名。今年阮同志忽将其原作自写裱好送来，并出示旧物嘱写作纪念。

悼陈雪尘教授（二首）[①]

饮恨轻生与世辞，书生悻悻抑何痴？秋坟从此凭君唱：“独坐江头数雨丝。”

邂逅江南记赠诗，一生低首小山词。重来故地人何在，添得刘郎两鬓丝。

1972 年 12 月

注 ①1949年秋，初识陈雪尘教授于芜湖安徽大学。暇日以得意断句

"独坐江头数雨丝"相示，并赠诗云："一生低首小山词。"其后以分校，不相闻问逾十年，"文革"中传自经于安农。曾口占一绝，顷偶忆及，更续一章。

编者按 第一首入选《中国当代诗词选》。

病起有感

满眼风光挹翠楼，刘郎重到几经秋。病来拚蓄三年艾，律转终能一日瘳。老眼喜看春意近，黔驴应为技穷羞！①明朝策杖山头去，纵览长江天际流。

1972 年冬

注 ①"十年动乱"，予至1972年冬至此日始得"解放"。有"毛驴"者蓄意害我，从此可以休矣。

编者按 该诗入选《中国当代诗词选》。

东望

人事纷纭那可知，古今能数几人痴。每思皖水分飞日，最喜巴山再晤时。剪烛溪村呼渡晚，寻春白下悔来迟。念年鱼鸟无消息，东望频添两鬓丝。

1972 年

临江仙

1973 年春节，刘、潘两同志赴淮上旅行结婚。破旧立新，喜佳偶之相得；

同心永爱，祝幸福兮无疆。爰集词牌，聊表贺意。

淮甸春回日丽，早梅香里风和。换巢鸾凤两情多。鹊桥仙暗渡，解佩试香罗。　乘兴阮郎归也，双双燕舞莺歌。鸳鸯梦好乐如何。鱼游春水暖，骤雨打新荷。

妙笔①

妙笔奇观百丑图，百般丑化认模糊。如何此日权威宛，幻作当年洪武朱②。
已曰死生难逆料，何妨牛马任喧呼。人间真相终须白，且任儿曹鬼画符。

注　①从一纸片抄录，似“文革”中作，其后默出者。②“十年动乱”，予被呼为牛鬼蛇神，百丑图中有肖像，见者不识，谓大似早年小学历史课本插图之朱元璋。

编者按　据自注，该诗写于“文革”期间，具体时间不详，姑系于此。

江上 | 一九七三年生辰作

江上春酣二月时，东风浩荡日迟迟。月圆五夜欣初度，星阅双周便古稀。
精力暗衰贪曳杖，豪情欲减怯填词。良夜偶得嘉宾集，谈笑相邀尽一卮。

1973 年农历二月

九月廿六夜有梦坐起口占

潇潇风雨叩窗鸣，秋意凄凉袭客心。梦里浑忘身已老，尚思服务为人民。

1973 年

赴京越长江大桥车中口占（二首）

飞轮驰骤越茫茫，惊喜蟠龙化巨梁。欲问醉翁亭近否，轻车已报过滁阳。

人生能得几中秋，喜趁良宵作壮游。回首金陵灯火里，如霜明月又徐州。

1973 年 9 月 10 日夜

感旧纪梦

相逢病室话前尘，无限温馨儿女情。绿树成阴轻旧约，巫山梦断楚云深。

编者按 该诗未署时间，手稿位于上诗之后，下诗之前，姑系于此。

与老伴小憩颐和园知春亭，戏咏所见（四首）

才可十五余，双辫长及膝。发波共绿波，荡漾来何急。

相约昆明湖，打桨桥头候。迟迟君不来，发长人益瘦。

白首双鸳鸯，冷眼时相觑。枉集知春亭，不识怀春意。

欢持摄影机，惊喜忽相遇。两桨疾如飞，共载湖中去。

1973 年 9 月 14 日

喜晤四弟于北京

南北星霜十五更，池塘春草梦中生。只今乍见犹疑梦，竟日清谈未尽情。
相对分明俱老大，戏言是否更年轻。燕郊九月风光好，天淡云闲喜晚晴。

1973 年 9 月 16 日

游香山

桂留余馥菊华开，为探秋光策杖来。栌叶半醺霜柿醉[①]，西山爽气荡胸怀。

1973 年 10 月 7 日

注 ①北京香山红叶为黄栌而非枫。山沟秋深犹暖，此时但微红耳。

浣溪沙 | 首都体育馆观冰上表演及球赛

璀灿华灯泻水明。寒光一片照层冰。银刀闪烁技翻新。　　掠地飞来春燕疾，冲霄倏逝雪鸿惊。横戈骤马扫千军。

1973 年 10 月 9 日晚

附 吴孟复《书城先生词读后记》曰：“此题极难作，盖古无其事，无可依傍，更无典故可用也。作者用白描手法，曲传神态，状难写之景，如在目前，惊心动魄，一字千金。五十年来，从报刊上读过若干写现代新事物之诗词，几无一首是诗，更无一首是词。今读此作，心眼大开。始知非新事物之不可以入诗词，而是由于作者功力之不足。有志‘旧瓶装新酒’者，不可不读此词。”

史颂民《爱吾庐漫志》曰：“‘掠地’一联刻画神似；‘扫’字用于冰球亦确切。”

梦中作

秋声夜起，梦中恍惚置身体育馆观花样滑冰表演及冰球比赛，得一绝记事。

琤琮舞曲调新翻，罗袜生尘洛水寒。星斗阑干霜月白，冰河铁马战方酣。

1973 年 10 月

接四弟十一月四日家书

北国霜风肃冀燕，江南犹是小阳天。去留乘兴随时节[1]，聚散惊心并暮年。

一纸书来言别后，几回神往忆从前。但期异日同休退，曳杖怡怡皖水边。

1973 年 11 月

注 ①来书责我自京回皖时不告而去。

浣溪沙

1973年冬至前夕，偶忆1947年作小词，有“一春两度宿西河”句，忽忽27年矣，枕上为足成之。

双桨咿呀泛绿波。一春两度宿西河[①]。故乡回首月明多。　旧识依稀寥落尽，中年哀乐等闲过。寒窗午寐奈愁何！

注 ①西河原属安徽无为县，自庐江赴长江边刘家渡，民船常在此停泊过夜。

诉衷情

寒宵无寐，回首平生，枕上得此。

少年衣食损豪情。奔走大江濆。东风换了人世，四海庆同春。　心未老，齿先零。发难青。夕阳无限，晚景须珍，休负平生。

1974年1月11日

编者按 此词刊《江淮文艺》1980年第9期。

晚步偶成

十载重来事已非，旧游零落见常稀。春融湖上花旋谢，月冷山头凤不归[①]。豪气未除聊自慰，残书欲尽尚相依。澄江似练霞如绮，放眼风光趁晚晖。

1974年3月

注 ①1972年春曾约张君勉病起同绕镜湖散步，不久下世，钱益光、昂觉民宿舍在凤凰山，亦于1973年夏秋先后殂谢。

悼念亡友张大及李三（二首）

年年墓草长青山，江水东流更不还。往事即堪回首忆，同舟风雨次襄安。①

萧萧秋柳几株存，昨夜西风冷白门。向晚夕阳空自好，可怜流水绕孤村。②

1974 年清明

注 ①1929年初夏，余与张君勉被迫经无为襄安出走。前尘如昨，而君勉殁葬当涂青山，业已阅岁。②李炳墋晚寓南京。“十年动乱”初期，与汪德全及余曾有“三家村”之目，二君于1971年及1973年先后去世，仅存孤村矣。

鹧鸪天

一九三六年夏，在安庆寓庐植凤仙花有如五宝桃者，今久不见此花矣。是岁，余截除阑尾。

褪尽春红见凤仙。仙姿胜似碧桃妍。枝头初绾同心髻，叶底旋开并蒂莲。

情脉脉，意绵绵。不堪回首断肠年。三生有幸原虚语，一度思量一惘然。

1974 年 6 月 26 日

附 吴孟复《书城先生词读后记》曰：“以浓艳之语，写沉挚之情，所谓

‘以乐写哀，倍增其哀’也。意微而婉，读者勿误认咏物之工。”

编者按 此词刊《安徽文学》1980年第3期，序作：“四十年前在安庆城东寓庐植凤仙花有如五宝桃者，今久不见此花矣。偶效小山体填此。”末署时间为1974年6月26日。

唐多令

阵雨惊梦，晚晴散步经平章里有感。[1]

阵雨袭南窗。新秋一枕凉。笑平生、梦里还忙。一字推敲犹未稳，周与蝶，两相忘。　　旧里过平章。斜阳树影长。不堪听、邻笛悠扬。极目江东云缥渺，山隐隐，水茫茫。

1974 年 8 月 29 日

注 ①故友张君勉旧寓平章里，卒葬当涂青山。

编者按 此词刊《安徽文学》1980年第3期，小序作：“阵雨惊梦，晚晴经亡友君勉旧寓平章里有感。”

秋宵纪事

夜半荒鸡唱一声，几家买肉竞宵征。月明人去闲庭静，卧听秋虫绕砌鸣。

1974 年 9 月 1 日

一九七四年中秋次日喜逢国庆

神州人月昨宵圆，建国今朝廿五年。翘首长安红日近，普天同庆乐无前。

1974 年 10 月

夜醒

大辂声稀梦渐迷，江轮破浪忽长嘶[①]。秋虫四野鸣如沸，又听邻鸡喔喔啼。

1974 年 9 月 3 日晨

注 ①江轮鸣汽笛，声与一般不同。

悼光元鲲[①]

久负江东画虎名，秋风一夕冷丹青。萧斋寂历余斜日，小鸟啁啾暗云翎。纵笔传神真亦幻，游园堕泪梦应醒[②]。从今谁更商题句，江上芙蓉正满汀[③]。

1974 年 10 月

注 ①1974年10月15日惊闻元鲲一夕遽殒，亟往唁慰。斜日照壁，笼鸟啁啾，追维往事，痛成一律。②自言“文革”中在合肥师院游园，不禁堕泪。③去世前数月，曾约予商拟所绘芙蓉、雉鸡、雄鹰诸图题句。

编者按 此词刊《安徽文学》1980年第3期。

鹧鸪天

邻童植凤仙数株，花瘦叶长，今亦零落殆尽，偶感复作。

凤去楼空事渺茫。晓窗惊喜见红妆。玉环消瘦霓裳薄，飞燕飘零翠袖长。追往昔，总凄凉。西风庭院对斜阳。群花散尽刘郎老，回首前尘枉断肠。

1974 年 10 月

附 吴孟复《书城先生词读后记》曰："此词似从白石'怕红萼无人为主'脱化而来。'十年浩劫'，回首惊心。当时尤有难言。"史颂民《爱吾庐漫志》曰："枝头""玉环"二联，花人互喻，融为一体，使读者无暇分辨其为咏物或感事。是得力于小山、淮海以情志胜者。

编者按 此词入选《中国当代诗词选》，末两句作："群花散尽秋容淡，老圃谁同晚节香。"

此生

逸兴豪情有亦无，一从多病故人疏。此生岂分闲中老？斗室晴窗且读书。

1974 年 10 月

除夕

爆竹声中淑气新，银灯着意向人明。平生惯作他乡客，此夕偏多故里情。已是病衰疏酒盏，且贪笑语共儿孙。白头弥觉今宵乐，来日同迎七十春。①

1975 年 2 月 10 日

注 ①予长老伴一岁，同登七十，唯虚实异耳。

浣溪沙 | 食蜜枣偶作

闻道仙家枣似瓜。春风不到漫咨嗟。只今老树已桠杈。　　偶味余甘思往事，枉因嘉果惜浮花。闲情聊寄浣溪沙。

1975 年 3 月 1 日

嘲“英雄 100”旧笔（二首）

万言日试看从容，渴饮长江气贯虹[①]。百战功成肝胆见[②]，将军毕竟是英雄。

东涂西抹伴疏才，一饭三遗亦可哀[③]。几树辛夷春意满，兴来又欲走风雷。

1975 年 3 月

注 ①“长江”是墨水品牌名。②指内管已锈。③指漏水。

过平章里至镜湖公园，因忆君勉，殁已两年矣

依稀旧里认平章，佳话曾传问范张[①]。又是江南春欲暮，漫天风絮暗陶塘。

1975 年 3 月

注 ①1946年冬，余宿张君勉平章里寓所，有寻范先生者叩门甚急。次日知其人为程演生先生所遣，盖误“宛”为“范”，乡友因戏谓我二人为范（式）、张（劭）之交。

慰笔

十年南北总相随[①]，岁月消磨各自知。我鬓已斑君亦老，相看不厌晚春时[②]。

1975 年春

注 ①自“文革”开始至此年恰十年，由合肥再迁芜，老妻俱相随。
②“相看不厌”为再用。

临江仙 | 乙卯二月十日生辰

去日苦多来日少，余生几度生辰。春酣二月恰兼旬。婵娟弦月满，锦绣万花馨。　　七十华年忙里过，而今老病侵寻。相怜却喜有同心。衰迟珍岁月，成长看儿孙。

1975 年春

浣溪沙 | 一九七五年三月十四日生辰

过却今朝晋七旬。白头相对话儿孙。人生无奈是多情。　　积习未除豪气在，苍松不老柳梢青。东风万里喜同春。

临江仙 | 谢江西柳子谷先生为作风竹

万个因依戛玉，几竿挺立摇青。流泉石上响琮琤。娟娟山月满，簌簌夜凉生。　乞得河东健笔，移来江右娉婷。惊看素壁翠烟横。板桥无此作，与可应心倾。

1975 年 5 月 31 日

编者按 此词刊《江淮文艺》1980第9期。

虞美人

昨宵骤雨飘风锐。四野蛙声沸。今宵雨寂更风轻。时听漾空汽笛、一长鸣。人生难得江南老。楚尾吴头好。纱窗草席嫩凉滋，正是榴花初绽、麦秋时。

1975 年 6 月 4 日枕上

附 吴孟复《书城先生词读后记》曰：“‘纱窗嫩凉’与‘却道天凉好个秋’同一机杼。‘漾空汽笛’，化俗为雅，亦见功力。”

史颂民《爱吾庐漫志》曰：“‘飘风不终朝，骤雨不终日’，暴风雨后终将恢复恬静。词人预见，意在言外。”

编者按 此词刊《江淮文艺》1980年第9期。“飘风”，一作“雄风”。“嫩凉”，一作“夜凉”。

临江仙 | 谢申柏厂画竹枝及水仙见赠

垂露葳蕤滴翠，凌波顾盼生姿。寒江岁晚恨逢迟。潇湘愁夜永，洛浦怅烟迷。　尺木风流谁继[1]。赭山老柏尤奇。一枝相赠却非梅。霜筠窥素女，幽梦冷清溪。

1975 年 6 月

注　①柏厂有章曰“尺木乡人”，画家萧尺木亦芜湖籍。

编者按　申柏厂（1904—1976），又名申茂之、申柏馨、申拓，号龙叟。1928年毕业于北京艺术专科学校，先后任教于华东大学艺术系、山东大学艺术系、安徽师范大学艺术系，擅长工笔花鸟和草虫。著有《申茂之作品集》。

答颂民七绝三首，时移居陈村水库上西庄

新居闻道寄西庄，无限风光说广阳。绿水青山今胜昔，人生难得见沧桑。

波光十里漾陈村，鱼鸟相视似故园。老去廉公终念赵，多情应亦为儿孙[1]。

宣州盐笋细如鞭，回首初尝四十年。闻说广阳干笋美[2]，山珍未见已垂涎。

1975 年 6 月末

注　①来书谓儿孙皆在太原，时萦远念。②许赠送广阳干笋，故结句及之。此笋干细而老，盖采野竹笋为之，不如“扁尖”“秃挺”远甚。

纳凉闲话渝州旧事戏成五绝句

万家灯火到渝州，两度移家更上游。哀乐中年忙里过，驴溪风月又中秋。[①]

“狄人所欲”费猜疑[②]，“淡趣芭菰”语出奇[③]。阵摆龙门忘日暮，耐人寻味是“玻璃”[④]。

长林雾散喜秋晴，橘熟橙黄点万金。千树木奴应亦老，垂垂龙眼忆山岑。[⑤]

“盐水花生”下酒香，“金钩抄手”怯初尝[⑥]。“帽儿头”与“阳春面”，喜更相因胜故乡。

问讯船期未有期，归来硕鼠过桥驰。几声“炒米糖开水”，正是山城入暮时[⑦]。

1975 年 7 月

注 ①1938年夏，余以薄暮抵渝，旋移家江津，越年复徙白沙新桥。②沙坪坝至瓷器口道旁岩壁上有两座神像，额题“狄人所欲”，盖“土地”的歇后语。“狄人之所欲者，吾土地也”，语见《孟子》。③“淡趣芭菰”见于烟肆条幅，似由“淡芭菰”译音而来。④据卢鼎丞先生语余，曾在茶楼索“玻璃”一杯，良久始悟其义即白开水。⑤寄寓新桥桂花庄，庄后有桂圆桂木数百株。隔溪有徐氏橘林，据称始植于清光绪三十二年，盖与余同庚也。⑥初不知其为何物，谓虾米为“金钩”，尚不难理解；称馄饨为“抄手”，则至今未悉其得名由来。⑦重庆候船所见。

建国二十六周年喜成七绝

红旗高举舞东风，八亿神州气贯虹。二十六年昭业绩，五湖四海庆丰功。

陈正老草书收信人地址，邮员为改真书寄到，戏作小诗（二首）

笔走龙蛇势欲飞，似曾相识是耶非？江山犹是名依旧，争奈方家信手挥。

神飞翰逸古寥寥，纵笔今看气势骄。喜有方家能辨认，沉浮幸未付洪乔。

编者按 此诗未署日期，疑作于1975年。陈正老，指陈正飞（1906—1986），江苏昆山人，曾任新中国新闻总署秘书、辅仁大学副教授、安徽师范大学历史系教授，著有《二次世界大战史料》《问路集》等。

病中杂诗（四首）

满城寒雨重阳近，蓦地风波二竖缠。九转愁肠凄欲绝，几人交谊老弥坚。相看白发三千丈，回首前尘四十年[①]。却喜山楼遥望处，晚霞如绮照江天。

一死谁能免，余生偶复苏。负暄江上坐，闲数水中凫。

极目江天远，家山若可望。濡须通绣水，一苇到吾乡。

寒雨连江日，轻车出院时。劫来如一梦，周蝶两堪疑。

1975 年 10 月

注 ①重阳前数日，余突以急眩症入医院，刘介夫、程则凡、李梦樵、笪耀东诸老前来探望，皆四十年前同学兼长期共事者也。

读韩偓《息兵》诗句有感

正当困辱殊轻死，已过艰危却恋生。妙语千年谁解道，冬郎曲尽世间情。[①]

注 ①“十年动乱”中，友人某君曾自杀获救，劫后重逢，举韩偓《息兵》诗见示，盖自解也。韩偓小字冬郎。

1975 年 11 月

一九七五年农历十月初四日老伴生辰

古稀欠一欣初度，新月过三入小春。五十华年同绮梦[①]，相期皓首指松筠。

注 ①五十年前农历十一月十九日结婚。

西行

千里西行到处家，瞿塘五月上三巴。霜林橘熟江津好，六载山庄忆白沙。

1975 年 11 月 10 日晨

浣溪沙

携老伴参观赭山菊展，时室外已多零落，而中山堂内犹生意盎然。客多欣赏所谓“二乔”者，予独喜其“玉魁龙”。

萧瑟东篱冷露浓。缤纷怒放满瑶宫。二乔相对笑西风。　霜髻惊疑青女堕，柳腰却喜晚秋逢。玉龙娇首白云中。

1975 年 11 月 21 日

浣溪沙

中山堂上喜见龙叟“秋菊有佳色”图，因思曩承绘赠水仙已暂还柏厂，而所许黄花、拒霜、红梅等，尚一无消息，意其将联袂而至，企而望之，填小词奉博病中一粲。

许赠黄花紫蟹图。题词已读画犹虚。愁闻秋雨病相如。　暂送芳尘归洛浦，还期冷艳集蜗居。殷勤扫壁待群姝。

1975 年 11 月

颂民疝疾复发寄诗戏之（三首）

广阳岁晏野狐精，夜窜西庄惑老生。绮梦方酣惊尾露，回肠荡气到天明。

喜值金婚五十年，愿花常好月长圆。满村爆竹驱狐魅，迎得春光万里妍。

眼花无碍看山林，兴到何妨闭目吟。遥望一番风雨后，陈村松柏更森森。

编者按 此诗未署写作日期。史颂民于1925年冬结婚，据“金婚五十年”等语，知此诗作于1975年冬。

答颂民书并附呈一律

曳杖江头两鬓华，此身安处即为家。诗成三上多依枕[1]，酒止经年独嗜茶。却喜故人新寄雁，辄回短柬漫涂鸦。儿孙暂别寻常事，慎莫萦怀遣眼花[2]。

1975 年 12 月

注 ①欧阳修自称诗成于“三上”，谓枕上、厕上、马上也，余今多在枕上得之。②来书谓伉俪时以儿孙为念，老眼益觉昏花。

乙卯十一月十九日偶成[1]

红烛高烧爆竹喧，亲朋咸集醉华筵。春心初共寒梅发，绮梦常如朗月圆。往事追维半世纪，儿孙遥庆古稀年。明朝更喜迎长至[2]，放眼江山万里妍。

注 ①此为1976年1月3日改定稿。记寄颂民时原作：“爆竹声喧薄暮天，高烧红烛拜堂前。春心初共寒梅发，朗月长随人意圆。往事追维惊半纪，儿孙但解庆稀年。明朝喜更迎长至，放眼江山万里妍。”后以中国旧称十二年为一纪，曾去函改为“半世纪”，又1月3日曾改“明朝”句为“人生难得双栖老”，今仍用原句。寄颂民初稿中“拜”字不如“照”字。②次日为公历十二月廿二日冬至。

忆硕民、士逸

故地重来剧可伤，依稀旧校认农商。钟三王七今何在，分水庐江剩夕阳。[①]

注 ①硕民及士逸，早年曾分别在芜湖安徽省立第一甲种商业学校、省立第二甲种农业学校肄业。抗日战争前，硕民已殁于分水，士逸亦于抗战中病故庐江。少小同学，零落殆尽，偶过城东，每不胜怀旧之感也。

1976 年 1 月 17 日

人日戏笔

“新春漫喜逢人日，旧梦犹惊萦鬼蓬。”[①] 两句多年无意续，闲愁待付大江东。

1976 年正月初七日

注 ①此为1970年重到芜湖人日所得断句，1969年一般所谓“牛棚”，合肥称为“鬼蓬”。

春日与老伴闲话，有怀颂民伉俪，章成寄奉一粲

百年谓己分，子桓良可嗤！七十古来稀，我辈偶得之。八十固在望，九十未可期。莫谓桑榆晚，来者犹可追。春风陌上来，花开蝴蝶飞。长夏蝉惊梦，荷花香溢池。秋山红叶艳，矫首雁南归。冬夜鸡鸣早，梅窗月上迟。四时皆可乐，此乐两心知。借问何能尔？老去际明时。忽忆宋与史，偕老广

阳陲。平生重素交，长记少年姿：当年君初婚，故乡访鸾居。啜茗泉水口，游目眺黄陂。匆匆五十年，南北各奔驰；中间消息断，存殁费猜疑。白头惊忽遇，执手大江湄。相对如梦寐，悲欢不自持。昨夜春雷动，江南雨万丝。遥想陈村水，应亦泓涟漪。溶溶鱼鸟乐，苍苍松柏奇。岁月不我待，离思又暗滋。何时重把晤，樽酒漫谈诗。人生不满百，多忧无乃痴。儿孙各得所，远念亦非宜[1]。裁笺报故人，何以慰相思？走笔难尽意，不暇更修辞。

1976 年 2 月 15 日

注 ①颂民来书谓其夫人时念太原儿孙。

临江仙

1938 年 2 月，予以避寇，孑身先走武汉。旅店凄清，曾有断句云："情深疑别久，被薄讶春寒。"其后屡足为诗词，尽已忘却。俯仰今昔，复用作小词一首。

望断天涯何处去，西征暂息蛇山。故乡回首路漫漫。情深疑别久，被薄讶春寒。　　三十八年如一梦，东风早换人间。此身难得老江南。豪情翻胜昔，倦鸟喜知还。

1976 年 2 月 24 日

浣溪沙

郑震兄为作皖南山区小景，敬题浣溪沙一首致谢请正。

老树春来绿渐深。嘤鸣群鸟出芳林。朝阳初照远山岑。　　宿雾晴云还似昔，古庄新貌喜看今。兴酣纵笔见胸襟。

1976 年 2 月

偕老伴在校园赏月

楼台灯火满山阿，夜色微茫薄似罗。圆月窥人双照影，一春兴会此宵多。

1976 年 3 月 14 日（即农历二月十四日）

一九七六年阴历生辰，是日春分

江南二月百花香，过却春分昼更长。七秩同登有虚实，两回初度别阴阳。[①]

漫惊后浪催前浪，且喜他乡似吾乡。最是一番风雨后，赭山松竹共苍苍。

1976 年农历丙辰二月二十日

注 ①谓老妻今年亦虚龄七十，予阳历生日为3月14日。

江上偶感，用陆游《小舟游近村舍舟步归》诗韵（二首）

三家村外几家庄，古往今来剧一场。春水方生闻杜宇，江东何处觅孙郎。

赵家庄外几家村，浩劫余波亦及门。今日澄江静如练，人间何必问桃源。

1976 年 3 月

丙辰谷雨述怀，追步李十湖丈寿先君七旬诗原韵

老去江南寄一枝，古稀今日未为奇。少年豪气凭谁问，故纸生涯只自知。却喜多情明月在，相看不厌晚春时。漫言离合悲欢惯，昨夜灯前有所思。

1976 年 4 月 20 日

附　李文原诗：垂露生花笔五支，燕山清福老尤奇。得闲检字寻孙识，随意加餐报女知。陟岵诸郎封鲊日，趋庭仲子捧觞时。江城二月春如海，所欲从心我最思。

编者按　此诗刊《江淮文艺》1980年第9期，无附诗。

奉颂民惠书得诗，越日新茶亦到，戏再步韵一首

万象纷纭信子虚，嫦娥闻道化蟾蜍[①]。平生不作南柯梦，晚岁长惭北海鱼。独羡多情同学史，双栖娱老广阳墟。喜吟佳句添诗兴，更试新茶读惠书。

1976 年 5 月 10 日后作

注　①汉张衡述古代传说如此。

试为老伴理发戏作

千年佳话传京兆，绝代风流擅画眉。老子未能追韵事，细君却倩理青丝。当窗对镜情如昨，渥泽膏兰恨已迟。短鬓萧疏梳洗罢，相看一笑二毛时。

1976 年 5 月下旬

骤雨

飞沙折木走风雷，倒泻银潢骤雨来。天地低昂摧腐朽，湖山瞬息荡尘埃。
霞明柳外蝉鸣润，水漫桥头蛙鼓催。好是晚凉香满径，玉簪栀子一时开。

1976 年 6 月 10 日后

编者按 此诗刊《江淮文艺》1980年第9期。

夏夜不寐口占

嫩凉潜透夜窗虚，碧海微茫见玉蜍。病废十年思蝶梦，江深五月羡鲥鱼。
偶从佳客知新事，曾为词人问故墟[①]。老去生涯多有味，时还一读蠹余书。

1976 年 6 月

注 ①芜湖多宋词人张孝祥遗迹。

晚起

少小离乡老未归，惯如劳燕各分飞。年年但见儿孙长，处处惊呼故旧稀。
五月梅黄晴亦雨，一床蝶梦是邪非。新来颇识闲中味，尽日江南望翠微。

1976 年 6 月 29 日

纳凉杂咏

到处为家竟不归，天南地北又分飞。年年但见儿孙长，在在惊呼故旧稀。
茶癖诗情犹未减，朱颜绿鬓已全非。他乡何物长相似，六月熏风放紫薇[1]。

1976年7月19日（即农历六月廿三，出梅后一日）

注 ①故园庭前有紫薇一株，不见三十余年矣。

无题

平生回首问如何，树木滋兰枉自多。少日风情余怅惘，中年哀乐付奔波。
升沉早断南柯梦，慷慨今闻国际歌。最是夕阳无限好，湖山胜处任婆娑。

1976年7月20日

忆旧寓（二首）

忆安庆庐阳别墅

偶葺荒园迎市廛[1]，双桐三载欲齐檐[2]。半庭微雨滋金凤，几阵吹香动玉莲。
六月回廊忘伏暑，三冬晴日讶春暄。宜城风月今何许，回首前尘四十年。

1976年7月21日

忆东川白沙桂花庄

驴溪曲处小山楼，风雨新桥几度秋[③]。龙眼枝低零晓露，箭滩声急泻奔流。滋兰种蕙空陈迹，落月流萤动客愁。西望巴山如梦寐，梦中无计到渝州。

1976 年 7 月 24 日

注 ①抗战前赁居安庆小东门内庐州五属同乡会，修葺一新，杨铸秋先生为题园额曰“庐阳别墅”。②安庆小东门庐州五属同乡会会馆为庐江王善莹于民国初年任安徽警务处长时所置。1935年同乡会诸君怂恿余与敏渭弟将正室修葺一新，赁居至1937年冬，因抗战影响而离去。③抗战期间，任教国立女师学院，宿舍在驴溪对岸桃花庄，新桥、箭滩皆附近地名，1946年迁重庆，余始东归。

夜宿防震棚内，骤雨倾盆，积潦横溢，不寐而作

放眼江天忆旧游，赭山重到几经秋。风烟更长十年树，豪气空余百尺楼。过往渐惊知己少，痴顽拙为此身谋。连宵雨打蜗篷急，大块吾生两俱浮。

1976 年 9 月

编者按 此诗刊《安徽师大报》1979年2月12日，又刊《安徽文学》1980年3期。

读史

乌飞兔走古今忙，莽莽乾坤百战场。千里追风千里死，几人称帝几人王。

数行青史嗤群鼠，一枕黄粱泣女皇。扫却阴霾天宇净，喜看旭日又临窗。

1976 年 10 月

编者按 此诗刊《安徽文学》1980年第3期，末署时间为1976年1月，疑误。

芜合道中，遥望巢湖南岸，疑见庐江云树

鼓枻横江渡若飞，裕溪小市浸朝晖。一年又见红菱老，九月争夸紫蟹肥。
山色湖光犹仿佛，故乡远树认依稀。几时约得江南客，乘兴相将策杖归。

1976 年 10 月 16 日

镜湖小洲看菊展

水阁添新构，陶塘换旧装。几行疏柳变，三径菊花香。
天半云霞落，人间锦绣张。江东秋色好，共道胜春光。

1976 年 11 月 14 日

编者按 此诗刊《江淮文艺》1980年第9期，题作《镜湖小岛参观菊展》。手稿一题作《芜湖迎宾阁参观菊展》。

颂民伉俪将再就养太原，岁晚经芜湖小住

几人衰朽惜残年，一度相逢一惘然。久病难禁冬又暮，多情却喜月常圆。

偶谈故旧伤生死，遥念儿孙话晋燕。莫道太原汾酒好，江南鱼米足流连。

1976 年冬

失题

有客陈村来，访我赭山麓。相看四白发，纵谈辄半日。
忆昔少年时，新婚喜花烛。蝴蝶各双飞，南北为衣食。
弹指半世纪，金婚夸西俗。岁各逾古稀，儿孙早满目。
垂老忽相逢，此乐难再得。喜闻君暂□，久秉生花笔。
引领望椿萱，迎养赴晋北。岁暮经于湖，劝君且暂息。
人生随遇安，风尘毋仆仆。漫夸汾酒美，濉溪有大曲。
江南鱼米丰，胜似餍粱菽。况复近家乡，胜作并州客。
宜趁腰脚健，东南且游历。倦游就儿孙，颐养遂清福。

编者按 本诗失题，据诗中内容，当与上诗同时作。

无题

侧艳篇章，多传往事；风流人物，还数今朝。破旧立新，摧封建之残垒；同心永好，寄希望于来兹。爰赋《无题》，以坚有志。江郎好事，竟忘才尽之年；张叟打油，聊博茶余一粲。

春秋迭代悲欢续，人生万事何时足？女娲不解补情天，天上从来月一圆。

月圆朗照江波碧，江头年少心胆赤。恨不相逢未嫁时，同病相怜情脉脉。

脉脉无言几度春，江南淮北两情深。岂期淝上重相见，疑是三生石上盟。

山盟海誓竟何益，恨海不填精卫石。罗敷一怒谢故夫，使君有妇归未得。有妇数载不相闻，鬼蜮含沙苦弄人。巢湖秋雨延陵病，唯有阿娇知此心。

知心千载诚难遇，患难不忘生死俱。夜奔非为凤求凰，仓促相携五湖去。五湖浩渺卷狂澜，水远山长行路难。浪迹江东艰一死，尽欢甘把一生拚。

拚将一切同殉爱，待月重圆须月在。此理难与俗人言，翩然归来众嗔怪。

归来倏忽几经秋，阅尽人间苦与愁。雨覆云翻何足道，欲加之罪集愆尤。匹夫怀璧原无罪，日月昭昭食暂晦。下塘风月苦撩人，相见常稀心欲碎。

月明又复照江干，岁暮过江风雨寒。旧地重游伤老大，花开花谢几悲欢。悲欢本自无凭据，咫尺天涯天不曙。但期饮水共长江，聊慰相思无着处。

君不见，天上双星岁一逢，胜却人间朝暮同；又不见，移山愿遂有愚公，不信人生长恨水长东。

编者按 据《次韵奉和延陵诗老读无题》二首诗注，此诗所咏当是吴昭铭之爱情。又据《追念吴昭铭同志》诗注，作者与吴昭铭于1969年在下塘集农村参加“斗批改”，吴于1980年卒于蚌埠。该诗当作于1970—1977年间。姑系于此。兹按手稿分段编排。

次韵奉和延陵诗老《读无题》二首

千秋佳话《白头吟》，无限温馨儿女情。王令授琴殊解事，长卿作赋早知名。阴晴圆缺原常见，离合悲欢证夙因。应是芳香终不灭，君看捣麝纵成尘。

穷士聊为《梁甫吟》，风流人物总多情。春深铜雀犹余梦，年少周郎早擅名。咫尺天涯无限意，三生石上有前因。吴蚕到老莹如玉，吐尽芳丝不染尘。[①]

注 ①此二首录自一纸片，为拨乱反正之前所作。延陵诗老谓吴昭铭。

编者按 此诗写作时间在上诗之后，姑系于此。

新秋纳凉口占，再步前韵

老去狂生学苦吟，春花秋月并关情。云深巫峡欢难续，珠系罗襦恨莫名。水皱一池干底事，桥成七夕岂无因？天台不远刘郎瘦，应为新诗感旧尘。

编者按 题下署“南阳逸叟”，疑是作者自号。

卷二

一九七七年元旦试笔

高歌猛进气轩昂，八亿同心向太阳。巨手共匡千载业，迅雷粉碎“四人帮”。黄粱梦断惊狐鼠，白骨精嗔嚷老狼。常喜新年春意近，漫天瑞雪兆丰穰。

敬悼周总理逝世一周年

翊赞经纶业绩煌，星沉周岁世悲伤。乌云蔽日喧狐鼠，白骨生精觐女皇。幸赖回天新领袖，奋摧叛逆“四人帮”。英灵不泯应同慰，继志群豪意气扬。

寒夜枕上，时得小诗，等候再晤颂老时博一粲（二首）

寒夜无眠忆故人，少年同学记常新。钟三王七悲黄壤，晚喜江南遇颂民。

漫说天涯若比邻，雪深咫尺亦迷津。天留诗叟江南住，待得晴和迓早春。[①]

注 ①1977年1月23日作，次日病入医院，几成绝笔。

自嘲

壮志消磨老病增，尚思服务为人民。囊锥息担斜阳里，换底敲钉一听君。[①]

注 ①近年多接受临时任务，偶见修补鞋担忙于应付顾客，深感彼此工作有相似之处。

病榻杂咏

浣溪沙

实习医生为予写病历，有“眉毛尚好”一语，主治医师斥为“废话”，以眉毛好否与冠心病无关也，病榻无俚，戏作咏眉小词。

二月风和柳叶长。远山如黛不须妆。娟娟新月媚昏黄。　京兆艳传张敞画，荆州应许谪仙扬。天门遥展翠蛾双[①]。

1977 年 1 月于弋矶山医院

注 ①采石（今属马鞍山市）江边绝壁有蛾眉亭，遥望天门两山（即东西梁山），对立若蛾眉。宋韩元吉《霜天晓角·题采石蛾眉亭》“天际两蛾凝黛”即指此。

西江月

七十华年虚度，三千白发婆娑。春花秋月暗消磨。剩得皮囊一个。　却喜同心有伴，漫嗟晚景无多。寒江风雪袭山河，且学袁安高卧。

编者按 《病榻杂咏》下自注："77年1-3月于弋矶山医院。"疑作于1977年2月。

病房偶成

赭山遥对弋矶山，咫尺江天一见难。却羡双飞仍比翼，病床同梦一床酣。[①]

注 ①邻床有妻为陪客，夫妻同卧一病床。

夜闻病叟与子谈话

雪虐风饕久未晴，江流呜咽夜深沉。奄奄一息千行泪，不尽人间父子情。

1977 年 2 月

腊梅

弋矶突兀枕寒江，日见车群过渡忙。老病糊涂忘岁月，腊梅有意送寒香。

人间

风雪连天岁近阑，沉疴呼痛彻寒山。大江日夜东流易，信是人间一死难。[①]

注 ①肺癌晚期患者痛苦殊甚。

岁暮有感

“眉毛尚好”空嘉许，岁月无多已自知。爆竹声中又春节，独留山上效东施。

除夕食鱼

芜湖鲢子庐江鲫，风尚由来两地殊。今夕他乡沿旧习，几回下箸感桑榆。

编者按 以上二诗未署写作时间，据“眉毛尚好”语，《岁暮有感》当作于1977年初，岁暮指农历年底。

春节

儿孙欢聚探衰翁，辜负良辰病卧中。午睡醒来闻鸟语，春风昨夜到江东。

临江仙 | 悼江植棠先生

风雪寒江同病卧，忽惊鲁殿倾颓。高龄德望重安徽。育才兼树木，实至自名归。　　弹指廿年怀往事，黄山揽胜追陪。祇今云海又春回。天都迎旧识，日月喜重辉。

1977 年 3 月 6 日夜于弋矶山

自嘲

伊昔荀卿为祭酒，只今廖化作先锋。从今老骥思千里，争奈心雄力不从。[①]

注 ①三月十六日冠心病突发几绝，前数日尚有强余参与某项编审工作者，十七日晨兴得自嘲一首。

枕上默读义山“人生岂得长无谓”诗作感作

一饭三遗思赵将，五风十雨际尧时。人生难得长无谓，堪笑樊南枉费辞。

1977 年 3 月 13 日晨

鹧鸪天 | 感旧

一别音容两渺茫。白门柳老忆徐娘。骄矜更喜桐花凤，离乱曾寻竹叶庄。云易散，意难忘，多情赢得是悲凉。菱湖风月休回首，话别巴山枉断肠。

1977 年 3 月

颂民伉俪重返太原就养，自石台取道芜湖，率成俚句为别，聊博一粲

南国风光说石台，归飞双燕暂徘徊。不缘老眼看山倦，却喜贤郎迎眷来。
小住鸠江寒食近，重回三晋百花开。遥知春永孙枝茂，明月常圆酒满杯。

1977 年 3 月 28 日

浣溪沙

“十年动乱”中居仅容膝，残书堆积，戏作小词。

半壁残书信手堆。一任尘积蠹鱼肥。乞儿搬碗渐心灰[①]。　　坐拥百城余幻梦，卧游五岳叹摧颓[②]。却留老眼送斜晖。

1977 年

注　①宋晏叔原藏书屡迁，其妻以乞儿搬漆碗相谑。②藏书数经散佚，无意再聚；曩字书城，久弃不用。

一九七七年春暮喜得颂民来书

病起行吟腹笥虚，蹒跚漫步笑蟾蜍。春深雨润肥蚕豆，江阔潮平上鲎鱼。
正忆双飞三晋侣，早应横越大梁墟。喜闻诗老刘郎健，饮马河传尺素书。

尝乌饭偶成

眼见为真耳食虚，蝦蟆《别录》混蟾蜍。郑君不识南天竹，蒙叟浮夸北海鱼。堪笑千年寻故纸，何如一举发殷墟。古今多少欺人语，一饭犹难尽信书。

1977 年 5 月 6 日

端午又逢夏至，想颂民阖家欢聚，其乐盖近年所未有

今朝长至又天中，此节名殊又实同。长昼影移看渐短，中天日午再难东。却欣梅雨新来霁，顿觉榴花分外红。遥想晋汾多乐事，豪情横溢白头翁。

附 颂民作：七十光阴逝若虚，眼花跬步学蟾蜍。三杯重尽河汾酒，一饭难忘水库鱼。锦句长吟如梦寐，西庄小住忆村墟。江南应已黄梅熟，佳节端阳望见书。

芜湖端午即事（二首）

江深五月水涵虚，新月初肥欲吐蜍。晓市盈筐堆粽叶，沙头竟日卖鲥鱼。民间犹重端阳节，旧俗流传楚尾墟。堪笑老夫无所事，藤床仰卧读残书。

月宫捣药事玄虚，此日人间觅老蜍[①]。苍术香浓除秽气，雄黄酒醉啖鲜鱼。竟夸粽裹湖州样，犹话江沉楚国墟。旧拓钟馗何处觅[②]，偶思传说懒翻书。

1977 年端午

注 ①为制蟾酥。②旧藏吴道子画钟馗拓本已失，有关传说见《梦溪笔谈》。

卜算子

曾上长江头，也到长江尾。晚住中江便作家，为爱湖山美。　　日夜大江流，故旧多新鬼。却喜同心皓首时，脉脉常如水。

1977 年 6 月

赋得“安得广厦千万间”戏效试帖诗

闻道姚文痞，高谈限法权。彼宫百二隘，民舍灶床连。
两室人三代，三餐桌两迁。探亲唯地铺，会客靠门边。
绕屋鸡童闹，临窗买卖喧。万间怀杜甫，容膝愧陶潜。
伏枥思千里，堆书又八年。自伤“臭老九”，冷眼看云烟。

1977 年 7 月末

卜算子

承太原刘、史两老寄示降压验方，谨以方中药名填入小词致谢。

春酒忆胡椒[①]，伏酿浮江米。冰雪酥凝桃杏仁，阵雨肥栀子。　　溽暑苦头风，感谢刘和史。千里殷勤搜秘方，盛意浓于醴。

1977 年 8 月

注 ①岁暮饮胡椒酒，见《博物志》。

过安徽师大路西宿舍旧寓

层楼百尺记依稀，曾倚虚窗望翠微[①]。燕子归来塘自碧，刘郎重到事全非。旧邻聚散浑如梦[②]，老树婆娑欲合围。却喜新凉天气好，秋风庭院绿芜肥。

1977 年 8 月 25 日

注 ①书斋面对赭山，曾命名挹翠轩。 ②1954年十八家同时迁入，今尽易新主。

忆秦娥

风仙花英语名 Touchmenot，盖就其成熟种子取义也。

毋我触。多情一触珠盈掬。珠盈掬。娇嗔乍迸，芳心难束。　　风流年少光阴促。朱唇回忆相思酷。相思酷。闲庭日晚，秋丛凝绿。

1977 年秋

六州歌头 | 伟大领袖和导师毛主席逝世周年纪念

去年今日，四海哭天倾。悲风起，山河咽，日西暝。黯神京。追想平生事，东方晓，红日出，光万丈，辉遐迩，为苍生。辟地开天，革命红旗举，松柏常青。恸北辰遽陨，四害竟横行。鼠窜狐鸣，遣人惊。　　幸擎天手，膺艰巨，承遗志，竭忠诚。除首恶，清余孽，奋雷霆。更英明。决策坚治国，十一大，集群英。团结紧，抓四化，致升平。最是周年祭告，昭勋业，纪念堂成。看年年九月，中外仰英灵。万古长馨。

1977 年 9 月 9 日

编者按 该词刊《安徽师大学报》1977年第5期。

新凉

人间有味是新凉，秋意潜滋夜入窗。四野鸣虫疑急雨，半床明门想清霜。
已拚暗里流年换，聊博宵来一枕香。寄语热中趋附客，西风从此送炎光。

1977 年 9 月 10 日

编者按 该诗刊《安徽文学》1980年3期。

走笔寄刘泽长、史颂民两老太原

汉祖还乡唱大风，余风千载几诗雄。文房梦得承公干，并世今数泽长翁。
童颜鹤发八十四，下笔犹能作小字。携壶健步日行吟，十里八里浑闲事。
老去订交得颂民，一樽相对细论文。清词时亦示伧父，江东遥望不胜情！
一年好景重阳近，蟹肥姜嫩黄花韵。读罢瑶章兴有余，寄言欲把题糕问。

1977 年重九前五日于芜湖

一九七七年国庆节前后口占（三首）

明月徐从海上来，似因嘉节暂徘徊。通衢已见游龙舞，爆竹声中战鼓擂。①

缤纷璀璨散琼花，净把阴云布锦霞。最喜今宵瞻北斗，光芒四射照天涯。②

迎客新阁起中洲，灯火辉煌百尺楼③。更有鱼龙狎鸥鹭④，双星同赏镜湖秋⑤。

注 ①中秋前十日自上海寄来月饼，节后四天收到，也是国庆前一日，取件曾数遇耍龙。9月30日于北京路。②10月1日校园遥望礼花。③湖中倒影上下相接。④湖面有多种彩灯。⑤10月3日偕老伴观赏镜湖夜色。

满庭芳｜建国廿八周年颂辞

万里秋高，连宵月朗，九州无限风光。迎来国庆，各族喜洋洋。回首去年此际，谋篡夺，逆焰方张。回天手，风云会合，一举扫凶帮。　　抓纲，求大治，迭开盛会，成就辉煌。继遗志，红旗高举飘扬。二十八年弹指，更猛进，奋发图强。良辰永，京华遥望，曲献《满庭芳》。

编者按 手稿在“抓纲”后用红笔加个问号，下方有“要改”二字。

鹧鸪天｜感旧效小山体

又是橙黄橘绿时。白门秋柳系相思。卅年望断情何限，咫尺津迷梦亦稀。心未冷，鬓初丝。重逢不信便无期。人间滋味须尝遍，留得闲情入小词。

1977 年 10 月 16 日

老伴七旬晋一生辰

旖旎风光岁岁新，庆逢十月小阳春。如眉昨夜初三月，屈指今朝恰七旬。闲数儿孙萦远念，惯同甘苦话前尘。河清弥觉人间乐，一笑苍松对雪筠。

1977 年农历十月四日

题炳生醉酒小影

一九六九年端午节，炳生赴江南，老妻独在合肥，骨肉流离，不得一聚。偶检得炳生是日酒后小影，醉眼模糊，心情可见，追题一绝。

衰翁泽畔行吟日，游子江南望母时。佳节添愁拚一醉，留得泪影报亲知。

1977 年 11 月 29 日晨改定

七绝（二首）

大星陨落倏经年，四海哀思泪涌泉。继志共钦匡国手，英明领导力回天。

嘲燕（二首）

赵家姊妹恃倾城，露冷乌衣梦不惊。最是去年秋社近，忘归犹作沙狐鸣。

即因其道治其身，枉筑香巢宋玉邻。薄倖不来春事了，回头红紫已成尘。

编者按 该诗写作时间不详，手稿位于上诗之后。

一九七八年元旦喜作（四首）

一年一度庆元旦，今岁风光更有情。八亿神州齐奋发，抓纲治国志成城。

纷纷瑞雪漫长城，闻道飞机送考生。才路广开人振奋，史无前例仰英明。

第三战役传初捷，科学攻关应共探。却喜新年春意近，梅花香满大江南。

一年之际今朝始，千里江淮已备耕。总结再商新计划，献身教育效忠诚。

喜逢一九七八年元旦放歌

一年一度逢元旦，送旧迎新光景换。今年更觉不寻常，重见河清庆海晏。一从“四害”肆横行，毒焰熏天天欲倾。蓄意摧残“臭老九”，“两个估计”遣人惊。谁言“老九不能走”？造谣镇压下毒手。一朝首恶尽成擒，浮云蔽日终难久。扫却阴霾万象新，向阳花木庆逢春。独恨江淮春晏到，安徽犹有代理人。负隅顽抗又八月，手到擒拿瓮中鳖。浩荡东风万里来，八皖重苏民大悦。郁郁铜陵市，熊熊炉火烈；嵯峨马鞍山，白热镕钢铁。郭郎小丑凤原鸦，南批北斗心胆裂。君不见，华岳巍巍转大钧，抓纲治国效初呈。江淮大地三千万，急起直追战鼓鸣。又不见，赭山啸聚几猢狲，粉墨登场便自尊。污染山林须净扫，长留松柏映朝暾。朝暾出，黑暗匿；际明时，应努力。百年元日能几回，况复流年逾七十？七十雄心难自已，尚非一饭三遗矢。竹头木屑无弃材，高歌大干从今始！[①]

注 ①1978年元旦前数日，函授部索稿，走笔成此。机关总支墙报采用，张贴直至国庆。

浣溪沙

参加省政协四届一次全会，喜与文艺界诸同志小集。

动地欢呼战鼓擂。新年两会喜同开。一时俊彦聚江淮。　　小集联吟歌盛况，挥毫落纸走风雷。百花齐放迓春回。[①]

1978 年 1 月 9 日

注 ①按此日赖少其、王石岑、郑震曾合作国画，题词云：“东风催古梅，报春来独早。磐石固且安，苍松永不老。”赖题字于诗后记：“一九七八年一月九日政协盛会集体作。”此诗亦我即席所作。

编者按 此词刊《安徽日报》1978年1月15日。

参加省政协四届一次全会喜作

江淮胜会及时开，济济群英远近来。浩荡东风回淑气，盎然春意透寒梅。抓纲治国初呈效，决策图强广育才。敢惜余生长伏枥，且看十驾奋驽骀。

1978 年 1 月于合肥长江饭店作

喜小儿高考获捷口占（二首）

老夫早岁冠群英，廿八华年笑晚成。小子今勤初发轫，又迟寒暑四番更。

虚度青春悲老大，共嗤白卷号英雄。祇今范进传佳话，寄语儿曹莫笑翁。[1]

注 ①辛稼轩词云："寄语儿曹莫笑翁，狗窦从君过。"钻狗洞盖即今之"走后门"也。有人称"老三届"毕业者为"老头子"，仍有歧视之意。余廿八岁大学毕业，小儿则以廿八岁考，到毕业更迟四年矣。1973年曾被录取，因张铁生为"白卷英雄"，成绩好的反被淘汰。

1978 年 2 月 8 日

七绝（三首）

晚成范进传佳话[1]，异献辽东长恶风。杜却后门走正道，且看小将逞英雄。

大鹏南徙三千里，喜悉子孙作壮游。咫尺天涯同雨露，并州何必忆潭州[2]。

兴到依然作小词，忙来忘却鬓添丝。太原诗叟休相问，老去同归福德祠[3]。

1978 年 3 月

注 ①高校入学恢复考试，年长得捷者，侪辈戏称为“范进中举”。②颂民长孙赴长沙就学，乍别不无念之，成小诗奉慰。③答颂民垂询近况，两家新来都如土地庙也。

鹧鸪天 | 纪念敬爱的周总理八十诞辰

河岳英灵降海疆，廿年奋起共朝阳。寰球仰望经纶手，青史长垂革命光。逢八秩，荐馨香。恰当盛会集中央。十年规划宏遗愿，四化功成国永昌。[1]

注 ①为机关墙报写稿。

满庭芳 | 喜我省文艺工作者会议胜利闭幕

艺苑文坛，云蒸霞蔚，欢呼重见春光。江淮千里，盛会集庐阳。半月深批猛揭，群英健，斗志昂扬。新规划，繁荣创作，展望尽琳琅。　　思量余愤恨，几番风雨，“四害”猖狂。任摇唇鼓舌，说短论长。毕竟黄粱一梦，天宇净，赫日高张。从今后，千红万紫，竞放百花香。[1]

注 ①开会时，《安徽日报》副刊记者来约稿，写诗词各一首，任其选用，定于五月十日收前首七律刊出。而新闻栏内尚未报道开会消息，缘会中有斗争，将预定日程打乱，后在将闭幕前，改原词如上稿，未发表。

1978 年 5 月

偶经合肥大书院旧址感赋[①]

旧燕重来栋宇非，西寮一角认依稀。百年残瓦犹鳞次，几处虚檐有雀飞。风雨联床追往事，湖山毓秀展新辉[②]。白头苦忆儿时侣，何日重逢话合肥。

1978 年 5 月于合肥

注 ①合肥大书院为清代庐州府考棚，后作安徽省立第六师范学校之舍，其两侧寮房为学生寝室。1921年余与少数同学尝住于西寮最大间，今仅余一角矣。②书院内旧有“湖山毓秀”石刻门额。

参加安徽省文艺工作者盛会喜赋

霜凝大地木萧萧，鸦噪寒林愈寂寥。玉碎珠沉诬黑线，椒焚桂折损兰苕。一从律转风光好，共庆春回意气骄。此日江淮歌盛会，伫看文艺涌新潮。

1978 年 5 月于合肥

颂民寄示华诞述怀二章，走笔奉答，借祝双庆

南天献颂有孙枝，北国秋觞戏彩儿[①]。双七芳辰回顾日，初三新月始生时。

同登耄耋从来鲜，巧合阴阳亦古奇[②]。牛女荷花应妒煞，但凭夏历数佳期[③]。

1978 年 7 月

注 ①时史孙在湖南某高校就学，哲嗣在《太原日报》任职。②检1902年（即光绪廿八年壬寅）阳历七月七日亦为阴历六月初三，不意七十七年间巧合如此。③民间传说阴历六月廿四日是荷花生日，七夕牛女相会，时间都较晚，且不知始于何年，无从对照公历月日，不能如人之有阴阳历生辰各一也。

有感偶成

东涂西抹总无成，才尽犹贪拥百城。春去春来如过客，人歌人哭渐忘情。
侭教一饭三遗毁，忍废千山万水行？好是几番风雨后，澄江如练晚霞明。[1]

1978 年 8 月

注 ①写在8月22日日历纸背后，记系纳凉口占，时校领导要我兼图书馆馆长，再三谦辞不获，渐有允意，而“一饭三遗”之毁时至，感慨系之。

编者按 此诗刊《安徽文学》1980年第3期。

七夕犹暑，遥望天河戏作

人间何日见秋风？天上星桥此夕通。遥想嫩凉潜入梦，银河更胜广寒宫。

1978 年七夕作（9 月 2 日改定）

鹧鸪天

恨不相逢未嫁时。古今儿女几情痴。文场竞欲魁多士，夺后前茅竟亦非[①]。天下事，总参差。升沉得失苦难知。少年曾羡琅嬛好，老拥书城却又疑[②]。

1978 年 9 月

注 ①入学考试，因获得高分被录取非本人首选的学校和专业，深为苦恼。②学校领导一再嘱余任图书馆馆长，踌躇未敢遽应。

一剪梅

《汉语大词典》编辑会议在黄山召开，与长女新彬俱往参加。故地重游，感慨系之。

一别溪山十六秋。云海微茫，梦里曾游。而今胜地喜重来，阿女扶持，小立桥头。　　浩劫惊心付水流。无限酸辛，欲说还休。豪情幸未尽消除，遥望天都，好景盈眸。

1978 年 9 月

附 史颂民《爱吾庐漫志》曰：“‘欲说还休’者，犹有余悸；‘遥望天都’则向前看也；‘豪情幸未尽消除’，尤见老年知识分子心事。”

过听涛居（二首）

昔闻名正道，正道是沧桑。寂阒斜阳里，萋萋秋草长。

椽笔题新额，嘉名锡听涛。白龙挟飞瀑，日夜泻滔滔。[1]

注 ①居邻黄山疗养院，介人字瀑与白龙潭间，旧名正道，董老（必武）改题曰“听涛”，当待修葺。

1978 年 9 月

中秋日访黄山竹屋[1]

天都缥缈绕云烟，莲蕊莲花并蒂妍。几处琼楼凌绝壁，数椽竹屋近温泉。幽居恰适双栖燕，黄海来酬夙世缘。山月今宵应更朗，人间天上喜同圆。

1978 年 9 月

注 ①黄山温泉隔岸有竹屋数十楹，每楹一室。1976年建作防震棚，今供旅行结婚作新房。

编者按 此诗刊《当代名人咏黄山》。

巫山一段云

夜梦在黄山玉屏楼前晚眺，枕上得此。

日晚依乔木，风流讶早秋。文殊旧院玉屏楼，今古思悠悠。　回首天都渺，遥看莲蕊浮。莲花峰下是莲沟，梦里喜重游。

似 1978 年 9 月作

临江仙

一九七八年秋在黄山喜迎国庆，成小词一首寄《新长征》。

过了中秋才几日，喜迎国庆来临。黄山揽胜探幽深。云涛铺瀚海，旭日照旗林。　　创业维艰周廿九，年前风雨交侵。一声霹雳荡层阴。长征新迈步，四化树雄心。

编者按　此诗刊《合肥报》1978年10月1日。

老识

老识人间有鬼狐，书生阅世信多疏。十年何限荒唐事，欲望留仙写续书。①

注　①1978年11月3日，偶见报载诗云："幼爱聊斋听说书，长经世故渐生疏。老来尝尽风霜味，始信人间有鬼狐。"此诗次句语意欠明，后二句殆经验之谈。世固有不被打不知痛者，故以"书生"句诮之。

编者按　注引诗歌为苏步青《夜读聊斋偶成》，刊《解放日报》1978年11月3日。

题与四、五弟合影（二首）

古稀花甲雁行臻，共阅人间二百春。偶聚江南同一笑，湖山胜处且留真。

白门密迩渺黄冈，离恨空随江水长。往事悠悠怀伯仲，益珍晚景爱斜阳。

1978 年 12 月

哭大姊

老来多少伤心事，咫尺存亡竟不知。此夕惊闻如梦寐，焚须恸已隔年迟。[①]

注 ①余1977年病入医院四十余日，于3月8日出院，其时宝慈大姊在南京亦病危，大家商量不让我知道。1978年12月四弟来芜湖，始与五弟告诉我大姊业于77年3月8日病逝。哭罢得一绝句，因念大、二两哥于三年困难期间后先病逝故乡，亦未得一面，曾作挽诗多章，“文化大革命”中被抄家失去，有时回忆，仅得若干断句，如：“二月冈头草欲齐，……鹧鸪声里夕阳低”“故乡从此不须归”，两兄卒葬西冈，时间似二哥在1960年冬至，大哥在1961年清明。

忆宝善妹

大雷已远更黄冈，离恨空随江水长。知否于湖兄弟望，几时东下过浔阳。[①]

注 ①宝善妹自赴黄冈后，与兄弟未再晤面，忽忽数十年，我与五弟都曾约其来此，迄未成行。

1978 年 12 月

鹧鸪天 | 悼于隆业同志

一夕音容顿渺茫。北风吹雪送凄凉。卅年共事钦高谊，六月同窗忍遽忘[①]。研地学，擅专长。永留教泽誉江乡。语君一事差堪慰，重见春回桃李香。

注 ①“同窗”谓同在“铁窗”也，合肥师院“鬼篷”皆有铁窗栅，其他“牛棚”未必有之。

编者按 该词写作时间不详。据焦华富教授相告，于隆业先生1970年自合肥师范学院并入皖南大学，不久病逝。从末句来看，该词当写作于拨乱反正之后。姑系于此。

浣溪沙｜牛棚杂咏

强自宽怀暗琢词。游园惊梦晚春时。此中滋味自家知。　　幼荷木枪今活用，老温马步愧雄姿。逢场作戏复奚疑。[①]

注 ①校园批斗，百般戏弄，余举长条凳，最酷虐，面贴标语，余以荷枪姿势应付，唯所谓马步游行，偶一念及，尚有余悸。

草包

抗洪障浪需材急，邻省纷纷赠草包。欲问当年绣花枕，如今何物御滔滔。

与刘景素闲话

广栽桃李久扬芬，坐断襄樊早建勋。自是数奇同李广，灞陵谁识故将军。[①]

注 ①牛棚名次，余以“反动学术权威”列第五，刘为“国民党残留余孽”得第四。据说当日驻军襄樊，已为地下党员，后率众起义，拨乱反正后恢复党籍。

编者按 以上四首写作时间不详，姑系于“文革”之后。

贺新郎 | 一九七九年迎春

华夏东风暖。送幽香、梅花怒放，时禽初啭。扫却阴霾环宇净，社鼠城狐纷窜。喜天上人间律转。南鳄北熊空觊觎，笑黄粱一梦从来短！瀛海靖，春光满。　　江淮又见凝冰泮。遍芳郊、青青麦菜，泥融草软。多少洪炉腾烈焰，照眼钢花缭乱。倡科技，宏图千万。人物风流身手健，把湖山、旧貌从头换。看指顾，建新皖。①

1979 年 1 月

注 ①此词1月18日寄《合肥报》社白苇同志，发表于2月8日春节。

己未春节寄颂民

浮生几度逢嘉节，卧雪连朝忆史翁。遥颂眼明腰脚健，江南晋北共春风。

1979 年 1 月 28 日

高阳台

雪霁镜湖迎春，寻张于湖归来堂遗址，回顾赭山安徽师范大学。

快雪时晴，芳洲柳醒，镜湖又见春回。指点山阿，依稀欲绽红梅。十年树木葱茏处，净风烟，晓色云开。待春深、锦绣湖山，桃李争辉。　词人韵事留佳话，犹墩传烟雨，堂说归来。一代惊才，空歌望断长淮。而今日月新天换，遍神州，奋发风雷。喜凝眸，春色无边，春意盈怀。

1979 年 2 月

附　吴孟复《书城先生词读后记》曰：“纵横穿插，流转自如。‘妙手都无斧凿痕’，可为此词的评。作者善于抓住一点而辐射出去，又能把众多情事融成一片。约而不薄，豪而不粗，组织之工，深堪玩味。与张孝祥之《怀于湖》各极其胜。对读一下，可以学得不少法门。”

编者按　此词刊《安徽师大报》1979年2月12日。“净风烟，晓色云开”，作“更树人，学府宏开”。

尝小红头及洋米面口占（二首）

座客频来话故乡，更贻乡味喜重尝。“红头”娇小犹如昔，“米面”趋时换旧装。

源本三湘却说“洋”[①]，柔肠寸断怯初尝[②]。江西姊妹今何似[③]，长忆桥头煮肉香[④]。

1979 年 2 月 9 日

注　①所谓“洋米面”，实即仿湖南米粉制作。②米面重筋道，而所谓洋米面者稍煮却一塌糊涂。③江西米团与庐江米面形式相似，而制作转精。④幼时常见家乡西门桥头有煮米面者，上覆火腿皮，疑其味甚美，而未尝过。

接老伴出医院车中口占

病院迎归日，轻车共载时。相看同一笑，此意两心知。

1979年2月21日

初春覆颂民书附诗[1]

老病频相促，情怀强自持。江南春意早，为报故人知。

1979年2月24日

注 ①原作《答友人》："老病侵寻日，春光烂漫时。诗情欣未减，报与故人知。"

一九七九年生辰

融融春意满山楼，小集儿孙尽一瓯。共庆凯旋固疆圉，更谈绿化绣神州。百年难遇三青鸟，一笑相看两白头。最是河清人亦寿，今朝七十有三周。

偶成

“不求甚解”陶彭泽，“难得糊涂”郑板桥。回首劳生如大梦，老应晓事自今朝[①]。

注 ①“今朝”谓生日。

编者按 该诗未署时间，手稿在上诗之后，内容亦与生日相关，疑为同时所作。

鹧鸪天

一九六二年，予在黄山参加知识分子会议，曾倚声记黄梅戏，有“儿女猜疑碧玉簪”“风波几失三生好”等句。“文革”中以放毒罪被批斗，忽忽十余年矣，又见越剧《碧玉簪》电影，感慨再作。

蓦地风波起中谗。王郎疏鲁太难堪。一从彻底明真相，永结同心播美谈。愁鬼蜮，畏猜嫌。人间日日履巉岩。十年多少酸辛事，且喜重看《碧玉簪》。

1979 年 3 月

虞美人

十年以来，苦于频迁宿舍，今春又暂移小红楼，楼与二十年前旧寓挹翠轩相近。

乞儿搬碗何时了。催得霜毛早[①]。侭教家具少于车[②]。争奈十年转徙、尽蜗庐。　　而今海宇春回日。重作江南客。修椽暂寄小红楼，却喜旧巢犹见，在西头。

1979 年 4 月 19 日于小红楼

注 ①宋晏叔原聚书甚多，每有迁徙，其妻厌之，谓似乞儿掇漆碗。叔原戏作诗云："生计惟兹碗，搬攀岂殚劳……愿君同此器，珍重到霜毛。"②唐孟东野《借车》诗云："借车载家具，家具少于车。"

编者按 该词刊《安徽文学》1980年第3期。

春暮赴合肥参加会议，小住稻香楼

诗人旧业稻香楼[①]，重葺留宾几度秋。林啭金莺惊晓梦，露濡木笔坠晨流。喜聆四化收长策，偶忆前尘问昔游。最喜南疆新奏凯，融融春色满神州。

1979 年 4 月

注 ①稻香楼为清初龚鼎孳别墅，解放后就遗址建为宾馆。

十年[①]

十年伤动乱，五度苦迁移[②]。冬尽多春意，新来异旧时。
风烟萦老树，桃李发芳枝。禽鸟知同乐，窥窗伴觅诗。

1979 年 4 月迁小红楼宿舍

注 ①此诗原无题，写在1981年3月15日日历废纸背后，据诗意，应是1979年春迁小红楼时所作。②所谓五度迁移：1.1966年秋由原住

203栋宿舍勒令迁西平房。2.1970年春节前仓促并校，自合肥来芜湖，住学生宿舍第三幢楼下。3.次年招生须让宿舍，又由三幢让至四幢楼上暂住。4.1972年4月再搬路东新宿舍楼下。5.1979年4月迁至路西小红楼之上，小屋三间，已有卫生设备，其时情绪似尚佳。

水调歌头

王石老养疴弋矶山，承以新词见示，想见勿药有喜，特署名“左欹”，戏酬一首。谐谑词宋人早已有之，不知效颦能博一粲否？

翻破百家姓，有“左”不连“欹”。单名何所取义，也大费猜疑。岂是边疆民族，也许天然左派，故把笔名拟。大士现南海，色相苦离奇。　细寻思，忽大悟，抑何痴。当今摩诘，传兹佳话逗人嬉。尝在西楼画室，神到莲花峰顶，惊喜遇封姨。批颊命归去，高卧且填词。

1979 年 5 月

黄山杂咏（一）

独处幽篁不见天，孤灯相对慰凉炎。山僧衣钵今何在，佳话峨眉自古传。

深山六月未闻蝉，蟋蟀宵征转在先。红叶欲题无好句，且留伴我作书签。

森森夹道万琅玕，松鼠娇啼绕树欢。小坐溪头忘日暮，鸣泉幽咽暗生寒。

1979 年 7 月 12 日

浣溪沙｜一九七九年七月十三日夜黄山大风

万籁无声夜寂寥。狂飙突发木萧萧。山鸣谷应吼洪涛。　　破晓风恬禽鸟乐，久晴流细水声娇。桃花峰涌白云潮。

1979 年 7 月 14 日晨于黄山疗养院

编者按 该词刊《安徽师大》报1979年9月5日，又刊《当代名人咏黄山》。

喜闻江老诗集率成一律呈政｜一九七九年七月五日时同在黄山疗养院

从戎奋起少年时，老病豪情尚不衰。遗爱万家歌令德，新诗一卷吐瑰奇。
升沉早付形骸外，风雨犹萦故旧思。最喜夕阳无限好，黄山胜处得追随。

1979 年 7 月 24 日晨

编者按 该诗一题《喜读江城同志诗集》。

黄山杂咏（二）

青山客杜多，红叶谁曾拾。俯瞰桃花溪，流水空自急。①
小立白龙桥，遐想水晶宅。瞥见题“龙头”，原是一顽石。②
宛然一狮首，蒙茸草覆额。日夜共溪流，怒吼山谷坼。③
山中惊邂逅，相对不相识。惭我非孙公，枉吟平和仄。
且听龙吟者，知伤世路艰。险巇吾亦畏，余悸鬓添斑。④

天都出云表，未见有神仙。局促象鼻下，镵为何“止焉”？[⑤]

溪边多小景，隔岸泻三泉。拟名川字瀑，独赏意悠然。[⑥]

“名泉”问何泉？“入胜”未见胜。自是有心人，聊助登山兴。[⑦]

注 ①溪山石径，时见落叶如红霞者。②桥头有巨石，近人为题“龙头”两字，庸俗可哂。③黄山疗养院至温泉道中岩壁，有一狮首突出，或题“石作狮吼”四字，游客有不识“作”字者，又从左至右读成“吼狮化石”。④白龙桥北巨石上或题“且听龙吟”，似有感而发。⑤近回龙桥有石象头，粗藤绕树如鼻，石下或镵“气冠群山，神仙止焉”。⑥人字瀑雨晴辄涸，完整人字仅数小时，过此有捺无撇。偶见隔溪有三泉，悬泻如川字。久晴始渐瘦不复完整。⑦温泉小补桥侧新建所谓“名泉桥”，名泉究系何泉，殊难索解；在“象鼻石”上，好事者题“入胜”二字，其实过此到回龙桥，溪中乱石成堆，殊未见胜。

1979 年 7 月 29 日

生查子 | 小坐白龙潭上磐石

高树晚蝉喧，修竹凉飔软。天半落霞飞，云破银钩见。　　问讯白龙潭，石出泉何浅。回首廿年前，陵谷依稀变。

1979 年 7 月于黄山

编者按 该词刊《安徽师大》报1979年9月5日。

天仙子｜雨后小立白龙桥头观人字瀑

怒卷雪涛人字瀑。椽笔大书惊在目。白龙狎浪下山溪，溪喷玉。山初浴。七十二峰青可掬。　一片晚霞铺锦褥。几处淡烟萦古木。归禽啼罢又蜩鸣，歌一曲。忘三伏。四入此山看未足。

1979 年 7 月于黄山

编者按　该词刊《安徽师大》报1979年9月5日。

西江月

小住名山旬月，居然服食身轻。深潭日夜听龙吟。望里天都渐近。　自是尘缘难了，新来营养加增。惊看体重陡回升。顿悟原非有病。[①]

注　①余6月29日入黄山疗养院，时体重79公斤。7月16日，为77.5公斤，至8月9日，更下降至75公斤，越三日，又失去半公斤，速度如此殊可怖。8月14日至18日，膳食改善才五天，居然激增至77公斤，足见前瘦非关有病，自惭为凡人耳。

1979 年 8 月

黄山杂咏（三）

独坐听流泉，举头见新月。松涛送晚凉，蜩鸣犹未歇。[①]

夏虫昏晓鸣，蜩螗多难辨。谁谓松鼠啼，耳食惭疏浅。[②]

注 ①日暮听泉溪上。②黄山蝉类繁多，或谓有一种鸣声谓松鼠，余轻信并以语人。观察月余，始知其妄。

黄山杂咏（四）

五代有冯道，自诩长乐老。厚颜利禄徒，荣名非所宝。
入山才两月，眼看渐身轻。革带再移孔，沈腰亦可惊。
岩巅一棵树，盛夏叶先红。应缘根底浅，无力待秋风。
溪边多巨石，雄奇各异姿。“龙头”回顾处，昂首伏灵龟。[①]

1979 年 8 月 11 日

注 ①白龙桥与龙头之间，有巨石如伏龟，隔岸可见其右目。

江老宠锡瑶章，辄成俚句奉答[①]

几度入黄山，看山苦未足。今夏得重来，疗疾兼避伏。更幸侍诗翁，朝夕多启沃。诗翁本吾宗，祖居梅山麓。革命变姓名，弃家走南北。壮志既获遂，从政事建国。世路何险巇，忠贞竟被逐。一麾起滁阳，芳踵韦欧躅[②]。无何遭艰虞，又移屯溪曲。撄疾遽挂冠，吟啸逃空谷。策杖探幽胜，盛夏忘暑酷。佳句满锦囊，拜诵唯折服。时复论乡贤，张公所同淑。十湖见才华，双冈古文郁[③]。同姓古所敦，偶亦及家族。后继代有人，清芬宜可续。顾我蒲柳姿，时犹承勉勖。转眼秋风起，别翁归去速。明时奋驽钝，旧业理教读。回首天都峰，仿佛云端矗。亦忆在山泉，奔流迸飞瀑。唯一永难忘，高人共松竹。

1979 年 8 月 9 日于黄山疗养院

注 ①江城同志为吾家长辈。②唐韦应物、宋欧阳修均曾守滁州。③江老及我兄弟五人，先后皆为张四维哲舆先生弟子。李正清先生号十湖，著有《瓦鸣集》。章肇基孟侯先生著有《双冈草堂文存》。

卜算子｜访李白醉石

醉绕石高呼，题字苍苔壁。风雨溪头几度秋，韵事传遗迹。　奇境咏黄山，白也诗无敌。漫笑江郎老去时，犹梦生花笔。

1979 年 8 月

渔歌子｜黄山疗养院雨后晚眺

风约轻云缓缓飞，一峰分劈数峰奇。新雨罢，晚凉滋，蝉鸣一片送斜晖。

1979 年 8 月 17 日

为光相柏兄弟作

雏凤欣闻画虎成，光翁有子继清芬。生风犹是生花笔，一啸深山百兽惊。

1979 年

钗头凤

鲍训华同志索小词，戏填《钗头凤》奉赠，聊博一粲。[1]

东边走。西边吼。不知疲倦多能手。常谈笑。无烦恼。兴来争辩，弹飞风啸。炮炮炮。　　交能久。醇如酒。两婴危疾承相救。天难老。人长好。每回重遇，猛惊谁叫。鲍鲍鲍。

注　①按此稿系1979年12月上旬作，1980年1月15日抄送。鲍诨名“大炮”，同事都知道，不必注。1975、1977年两度送我住皖医附院，热情可感，故下阕及之。

浣溪沙

一九八〇年元旦口占，时省人大、政协全会于昨、今两日先后闭幕，合肥正降瑞雪。

盛会连朝庆政成。晴梅香里岁更新。良宵灯火向人明。　　一九八〇欣肇始，五千万众奋长征。江淮瑞雪正缤纷！

望海潮｜新年闻《大江》创刊喜作

冻梅争发，初阳暗转，东风又换年华。一九八〇，欣逢肇始，神州欢庆家家。千里骋骝骅。更空腾鹏翼，海涌浮槎。四化雄图，大江南北焕朝霞。　　休谈铁板铜琶。唱周郎赤壁，怀古兴嗟。牛渚月明，于湖春晓，而今是事堪夸。椽笔走龙蛇。喜文场战士，茁壮新芽。伫见潮平两岸，锦浪映春花！

1980 年 1 月

编者按 此词刊《大江》1980年第1期。“更空腾鹏翼，海涌浮槎”，作“斥贪熊荐食，顽鳄横爬”。“于湖春晓”，原作“于湖晓色”。

题郑震教授桃花潭图

踏歌声里别汪伦，重现诗情笔意新。满树桃花千尺水，江山雄丽古今春。[①]

注 ①记此诗系《安徽日报》要我作，第二句原为“诗句流传入画新”，不料刊出时竟改“入”为“如”，不知手误排，抑自命不凡者所改，殊为可笑。

1980年1月22日

参加安师大一九八〇年春节茶话会喜作

新更年代喜春来，放眼江山淑气回。嘉节纵谈宏培育，会看松竹广成才。[①]

注 ①在会上曾说明，前半系2月5日立春起床时口占，后半系参加茶话会前续成。

调寄生查子 |《春潮》创刊志庆

春潮带雨来，万马奔腾急。汹涌绕铜陵，炉火连天赤。　江山千古雄，代有新人出。锦浪濯词锋，喜见生花笔。

1980 年 3 月 10 日

编者按 此词刊《春潮》1980年第1期。

虞美人

丁冠老惠赠银丝细面，家人特留待生日与食，戏填《虞美人》小词致谢，即呈哂正。

舒州细织�巧。缄启蟠龙绕。感君嘉贶胜琼瑶。相对惊心白发、两萧萧。人生难得江南老。岁岁春光好。百年初度四分三。且进银丝今日、一开颜。[1]

注 ①此词为阳历生日作，记为3月14日。

浣溪沙

夜梦乍醒，心悸枕上可闻。

梦里闲情觅小词。乍醒余悸苦难支。拚将残梦细寻思。　　万籁无声春夜半，一镰斜照下弦时。心潮澎湃枕函知。

1980 年 4 月 7 日于弋矶山医院病室

附 吴孟复《书城先生词读后记》：“意在笔先，神余言外，意境极为深美，融斋所谓‘词深于兴’者也。就语言言，锤炼之极，归于平淡，老手功夫，尤不可及。真好词‘不厌百回读’也。‘一镰’，铸词亦极工。”

阴历生日在病院中度过，再食银丝细面，口占一绝再呈冠老

细面银丝感见分，生辰饱啖颊留芬。树人树木吾侪事，病起从君续进军！①

注 ①此首系阴历二月廿日，即阳历4月5日，作于弋矶山病房。以上两首曾于4月13日晨写交新彬，带给丁冠英同志。

病中杂咏（六首）

庚申阴历生日

七旬晋五鬓初斑，偶得沧江病卧闲。花压阑干春昼永，几回午梦尚朱颜。

自弋矶山医院遥望安徽师范大学

凭阑小立瞰郊坰，遗址难寻一览亭。最是江山千古秀，红楼耸处赭山青。

1980 年 4 月 16 日

夜醒偶忆白石词句足为一绝

少年情事老来悲，吟得新诗寄与谁？纵使人间能再见，也应双鬓各成丝。

1980 年 4 月 16 日

承滕世杰医师为抢救急性左心衰竭

无端导致左心衰，妙手从容赖转危。栩栩蘧蘧如一梦，乍回周蝶两堪疑。

藏书被劫于“文革”中，陈嘉正同学为赎回一册寄赠

文姬身世剧堪哀，一纪漂流得赎回。喜见江南春社后，梨花落后燕归来。

有怀从事教育工作诸老同学

重逢绿鬓料成丝，十载艰辛各自知。又见凌云新竹长，同珍晚景好为师。

1980 年

浣溪沙｜谢某君为师大图书馆治藏书石章

插架琳琅百万强。雄楼兀起赭山阳。珍藏董理费周章。　　老手兴来精治印，陈编霞蔚喜增光。春浓桃李共芬芳。[①]

注 ①1980年4月。下片“陈编”句修改未定。

病房小景（二首）[①]

“眉毛尚好”忆当年，天下名医一脉传。都是驴头和马面，太平房外广招贤。

急惊风遇慢郎中，一窍原来也不通。趁得人家忙急救，胡诌病历乱吹空。[②]

注 ①1980年4月20日夜晚作打油腔带给老妻，使彼知我头脑为清楚也。②4月19日夜进弋矶山医院，实患左心衰竭，值班庸医误诊，折腾约两小时，始不得已，找住院长来抢救。

感事（二首）

大病初瘥，午睡有梦，仿佛一九六七年赴沪快车被阻于无锡，慨然有作。次首恍惚又另入一境，仅成两句，醒后为足成之。

血战中原无净土，风狂大地奈何天。东君犹作无情计，狼藉残红已可怜！

杯酒释权师艺祖，苦心孤诣为谁忙？撑天自有元戎在，枉费精神梦一场！

1980 年 4 月 26 日午后

无题

九十春光病里过，晓来揽镜鬓边皤。几多未了平生事，力不从心可奈何！

编者按 此诗未署写作时间，疑作于1980年5月。

乍热

五月二十四日，早间尚可穿呢裤，着毛线衣，中午陡热，入晚挥汗如雨。二十五日晨朝阳初出，片云过弋矶山上空，又有大雨一阵，戏占一绝。

天公连日真儿戏，晴雨炎凉尽失调。世态纷纭原亦尔，闲摇破扇且逍遥。

1980 年 5 月 25 日晨

寄陈嘉正同志（二首）

百城虚拥一书呆，老病“心衰”志未灰。最喜旧时梁上燕，似曾相识又归来。[①]

一纪漂流幸赎回，文姬身世亦堪哀。感君佳节留佳话，说与儿孙作教材。

注 ①平生好聚书，“浩劫”中殆尽。近忽承陈嘉正学弟为赎回《唐诗三百首》一册，自贵池寄赠。时余方以久病于儿童节前夕出医院，见此弥增感慨。虽楚王得失，事亦寻常，而陈君此举亦足为儿童道德品质教育一例也。戏成两绝致谢。陈君自称系合肥师院1957—1961届毕业生，在贵池五七大学师范班任教师。见“文革”时期在合肥师院学习的毕业生有一本《唐诗三百首》是我的，认为是造反得来，特以同样的书换回寄还。末书：“贵池五七大学师范班教师陈嘉正上，1980年5月29日。”

1980 年 6 月 4 日

浣溪沙 | 两日寐匪祯，枕上戏填小词二首

几处蛙声破寂寥。黄梅夜雨阵潇潇。乍醒惊悸苦难消。　　有意不眠期梦断，无心琢句懒推敲。朦胧倚枕听心潮。

枉羡元龙百尺楼。高天厚地有诗囚。何曾高枕得无忧？　　漫道夕阳无

限好，犹惊旧梦几时休。明朝“札闼”乞“鸿庥”。[①]

1980 年 6 月 11 日及 13 日夜

注 ①1980年6月13日赴医院复查，医嘱高枕于病情有利。

浣溪沙 | 梅雨恼人，灯下得此

几处蛙声破寂寥。黄梅时节雨潇潇。最难将息是今宵。　　臂痛十年伤往事，江深五月涌新涛。风光无限看明朝。

1980 年 6 月于弋矶山医院

附 吴孟复《书城先生词读后》：“上片三句写了情、景、意；下片三句写了去、来、今。笔力之健，叹为观止。”

思佳客 | 《合肥晚报》于“七一”复刊，倚声致贺

七一光芒照九州，喜闻晚报庆昭苏。合肥往事休回首，雨暴风狂一片愁。新面貌，骋骅骝，羊城京沪几同俦。华灯初上争先睹，永共江淮万古流。

1980 年 6 月于弋矶山医院

编者按 此词刊《合肥晚报》1980年7月1日。

为安徽师范大学一九八〇级新生入学作

十年风雨鬓添丝，欲问斯文更付谁。却喜江南秋爽日，正迎多士远来时。

树人大业需材亟，贾勇长征敢独迟？伫见湖山深秀处，催春桃李万千枝。

1980 年秋

附注　曩承桐城姚仲实师赠诗有句云："高楼揽镜鬓如丝，风雨斯文欲付谁？"予从事教育逾五十年，"浩劫"中亦曾有此感。今幸拨乱反正，凡我肄业高等师范院校诸同学，对于发展教育事业负有重大责任，愿共勉之！

鹧鸪天（二首）

一九四〇至一九四六年间，予寓居东川白沙之桂花庄[①]，偶作小诗以抒客怀，尚记其中七绝二首，忽忽四十年矣，兹各增下片为《鹧鸪天》云。

络纬凄凄夜幕垂。密荫杂坐纳凉时。山阿一片流亡曲，此夕情怀各自知。
追往昔，味今兹。神州已庆遍春晖。几番风雨消残暑，江上迎凉续小词。

龙眼垂垂又一秋，异乡何事苦淹留？明朝倘得轻舟去，便下渝州过鄂州。
云易散，水长流。闲将往事数从头。山庄更应呈新貌，风月驴溪胜昔游。

1980 年 9 月

注　①庄在驴溪南岸山下，国立女子师范学院赁作教职员宿舍，遍山皆龙眼树，龙眼又称桂圆，所谓桂花殆即指此。

采桑子 | 忆家山

少年轻向他乡去，一去难回。壮惜分飞。到处为家明月随。　　老来却忆家山好，冶父晴晖。绣水萦洄。咫尺天涯何日归？

1980 年 10 月

相见欢

集词调名成《相见欢》小词，敬祝石岑先生、静珍女士永结同心。

烘帘烛影摇红。醉春风。今夕换巢鸾凤。两情浓。　　双双燕，长亭怨，偶相逢。从此于飞，比翼大江东。①

注 ①此词系戏集调名贺王石岑续弦，其中唯“换巢鸾凤”一名最恰，因彼此皆非初次，闻王得此甚高兴，特请赖少其同志以金农体为书小幅作纪念。

编者按 手稿小序原缺“静珍”二字，以省略号代替。据美术学院高飞院长提供赖少其书法照片，该词题作：“辛酉二月五日调寄《相见欢》，祝贺石岑先生、静珍女士永结同心。”知此词作于1981年2月或3月。

炎凉

炎凉世态由来久，罗雀何如客满门？堪笑翟公不解事，死生贵贱认真论。

1981 年 2 月 27 日

鹧鸪天 | 感旧咏柳

客舍青青记昔时。晓风残月动离思。江潭摇落征人远，巷陌凄凉旧梦稀。情袅袅，意依依。春来新染万千丝。玉关羌笛何须怨，且喜梢头见靓眉。

1981 年 3 月 14 日

附 吴孟复《书城先生词读后记》："此词亦妙甚，似从'树若有情时，不会得青青如此'翻转一层，倍觉动人。词中自有寄托，大约亦写粉碎'四人帮'后，拨乱反正，喜上眉梢。竹垞所谓'其词愈微，而其旨益远'是不特'通于《离骚》、变《雅》'，亦且通于雅、颂矣。"史颂民《爱吾庐漫志》曰："句句咏柳，然此中有人，呼之欲出。"

画地

画地为牢可奈何？人间白昼舞群魔。问天屈子空余恨，斫地王郎不敢歌。剑阁骑驴伤细雨，黄州酹月羡江波。古今无数诗人泪，洒向牛棚未比多。

1981 年 3 月

编者按 此诗一题作《病院夜醒，追维往事，感赋》。

鹧鸪天

一九八一年三月二十三日，以再发急性左心衰竭住入弋矶山医院，医嘱今后不宜再事教学，惘然如有所失。枕上得此，调短未能尽意也。

乐育英才敢怨劳。自甘舌敝更唇焦。不求甚解思彭泽，难得糊涂愧板桥。山静寂，雨飘潇。最难排遣是今宵。此身拼作园丁了，那管朱颜暗里彫！

1981 年 3 月下旬

编者按 此词刊《高教新探》1990第1期，序文较短。

江上偶成

水暖春深拍岸东，千舟来去聒匆匆[①]。碧空望断孤帆影，时听江轮一吼雄。灯火阑珊静夜深，江天浩渺雾低沉。多情最是窥窗月，照彻人间骨肉心[②]。

注 ①春暮以旧疾发入住弋矶山医院，病室临大江，竟日机船啪啪聒耳，无复孤帆远影之幽景也。②住院兼旬，小儿炳生每夜坐守。

编者按 该诗写作时间不详，因“春暮以旧疾发入住弋矶山医院”与上词序相合，姑系于此。

迁居偶成

新居不费买山钱，更喜风光满眼前。幽草欲迷山脊路，小桥斜接断崖肩。流莺呖呖回清梦，乔木森森敛宿烟。老去虚怀千里志，一枝且乐晚晴天[①]。

1981 年 4 月

注 ①新建宿舍在赭山西坡，余名以“晚晴居”，取义山“天意怜芳草，人间重晚晴”句意。

重读二晏词

几人低首小山词，杯酒浮沉鬼语奇。雏凤由来清老凤，何曾家学薄临淄？[①]

注 ①往岁陈雪尘教授赠词有句云：“一生低首小山词。”后见女词人沈祖棻自述亦有此句。道学家程伊川曾称叔原“梦魂惯得无拘检，又踏杨花过谢桥”为鬼语，意亦赏之。华侨叶嘉莹女士谓余盛称小山而贬低同叔，事实上晏氏父子相较，正如义山所云“雏凤清于老凤声”也。

1981年5月15日

满江红 | 庆祝中国共产党成立六十周年

“七一”嘉辰，周六十、中天赫日。追往事、几多先烈，心丹血碧。万里长征惊世界，三千水击舒鹏翼。卷狂飚，扫荡旧山河，旌旗赤。　反侵略，歼顽敌。坚建设，新中国。彼阴谋篡党，自贻伊戚。举国欢腾申法纪，公开审判刑奸贼。待明朝、“四化”大功成，传千亿！

临江仙

一九八一年夏，王育林、孙名堂、章文俊、张毅君、吴新枝、夏乐亭、盛德璋诸同学为评阅高考语文试卷重聚于芜湖，承以六月望日过访问疾，劫后偶晤，感慨多端，爰填小词记事。

今夕旧游欣聚首，赭山风月双清。“十年动乱”最堪惊。重逢如隔世，存问感深情！　　盛夏辛勤忘酷暑，文章仔细评衡。一年一度拔群英。相期为“四化”，终老作园丁。

1981年7月17日

编者按　此词刊《高教新探》1990第1期，序文较短。

生查子（二首）

为华世思、董绪先、江志明三同学过访作。时六月既望，诸同学以评阅高考语文试卷偶聚于芜湖。劫后重逢，殊多感慨。

昨宵月恰圆，今夕看初缺。明月缺时多，人世常离别。　　赭山喜再来，树木何葱郁。桃李自芳菲，松竹永高洁。

十年动乱频，辛苦谁堪说。喜又见河清，建设需英杰。　　衡文冒暑炎，得才齐欢悦。作育待园丁，互勉中肠热。

1981年7月18日

编者按　此词刊《高教新探》1990第1期，序文较短。“需英杰”，作“需材渴”；“待园丁”，作“待吾曹”。

浣溪沙

王诚裕同学以参加高考阅卷，自庐江中学来芜湖，于七月二十日傍晚过访。盛称年来地方建设成就，是夕颇有归思。

江上清风送晚凉。赭山松柏郁苍苍。喜来佳客自庐江。　梦里数曾寻故里，平居总说惯他乡。衰迟归愿几时偿！

1981 年 7 月 20 日

满江红

为旧台扇作。扇被劫于“十年动乱”中，用代灶下鼓风机，越数年而偶归还原主，则已尘垢不可复识。几经修理，终以长期劳损，动辄牛鸣，然亦不忍遽弃也。

蓦地风生，惊四座、牛鸣狮吼。忆当日，飘飘轻举，回旋翠袖。一自劫持沦灶婢，长年宛转啼尘垢。最堪怜、面目已全非，归来候。　昭君怨，留胡久。文姬泣，还汉又。算人间遭遇，几多凄楚。万恨千愁谁省得，乾旋坤转君知否？愿从今、旧月镇相随，陪衰朽。

1981 年夏

题画三则

昔传岐伯，今见滕公。折肱力学，济世其衷。山水大家，世称石谷。谁振宗风，请观此幅！①

敏灏老友撰句嘱画，世杰同志雅政，石岑。

杨子精医学，著论又临床。王郎游三峡，归来画满囊。乞邻我学古，佳话江水长。

敏灏老友以诗索画，辄贻小幅为振邦同志补壁，石岑。

天倪和兮春融融，滋芳薇兮露华浓。山万仞兮水千尺，敷教泽兮立达宏。

薇华、立宏同志两政，敏灏撰句，石岑作画。[②]

注 ①按王老略有修改，意谓不敢与王石谷比。②此系1981年7月间事，滕世杰、杨振邦、倪薇华（爱人万立宏为皖医教务处长）几位医师嘱代觅画，因请王石岑老为作山水各一幅。

评茶（二首）

晴窗对客戏评茶，瓜片名高压小花[①]。闲话敬亭思绿雪[②]，试寻稗史问黄芽[③]。猴魁伊昔称三绝[④]，云雾从来让九华[⑤]。最是毛峰身价重[⑥]，涌溪珍品亦堪夸[⑦]。

偶因龙井话旗枪[⑧]，太息名茶未尽尝。自古碧螺春色好[⑨]，于今白下雨花香[⑩]。声蜚海外乌龙著[⑪]，誉满西南普洱强[⑫]。独有玻璃空色相[⑬]，一杯清澈润诗肠。

1981 年

注 ①江淮间特重六安瓜片。品质不让龙井，隔年色香味犹佳。桐城小花产量甚少，故罕为人知。②敬亭绿雪产于宣城，脱销多年，近闻又生产。③霍山，自唐代以产黄芽著，见《唐国史补》。④太平猴魁向负盛名，爱好者称其色香味俱妙绝，品质介于徽、六绿茶之间，与瓜片为近而香烈较逊。⑤青阳九华云雾以新茶为胜，久则发酵色浓，香味亦变。⑥黄山毛峰珍品向来身价甚高，后起至青阳黄石溪毛峰、六安毛峰皆不能相比。⑦泾县涌溪火青为徽茶上品。⑧龙井产量少，其等级低者即旗枪耳。⑨太湖洞庭山碧螺春茶入市独早，色和味俱好。⑩南京近年产雨花茶，全以毛茶精制，细如银针。⑪福建乌龙茶出口，日本人尤为重视。⑫西南诸省皆贵沱茶，产云南普洱,以下关为集散地。⑬四川茶馆以毛茶、沱茶、玻璃等并列于价目表，初入川者对玻璃多费猜疑，往往见白开水始恍然大悟。

鹧鸪天（二首）

夜梦以秋日回乡，枕上得词二首。去年孙文光同志转达教育界同仁拟邀回里一游，老病侵寻，今春恐又不能践约矣。

倦鸟巢林托异乡。夜来忽梦到庐江。秋塘莲子清如水，晴日山岚淡似妆。逢故旧，话沧桑。古城新歌焕容光。行经往昔城西路[①]，正是金风送桂香。

强说他乡似吾乡。衰迟多病卧沧江。南来秋雁惊归梦，北望云山试晓妆。堂下竹，宅边桑。故园花发满春光。几时得遂频年愿，瀹茗重尝绣水香。

1981 年秋

注 ①庐江八景有绣溪春涨、黄陂夏莲、冶父晴岚等。城西路则曩在小学时日经数次者。

编者按 该词手稿写作时间一作1982年，姑系于此。

幽居

似与溪山有夙缘，幽居偶遂便陶然。十年树木参天长，九畹滋兰浥露鲜。江上云涛时暂变，楼头风月自常妍。漫嗟老去心徒壮，细味平生晚更甜。

1981 年 9 月 2 日

病榻偶成

不为逢迎不为名，折腰伤股两堪惊[1]。九儒十丐由来贱，一笑三生何苦盟。海月重圆天下望，秋风宜动故园情。江乡紫蟹黄花美，更喜山居向晚晴。

1981 年 10 月

注 ①老妻跌损腰椎，予右臂注射针剂，感染发热。病榻相对无聊，自平生甘苦以至国家统一大业，皆为闲话资料。

浣溪沙

周啸天学棣撰《唐代绝句史》，喜获安徽师大唐宋文学研究生毕业，并获硕士学位，锦旋在即，爰赠小词致意。

回首三年共学时。论诗撰史吐珠玑。荣归暂别意依依。　　公瑾知音尝顾曲，美成订律擅填词。清芳远绍更相期！

1981 年 12 月 1 日

卜算子

汤华泉学棣原在太和任中学教师，三年前考取安徽师大唐宋文学研究生，今通过毕业论文答辩，建议授予硕士学位，即将赴阜阳师院任教，爰以小词送行。

君自太和来，还向阜阳去。颍水悠悠日夜流，总是关情处。　　盛业继前修，桃李凭君树。待及花开烂漫时，春满西湖路。

1981 年 12 月 21 日

卷三

戏题发还“文革”中检查材料（二首）

满纸违心自毁词，含辛茹苦问谁知。十年一梦真儿戏，赢得萧骚两鬓丝。

沧海横流白昼曛，九州震荡变风云。信知冬尽春重到，何苦周文转费焚[1]。

1982 年 2 月 1 日

注 ①部分材料通知已被焚毁。

浣溪沙 | 喜闻编写校史并发刊《安徽师大校友》

五十余年盛业赓。春华秋实育群英。于湖一水溯宜城。　　校史新编彰伟绩，友声互应悦嘤鸣。江天展望赭山青。

编者按 该词刊《安徽师大校友》第1期，1982年试刊号。

晨闻广播日本文部省篡改教科书侵华史实，枕上得此（二首）

樱花落尽营房在，车站空余旧址存。“进入”枉为侵略隐，更留罪证示来孙。[①]

南京屠杀世同惊，历史分明记罪行。“反省”十年终不悔，依然“亲善”“共荣”声。[②]

注 ①芜湖沦陷期间，日寇驻兵赭山，今安师大校内犹存其营房旧楼三幢，东大门处有搪瓷牌曰“新火车站”，盖当年设运兵车站于此，解放后始夷为马路。几处罪证，皆非隐去侵略一词所能消灭者。②为推翻南京大屠杀罪行，竟称由于中国之抵抗，可谓极颠倒是非之能事。中日签订友好条约十七年，貌为“反省”，实际仍图继承军国主义衣钵，重温其“日中亲善”及“大东亚共荣圈”迷梦。

1982 年 7 月

闻日本于八月十五投降日，举行所谓阵亡将士追悼会（二首）

穷凶极恶炫三光，广岛长崎亦可伤。两国人民同苦难，忍教战犯再猖狂！

力斫长鲸卅七秋，八年血海本深仇。宽容难改豺狼性，又作忘恩负义谋。

编者按 此诗未署写作时间，主题与上诗相同，姑系于此。

满江红

一九八二年秋季开学迎新，适逢党的十二大召开，普天同庆。时日本文部省以篡改侵华史引起公愤，竟诿称将于三年后改正，此正如孟子曰攘邻鸡之喻也。赭山故多日寇罪证，有助于了解侵华历史。将来宜如何正确教育后代，愿与诸同学共勉之。

秋到江南，聚几许、新知旧识。更喜是、党全嘉会，京华胜集。放眼九州生气满，献身四化豪情溢。为事业、先自受陶甄，争朝夕。　　赭山下，多倭迹。侵略史，谁能易。恨幽灵未泯，梦迷军国。惯攘邻鸡坚不改，巧言友好嗤何益。教人民、前事慎毋忘，吾曹责。

编者按 此词刊《安徽师大》1982年9月6日。

寄答史颂民太原

山居老学种花忙，九月楼头溢菊香。陡觉露阑添画意，伴将霜鬓对朝阳。向来红紫无寻处，怅望蒹葭忆远方。为报蟹肥新酿熟，一年好景满江乡。

1982 年 9 月

编者按 该诗一题作《秋日寄怀旧友》。

盆种小石榴，秋深再苞未放，有感作此

强支瘦骨幸余生，又见朱苞照眼明。莫怪芳心长似束，九秋风雨总无情。

1982 年秋

追念吴昭铭同志[①]

秋风嫋嫋大江波，木落淮南鬼夜歌。有志未酬挥手去，用才不尽惜君多。中年哀乐迷情网，豪气纵横困宿疴[②]。泽畔同吟追往事，下塘月冷奈愁何！

1982 年 9 月

注 ①君以1980年9月卒于蚌埠，回忆1969年同在下塘集农村参加“斗批改”，不胜人琴俱渺之感。②平生以才华横溢见忌，甚至个人婚姻问题亦屡为好事者所阻，腰椎又于“十年动乱”中受损，终以忧伤致肺疾转为癌症而殁。

水调歌头

一九八二年国庆良辰与中秋佳节巧合，想台湾同胞怀念祖国，应不胜“天涯共此时”之感。

今日两嘉节，国庆恰中秋。江山雄丽，云茫霞蔚喜盈眸。白昼欢娱未了，又见长天碧海，皓月一轮浮。日月长相照，辉映我全瓯。　记当年，新建国，靖神州。方兴未艾，横遭风雨唤人愁。且幸元戎再起，开创全新局面，业绩展宏猷。但愿多情月，台海送归舟。

附 吴孟复《书城先生词读后记》：“鼓吹中兴，促进统一，词道之大，于斯可见。气势、音节，合东坡、于湖为一，‘谁道今人不如古’乎！”史颂民《爱吾庐漫志》曰：“结句表达无限深情。”

一九八二年国庆，同日又值中秋

日月光华照九州，辉联国庆值中秋。云霄气爽山河壮，民乐年丰远近讴。
隔海婵娟今夕共，迷魂帝霸几番愁。新来笑柄腾香港，呓语荒唐一女流[①]。

注 ①英首相访华后赴香港，意称不平等条约有效。

水调歌头 | 为庐江冶父山填词二首

俯瞰众山小，冶父独轩昂。据称五百华里，毋乃太夸张。试数群峰罗列，三百六还有四，此语亦荒唐[①]。耳食不如见，一笑忆吾乡。　　记当日，凌绝顶，探无梁[②]。东南纵目，天际一线是长江。更喜够壶泉涌，铸剑池留胜迹，乘兴访仙床[③]。古刹应无恙，归梦几时偿。

曩读冶山志，秉笔邑陈诗。向来欣赏游记，马氏古文奇。或谓春秋楚败，群帅囚于冶父，故地在今兹。[④]指点大夫墓，虚实亦堪疑。　　东方晓，晴岚涌，锦霞披。欣闻厂矿重整，树杪出红旗。笑我萍踪长寄。岁共江南秋老，何日睹新姿？但愿明年健，践约未应迟。[⑤]

注 ①偶检《渊鉴类函》，见地部冶父山注谓："在庐州府庐江县东北，……自麓至巅几五百里，有三百六十四子山罗列其下。"其实登山不过五里，所谓子山亦无如许之多。②山巅有无量殿，以砖石嵌空而成，故俗称为无梁殿。③够壶泉又名一壶泉，铸剑池相传为欧冶子遗迹，仙人床亦山中一胜。④陈鹤柴撰《冶父山志》，载马通伯游记云："《太平寰宇记》以当春秋楚群帅囚处，非也。《水经注》冶父城在郢都侧，乐史误也。”盖以地名与山名相混致误。或又谓山有宛春墓，虽征《寰宇记》，其说不误。按春秋宛春有二：其一为楚大夫，见《左传》；另一为卫大夫，《吕氏春秋》记其谏卫灵公冬凿池。由于庐江为楚地，指为楚大夫者，稍可信，然无法证实此即楚群帅囚处。楚伐罗失败，“群帅囚于冶父”，是桓公十三年事。晋楚城濮之战，“拘宛春于卫”，是僖公二十八年事。时间、地点及交战国都不同。⑤同事孙文光君转告家乡教育界诸同志拟约回乡一游，年来老病侵寻，竟未能成行也。

1982 年

浣溪沙

百尺层楼署点帆。晓来伉俪共凭阑。人间艳福老江南[①]。　　劬学孙郎求画扇，挥毫石谷忘描山。点成并蒂兴犹酣[②]。

注　①王老时方续弦，迁凤凰山新楼。②孙文光同志出示点帆楼主为画折扇并索词，石岑夙以山水名而偶作睡莲，盖当时别有兴致，因戏填《浣溪沙》小阕以应，并呈王老一粲。孙得词后请陈正飞老为书入扇面，据说有几字不同，“层”作“高”，“劬”作“勤”。

编者按　承美术学院高飞院长相告，王石岑先生乔迁凤凰山新楼，时在1982年。

冬夜

灯火窥窗树影疏，霜寒十月袭山居。市声入夜浑如死，不辨人间实与虚。

1982 年 11 月 21 日

枕上偶成

老病侵寻懒下山，山居何似在人间。人间日有升沉事，事不干卿且自闲。
不羡神仙宅海山，海山原亦在人间。人间尽有荒唐事，事不关心身自闲。

1982 年 11 月 29 日

满庭芳

冬至一周后月食，越日为一九八三年元旦。时宪法新颁，国歌恢复，万民欢庆，赋此迎新。

长至阳生，暂亏月满，履端万象更新。高歌前进，响彻九霄云。最是安邦大计，颁新宪，薄海欢欣。争团结，第三世界，互访倍相亲。　　河清。人共健，江南胜地，松竹长春。喜又见漫山桃李缤纷。建国需材孔亟，为作育，先自陶甄。风光好，一年肇始，展望灿朝暾。

1982 年 12 月 31 日

编者按　此词刊《安徽师大》报1983年1月1日。

咏史

悲歌垓下霸图空，刘季还乡唱大风。成败到头同下泪，难论若个是英雄[①]。
虎踞龙盘自古争，孙郎年少负英名。一篙春水曹瞒走，坐断东南鼎足成。
武昌建业去留难，铁锁沉江强自宽。辜负金陵龙虎地，晋元南渡亦偏安。
邯郸道上古今地，梦断黄粱亦可伤。陈涉沉沉忘故旧，是非听唱赵家庄。

1983 年 2 月

注 ①始皇东巡，项羽曰：“彼可取而代也。”刘邦曰：“大丈夫当如是也。”及霸王别姬，高祖还乡，竟皆泣下数行，令人欲以成败论英雄而不可得，宁不为祖龙所窃笑耶？

追念韦上伊

五十余年前与韦上伊同志在安庆同学，六十年代重晤于合肥，时上伊任六安师专副校长。顷接六安寄来举行纪念会请柬，始悉逝世已十周年矣，感成一律。

重逢淝上话沧桑，风雨宜城梦渺茫。却喜忠诚为事业，相期作育播芬芳。
一经动乱音尘绝，远望云山涕泗滂！此日春回堪告慰，神州到处浴朝阳。

1983 年 3 月 21 日

编者按 一本有注：接六安师专以韦上伊同志逝世十周年纪念会筹委会名义发来请柬，谓“经六安地区、六安行署决定于三月二十三日下午二时在行署礼堂举行省第四届人大代表，前六安师范专科学校副校长、六安政协副主席韦上伊同志逝世十周年纪念会，”三月十日其与会须知第三条云："带有纪念文章、诗词，请交报到处（在皖西宾馆）。"

谢沈茹松同志赠富春江图

烟波浩渺几渔艭，古岸孤亭竹树庬。多谢石田挥妙笔，神游导向富春江。

1983 年 6 月

答颂民、淑洁伉俪

尺素难传千里思，一春鱼鸟更迟迟。江南已是黄梅熟，暮暮朝朝雨万丝。
强把情怀托小诗，伤离意绪苦难支。喜闻北去双飞燕，秋社南来预有期。

1983 年 6 月

编者按 一本题作《寄史颂民伉俪》，诗末有注：1983年5月末，颂民自太原来信，谓今秋或明春拟回乡一行，将经芜湖把晤。6月27日作复，时梅雨逾一周矣。

浣溪沙

癸亥长至日，许万寿同志嘱题王石老所作《江南春晓》（红梅）图，时正青老换班，故词末及之。

江上东风昨夜回。晓惊素壁映幽姿。漫嗔贪睡独开迟。　铁干虬蟠坚晚节，瑶肌酒晕发新枝。春生腕底恰时宜。

编者按 此词刊《安徽师大》报1984年2月29日。

三秋暴雨

骤雨滂沱积暑清，湖山新浴晚凉生。蝉鸣未了蛩声急，一叶惊秋万古情。

1983 年 8 月 8 日

虞美人｜山居与老妻夜话

西风淡月朦胧夜。金粟飘香谢。一年容易又秋深。正是黄花紫蟹、满江浔。白头闲话平生事。荏苒青春逝。劫余喜却见河清。今夕银灯着意、向人明。

1983 年 10 月

忆旧

水落江清橘柚香，流离偶聚记山庄。卅年鱼鸟无消息，一曲难忘说凤阳。

1983 年 10 月

满江红

读《戴安澜将军传》[1]，其墓在芜湖小赭山。

千古英雄，埋骨处、江山生色。追往事、少年奋起，驰驱南北。勇夺昆仑寒贼胆，威扬缅甸援盟国。越炎荒、壮烈裹尸还，风瑟瑟。　　霓虹志，忠毅魄。昭史传，彰勋绩。问戚家军后，谁能几及。郁郁佳城松柏茂，蒸蒸禹域云霞赤。看今朝碧海颂同春，春无极。

注　①传见《安徽文史资料》，吴振潮撰。戴初驻军古北口防倭，旋南调作战，趁春节奇袭昆仑关，日寇败走。入缅后，雄镇东瓜，完成支援盟军任务后，奉命率远征军回国。归途中犹能略取棠吉，卒以日寇围困，不得不取道炎荒突破，在野战中壮烈牺牲。时国共第二次合作，毛主席、周总理、朱总司令俱有悼词，解放后追认为烈士，自全州移葬于芜湖小赭山。

1984 年 3 月

编者按　此词刊《太白诗刊》第二期。

答史颂民绝句（三首）

江南已是春雷动，晋北依然泽腹坚[1]。但愿今宵风雨后，月明两地共婵娟。

故园无复旧风光，楼毁溪湮梦渺茫[2]。闻道并州新貌好，问君何苦忆家乡！

耳聋眼瞎寻常事，齿豁头童变化多。却喜金钢婚俱近[3]，顽强两对老翁婆。

1984 年春

注 ①1984年3月18日（阴历二月十六日）得颂民信，是晚芜湖有雷阵雨，春来首次，从电视得知太原气温犹在零下。《月令》所谓“水泽腹坚”，即吾乡俗语“连根冻”也。②乡人来谈故里面貌已非，奎星楼被毁，绣溪水源被截断，所谓“绣溪春涨”早难再见。③西俗以60年为金钢婚，隆重庆祝。记与颂民同于1925年（民国十四年）11月19日（腊八）先后结婚，忽忽六十年矣。

为韦毓骢同志题所藏于右任书立轴[①]

妙墨珍藏费苦心，劫余展视倍情深。云端惊现神龙首，佳话长留在艺林[②]。

辛亥革命元老于右任氏书法闻名海内外。兹幅为韦毓骢同志旧藏。遭逢“十年动乱”，截款赖以保存。甲子春日出示同好，相与感叹。此人因嘱晚晴老人作诗，余为纪事，先后饱眼福者有方诗恒、王石岑、祖保泉、许依群诸君子，而方翁溘逝忽已数月，不及见此题识矣。1984年3月，陈正飞于芜湖赭山翠明园畔。

注 ①于氏所书为每句四字的韵文：“道隐未形，治彰既乱……”末句为韦君连签名裁去。②十年动乱，毓骢将所藏于右任氏墨迹截款保存，劫余后出示同好，相与感叹，主人嘱题俚句，并请陈正飞教授书之。

编者按 “道隐未形，治彰既乱”等语出自颜延之《应诏燕曲水作诗》。

追念两兄补成旧作

一九八四年三月十二日，庆生、应生两侄自庐江来。因忆二哥殁于一九六〇年冬至后一日，次年清明前一日大哥亦卒，俱葬于西冈。当时曾哭以绝句多首，浩劫中被抄家失去，但记有“鹈鸩声里夕阳低”，足为一绝。

绣溪春涨绿平堤，寥落西冈草欲齐。长至几时又寒食，鹈鸩声里夕阳低。

1984 年 4 月

思佳客 |《安徽师大》校报复刊百期纪念

历劫重苏胜昔时。人间荣庆重期颐。向来笔健词锋利，永葆风华正茂姿。春脉脉，日迟迟。赭山桃李灿新枝。大江浩荡源流远，嘉木葱茏雨露滋。

1984 年 4 月 30 日

编者按 此词刊《安徽师大》报1984年5月20日。

鹧鸪天

一九八四年九月十六日赴九华山参加《汉语大词典》安徽编写组总结大会。

江上西风罢采莲。南塘花谢叶田田。欣看碧海青天外，绰约仙葩九朵妍。襄盛举，集群贤。辞诠汉语汇鸿编。名山再会秋光里[1]，共庆功成硕果鲜。

1984 年 9 月

注 ①1978年黄山会议前，安徽编写组曾在九华山集会审议试稿。1984年9月16日前往，提前于9月19日即回。

浣溪沙｜安徽师大图书馆举行中国书籍简史展览

简册千年放异光。辉煌文化耀东方。江河源远更流长。　华夏高秋迎国庆，赭山胜境展珍藏。盈眸万卷溢芬芳。[①]

1984 年 9 月 17 日下午于九华山

注 ①此首由孙文光代写装裱布置会场壁上。

浣溪沙｜国庆三十五周年作

还我河山复主权[①]。凯歌声里健儿旋[②]。庆逢佳节九秋天。　卅五华年迎"七五"[③]。十千斗酒醉三千[④]。会看台澳月同圆。

1984 年 9 月

注 ①9月26日，中英草签关于香港问题的联合声明，确认中国将在1997年7月1日收回香港，恢复行使主权。②中国体育健儿在洛杉矶奥运会上取得辉煌成绩。③"七五"计划已在规划中。④日本青年三千人来访。

鹧鸪天

负暄闲话，漫成小词，记近来两大盛事：中英关于香港谈判联合声明签字，我科学考察队南极洲长城站建成。

忆读《南华》第一篇。鲲鹏变化翼垂天。争传禹域多新事，指顾香江复主权。

闲曝日，话牛年。春回消息柳梅先。老人南极迎佳客，胜利红旗永昼鲜。[1]

1984 年 12 月

注 ①此词于1984年12月27日寄《合肥晚报》王行，申谢赠画册两本（《古城往事记犹新》），编者作为国庆征文评特等奖。附告与小孙子及邻居外籍教师过圣诞节，从圣诞老人谈到南极老人，因念今岁两大盛事，曾填小词，附奉一粲。

编者按 该词刊《合肥晚报》1985年1月3日，序中无“两大盛事”以后两句。

校史零拾杂咏（七首）

老庄论罢话填词，寒翠芳园记旧时。避寇仓皇归故里，瞿塘月冷不胜悲。[1]

儿戏文书一纸张，拜官封后自称王。春宵苦短游魂散，金殿原来是义庄。[2]

东涂西抹本无成，愧对“权威”未敢承。啼笑皆非唯一事，血痕已涴路名新。[3]

滋兰艺菊播芳馨，桐荫交柯夹道新。树木树人留楷范，令人长忆老园丁。[4]

萧森几座旧营房，老卒惭言似感伤。但愿创痕成教育，日中后代慎毋忘。[5]

一代宗师仰蜕私，传经兼及古文辞。劫余惊喜珍藏在，深愧当年赠别诗。[6]

山林初启话宜城，何日江南会友生。流宕未归思旧燕，海天遥望不胜情。⑦

注 ①四川李范之（大防）先生早岁在皖从政，晚就安徽大学教席，喜谈老庄之学，著有诗集及《寒翠词》等，1937年以避日寇仓卒归故乡开县。平时收藏图书、古砚甚富。据闻自赁民船亦不能尽载，三峡险阻，舟行尤艰，辗转得达，已劳顿致疾，越年秋季下世。②1947年春安徽学院有谢某忽张贴布告，自立为院长。是夕在“岭南义庄”就职，余适路过，同事赵君急出相告，“皇上”与“皇后”同御金殿，侍从唯我丞相一人，拟明日召开劝进大会，君如不贪拥立之功，慎毋轻到。③“十年动乱”中，有外调人员问余戴何帽子，因指头上的白土布瓜皮小帽，其人为之失笑。又1959年在合肥师范学院，曾因道路积雪，跌落门齿三枚。1965年学校修路提及此事，“文革”中竟谓此路为资产阶级知识分子所修，强加为余罪状之一，今路在中国科技大学校内，恐已无人知余为此被批斗矣。④江植棠先生晚年除教学外兼管绿化工作，赭山校园今日花木成荫，老同事犹多知其当日苦心规划与亲手培植之功。⑤日本军阀侵华期间，建营房于赭山今安师大校址内。纵兵四出肆虐，惨无人道。去年有老军曹来访，语及往事，似有愧色。作者以为今后校舍改建时，宜酌留罪证以教育两国人民后代。俾触目惊心，更能认识互相友好之重要。⑥蜕私先生姚仲实（永朴）晚年在安徽大学讲“群经概论”，据言治经自有家法，而无汉宋门户之见，家法盖谓惜抱所云义理、考据、辞章也。敏灏尝乞为先母作墓志铭，江宁杨铸秋先生为书丹，石埭徐建生先生为篆盖。不幸被毁于“浩劫”中。而1934年6月在毕业同学聚餐席上所赋赠别诗书付敏灏珍藏者，居然于废纸堆中得之。起联云：“高楼揽镜发如丝，风雨斯文欲付谁？”忽忽近五十年矣，深愧有负师望，更不胜“今兹弟子，亦匪盛颜”之感云。⑦校庆五十五年，在台湾诸友被阻不得参加，曷胜怅望！

1984 年

南歌子 | 谢黄叶村同志为作秋菊图

素壁添佳色，黄花送晚香。惊看健笔挟风霜。独有依人鸲鹆、共秋光。
画竹缘师竹，他乡似故乡。廿年弹指见沧桑。最喜春回艺海、任飞翔。[①]

1985 年 2 月 1 日

注 ①记此词由许依群同志转致，后闻汪裕雄拟写画展新闻稿引用此词，欲将“十年”改为“廿年”，我表示同意。因十年暗指“文革”，而汪君则认为前此已受屈抑也。偶得初稿一纸，见此未录，幸其上有月日，否则已忘却何时所作矣。

乞画诗并序

昔李德裕戒子孙毋得鬻其平泉山居，“为权势所夺，则以先人之命泣而告之”。吾家旧庐一树一石，亦皆先人手自经营，虽与平泉相去天壤，而其志则一。不意始见夺于“平调”，继被毁于“文革”，今仅存破屋一栋如孤岛，欲绕屋作短篱而不可得。至今犹在落实政策中。老妻病废有年，尚思还乡一视，盖不知已无家可归矣。因念曩日庭前翠竹荫井，碧桃入窗，紫薇、丹桂、芦橘之属互相亏蔽，倘得名家赐绘数幅，张之客寓壁间，亦慰情聊胜于无也。

泣告权家枉冀听，故园春梦几时醒？满庭花木无寻处，敢乞高人画作屏。[①]

1985 年 2 月 1 日

注 ①此1985年2月旧作也，不幸老妻竟于是年12月5日长逝。乞画慰情，终亦未能实现，痛哉！1987年8月26日下午偶得此稿，附识。

鹧鸪天｜安徽师大函授部成立三十周年

华夏腾飞百废兴。树人树木重园丁。春华秋实成材广，寄雁传书作育宏。赓盛业，展新翎。辉煌卅载播芳馨。江淮千里驰邮递，柳暗花明又一程。

1985 年春

点绛唇

春夜梦作小词，记牛棚旧事，醒为足成之。

寒夜漫漫，东方未白头先白。一灯如蜮。暗里窥人碧。　　旧梦依稀，梦觉今非昔。腾飞疾。九州春色。更喜江南客。

1985 年 4 月

题王石岑为马文生画梅

大江日夜水流东，松竹谁能晚节同？最是点帆翁解事，挥毫先遣一枝红。

马文生同志嘱题松石图

老干挺高岑，虬枝簇万针。应惊风雨夕，素壁听龙吟。[1]

1985 年 4 月 26 日

注　①《松石图》亦石岑为马文生同志作，图中一巨干，破石挺立，松针疏处见松枝。上二诗4月26日上午为马老亲自取去。

编者按 该词刊《高教新探》1990年1期，题作《马文生老同志嘱题点帆楼主为其所作画》。

咏水仙（二首）

凌波微步袜生尘，来到人间为报春。玉貌檀心甘淡泊，沧浪清处伴伊人。

玉骨冰肌不染尘，梅兄礬弟竞迎春。书斋清供盟泉石，更送幽香醉学人。[1]

注 ①1985年5月24日，许依群同志来谈恽震霖画水仙，自题“冲寒为报早春来”，意欲一洗早梅报春俗套，因询古人有无成作称道水仙淡泊明志、清寒报春的高尚品质，除抄录黄庭坚及杨万里几首咏水仙诗外，辄就恽作原意，作七绝一首。今晨又用原韵续成一首。前者适用于自然生长，场面较大的水仙图，后者可作为案头小景之用。下午为许君持去。此两首绝句遂不及认真推敲。

1985 年 5 月 25 日灯下

玉楼春 | 次研究生邓小军同学留别原韵

江南枉冀留春驻[1]，愁见春来春又去。问将何物慰离悰，万里江流如系缕。锦城丝管纷纷处。工部当年原小住。谪仙终是爱江东，牛渚宣州多雅素[2]。

1985 年 6 月 19 日

注 ①“枉冀”原作“无计”，为避熟就生故改。②小军川人，以父母年高应川大之约回成都工作，此间未便强留，犹冀其他日重游江东也。端午节小军陪我到采石参加太白楼诗词学会成立会，是晨来寓，继将此稿面交，末署晚晴。又，21日下午将原作附和词送校报，下午即发排。

附　原作：《玉楼春·别书城师》：江南未作从容驻，点点飞红相伴去。魂销黄鸟两三声，情系绿杨千万缕。　天长地远归何处，生小峨眉山下住。门前春水縠纹平，流向江南如尺素。

编者按　该词刊《安徽师大》报1985年6月30日。

临江仙 | 贺太白楼诗词学会成立

正是江南梅熟，又逢时节天中。水乡怅望两辞宗。怀沙悲屈子，捉月话鲸踪。　一自燃犀事渺，忍教牛渚楼空。百篇斗酒谪仙雄。明时襄盛治，胜会振诗风。[1]

注　①1985年6月22日，农历重午节。太白楼诗词学会在采石公园召开成立大会，由于筹备同志的再三邀请，无法推却，遂于是日上午前往参加成立会，下午即回芜。此稿面致后，曾请孙文光同志代为朗读。

1985 年 6 月 22 日晨

次刘梦芙赠诗原韵

湖山啸傲记宜城，梦得诗才早擅名[1]。望重人师伤永逝，芬扬季子踵长征[2]。风华胜似春华茂，雏凤清于老凤声。喜辑遗文存手泽，薪传家学益分明[3]。

1985 年 8 月 10 日

注 ①五十余年前与刘凤梧先生同学于安庆，刘以诗词见长。②梦芙为凤梧季子，现任中学教师，参加安徽师大函授部中文系学习。③梦芙近为其尊翁辑存诗词遗稿，并能世其家学，写作亦丰。

编者按 该诗一本前有序曰："安徽师大函授生刘梦芙，为老学长凤梧先生少子，顷以参加面授自岳西来芜湖，出示所辑凤梧诗词遗稿，并承赠诗索和，因借用李义山语次韵以答，畏暑敷衍成章，愧未工也。"

高阳台｜贺安徽省诗词学会成立大会

大别嵯峨，巢湖浩汗，山川毓秀钟灵。郁郁斯文，风骚奕世相承。建安横槊三曹健，问唐音、水部扬声。洎于湖，望断高歌，罢席同惊。　　而今人物风流甚，集诗家词客，言志抒情。月满南淝，桂华香里杯倾。恰逢祖国腾飞际，献新篇、共庆河清。喜凝眸、千里江淮，永播芳馨。

1985年9月

满江红

抗日战争胜利四十周年，闻日本内阁公然参拜战犯东条英机在内的所谓靖国神社，其用心可知，赋此志感。

四十年前，秋风起、扶桑落日。追往事、穷凶极恶，鲸吞蚕食。新筑长城拼血肉，同仇敌忾无南北。奋天威、百战服倭皇，元凶殛。　　军国梦，空陈迹。衣带水，盈盈碧。喜重修旧好，青年相得。独恨贪残心不死，乞灵神社招魂魄。逞阴谋、又欲祸人民，君须惕！

乙丑秋日偶忆白沙往事，书寄任自耆同志

村居相望枕溪流，风雨巴山记旧游。林橘欲黄龙眼熟，白沙好景是新秋。

1985 年秋

乙丑重九展视柏厂先生为孙文光同志所作菊蟹图，追维往事，悲喜交集

西风吹雨又重阳，对菊持螯事渺茫。惊喜故人留妙墨，凝眸秋色满江乡。

1985 年 10 月 12 日

浣溪沙

一九八五年十月，在芜湖举行“龚自珍诗文学术讨论会”。皖南为定庵旧游之地，其《明良论》等即作于新安。

万马齐喑叹九州。诗吟已亥总多愁。新安曾是少年游。　　万丈光芒传著议，一年好景正清秋。皖南盛会探前修。

编者按 该词刊《芜湖日报》1985年10月15日。

浣溪沙 | 寿唐圭璋先生八旬晋五大庆

早岁神交仰霁光。巴山初晤话西窗。只今绿鬓两苍苍。　　盛世词坛推

祭酒，耄期教泽涌长江。梅花香里献霞觞。[1]

宛敏灏敬祝，曹宝麟书

1985 年 11 月 20 日晨

注 ①此词由曹宝麟同志写成条幅（用赭红虎皮宣），11月24日请赵其钧同志带至南京面致（据闻次日南师大举行祝寿仪式）。

悼亡诗（三首）

叶落萧萧夜梦惊，对床不复听鼾声。同甘共苦寻常事，死别生离万古情。

1985 年 12 月 5 日夜醒

一去宁知更不归，神山昨夜雪纷飞。此生永诀从今始，回首前尘万事非。

12 月 9 日告别后火化

鹤话尧年讶苦寒，小春未尽雪漫漫。妥灵祭罢儿孙哭，从此人间一见难。

12 月 11 日寄存骨灰

菩萨蛮

寒夜无寐，枕上得回文小词，时老妻溘逝才二十三日也。

见难恒别伤鸿燕。燕鸿伤别恒难见。风雨泣山空。空山泣雨风。　　梦余悲老凤。凤老悲余梦。肠断话西窗。窗西话断肠。

1985 年 12 月 27 日

浣溪沙

冒叔子先生嘱题点帆楼主为作《姜白石合肥客居图》。

低唱新词和玉箫。诗人归舸夜迢迢。此时记否赤阑桥。　　淝水东流春脉脉，梨花落尽雨潇潇。年年柳色为谁娇。

1985 年 12 月

鹧鸪天

庐江冶父山无量殿，家居常从宅后遥望，祀雷神，僧言逾岁辄来洗殿。抗战初期，四弟敏渭尝壁藏气象仪器于此。十年浩劫，殿及予故居面目皆非。顷承庐江县政府寄示《重修无量殿碑记》，适有悼亡之戚，怃今追昔，得小词一首，时 1985 年 12 月于芜湖赭山。

梵宇千年叹劫灰。青山万古自崔巍。追维昔日深藏处，却听惊雷洗殿回。瞻故里，满春晖。花开陌上梦同归。衡门绿水双飞燕，凝睇晴岚绕翠微。

1985 年冬

编者按 一本末句有注云：“冶父晴岚为庐江八景之一，曩岁家居常从宅后遥望，‘文革’中，予故居亦被毁。曾与老伴相约，俟赔偿后回乡小住，不幸竟于1985年12月5日溘逝。抚今追昔，感慨系之。”

追忆结褵日口占①

枉诩婚姻钻石坚，清光才满遽亏圆。余生识得盈虚理，岁遇今朝尚惘然。

注 ①余以民国十五年阴历十一月十九日（1926年1月3日）与泰敬夫人结婚，越60年而永诀。

吊戴安澜将军

雄师转战越关山，大树飘零竟不还。草没墓门谁为扫，独留浩气翠微间。[①]

注 ①外孙蔡劲随其父登小赭山，归言山上荒凉，惟见戴安澜将军墓，因叹芜湖市中小学生每年清明扫墓循例赴神山，何如改扫戴安澜将军墓，尚可进行爱国主义教育也。

编者按 据作者1986年历书，1月19日记："蔡劲来。"该诗疑作于是时，姑系于此。

浣溪沙

亡妻幼育于庐江荒田徐家，尝以智取檐前风栗为外祖母所喜，晚年犹津津乐道，盖与昔人"外家梨栗忆当年"同一情怀，今不可复闻矣。

一度思量一惘然。青春绮梦渺云烟。梅花香里又新年。　　长记寒宵炉畔坐，同珍余热炭徐添。外家风栗话荒田。

1986年春节

枕上得绝句，晨起更续一首

强欲宽怀赋小诗，夜寒无寐不成辞。却将离合悲欢事，一一从头仔细思。

一睹遗容一怆然，两情脉脉意难宣。南窗晴日长依旧，回首前尘六十年。

1986 年春节后

庆春泽

一九八六年三月十四日，为予八旬晋一生辰。读壁间顾老廷龙集杜句，“侧身天地更怀古，独立苍茫自咏诗”，颇似迩来生活实况；而石岑王老则取飞卿《湖阴词》“吴波不动楚山晚，花压阑干春昼长”二语为作山水。盖谓吴波虽渺，楚山向晚而春昼方长，寓有勗勉深意，俯仰今昔，感慨系之，倚声填词，聊以见志。

独立苍茫，更怀往昔，匆匆八十华年。且喜芳辰，恰逢三月春暄。神州万里腾飞疾，趁东风，好绣山川。想人间，几见河清，共醉陶然。　兴来细数平生事，笑小时了了，长愧翩翩。却得英才，秾桃郁李争妍。而今余热犹堪献，老园丁、壮志弥坚。看明朝、昼永于湖，花压阑干。

南乡子 | 《滴翠诗丛》创刊志庆

胜地话中江。曲误湖阴事渺茫。却喜昔贤沾溉远，黄张。滴翠归来泽并长。港市灿朝阳。人物风流意气扬。健笔凌云追雅颂，琳琅。诗卷常新共景光。

编者按 此词刊《芜湖日报》1986年6月17日，“黄张”作“温张”，手稿原作“黄张”，红笔改为“温张”，词下又有注：仍以“黄张”为宜，与下面“滴翠归来”相应，温关系更浅，似不及黄。1991年1月17日记。

忆江南 | 题画二首

李际权同志嘱题国画，漫填小词《忆江南》求正。

香韵远，菡萏发岩阴。脉脉珍禽双点影，田田翠叶两同心。泉石共幽情。[1]

1986 年 5 月 3 日

许依群得黄听雨画兰，戏题《忆江南》小词，聊博一粲。

凌云笔，挥洒意纵横。九畹漫移滋雨露，千岩长秀播芳馨。笑遣伴园丁。

1986 年 5 月 3 日

注 ①画面右侧一大岩石，石上有翡翠一双，石下两枝红莲相倚欲谢，水面有荷叶两张，据说贵州毕节某君所作，无上下款。

奉题江老新编诗集，仍用曩在黄山贡稿原韵

河清人寿庆明时，皓首高歌兴未衰。淮上昔驱胡虏急，滁阳小试醉翁奇。侧闻故地重经日，尤见甘棠去后思。诗史一编期更续，吟踪到处锦囊随。

1986 年 7 月 1 日

酷暑夜不能寐，追念平生，打油得此（二首）

人间老去问何之？相约同归福德祠[1]。今日独移关帝庙，犹期来世抑何痴。

少年韵事老堪伤，读罢南华午梦长。七十三年弹指过，思吟“风送落花香”[②]。

注 ①数年前予慰颂民伉俪有“老去同归福德祠”句，今老妻溘逝，予先移关帝庙矣。②亡妻年轻时，偶作《消夏诗》，有“读罢《南华》午梦长”句。余学诗始于1913年，记有“秋风吹送落花香”句，为愚山师所赏识。平居互述少小学习经过，曾数言之。《消夏诗》二绝，予为寄上海大东书局某刊物发表，其第一首云：“万竹扶疏覆小庄，西畴风送稻花香。浓愁自有清茶洗，读罢《南华》午梦长。”

编者按 据“七十三年弹指过”及“学诗始于1913年”，该诗当作于1986年夏。

丙寅七夕感赋

素壁空余倩影悬，蓬山一去渺云烟。平生但味温馨梦，晚岁尤矜钻石缘。风雪翻江惊逝水，鹊桥遥望倏经年。昔怜牛女相逢少，今羡双星毕竟仙。[①]

注 ①1985年为予结婚六十周年纪念，已符西俗所谓钻石婚一说。七夕曾与老伴闲话及此，今溘逝已逾八月，欲每年一度相逢亦不可能矣。

1986年8月12日农历七夕

半死桐 | 独木桥体

滥竽教育工作六十年纪念活动归来有感，不仅如贺方回“梧桐半死清霜后”悲也。

一叶惊秋百感生。逢场作戏笑平生。“十年浩劫”余心悸，五纪为师愧老生。桐半死，约三生。今生遗愿卜他生。炎凉阅尽山居晚，送了斜阳月又生。

1986 年 9 月 20 日

夜睹镜面幻画有感

中庭月白静无哗，巴蜀偕归喜有家。今夜独眠空怅望，人间万事镜中花。[①]

注 ①初醒瞥见橱窗镜面显画一幅，酷似1946年新秋庐江故居中庭夜景。时予夫妇率儿女自四川归来，椿荫长茂，举室欢然，不意四十年间沧桑屡变，人物两非。

编者按 据作者自注，该诗当写于1986年。其夫人已于1985年去世，故有“独眠”之句。

鹧鸪天

国庆节前夕，依群招饮，出弘达赠画命题，戏成小作。

疏柳蒹葭水一方。扁舟载酒泛沧浪。人间共庆尧天乐，海外徒闻犬吠忙[①]。君不见，道无常。书生伉俪易戎装。秋高虎帐话科学，春满长淮桃李芳。

1986 年 10 月 13 日改成

注 ①适有桀犬吠尧事件。

与依群同志同客鸠兹有年，顷均将他适，话别口占

十年树木赭山岑，百亩平湖鉴此心。今日送君明亦去，懒将倦眼看升沉。

1986 年 10 月 17 日晨

鹧鸪天

亡妻周年忌日作。时予方为二三子所诲，愤将拂袖他去，犹与研究生共析于湖怀人词，时有心得，故词中及之。

故纸生涯似旧时。偷闲漫析紫微词。新来多少悲欢事，寒夜灯前说向谁。追往昔，总凄迷。经年梦断苦难支。性刚才拙心犹壮，不负相知宿夙期！[1]

注 ①此稿曾誊清一纸，末题："小词书奉泰敬夫人灵鉴、嘱儿孙携至神山祭奠骨灰时焚化。"

1986 年 12 月 5 日

卜算子

夫人章泰敬以一九二五年乙丑农历十一月十九日来归，时大雪初霁，相处六十年，又于雪后在殡仪馆告别，经岁无梦，感成小词。[1]

日日苦相思，昔昔愁无梦。自是卿卿爱我深，不遣常迎送。　迎记雪

新晴，送去冰封冻。但愿年年岁暮时，入梦悲欢共。

1986 年 12 月 16 日（即农历丙寅年十一月十五日）午睡起作

注 ①1925年农历11月19日，即1926年1月3日。1985年农历11月19日，即1985年12月30日。1985年12月9日（即农历10月28日）举行告别仪式，火化。

亡妻周年忌日（五首）

去年今日孤飞远，咫尺天涯一见迟。从此小楼谁与共，黄花憔悴报君知。

悠悠生死经年别，脉脉幽怀一吐难。倘得梦中长晤对，一年权作半年看。

头白江南长伴飞，故乡缥缈望中迷。但期魂魄能相待，化鹤他年比翼归。

慈云霭霭春长在，晓籁泠泠韵自清。奠罢归来无一语，悬知往事触深情[①]。

遗恨绵绵无绝期，他生未卜此生离。慰情却喜儿孙长，进步能过君在时。

注 ①孙女楠楠是日从神山祭奠归来，默默无语。去夏随其母赴沪，祖母次日即嘱其父去接，越一周回芜。楠楠有诗句："楠楠小孙女，从小祖母爱。"央予续成未果，忽忽一年又半矣。

虞美人 | 用李后主词韵戏咏春节见闻

弄虚作假何时了。笑话知多少。空传节礼启新风。握手荧屏彼此乐其中[①]。红妆点额依然在。只是芳心改。�瘦削不须愁。三五轻装，飞燕正风流[②]。

注 ①闻春节慰问，有只携礼品一份而分赴多家者。盖以此为录像道具，其中空无一物也。②故乡来客携赠土产点心“小红头”数篓，霉变不可食。此物原名“油糖烧麦”，今偷工减料，只存外形，每篓亦由五十枚减至十五枚矣。

编者按 据作者1985历书，7月24日有人来赠小红头。该词写作时间不详，姑系于此。

步完颜海甸赠诗原韵（二首）

绿鬓追游怀往事，白头话旧倍多情。喜看宿将雄风在，笔走龙蛇意未平[①]。

宋金交恶空遗恨，黎庶相依巧饰辞。隐姓三朝今得复，长留佳话颂明时[②]。

1987 年 2 月 7 日

注 ①完颜海甸在安徽省立第六师范学校与予同学，1926年自合肥别后，直至去夏始偶晤于芜湖。春节前承赠法书并诗，其中有二首云：“往事追怀日，滔滔不绝辞。庄谐多意趣，迥异少年时。”“我本球迷者，皮黄亦有情。方城无昼夜，三事见生平。”②吾家世代传说：“完氏原为女真旧族被驱侵宋者。金亡隐居肥东，称庐江宛氏别派，并借抄谱首世系以实之。”深服两家先世在兄弟民族相处中具有远见。前年欣闻肥东完氏宣布恢复完颜原姓，益信今日民族政策之正确和力量。

最高楼 | 祝贺《合肥晚报》创刊三十周年

春深也，时节近清明。淝水晚潮生。碧波卷起文澜阔，笔花怒放墨香清。数同侪，京沪外，有羊城。　　且莫问、绮年如许韵。也莫问、劫年何限恨。追往事，总多情。良辰初度欣而立，献身四化更长征。喜今朝，瞻锦绣，是前程！

1987 年 3 月 4 日

编者按　该词刊《合肥晚报》1987年4月1日。

鹧鸪天 | 独木桥体

海燕归来岁有期。蓬山一去渺无期。年年陌上花开日，故里同归不可期[①]。追往事，梦佳期。只今谁共话襟期。落霞孤鹜江天远，此恨绵绵无绝期。

注　①老妻晚年颇思故里，余以旧宅被侵占拆毁，落实政策，尚有所待，因循未能成行，每一念及，殊深“同来何事不同归”之戚也。

编者按　该词未署写作时间，作者在《学词散记》一文中引用该词，标明时间为1987年春。

一九八七年四月二十六日晚，参加省政协在稻香楼为八十岁以上委员举行庆祝活动，席上口占

昔年仓卒江南去，故地重来气象新。最是今宵同雅集，苍松翠柏满园春。

送别刘尚恒二绝

家本江南爱北游，归来小住几经秋。即今重向津门去，前度刘郎尚识不？[1]

百城同拥赭山头，此日临歧异去留。车过珠城语老许，湖阴落后一诗囚。

1987 年 5 月 10 日

注 ①尚恒同志与予及许依群，年来皆有意他就。今二君先后成行，我独因循未果。率成二绝呈教，盖不能羡念之情也。

编者按 作者曾书写此词赠送刘尚恒，后署时间为“一九八七年中秋后一日”。

喜闻中葡澳门问题联合声明正式签署，东望台湾，感成一律

榻侧鼾逾四百年，折冲樽俎获归权。亚洲结束殖民日，华夏高歌胜利篇。三月群莺飞故国，一邦两制换新天。从今尽补金瓯缺，伫望东来台海船。

编者按 该诗刊《合肥晚报》1987年5月21日。

生查子（二首）

近两年来，太白楼及芜湖诗词学会先后成立于端午节，今年此日，中华诗词学会又召开成立大会于北京，安徽社联嘱代表本省与会，以道远辞谢。适芜市退离休中小学教师雅集于镜湖，承邀欣然允诺，不意临时作罢，感念今昔，得小词二首。

前年太白楼，诗会欣成立。去年在芜湖，《滴翠诗丛》出。　今年闻北京，盛会中华集。诗国正芳菲，嘉节同今日。

浩浩大江南，楚尾吴头接。重午吊三闾，共道诗人节。　皓首几园丁，雅集珍余热。怅望约成虚，吟情寄新月。

1987 年 5 月 29 日

题旧葵扇

素重沉沉晚爱轻，应缘腕力渐难擎。即今旧扇惊犹在，谁与闲摇话旧情。[①]

注　①亡妻择葵扇向取沉重，晚乃爱其轻者，盖腕力不胜矣。此扇曾伴度四夏，弃世倏又两年，睹物感旧，能不怃然。

1987 年 7 月 28 日改

依群请王石老为作山水长卷嘱题二首

群山万壑走岷峨，纵缆扬帆趁碧波。尺幅能穷千里目，诗情应共画情多！

家传远势壮江山，王宰留真促迫艰。更喜石岑承石谷，挥毫落纸满人间。

1987 年 8 月 5 日

编者按 该诗刊《高教新探》1990年第1期，题作《题王石岑教授所作山水长卷》。第一首又刊《安徽吟坛》第3期，题作《许依群同志嘱题山水长卷》。

长相思（三首）

卢沟桥事变后，以避空袭移家至庐江。及南京失陷，予亦自安庆返里。次年二月十五日，将独身先赴武汉，前夕话别，妻出予照片乃嘱题，仓促书“生当复来归，死当长相思”成句以应。感时惜别，相对涕泣。虽其后离少聚多，至目睹抗战胜利、开国盛况，而国破生离之痛，迄未能忘。自中日友好条约签订以来，日方屡有刺激中国人感情的事件出现。顷值“事变”五十周年，我国已在卢沟桥建立抗日战争纪念馆，其他有关抗日纪念建筑亦将次第落成，揭明历史真相，藉以教育两国青年。惜老妻已于前年长逝，不及见此居安思危措施。追维往事，特以小词告慰。

生来归。死相思。五十年前生别离。寒宵清泪滋。　卢沟湄。宛平西。新馆雄姿。见雄狮。长流晓月辉。

腥风吹。浊浪摧。卅万生灵骨肉飞。金陵永世悲。　反省姿。曾几时。又见招魂燃死灰。蠢蠢欲奚为。

军国迷。倭寇溃。前事不忘后事师。居安应思危。　慰君思。报君知。举国重温血战诗。今年“七七”时。

编者按 该词未署写作时间，据序中“事变五十周年”及“老妻已于前年长逝”，知写作于1987年。据“今年七七时”，知作于7月7日。

南歌子 | 敬颂中国共产党第十三次全国代表大会

海上风云紧，神州气爽时。京华盛会集英耆。伫见功成改革、更腾飞。开放收长策，中西众一辞。妄图分裂却堪嗤。喜迓探亲寻本、正来归。

1987 年 10 月 22 日赶成，为《芜湖日报》作。

编者按 该词刊《芜湖日报》1987年10月27日，《晚晴诗刊》第4期。

络纬（五首）

平生小诗涉及络纬者多首，暇日追忆整理汇录于此，物因情异，可略见当时心绪，亦生活记录也。

怅望伊人隔白湖，情深却似浅情无。乍惊诗思清如水，为报娇吟纺织姑。①

闲庭月白露潜滋，竹榻生凉六月时。络纬声中人意倦，惺忪懒问夜何其。②

晚归斗室月胧明，一角荒园络纬鸣。切切凄凄何太急，离人入耳是秋声。③

岁暮移家更向西，楚天回首意凄迷。江头夜宿惊心处，祀灶犹闻络纬啼。④

悲欢离合总多情，又听萧萧络纬声。七十华年真大梦，前年此夕记分明。⑤

注 ①1925年夏，泰敬自安徽女子职业学校染织科回里，相遇于亲戚家，闻议是冬结婚，羞怯而返白湖村居，其后感念得诗，亦无由相寄。络纬，吾乡通称纺织姑。②家居纳凉庭前，竹床偃卧，常至夜深。忽忽六十年矣，故园早已改观。泰敬去世亦阅两夏，追怀往事，曷胜於邑。③1930年夏，予以失业不能继续勤工俭学，迁住安大图书馆侧小屋，草深没胫，络纬悲啼，往往夜分尚未入睡。是秋申请休学至省二女中任教，暑假竟未归也。④1940年冬，趁寒假接家属自江津至白沙国立女师学院，夜宿舟中，忽闻岸上有络纬声。是夕民间正送灶，夏虫振羽无力，掩抑悲凉。既惊物候殊，益增乱离之感。⑤1987年七夕，芜湖枕上口占。予十岁与妻订婚，婚后又相处六十年，故合称七十。

采桑子（四首）

予自一九三〇年秋客芜湖，社燕秋鸿，时来时往，先后盖逾三十年，约占平生教龄一半。追怀往事，得小词四首，聊志萍踪云尔。

少年早作鸠江客，满眼秋光。烟雨陶塘。紫蟹黄花尽一觞。　当时莺燕今安在，堪笑刘郎。两鬓苍苍。长忆春风桃李芳。[①]

崎岖蜀道归来晚，暂息中江。僧舍凄凉。权供弦歌作上庠。　无端一夕风云变，粉墨登场。梦断朝阳。金殿原来是义庄。[②]

神州万里新天换，春满人间。秋老枫丹。故地重游集赭山。　十年树木风烟长，花压阑干。芳草芊眠。雨露常滋硕果鲜。[③]

连江寒雨重来日，愧对湖山。枉损朱颜。垂老园丁待罪还。　天人共庆乾坤转，荡秽除残。植桂滋兰。乐育英才又十年。④

注 ①1930年秋来芜湖省立第二女子中学任教，瞬逾半个世纪。当年同学倘得重晤，谅皆白发老人矣。②1946年秋，全家自四川白沙国立女师学院复员东下经芜回庐江，旋来安徽学院任教。次年春，训导长谢某忽自立为院长，予偶经停柩的“岭南义庄”（今安师大扩建为校医院），故友赵君促速走避，戏谓帝后正在此御殿，彼已被迫拜相侍奉。至天明闹剧始散。③1948年秋，改应国立音乐学院之聘。次年4月23日在南京迎接解放。秋季调芜湖安徽大学。农、师两院分设后，予留安徽师院，直至1959年秋始调合肥师院工作。④在合师院十年，又于1970年春节前数日以并校重来芜湖。近十余年滥竽培养硕士研究生。

编者按 该词刊《晚晴诗刊》1987年第3期。作者自1978年开始招收研究生，从末首“乐育英才又十年”及自注“近十余年”来看，这组词应作于1987年。

卢生

卢生推枕出邯郸，堪笑南柯息正鼾。莫向淮南问鸡犬，楚山又见沐猴冠。

1987 年中秋

浣溪沙

曾共清辉六十年。每逢此夕望婵娟。浮云暂蔽意犹全。　　一自广寒归去也，孤栖两地总情牵。三生有约几时圆？

丁卯中秋晨起口占，下午改

丁卯重九即事

中秋过了话重阳[1]，嘉节欣逢却又忘。惊喜荧屏传敬老[2]，漫愁暮齿久离乡。休闲周末醺初解[3]，风雨楼头夜正忙。忽忆宜城当日事，即今紫蟹总难尝。

注 ①老妻在世常述谚语：“过了重阳无时节，不是雨来就是雪。”中秋节后，家人数话及此。②晚间从电视得知北京有敬老日活动。③是日周末，小孙女试尝米酒，微有醉意早睡，中宵风雨声起，时其父母当忙于日间未了事。④ 1929年重九日，予与安庆第一实验小学同事相约晚餐食蟹，时又就读安大，下午冒雨前往听课，适军警搜捕所谓异党分子，临时被禁于图书馆大阅览室。夜半始枵腹而归。真可谓一饮一啄，莫非前定。近年蟹价特昂，已多时不知蟹味矣。

鹧鸪天（二首）

偶忆亡妻旧作《消夏》二绝句，足为小词。

万竹扶疏覆小庄。西畴风送稻花香。浓愁自有清茶洗，读罢《南华》午梦长。[1]消世虑，遣炎光。绮年风韵总难忘。拚将往事从头忆，聊当殷勤理旧狂。

百亩芳塘浸夕晖。凉飔乍起柳依依。绿云深处菱舟过，采得芙蕖带月归。

情不见，见无期。人间天上两心知。且将消夏闲吟句，收拾重温更入词。

1987年10月26日改定（夏日有意作此，事冗屡搁未成）

注 ①1926年，妻强予教作诗，得《消夏》二绝句，曾寄沪大东书局某刊物发表。当时予故问："为何独择《庄子》？"答称："取其难懂易入睡耳！"因相与大笑。前尘如昨，忽忽六十余年矣，复改写为《鹧鸪天》，殆亦晏小山所谓"殷勤理旧狂"欤？1987年11月3日灯下。

编者按 第一首刊《安徽吟坛》第3期。

江南好｜谢王石岑教授赠画

江南好，三月绿荫浓。花压阑干清昼永，帆随云影大江东。人在画图中。
春常满，漫恨凤楼空。又是小阳晴脉脉，依然盈室气融融。妙笔点帆翁。[1]

注 ①前年愚八十初度，点帆楼主王老拟赠"花压阑干清昼长"横幅志双庆，未成而山妻下世，顷值其诞辰八十一年，嘉贶适至。素壁增辉，春光常在；追维往事，仿佛平生。感成小词，谨申谢意。

1987年11月24日

编者按 该词刊《安徽吟坛》第3期，1988年。

一九八七年冬至晨起口占[1]

冬至阳生春又来，春来人去总堪哀。两年多少分飞感，总有相期念未灰。

注 ①1987年12月22日冬至在芜，先辈互约前往神山殡仪馆，祭奠其母，口占一绝，书交代为焚化。盖不胜“人生到此，天道宁论”之悲也。

丁卯除夕即事（二首）

雨后云霞共卷舒，渡江散绮晚晴初。即今霞落余孤鹜，风雪寒山又岁除。

薄酒清茶各自倾，江头病室夜凄清。龙年漫摆龙门阵，无限人间父子情。[1]

注 ①1988年2月16日为农历除夕，小儿炳生陪伴我于弋矶山医院，回忆自1969年岁暮渡江南来，虽经“文革”等风雨而精神未衰。曾几何时，老伴竟于1985年12月溘逝。予亦老病侵，追惟往事，感慨平生，弥觉此夕父子闲话之难得。记此小诗二绝，未尽意也。

浣溪沙 | 戊辰春节雪霁于弋矶山医院

少日欢娱视等闲。中年哀乐付云烟。老珍春节继新年。　　夜雪缤纷澄玉宇，朝阳喷薄耀江山。诗情逸兴绕毫端。

1988年2月17日

晓梦自白湖回县城（二首）

于飞双燕白湖还，凤岭才过又冶山。最是绿杨城郭近，东风骀荡鸟绵蛮。

沧桑几阅识人间，秋月春风度等闲。六十余年情仿佛，梦回怕听鸟关关。[1]

注 ①白湖为庐江东部巨浸，有时风平浪静，亦有洪涛怒吼声，乡人知是雨兆，称为“阴浪”。解放后排水改田，仅留河道与巢湖通，无复旧时壮观矣。予岳家故居湖上，晓梦迷离，犹是曩年村落，新春陪妻归宁，饱览湖光数日后，循栖凤岭、冶父山一道返程，心情舒畅。乃啼鸟惊梦，其中有作关关声者，岂诮予为“鳏”耶？

1988 年 3 月 1 日

最高楼 | 庆祝安徽师范大学建校六十周年纪念

江山丽，学府见雄姿。往事记依稀。藕花香溢菱湖远[1]，弦歌声振赭山时[2]。喜今朝，庆花甲，献新诗。　　君莫问，皖西山寨雪[3]。也莫问，合肥郊外月[4]。几分合，总因宜。树人事业添春色，成材楠梓映朝晖。展前程，宏教育，颂期颐。

1988 年 4 月 10 日

注 ①1928年春，省立安徽大学初建校于安庆菱湖上。②1949年冬国立安徽大学迁来芜湖赭山，与省立安徽学院合并。③抗战期间，安徽学院之前身设在皖西金寨。④指合肥师范学院各系主要由芜湖分去，复于“文革”晚期并回。

编者按 此词刊《安徽师大报》1988年4月15日。

风入松｜校庆六十周年纪念

春深学府赭山肩。柳暗镜湖天。依稀旧路菱湖路，惊回首，六十华年。此日江南欢庆，风光绮丽无边。　　播迁离合数从前。过眼付云烟。欣逢祖国腾飞际，育英才、更谱新篇。盛业江淮同永，春华秋实常妍。

宛敏灏老校友敬祝，时年八十有三。

编者按　此词刊《安徽师大学报》1988年第2期。

与四弟论家务有感

八十年华几弟兄，三千里外笑书生。京都自是风光好，郡县何曾法治明。
传记隧中迎母赋，今闻鸠占逐亲声。故家乔木嗟安在，世变惊心老泪横。

竹村弟自北京来访[①]

人生聚散总匆匆，十载重逢似梦中。目眚渐知同耄耋，鸿飞原不计西东。
著书岂为一杯水，乐道常安两袖风。料得他年应再晤，怡怡三叟更痴聋。

1988年5月18日

注　①1988年5月14日，四弟敏渭由新昭侄女陪同来芜湖，以两日访五弟敏沅及其他亲友，匆匆遽返北京。记十余年前亦乘兴来去如此。四弟今年八十，五弟七十有二，老弟兄难得一聚也。

题纪念册

百子桥边怀旧宇，九华山路接崇楼。树人业共江天远，荣庆欣逢六秩周。

1988 年 5 月 28 日

《晚霞韵语》读后

前辈风流记少滨[1]，《晚霞韵语》见清新。黟山毓秀多文采，云海松涛各自春。

1988 年黄梅时节

注 ①曩与黟县朱少滨（师辙）先生同事，住赭山养心园，曾读其《黄山樵唱》词集。

补注 黟县汪稚青嘱题其《晚霞韵语》，许久未暇卒读。曾借朱师辙作陪衬写过一绝，今日汪又来催，只好将原稿交卷。是日只用便条纸写下。“毓秀”原作“今昔”，大约因为太着实，故改。汪亦说自己和朱少滨不能比。

1988 年 9 月 8 日下午

枕上偶成

碧海青天夜幕垂，娟娟江月入罗帷。清辉依旧多情意，长伴庄生晓梦迷。

1988 年 7 月

为孙女晓籁题葵扇[1]

我爱小葵扇，冬藏夏来见。来不为趋炎，给人拂暑便。

1988 年 8 月 1 日

注 ①晓籁自六安回，以小型细葵扇要求题字，即就所说首句足成之。

忆江南（四首）

人间世，何物似情浓。长记庄生迷晓梦，那堪断雁叫西风。聚散太匆匆。

人间世，无奈是情痴。七十华年悲永逝，三生盟约总难期。此恨问谁知。

人间世，生死见情深。不信相思了无益，偏将旧梦细追寻。永忆故人心。

人间世，今古一情伤。悦目风光融物我，无情骨肉却参商。虚实两茫茫。

1988 年 8 月

答胡叟书附诗并寄史、张两老（三首）

病起得胡廷汉老学长惠书，追叙小学同班时事，并及考试次第。人生易老，感慨系之。因成诗二章作答。忽忆大学、中学同班学长贵阳张振珮、太原史颂民两亦先后损书，久稽奉覆，爰又增诗一首，合抄分寄。昔陈简斋有词云："二十余年如一梦，此身虽在堪惊。"今予与三翁契阔久者竟达六十年以上；

且十年浩劫，四度病危，此生几至不能再见。裁书叙心，附成俚句，盖不胜别易会难之感也。

一从多病故人疏，喜得胡翁尺素书。六十余年弹指过，此身犹幸寄蘧庐。

同窗旧梦渺云烟，卢后王前愧昔贤。何日重逢谈往事，一樽相对共陶然。

十年浩劫夜茫茫，重见光明意气扬。南下北来欣有约，太原阁部贵阳张。

编者按 据《悼张振珮教授》诗后自注："1988年9月16日，予同时分函晋黔问候。"所云与本诗自注"合抄分寄"相合，故此诗似作于1988年9月16日。

戊辰重九即兴（四首）

喜无风雨又重阳，落帽题糕事渺茫。却下山头访秋去，老夫聊发少年狂[①]。

轻车迎日出郊坰，枫叶芦花绚远汀。满眼秋光同欲醉，相看一笑老中青[②]。

暂停采石翠螺庄，嘉节诗人雅集忙。尘世难逢开口笑[③]，逢场作戏又何妨！

乘兴归来别马钢，青山回首思茫茫[④]。欣看白发婆娑处，敬老新风正发扬[⑤]。

注 ①东坡《江城子》词句。②是日同行者有王长庚、孙文光两同志及小儿炳生。③杜牧《九日齐山登高》诗句。④午饭后离马鞍山市，归途遥望青山，谈李白墓，因念故友张君勉亦于1973年葬骨灰于此山。⑤归过安师大科学馆下，知正举行敬老节活动，倦未参加。

编者按 该诗刊《滴翠诗丛》第5期。

鹧鸪天 | 太白楼诗词学会年会纪感

喜见诗人雅集忙。端阳过却又重阳。江涵秋影初飞雁，鬓插黄花各尽觞。追韵事，赋瑶章。谪仙漫笑牧之狂。风骚远绍思唐宋，佳话长留翰墨香。

1988 年重九日

《蕙愔阁集》读后率成俚句呈政

骚坛耆旧话南天，淑范清才闽水边。百岁春长人共永，重阳节近菊争妍。烟云过眼留诗史，风物关情入画笺。遥想江涵秋影处，瑶琴一曲地行仙[①]。

注 ①福州刘蘅寄赠《蕙愔阁集》，从诗词中知其人为黄花岗七十二烈士刘元栋之胞妹，本人系何梅叟弟子，现为福建省文史馆馆员。其诗词陈石遗、许承尧诸老辈均予好评，生于1895年乙未九月初一，今年已94岁。诗词外兼工画、抚琴，故诗中及之。

1988 年中秋

编者按 该诗刊《海峡诗声》第3期，1988年10月30日。

玉楼春 | 敬贺潘鲍同志嘉礼[①]

东君着意催梅早。烛影摇红香袅袅。群娃掷果枉多情，佳偶令晖洵窈窕。

志同道合风华茂。心事拏云年并少。海天寥阔任双飞，花好月圆春浩浩。

注 ①此许依群嘱作，据说鲍弘达女结婚，要我作首词，由张乃田书写，作致贺礼物。

1988 年 9 月 29 日

满庭芳｜为鲍弘达同志举行国画展作

鲍君弘达，安徽歙县人，建筑设计高级工程师。幼得新安画家黄宾虹、汪采白之熏陶，又得家庭传授。业余作画四十余年，继承新安画派并有所创新。一九八五年曾在芜湖举行画展，今又以近作百幅与其先人遗作十余幅共同展出。观其画，风格高尚，笔意清新。诗词题跋，才思出众。即此可见其治学之勤与成就之广。请献俚词，聊申贺意！一九八八年仲秋。

菊绽蘋洲，柳摇秋影，镜湖满眼风光。更添佳色，画苑展琳琅。犹记年前胜览，惊神采，饮誉江乡。看今日，兼陈先泽，新旧并辉煌。　　浙江开画派，宾虹挺出，采白声扬。问新安，几人继起张皇。剩墨诗词题句，承家学，韵味悠长。生花笔，凭君挥洒，艺海永流芳。

长相思

朝云飞。暮云垂。暮暮朝朝云不归。巫山泪梦非。　　江风吹。山月辉。月白风清问为谁。此情两不知。

卜算子

孙业铭姨侄及其外甥来，以舒茶公社新茗见贻，包装印有小兰花品名，偶感作此。

问讯小兰花，谁把嘉名赐。柳拂春波眉叶舒，未饮风生腋。　长忆素心人，终老江南客。岁暮家山一盏新，泪冷寒泉碧。[①]

注　①吾乡山区产茶，色香味与六安所产近似，而耐泡稍过之，以其带有枝头与“瓜片”异也。向以采摘时间区分“头道”“二道”，近年始闻有“小兰花”品名，可能来自舒庐交界产区。平生长期旅外，犹致此为家常茶。老妻溘逝瞬已三年，每岁荐新，泪未干而茶已凉，求如昔日杯茗相对之乐，永不可得矣。

编者按　此词未署写作时间，手稿位于1988年诗词之间，疑作于1988年。

悼史颂民伉俪（九首）

联床风雨记庐州，云散风流六十秋。长忆乱鸦残照里，城南巷陌几同游[①]。

不论卢后与王前，曾计多情月几圆。君我双双金石固，洞房花烛记同年[②]。

八载流离历苦辛，渝州乍晤倍情亲。浔阳江上风波恶，往事惊心记尚新[③]。

沧海横流劫余身，曾望并州哭故人。最是江南重晤日，惊呼牛鬼遇蛇神[④]。

落花时节大江南，老去重逢兴倍酣。昔日同窗乡姊妹[⑤]，更欣劫后得倾谈。

暂归梁燕息陈村[⑥]，山色湖光春满门。待得河清旋又北，慈怀终是恋儿孙。

故馆重来事已非，旧游零落见常稀。一从痛失刘郎后[⑦]，诗兴阑珊更欲归。

闻道弥留念广阳，嘱将连理穴同藏。岂缘黄海天都近，雄丽湖山胜故乡[⑧]？

虚诞蒙庄一死生，惊闻永诀泪如倾。那堪枫落长江冷，独立苍茫万古情。

注 ①1921年秋，与君同学于安徽省立第六师范学校，当时合肥城内多椿树，日暮乱鸦飞啼，同学常于晚饭后结伴至城南门内外散步。②同班同乡最后仅余四人，互尊所长，相处甚得。曾（容裁）、计（德棠）皆数娶。唯我及君，于1925年冬先后成亲，白头偕老，早逾西俗所谓金婚。③别后劳燕分飞，抗战中尤流离失所。1946年夏始与君在重庆复员候船时相遇，承邀同乘拖船，并代预约舱位，盛意可感，但因另有联系而辞谢。旋闻该船在九江遇险，世兄庆幸落水获救，愚夫妇惊愕多日，待确息始安。④“浩劫”中闻君在太原被折磨谢世，不知已被遣回皖。1970年春，予以合肥师院与皖南大学合并，重来芜湖，忽承过访，乍见惊疑，君问：“不认识吗？”我脱口答以“活见鬼了”。⑤夫人宋淑洁较山妻章泰敬年长，在安徽省立女子职业学校同学时呼以大姊。⑥今太平湖原名陈村水库，君寄居湖上广阳至拨乱反正后即返太原。⑦“文革”后太原文史馆故旧略尽，幸刘泽长老人尚健在，讵料寻亦下世。他乡岑寂，时思南归。⑧君临终前遗命将伉俪骨灰合葬广阳。

编者按 据《悼张振珮教授》诗注，史颂民夫妇逝于1988年春，据“枫落长江冷”，此诗当作于该年秋冬之间。

乌夜啼（二首）丨亡妻忌日

江楼怅望三年。悄无言。回首春花秋月渺云烟。　天不老。情难了。恨绵绵。漫道“曾经沧海识桑田”[①]。

故乡明月如珪。镇相随。梦断孤鸿犹在大江湄。　南来雁，西飞燕，愿都违[②]。信是人间难得报春晖。

注 ①词人宋亦英同志赠句。②大儿、二女先后来芜，各以电召遂返北京、上海，次日分别为其母生辰、忌日，皆不及参加家奠。

悼张振珮教授（四首）[①]

悠悠往事渺云烟，回首宜城六十年。生死交情原不异，闻君病里哭壶天[②]。

风雨中秋冷客怀，最难千里故人来[③]。谁知此夕联床话，竟是今生末一回。

望断并州正感伤[④]，那堪又哭贵阳张。秋山独立斜阳里，悲恨空随江水长。

几人同病去无痕[⑤]，遥望青山欲断魂。古往今来尽如此，人生到此道宁论。

注 ①张振珮，字晓容。安徽滁州人。贵州大学历史系教授，著有《史通笺注》等。1934年夏与予同在安徽大学毕业，1988年10月16日以肺癌卒于贵州大学历史系，终年78岁。昔年友好，凋零殆尽，追念平生，悲感交集。②巴壶天教授亦滁州人。20世纪30年代亦在安庆，后又同事于贵阳，张君临终前数日间闻其病故于台湾，犹力疾作挽诗二首。③1980年，君以撰《史通笺注》，由新民世兄陪同经芜湖赴南京查阅资料，中秋日竟日风雨，傍晚忽接其自江轮电，当遣小儿炳生于风雨中赶赴江干迎接来寓。④史颂民、宋淑洁伉俪与愚夫妇各在中学同学，“文革”后仍就养太原，为文史馆馆员。1988年9月16日，予同时分函晋黔问候，不料1987年冬及1988年春，宋、史先后谢世。太原文史馆曾有讣告见报。未几君讣亦至。⑤重九赴采石诗会，途中指青山话李白墓，因念十余年前故友张君勉病癌卒，葬此山。今振珮又厄于斯疾，其他同姓同病者尚有繁昌张子骞，亦同班同学。

编者按 据作者1988年历书，12月23日记：“接张新民信，作挽振珮诗。”张新民为张振珮之子，现为贵州大学教授。

竹村四弟八秩双庆

京华遥望三千里，荣庆欣然八十春。自是河清人多寿，晚霞绮丽景常新。

书城祝贺 1988 年冬于芜湖

浣溪沙 | 贺江西省诗词学会成立

文采风流盛豫章。归来靖节咏柴桑。滕王雅集溯初唐。　　词逼花间思二晏，轩过滴翠话黄张。骚坛遥望颂西江。①

1988 年 11 月 1 日

注 ①芜湖赭山滴翠轩，相传为黄山谷读书处。山南镜湖为张孝祥所辟，其归来堂遗址烟雨墩尚存。按黄以知太平州来芜，张以守抚州赴赣。清人合祀两贤于滴翠轩，壁嵌石刻山谷画像及移祀孝祥诗碑，“文革”中皆遭破坏。近来芜湖诗词学会编行诗刊，犹称《滴翠丛刊》，以志景仰。昔吕居仁作江西诗派图，宋词人自欧、晏以至白石皆名家，吴镒、郭应祥世称得于湖之传，同属赣籍。如仅就地区言，亦可谓为江西派也。

编者按 该词刊《滴翠诗丛》第5期，1988年12月。

亡妻诞辰八十一周年[①]

存亡三载两茫然，忽忆生朝八一年。荐罢寒花更清茗，晴窗独对小阳天。

1988 年 11 月 11 日

注 ①君生于清光绪三十三年丁未十月初四日，殁于中华人民共和国乙丑年十月廿四日八时二十分（即1907年11月9日—1985年12月5日）。

鹧鸪天 | 安庆诗词学会成立纪念

日映菱湖菡萏鲜。波摇塔影接江天。曩从诗老高吟处，韵事时萦五十年。
怀往昔，颂当前。骚坛新建集群贤。寒梅香共生花笔，迎得春回万象妍。[①]

注 ①安庆为旧游之地，三十年代尝追随老辈组成词学研究会，常集中于罗根泽先生寓所，记忆犹新，已成陈迹。顷悉安庆诗词学会即将成立，至感欣忭。附奉俚词，谨申贺意。

1988 年 12 月于芜湖

鹧鸪天 | 岁晚寄怀许学受同志

犹记南来为致公。偷闲枉顾话从容。史无前例何须问，律转初阳喜又逢。聆说论，豁心胸。济生济世仰高风。外冈云树淝滨月，往事时萦梦寐中。[1]

注 ①十年动乱以来，与许兄难得一晤，1987年冬为致公党务莅芜，匆匆遽去。别后曾填《鹧鸪天》小词，聊博学受同志一粲。

1988 年 12 月

祖孙

每聆往事趣横生，耳动随心羡且惊。[1]置膝仍犹学驾马，人间自有祖孙情。

注 ①小孙女见予耳能随意掣动甚惊异，尤喜听予讲述少小时故事。

编者按 该诗写作时间不详。小孙女宛楠生于1979年，姑系于此。

一九八八年岁末茶话会口占

寒梅香里又东风，送旧迎新岁岁同。闻道来年春更好，芳园嘉会乐融融。

卷四

虞美人

芜湖诗词学会成立三年，刊行《滴翠诗丛》多辑，谨以小词纪庆。

江山文藻相辉映。楚尾吴头胜。骚坛三载郁葱葱。又见榴花怒放、醉熏风。

几回人世沧桑改。滴翠轩常在。昔贤沾溉话黄张。更喜诗丛新咏、满琳琅。[①]

注 ①芜湖广济寺侧桧轩，传为黄山谷读书处，南宋恶秦桧，改名“滴翠轩”，清人合祀黄庭坚、张孝祥于此。今修缮开放，唯嵌壁山谷遗像及移祀张孝祥诗碑等皆于“文革”中被毁。

编者按 芜湖诗词学会成立于1986年，故该词写作于1989年。

张病知先生寄示《戊辰生日抒怀》“索和”即步原韵奉答

北美飞腾事运输，雄赀早胜橘干奴。耽诗梦借生花笔，创社情殷结网蛛。

豪气不除登耄耋，旷怀未暇计榆隅。遥瞻南极添新站，四海同辉九域图。[①]

1989 年 2 月

注 ①原唱有“了无余虞困桑隅”句，“隅”殆“榆”字笔误，如拼音文字则无别矣。先生创四海诗社于纽约，适我国科学家亦新建中山站于南极，皆为祖国文化事业增光。

附 原作：过眼韶光容易输，幸留顽健作诗奴。行空喜策天过马（余曾任飞行工作多年），浮海惭为檐下蛛。偶得残缘娱蔗境，了无余虞困桑隅。从今更借江生笔，好写中华一统图。

满江红 | 报载日当局又为侵华战争性质翻案，愤慨作此

封豕长蛇，曾几度，凭陵上国？青史在、如山铁案，谁能篡易！血战威扬穷寇窜，鲸吞梦断元凶殛。愤新来、又妄饰降酋，希逃责。　豺狼性，贪似昔。军国焰，张难戢。看原形时露，谰言空释。反省早成欺骗语，共荣原即三光策。算樱花，无信更无情，君休惑。

1989 年 2 月 22 日

七绝（三首）

春酣二月正兼旬，来到人间仰颍滨。对照阴阳三一四，爱因斯坦是同辰。①

独坐晴窗有所思，故园往事记依稀。荆花半落浑如梦，长记秋灯共读时。②

椿庭遗泽仅斯书，避寇渝州八载余。更历史无前例劫，还期数典永珍渠。③

注 ①余以清光绪三十二年丙午二月二十日诞生，偶从历代名人年谱

知与宋苏辙同辰，对照阳历则为3月14日，又与爱因斯坦相同。犹记中师三年级时，外语教师为予取名Albert Wan,当时只知道爱因斯坦亦此名，尚不知其生日也。此诗可能1988年或1989年生日作。②五岁时移家入城赁居南门街后。七岁，昼就读外家，从江梦松（后更名公亮）师学，归伴两兄夜读。先公指定将《康熙字典》笔画标出加朱圈，削石笔，盖以印泥，枯燥无味，卒坚持至终卷，盖老人以此测我毅力也。追维往事，悠悠八十年矣。③几度沧桑，先公平生用书，仅此一部矣。日寇入侵，曾授敏沅携至渝州，旋交予用至1946年秋带回，珍藏至十年浩劫，已被抄散失，予与儿辈又从残书堆中翻捡取回，增装封面。

南楼令 | 一九八九年春日述怀①

云水接江天。风光满眼前。念吾生、耄耋残年。乐育英才情更切，献余热，志弥坚。　　教育谱新篇，薪传待众贤。问树人、重任谁肩。伫见春华争艳处，喜秋实，灿芳园。

注　①我于1929年入大学学习，1939年到高校任教，至今分别为六十及五十周年。所历多所高等师范院校，地址几全在大江南北岸，尤以在芜湖时间最久。人生易老，曩年中、小学及大学早期同事，零落略尽。近在厌学倦诲风中，益令人为师资减员杞忧。顷闻鉴于教育事业发展及尊师风尚好转，今年报考高师志愿将明显增多，爰成小词明志，兼表欣慰之诚。

编者按　该词刊《安徽师大》报1989年5月31日。

《难得糊涂集》读后（三首）

“意不随侬”又可随，拈来妙语入新词。一编多少聪明语，难得糊涂耐细思。

“意不随侬”又可随，新辞妙用解人颐。倚声是否聪明事，难得糊涂各自知。

“意不随侬”又可随，拈来妙语解人颐。世间多少糊涂事，收拾聪明入小词。

读鸠兹散客《难得糊涂初集》，率成一绝呈政

“意不随侬”又可随，偶拈妙喻耐寻思。人生难得糊涂处，最是诗情绕笔时。

1989 年小暑

地藏生日，忆大小九华山[①]

名山遥望不胜情，俚句追吟感慨生[②]。老眼却看千仞立，天门直上一车轻[③]。
云衢亦有人间味，古刹重闻梵呗声。大小九华寻旧梦，只今赭塔晚霞明。

1989 年农历 7 月 30 日于赭山

注 ①芜湖赭山广济寺后殿连赭塔祀地藏。朝山进香者称此为小九

华，以别于青阳的大九华。1947年，予夫妇寓寺内养心园，曾目睹群众除夕守塔盛况。1984年秋，因参加会议赴九华山，夫人因病未能同行，遽于次冬去世。近年小九华渐复旧观，亦未及见。故重温旧梦，感慨赋此。②“文革”期间，予于1969年春到下塘集，值诞辰作生肖咏马一律以寄慨，结联云：“浅草没蹄寒食后，华山遥望不胜情。”此用“归马华山”暗指九华山。时小儿炳生亦下放在青阳也。③指1984年秋因参加《汉语大词典》安徽编写组总结会议初游九华，时登山公路已直通九华街。

鹧鸪天｜桐城县诗词学会成立志庆

“风雨斯文欲付谁”。宜城赠别记依稀。薪传负望惭余热，手迹珍藏仰蜕私。[①]　　思往昔，喜今兹。吟坛新建振诗词。文章久著桐城派，又见龙眠满曙辉。

注　①1989年教师节，愚方展读蜕私姚仲实先生甲戌（1934年）席上赠诗，适闻桐城诗词学会成立有期，感念前尘，欣聆佳讯，成小词一首，调寄《鹧鸪天》。庐江宛敏灏谨贺，时年八十有四。

鹧鸪天

己巳重九，晚晴诗社小集四禑山庆祝国庆暨创刊纪念。

云淡天高柳欲黄。江涵秋影雁初翔。九华山路余霞丽，四禑山头晚节香。逢国庆，献瑶章。诗人雅集趁重阳。园丁老去豪情在，朗诵长歌乐未央。

编者按 该词刊《芜湖日报》1989年10月26日，又刊《晚晴诗刊》1989年第8期。

农历十月初四日为吾妻八十三岁诞辰，前二日忽然忆及，口占二绝句，嘱孙子小籁届时家祭为予焚之

秋尽江南又小阳，芙蓉竞艳菊争芬。风光依旧人何在，此恨空随江水长。

昔日戏言修短事，缘君不寡我延年。悠悠四载天人隔，一忆平生一惘然。①

注 ①1989年10月21日，予以冠心旧疾趋重住院，30日上午以拍胸片取道旧楼至放射科，忽忆亡妻泰敬于1985年疾逝于此，不胜“渺渺兮予怀”之感。午休不能成寐，因念平生戏言，由于伊不会成为寡妇，故我得长寿，但看长像让我不为鳏，抑何痴也！重九日我到四褐山见芙蓉盛开，近又闻将开菊展，都令人回忆昔年偕游欣赏之乐，此乐永不可得矣。1989年10月30日（即阴历十月初三）于弋矶山医院。

一九九〇年元旦试笔

年代更新登九十，杏坛向往化三千。喜看天马飞腾岁，春满神州万象妍。

卜算子 | 答杨政知、魏雨修两教授

南京师大退休教授杨政知、魏雨修伉俪，忽于一九八九年末贻书，谓新来发现杨在小学、魏在高校时，与我都有师生之谊。盖六十年前在安庆及四十年前在南京事也，殷勤怀旧如此，读罢殊深感慨。

年代几更新，人世常离别。忽报平生两旧游，早缔同心结。　　寄语老园丁，漫惜头堆雪。万马奔腾第一春，奉献看余热。

编者按　此词刊《高教新探》1990年第1期。又刊《晚晴诗刊》第9期，序文作："一九九〇年新年，得南师大退休教师杨政知伉俪贻书，殷殷追述从游往事，感念成词，聊以互勉。"

步贤礼见访未遇原韵

春入园林鸟报安，嘤鸣互应冒余寒。东风无力褰罗幕，底怪陈抟睡正鼾。

附　朱贤礼《偕石林见访宛老不遇》原诗："山径寻松问竹安，离离朱果压春寒。小楼一角垂帘幕，轻按门铃未止鼾。"

编者按　朱贤礼为芜湖《晚晴诗刊》主编，该诗刊于《晚晴诗刊》1990年第9期，疑作于1990年春，姑系于此。

浣溪沙 | 蒙城县庄子祠作

火箭长征挟亚洲。扶摇直上大鹏游。今情古思两悠悠。　　濠上观鱼融物我，漆园梦蝶自风流。崇祠道学共千秋。①

注 ①1990年4月7日，安徽蒙城县重修庄子祠，函索纪念文字。是夕，适从荧屏快报见长征三号火箭发射亚洲一号卫星壮观，予谓此《逍遥游》鹏徙图也。喜成小词一首，即词致贺。或以牵合为病，因言辛稼轩有《感皇恩·读庄子闻朱晦庵即世》，早开词体章法先例，予但效颦而已。

题翟宗祝画《黄山诗意》（二首）

遥岑妩媚接峥嵘，老树参差道左迎。七十二峰看未足，更缘尺幅动吟情。

云影晴光意态新，峰峦没骨亦嶙峋。知音最是徐霞客，识得斯山面目真。

编者按 作者1990年历书5月14日记："翟宗祝先送茶来，扇面带去。"5月19日记："上午翟宗祝、郑震来。"6月6日记："翟诗取去。"疑即上诗。

浣溪沙

邓小军同学函告通过博士论文答辩，口占小词随贺；又承询及近况，故下片及之。

誉满长安众一辞。殷勤还报旧游知。云游欣看跃天池。　一饭三遗廉颇老，不疑已信小山痴。人间万事耐寻思。

1990年6月

梓灵老表弟函告离休还乡，感念却寄

远游早岁向南天，老去欣闻故里旋。三径漫惊余竹树，平湖应喜变桑田。居仁春寿新风展，吴楚京华奉献先。记否宛祠晨夕共？匆匆六十有三年。

1990 年 6 月

附 梓灵和诗《敏灏表哥长予十岁，尝为业师，一别五十九年，音书中断亦四十六矣。近蒙惠书并律诗一首，情深意切，深触所怀，谨步原韵奉和》："丁年投笔戍南天，风雨余生故国旋。乡校双游铭教诲，旧邻闲话菱湖田。焚须梦远音容在，宅相声扬器识先。最是河清人共寿，多情回首忆当年。"

接内弟章兴书感念得此[①]

人海苍茫各一隅，亲朋闻讣俱嗟吁。那堪永失同心侣，忽听犹呼大姊夫！九域未来新变化，六亲旁系渐虚无。羡君长作江西客，老表声中德不孤。

注 ①内弟在江西工作，"文革"以来，渐少联系，五年前老伴去世讣告被退回，最近忽接来信，称呼依旧而人事已非，不胜伤感！

编者按 据"五年前老伴去世"，该诗写作于1990年。

鹧鸪天 | 接内弟章兴书感念得此

俯仰人间剩此躯。花残并蒂五年徂。那堪永失同心侣，忽听犹呼大姊夫。怀故旧，话桑榆。释亲旁系渐虚无。羡君长作江西客，老表声中兴有余。[①]

注 ①“文革”以来，彼此渐失联系，五年前老妻讣告被退回，最近始接来书，谓已离休，称呼依旧，而予已罹悼亡妻之痛，今日独生子女间不复有姊夫，表亲也可能只存“江西老表”一种矣。前诗限于七虞韵，试改为词，便可鱼虞通用。

浣溪沙｜题晓东毕业纪念册

吾家自怀之公以下数世，从于教、科、文工作者逾二十人，顷晓东侄孙又毕业于安徽师大生物系，将赴淮北矿区学校任教，时予亦未退休，辄成小词送行，兼以互勉。

六月江南菡萏开。芳馨远播接长淮。喜看嘉木蔚成材。　　克绍清芬偿夙愿，还将余热献衷怀。相期同乐育英才。

1990 年 7 月 1 日

偶感小唱（四首）

熙熙为利来，攘攘为利往。赐也贤乎哉，仲尼亦欣赏。

官倒嗤民倒，小巫见大巫。昔人矜市义，作计抑何迂！

未作商人妇，愁水亦愁风。怕听电虎啸，谁似我英雄？

萤火闪灶台，冷光无热力。转喜佳节多，今朝又寒食。[①]

注 ①三四两首，曾另录作“城市生活小唱”，一“停电”，二“寒食”，付《高教新探》。

1990 年 9 月 11 日

浪淘沙 | 悼念吴德明同志

月落赭山楼。怅望江头。去年曾共弋矶秋。逝者如斯惊永诀，呜咽东流。
往事记庐州。十载交游。南来风雨又同舟。肆力搜藏弘奉献，业绩长留。

1990 年 9 月 18 日

附 郭坚同志：昨晚惊闻讣告，不意去年弋矶山一晤，竟成永诀。追念平生，曷胜伤感。今晨以头晕晏起，不得参加告别。至深怀歉，山居默念，成小词一首奉上，聊抒痛悼之意，未能工也。人生终期于尽，而风采业绩长存，尚祈顺变，善自宽慰为祷！宛敏灏拜上1990年9月18日。

题一九八六年九月旧照片

俯仰人间八十春，苍颜白发骨嶙峋。倚阑人散秋丛绿，遥对斜阳独怆神。

编者按 该诗写作时间不详，姑系于此。

无题（二首）

秋高气爽多佳节，国庆中秋相继来。更喜先迎亚运会，嘉宾云集乐开怀。

熊熊烈火照神州，亚运争雄盼盼游。最是台湾和大陆，健儿欢聚过中秋。

1990 年 10 月

虞美人

推销报刊广告，有自称“告示”者。

告之启示何时了。笑料知多少。报刊广告一窝风。告示居然出现、在其中。官腔官调依然在。思想何曾改。劝君少见莫多愁。更有气粗财大、是同流。[1]

注 ①此词似1990年订报时所作，末句未安。顷见《解放日报》1991年5月11日“告示”，限15日前去办理，“如逾期将作无主处理，本单位概不负责”，何等气派。不知作无主处理者是否即不负责单位，戏作长阕。

鹧鸪天

不甚无端代不胜。耳闻目见两无情[1]。戏夸巧辨鸾和恋[2]。求诊难言癫与臀[3]。　　时代变，语言新。恳谈更喜大酬宾[4]。荧屏听惯浑闲事，“上乘（shèng）”于今变上乘（chéng）[5]。

注 ①偶见寻物招贴，谓有拾者见还则“不甚”感谢。盖误读“胜”为“shèn”，又误将形体改变，如此则无论读者、闻者皆不必多事矣。②或问字形之从“鸞”字头者，读音苦难分辨。予戏答当今容易矣。除“恋爱”外，其余一以“鸾”可也。什么“孪生”“痉挛”已一去不复返，何况如罕见字“脔”呢？③“瘢”今多读“瘢”，“臀”读为“殿”者亦不少，病人读音如与医生不一致，皆可为其所嘲笑，无论正确与否。④“恳谈”及“大酬宾”皆近年流行语。⑤“上乘”（shèng）一词忽然普遍使用，并读乘为平声（chéng）。

编者按 该词写作时间不详，因内容与上词相似，姑系于此。

临江仙 | 悼念唐圭璋教授

楚尾吴头遥望，十年契阔关情。哪堪一夕竟星沉。霜凝词苑冷，木落学林惊。　　长忆渝州、西子，相逢频接殷勤。劫余重晤快平生。只今江月白，不见晚峰青。①

1990 年 12 月

注 ①去冬电唁唐老逝世时，率成小词，未寄，顷承凡人同志询及，录呈教正。一九九一年春于芜湖安徽师大。

编者按 唐圭璋先生于1990年11月28日逝世。作者在历书1990年12月3日记载：“唐圭璋讣告到。”1991年5月15日记载：“复方凡人（宁波师院）信，明发，附悼唐词。”方凡人，宁波师范学院教师。

冬夜枕上口占

追维往事总多情，记忆犹新隔死生。最是夜长人少寐，五年不复听鼾声。

南歌子

见说大哥大，还思德律风。精研电讯两情钟。信是高频感应、力无穷。火眼金睛锐，银河密意通。两心永结乐融融。更喜青春事业、郁葱葱。

编者按 大哥大出现在1990年前后，姑系于此。

思佳节 | 一九九一年元旦联欢会[1]

胜地重来话变迁。层楼兀起赭山肩。苍松绿竹春常在，郁李秾桃岁更鲜。弘统战，集群贤。畅怀歌舞庆新年。会看八五宏规展，振我中华万象妍。

1990 年 12 月 30 日

注 ①联欢会为民主党派主办，地点在原教工食堂，新建层楼，上有舞厅，以天气不好，临时决定不去。将词带去，由袁传璋代读，表示向大家拜年。后来词交校报发表。

编者按 此词刊《安徽师大》报1991年1月20日。

新春闻《庐江县志》新稿纂成

难得双春幸遇三，无多余热只增惭。喜闻桑梓成新志，感事逢春庆更酣。

编者按 《庐江县志》新稿成于1991年，宛先生应邀作序。作者历书1991年6月11日记：“孙文光来，县志寄稿。”11月4日记：“庐江信催志序。”12月3日记：“写《庐江县志》序成。”

夜梦与老妻比翼还乡，泠然快也

隔江云树接吾州，昨夜轻盈比翼游。绣水半篙双照影，风光满眼一登楼。宫墙万仞今安在？梁燕重归枉自愁。杜宇数声春又晓，人天依旧两悠悠。[①]

注 ①此稿见一纸片，可能1991年作。平生常于梦中任意飞翔，进退升降均自如，此则进一步与老妻偕游。此情此景，唯婚后年轻时有之。同行经八蜡庙、李家塘以及文定、武定桥上，皆水清见影，经南门河湾亦有此景。登楼谓奎星楼，已与“万仞宫墙”先后被毁，“红墙”尚可谓有碍交通，至拆奎星楼据云系利其砖木建筑材料，其动机即不堪闻问矣。

鹧鸪天 | 纪念皖南事变五十周年

千古江南一叶冤。戈操同室苦相煎。血飞云岭忠魂毅，望断长空铁将旋。摧岛寇，换新天。陵园屹立壮泾川。缅怀五十年前事，永耀中华正气篇。

1991 年

编者按 作者1991年历书6月2日记："晚抄皖南事变词，明发。"

临江仙 | "七一"七十周年纪念创词

沧海横流惊世变。红旗导向新天。中华盛业更无前。七旬初度日，四化小康年。　　最是几番风雨后，雄心开放弥坚。宏规八五更腾骞。高歌深改革，荣庆献诗篇。

1991 年 6 月 2 日

最高楼

一九九一年诗人节赭山雅集，庆祝建党七十周年及芜湖诗词学会成立五周年纪念。

临长夏，佳节又端阳。胜事满江乡。七旬党庆迎初度，三千水击竞飞扬。喜今朝，梅正熟，粽飘香。　　君莫待，一杯空对月。也莫怪，鬓边俄积雪。珍雅集，献瑶章。豪情直把风骚继，老生聊共少年狂。踵黄张，光滴翠，永流芳。

1991 年 6 月 16 日

卜算子 | 谢李锦胜同志为作"满园春色两知斋"图[①]

漫笑两知翁，枉把斋名赐。厌学成风倦诲随，微旨谁解识。　　独有李将军，写意张吾壁。千树秾桃十丈松，喜共融春色。

1991 年 6 月 25 日

注 ①此画张敏慧6月22日送来，即悬壁并拟词致谢。三日后即成，但有几句若干字一直未定。

无题（二首）

花落人亡两不知，老来怕读葬花词。那堪客里伤心日，重忆方言访询时。

新署书斋曰两知，双关教学誓盟词。一篇长恨痴情处，夜半无人私语时。

编者按 该诗缺题，两知斋首见于1991年所作《卜算子·谢李锦胜同志为作“满园春色两知斋”图》，据诗中“新署书斋曰两知”，该诗当作于1991年前后，姑系于此。

戏题葵扇

九年摇一扇，炎海饱风尘。[1]旧月欣常在，多情慰故人！

1991 年 7 月 15 日

注 ①1991年7月，题1982年夏所置旧扇。

偶题新置葵扇[1]

葵扇来南国，初亏圆月姿。感君相伴意，最是电停时。

1991 年 7 月 19 日（初伏）

注 ①置扇适遇停电，打油宠之。

编者按 此诗刊《高教新探》1994年第3-4期。

菩萨蛮 | 悼姚有铉同志

洪涛溽暑交煎急。体坛宿将惊旋失。犹记熟梅天。相逢话昔年①。巴山如梦里。故旧还余几。今日赭山村。哭君君不闻。

1991 年 7 月 23 日（是日遗体告别，我未参加）

注 ①1991年，大水成灾后酷暑，惊悉姚有铉同志遽于7月21日长逝。姚与我先后在各校同事五十余年，记梅雨季节前偶承过访小坐，话及国立女师院往事，又重述吴中俊先生所言我毅然将全家复员船票转赠之事。吴谢世前未及与我晤面，一若姚有责任转达者，即此可见其为人。淡水情深，暮年永诀，小词未尽悲痛也。

喜闻《宋亦英诗词选》续集出版

梦笔生花韵事传，新安儿女轶群贤。壮怀驰骤三千里，艺海回翔六十年。长系深情思战侣，更歌盛治续瑶编。堂前春草连天碧，遥接枝头红杏妍。

编者按 该诗写作时间不详。《宋亦英诗词选》出版于1983年，续集当指《春草堂吟稿》（安徽文艺出版社1994年4月版）。手稿前后词作于1990年，姑系于此。

辛未七夕偶成

碧海青天四望清，夜凉万籁寂无声。可怜六载银河隔，今夕弥深牛女情。

七夕次夜，闻络纬悲啼有感，用前韵

月白山头玉露清，遥闻草除起秋声。凄凄切切惊风雨，独立重听别有情。

浣溪沙｜陶行知先生铜像揭幕仪式

硕望嘉言百代师，范金瞻仰庆期颐。湖山胜处展风姿。　明辨行知昭业绩，恢弘作育继芳菲。云蒸霞蔚大江湄。

1991 年 9 月 10 日

编者按　此词刊《高教新探》1991年第4期。

采桑子

承芜湖市退离休教育工作者协会赠阅《晚晴诗刊》并索稿，予亦芜湖老园丁之一，十年前有感于李义山“天意怜幽草，人间重晚晴”句意，自号晚晴老人并以“晚晴轩”名书室。今读是刊，喜彼此心情不谋而合；展卷快读，更信梦得“为霞满天”之言不虚，幸得以余热追陪吟咏也。

晚晴自古人间重，偶署闲轩。惊睹鸿编。信是为霞尚满天。　浮生难得江南老，风月无边。更侣诸贤。余热同催桃李妍。

编者按 据序中“十年前”云云，该词约作于1991年。

题梓灵回忆录（二首）

蘧蘧栩栩惑蒙庄，宇宙原来一剧场。乘兴归来乘兴返，逢场作戏又何妨？

人生难得见沧桑，故里归来愿始偿。纪实抒情都一集，短长留与后人详。

编者按 据作者1991年历书，7月9日记载：“接梓灵自传及诗词一册。”疑自传即是其回忆录。11月28日记：“回梓灵信。”该诗当作于此时。

或以《梦？人生？》名其回忆录者，读罢打油四绝句归之

庄周晓梦迷蝴蝶，栩栩蘧蘧问孰真。色即是空空即色，梦真相续即人生。

酸甜苦辣人间味，坎坷崎岖世上程。阅尽艰辛和险阻，回头已是百年身。

宇宙原来一剧场，萧郎演罢让徐娘。逢场作戏都乘兴，谁计儿曹说短长。

城郭人民两俱非，鹤归湖已见桑肥。却欣华夏春常在，物我同春自在飞。

编者按 该诗手稿一题《梓灵以"梦？人生？"名其回忆录，漫题四绝，聊博一粲》，内容与上诗相近，写作时间亦在1991年7月之后。

鹧鸪天

分道东门迤北行。李塘春暖鸟呼晴。半篙绿水萦双影。满径香花散一墩。风淡荡，景妍明。奎星楼上话前尘。芊眠芳草当年路，蹑足追随送几程[①]。

1992 年 1 月 18 日晚

注 ①此词在一纸片上。此追忆结婚后约登奎星楼之作。吾乡不习惯见青年男女偕行，故在东城门时分道扬镳，一由城内小道至李家塘，一由东大街转北大街，亦到东塘与香花墩汇合，然后同登奎星楼，凭阑谈心。婚后县人敢笑不敢言，有时星期日宿我家，次晨同道上小学及女校，母命我暗暗相送，常追随过女校，我再前行到一高小，当时亦经李塘此路也。

白云（二首）

白云一片去悠悠，寥阔江天万里愁。欲问千年兴废事，夕阳无语水东流。[①]

白云相逐去夷犹，病起江头独倚楼。满眼风光春意近，夕阳无限水长流。[②]

1992 年 1 月弋矶山医院

注 ①病危。②此1992年1月在弋矶山医院病中吟也，情随事迁，入院与出院前心境大异，各见于小诗，两并存之。

编者按 后一首刊于《高教新探》1992年第3期，题作《病起迎春》。

病中杂咏（二首）

老去情怀欲语谁，七年无日不相思。新来世味都尝遍，甘苦悲欢只自知。

寒凝楚尾接吴头，病起春回独倚楼。老去园丁余热在，豪情长共大江流。

1992 年 1 月

偶感口占一绝

湖山不老春常在，雨露无私木向荣。寄语儿曹休迫促，兴阑我自就归程。[①]

注 ①昔人谓生寄死归，老病侵寻，对生死早无所谓，病中闻有因予好转而失望者，人情毋乃太薄，口占一绝慰之。

1992 年 1 月 19 日

辛未除夕即事

千里儿孙探老亲，于湖除夕叙天伦。饮兼球茗封缸酒，果荐脐橙富士苹[①]。
瀛海云涛惊幻变，神州风采庆更新。明朝喜又迎双节[②]，望九华年第七春。

1992 年 2 月

注 ①贵州雷公山自然保护区银球茶，山东烟台富士苹果，湖北兴山脐橙及故乡庐江新产品花粉封缸酒等多属初尝。②立春和春节巧合同日，在20世纪内1905、1924、1943及1992年各一次。

壬申人日漫成

新春喜又逢人日，佳客欣来问老生[①]。话及旧游相念意，伤今怀昔不胜情。

1992 年 2 月

注 ①王育林学弟来访，承告曩年从游诸同学时犹怀念。

先公所用《康熙字典》感怀二绝[①]

城南往事记依稀，兄弟灯前夜读时。循序细圈终帙日，始知庭训验坚持。

缅怀先德百年前，校点遗书仅此编。历劫幸存如梦寐，珍藏还冀子孙贤。

注 ①1912年春，与两兄夜读于庐江城南寓宅之书室，为《康熙字典》检字方便，嘱予将其笔画标出，加朱圈，细字密行，寻觅损目，简单乏味，勉强许久完工。先父则嘉其有始有终，谓今后做事都应如此，因悟此一实践在培养毅力，益家教之一端。1938年以日寇侵略深入，予兄弟避地至巴渝工作，先公以此巾箱本径授五弟，携以备用，而五弟交给我，直至复员时携回，辗转于芜湖、南京、合肥间。以"文革"抄家兼及图书，任意掠夺之余，一度象征性地发还，予竟于残书废纸堆中觅得。1970年初携来芜湖，修整束之高阁，忽忽又二十年矣。此书为光绪二十年（1894）上海点石斋印行，其年有中日甲午之战，至民国二十六年（1937）日寇陷南京，深入内地，吾家藏书遂尽失。先公少年学习用书，唯此一部犹存天壤间。其关键在于五弟携以走避四方。今年壬申农历二月十四日，为先公120年冥寿，特将此书捡送五弟珍藏，并略述原委，系以二绝俾来者。

1992 年 3 月

编者按 该诗佚题，题目是整理者所加。

新春承庐江政协袁主席惠书，打油两绝，寄博一粲（二首）

一失双春却得三[①]，每思余热辄增惭。喜闻盛业成新志，献岁迎春兴更酣。

今春归计又难偿，雅意相邀未敢忘。偶涉“大关”萦旧梦，此心先已近吾乡。

注 ①岁首之春不常有，长寿者往往亦仅一遇。本世纪却有四次，予生晚一岁失去1905年最早的一次，今年倘在2月4日前一病不起，亦不及见1992年最后的一次。此后即须到21世纪中叶矣。

编者按 作者1992年历书3月31日记：“复袁泽民信。”

苏联宇航员欲归不得[①]

碧海青天日夜飞，嫦娥悔恨苦思归。那堪下望人寰处，故国飘零事已非[②]。

注 ①报载正在和平号空间站的前苏联宇航员克里卡廖夫接受美广播

公司电视采访时说："国内经济困难，迫使他在太空滞留的时间延长半年。"见《解放日报》1992年2月25日第4版。②《长恨歌》："回头下望人寰处，不见长安见尘雾。"不知此君见莫斯科否？"故国飘零事已非"记为明袁凯《白燕》诗句，予十余岁时读过，附录于此："故国飘零事已非，旧时王谢见应稀。月明汉水初无影，雪满梁园尚未归。柳絮池塘香入梦，梨花庭院冷侵衣。赵家姊妹多相忌，莫向昭阳殿里飞。"

卜算子 | 咏马[1]

少壮任骑行，迟暮伤驽钝。虚伴将军故数奇，仲父师谁信。　　羲驭迓春回，市骨传佳讯。捷足芳郊并辔驰，十驾同思奋。

注 ①似为1992年生日偶成，以予生肖属马。

编者按 此词刊《高教新探》1994年第2期。

无题[1]

死别生离乃古意，镜湖又见长莓苔。江南春色年年好，谁共扶筇照影来。

注 ①似为春间悼念泰敬所作。

编者按 写作时间疑为1992年春。

浣溪沙｜贺巢湖地区诗词联学会成立

故国新姿树立宏。居巢崛起日方中。人文荟萃振诗风。　千顷翠澜翻旧曲，一篙春水话英雄。湖山毓秀壮辞锋。

1992年3月

编者按　此词刊《高教新探》1992年第3期。

春感偶成（四首）

一别人天隔，重来不可期。年年三百六，何日不相思？

我生君未生，君去我亦老。君恨我归迟，我怨君去早。

春来春鸟鸣，春去春花落。春风春雨多，春思春情着。

春雨织愁丝，春寒恋故枝。春宵谁谓短，春恨正长时。

编者按　前三首刊《高教新探》1992年第3期，疑作于1992年春。

浣溪沙

几日轻寒闭小楼。无边细雨润如酥。柳丝袅娜弄春柔。　寂寂落花迷曲径，萋萋芳草满园幽。一双燕子语帘钩。

1992年3月29日

菩萨蛮

新词填罢苍凉句。孤灯长夜愁无绪。往事不堪思。一思双泪滋。　　多情阶水白。一门伤心色。憔悴却如今。轻分遗恨深。

1992 年 3 月 31 日

浣溪沙

雨暴风狂节序更。杜鹃啼微送春声。残红满目总无情。　　万点桐花飘荡漾，一双燕子舞轻盈。留春小住伴春醒。

1992 年 4 月 6 日

菩萨蛮

落红飘尽归何处。泪眼问花花不语。啼鸟怨东风。春踪已冥濛。　　天涯芳草遍。来去双飞燕。燕子总情深。画梁岁岁临。

1992 年 4 月 18 日

壬申清明日拈成句足为一律抒感

八年云散思悠悠，花自漂零水自流。去日苦多来日少，他生未卜此生休。

偶因虚度伤春暮，又值清明动客愁。却喜素娥情谊重，清光长照半山楼[①]。

1992 年 4 月

注 ①宿舍在赭山北脊中部，予以半山楼称之，所谓“晚晴轩”“两知斋”，皆其一室也。泰敬于1985年11月8日（阴历九月十六日，昨立冬）下午二时离此住入芜湖市中医院，次日予约臧宏同志前往促医师及时治疗，旋于11日转至弋矶山医院，12月5日（阴历十月二十九日）上午8时20分逝世，后来回忆11月9日为其阳历生辰（阴历十月四日），予往中医院竟成为最后一晤，迄今已八个年头，实际亦诀别逾六周年矣。

虞美人（二首）

红销香断春残了。燕子归来早。小园伫立只吁嗟。恼恨东风吹散、树头花。凄凉满目愁无数。飘散将何去。幸遗独子隔年生。怕为多情不作、葬花人。

落花随水东流去。满眼伤离绪。几番风雨倍销魂。叶底莺啼转瞬、入残春。欲将心事从君诉。只恐芳心苦。开时易见落难寻。长记绮年连理、便同心。

1992年4月29日

初试空调戏作

月喘吴牛舌吐龙，鸭惊水暖沸长江。喜闻塘上轻雷动，秋意潜滋夜入窗①。

注 ①曩作《新凉》诗有“人间有味是新凉，秋意潜滋夜入窗”一联，庐江县志办转来《庐江诗选》稿，承采拙作，编者改为“秋夜潜滋悄入窗”，以“夜”易“意”，意境全失。“潜”“悄”亦有重复之嫌。新秋入夜，凉气阵阵入窗，此正予生活体验。若谓“潜滋”指秋夜渐长，则时间应限于秋分以后，其时长江流域已盖棉被，并非新凉。昼夜改变，尤非关门、闭户所能抵挡得住，用不着“悄”也。

编者按 该诗刊于《高教新探》1992年第3期，疑作于1992年夏。

偶忆十余年前移居诗句，枕上口占

“细味平生晚更甜”，偶思旧句辄泫然。一从永失同甘侣，何日能忘共苦年。

1992年9月14日

教师节

今年系第七届教师节，已一无活动。国民党时邵爽秋等发起教师节，各处响应，政府定以八月二十八日孔子诞辰。解放后初议为五月一日，改为九月十日才七届，已无人过问矣。

九儒十丐由来久，重道尊师语亦空。堪笑园丁虚有节，逐年冷落向秋风。

老人节

又有以重阳为老人节，今亦无人过问矣。

满城风雨重阳日，回首浮沉望九年。漫道老人今有节，依然斗室独高眠。

菩萨蛮

秋来四嘉节，等闲过去，尤以国庆无煤气供给，增人烦恼。

清秋令节联翩至。司空见惯浑闲事。师道久非尊。逐年节更轻[1]。　普天国庆日。我独嗟寒食。月缺奈愁何。重阳风雨多[2]。

1992 年 10 月

注 ①教师节才七度，一年不如一年。犹记1986年有盛会，八十以上赠蛋糕，工作三十年以上者有奖状，到去年尚有校医院医生护士各一来慰问健康情况，今年竟共无其事矣。②老伴已于1985年长逝，中秋久无人月圆乐趣，至于所谓老人节只一度举行集会，以后即无人过问，不知今日自命为“红颜美少年”者，亦知有“此翁白头真又怜”时否？

长相思

天昏昏。地沉沉。天地昏沉昼暝暝。巫山尽是云。　秋风清。秋月明。风月清明秋意深。良宵无限情。

1992 年 10 月 16 日

长相思

秋风清。秋月明。风月清明秋兴增。诗情枕上生。　秋魂温。秋梦馨。魂梦温馨无限情。诗成梦未成。[1]

注 ①此词得一小纸条上，应为九月某夜枕上口占，次晨书之，韵脚未查，字句亦待斟酌，姑录于此。

编者按 该词写作时间不详，“秋风清”等句与上词相类，姑系于此。

长相思 | 新秋无寐偶成

秋月晶。秋影莹。月露晶莹凉意生。秋声枕上听。　　秋魂温。秋梦馨。魂梦温馨吟兴增。良宵无限情。

编者按 该词写作时间不详，因内容与上述两词相近，姑系于此。

长相思

云苍苍。海茫茫。云海苍茫比翼翔。仙游乐未央。　　春花香。秋月凉。花月悠悠献景光。人生情更长。

编者按 该词写作时间不详，姑系于此。

又作一绝

宽宏东郭被狼愚，南郭装腔乃滥竽。自是张翁多雅兴，百金买得老糊涂。①

注 ①老实被欺，伪装得隽，或借百元在电影院奉献小偷，殆愚不愚也。

1992 年

八六子

愚夫妇从事教育工作，互勉互助凡六十年。目睹春华秋实之盛，亦足聊慰生平。今年皆八十六岁，唯虚实不同，幽明已隔。追维往昔，成《八六子》。

半山楼。倚阑人散，匆匆七度春秋。念岁晚梅香遽冷，晓来花露还流，断云暮收。　　重温年少偕游。皖水绿波思远，巴山绮梦情柔。最喜是、河清正当身健，灌园忘我，育才同德。而今海上圆蟾暂缺，人间月色常留。试凝眸。清辉又莹玉钩。[1]

1992 年

注 ①此调不易填，从淮海体。注意去声处。

编者按 此词刊《高教新探》1992年第3期。

再题葵扇

去年今日事，渺漠隔烟尘。岁月匆匆逝，存亡又几人。

1992 年夏

枕上口占二绝

秋心

经旬病榻入眠迟，天上人间有所思。一片秋心无着处，寒江月出下弦时。

咏梨

盈枝堆雪送春残，累累迎秋硕果甘。最是枫凋乌柏落，独留霜叶胜朱颜。

1992 年 10 月 18 日

菩萨蛮

偶忆归有光《项脊轩志》有“今已亭亭如盖矣”一语，感赋。

楼头月白寒宵永。窥窗又见枇杷影。长记绮年时。月圆花影迷。　　人无金石固。一失无寻处。嘉木最情真。亭亭如盖新。[1]

注 ①1992年12月5日与老伴永诀七周年矣。

编者按 此词刊《高教新探》1994年第2期。

清平乐

龙山云毫，西双版纳大渡岗茶厂产。叶纤沉绿，与白毛尖相间如初眠蚕，味醇色浓而久。据称无锈，似未必然。

西双版纳。林海重霄插。大渡岗头兴盛业，风动茗香周匝。　　云毫新采龙岩。一杯浓绿芳甘。凤庆下关并美，灵山珍品天南。

1992 年 12 月 14 日

虞美人｜除夕嵌数字打油迎鸡年

一年将尽珍除夕。鸡唱迎朝日。客居随意聚儿孙。两地三家四代、满堂春。五颜六色人间世。乱七八糟事。春色九十灿中华。共庆河清人寿、乐无涯。

编者按 1981年、1993年均为鸡年，疑作于1992年除夕，姑系于此。

喝火令｜喜迎一九九三癸酉新年

瀛海惊涛激，神州淑气匀。九天阊阖转洪钧。嘹亮一声鸡唱，破晓涌朝暾。　　不尽东流水，迎来岁序新。皖江开发志凌云。崛起芜湖，庆祝趁良辰。最是镜湖佳处，歌舞迓芳春。

清明前一日得小诗四首，书奉泰敬夫人冥鉴

八年无日不相思，又是清明祭扫时。好景惜君多未见，苦难一一报君知。

儿孙进步胜于前，照顾还须践诺言。既有人间未了事，但希带病得延年。

比邻先后失余张，江北江南剩两孀。却讶晚晴依旧好，半山楼上送斜阳。

旧约三生世笑痴，茫茫宇宙问何之？期看香港归来日，便是人天相见时。

1993年4月3日于芜湖赭山两知斋

咏曹孟德[1]（二首）

让县矜功强自明[2]，害能加罪胁公卿[3]。暮年千里心徒壮，天下三分势已成。
横槊赋诗宁本色？分香卖履见真情[4]。悠悠漳水东流去，遗恨空余在邺城。

避暑高台览四方，目空吴楚失周郎。应惊赤壁风烟烈，枉为刘家豚犬伤。
止渴梅虚山阜在，掷杯阁记钓台荒[5]。巢湖仙姥今安在？堪笑词人话短长[6]。

注 ①时闻亳州三曹研讨会对曹操有争议。②曹操《让县自明本志令》云："使国家无有孤，不知当几人称帝。"③曹操杀杨修后与太尉杨彪书云："……便令刑之。念卿父息之情，同此悼楚，亦未必非幸也。"④曹操遗令云："余香可分与诸夫人；诸舍中无所为，学作组履卖可也。"⑤曹操在庐江的遗迹有城北的避暑台、梅山的望梅止渴处，以及城南的左慈掷杯阁、钓鱼台等。⑥白石平水韵《满江红》以"一篙春水走曹瞒"归功于仙姥。

编者按 "全国三曹学术研讨会"召开于1993年5月1日至5日，此诗当作于该年5月后不久。第一首刊于《高教新探》1994年3-4期。

南歌子 | 祝贺《合肥晚报》创刊三十三周年

三秩三荣庆，八旬八老人。隔江北望旧情真。记趁儿童佳节、颂良辰。
祖国风光满，江淮气象新。榴花灿烂映红巾。永共辉煌晚报、灿千春。

1993 年 5 月

鹧鸪天 | 题孙女楠楠访合师故寓照片

旧梦依稀识绮窗。石榴花外见新墙。楼头疑似当年路，蛙为公私说渺茫①。追往昔，总沧桑。史无前例叹荒唐。只今春去词人老，乳燕来寻夏正长。

注 ①学校修路时，领导偶然提到我初访合师，曾在雪地跌落门齿。“文革”中遂以此为给资产阶级知识分子修路罪证，勒令我检查，其可笑殆与晋惠帝问蛙鸣为公为私相似也。

编者按 该词刊于《高教新探》1994年第2期，又据宛楠相告，访合师在1993年，故该词作于1993年夏。

承张慧敏、许依群两同志龙头手杖见赠，得鸠首、龙头二杖，偶怀往事放歌

二客名山来，各贻我一杖。鸠首与龙头，感物增惆怅。忆昔春正月，双双在岳家。亲朋互致候，诗茗趁年华。有姨忽夸婿，眼眨眉毛动。嗤我龙头鱼，雀战猜拳两无用。自惭拂袖去，泾渭难同流。士各有志行其是，不相闻问二十秋。巴蜀归来又晤姨，神情冷漠异年时。可怜其婿轻狂甚，别有新欢早见遗。无何地覆天翻急，血污游魂归不得。邯郸道上得意多，逆旅黄粱何曾熟。君不见，南海尘稀空色相，金堂梦断早邱墟。双飞凤岭谁萧史，三忝龙头本是鱼。又不见，三生旧好盟金石，百年事业宏作育。暂隔天人才几春，鸠唤龙游又相觅。伊昔养疴入黄山，探源曾溯白龙潭。龙头题石惊在目，相看一笑两痴顽。山深鸟语声清绝，唤雨呼晴鸠意切。多情北上寻旧游，芳踪水国鸠兹歇。鸠兹自古多芳州，皖江开发今龙头。风云际会迷东鲁，赢得泰山龙杖亦南游。粼粼镜湖水，葱葱赭山树。融融两知斋，脉脉同心住。岁晚

月高寒，素娥遽归去。幻作鸠杖忽云从，用舍行藏同意趣。吁嗟乎！天地悠悠万古新，两间何物似情真？园丁老去心犹壮，曳吾杖兮万里行。

1993 年夏

无题

人去天涯扇当存，摩挲难辨旧题痕。回首十二年间事，夜雨潇潇欲断魂。

1993 年 7 月 17 日

望江南（三首）

江南好，花发镜湖春。小草向荣沾玉露，人师作育仰清芬。教泽颂常新。

江南好，佳话教坛新。两世师承传二戴，百年业绩颂千春。桃李正扬芬。

江南好，光景四时新。化雨东风齐着力，秾桃郁李待裁成。锦绣灿阳春。[①]

注 ①1993年教师节，孙女宛楠承戴老师教诲六年，升学后时欲作韵语，敬谢而未能，余乃为拟断句一束，任其选用，集成《望江南》三首，兹特书奉崔英老师一粲，并申全家感激之忱。

浣溪沙

独立阳台，偶忆小山“日日楼中到夕阳”词句，触景生情，口占寄意。

日日楼中到夕阳。闲庭无复晚来香。江南秋老亦凄凉。　　蓦地云开新月见，依稀眉语旧情长。今宵绮梦伴还乡。

1993年秋于赭山

山居

人海浮沉一叶轻，山居虫鸟寂无声。老来识得闲滋味，天地悠悠万古情。

编者按 该诗写作时间不详，因内容与上词相近，姑系于此。

老去园丁忆合肥

十载匆匆惭奉献，古城风貌几沧桑。余生只合江南老，犹望庐州似故乡。[①]

注 ①应约为合肥撰稿，匆匆寄出，寻思可将标题整理为一首小诗，并按序写成四段。首叙在合肥师院负责教务的十年，次段追忆早年在第六师范学习往事，三写并校再来芜湖，结以今日怅惘的心情，似乎可以写得更精彩一些，惜已不及修改矣。

1993年11月

毛主席诞辰百年纪念集句

长空雁叫霜晨月，战地黄花分外香。三十一年还旧国，天翻地覆慨而慷。狂飙为我从天落，大地微微暖气吹。踏遍青山人未老，芙蓉国里尽朝晖。五洲震荡风雷急，遍地英雄下夕烟。国际悲歌歌一曲，诗人兴会更无前。人生易老天难老，风物长宜放眼量。冷眼向洋看世界，人间正道是沧桑。

1993 年 12 月

鹧鸪天

于湖词《念奴娇》云："船过采石江边，望夫山下，酌水应怀古。"[1]此望夫山即马鞍山市人头矶也。民间望夫传说，联系词人爱情悲剧[2]，凄婉动人，益使景点生色。

独立蘅皋欲暮时。行人西去水东驰。照伊总似随舟月，酌水知应怀古悲。无限恨，大江湄。千帆过尽望中迷。痴情幽怨谁能识，肠断于湖诀别词。

注 ①这首《念奴娇》是1156年张孝祥在建康为送情侣李氏及子同之往桐城浮山隐居学道而作的。1979年我偶温此词及望夫山下句，联想到出土未久的张同之墓志等新旧资料，顿有所悟，于是论证写成本事，遂使于湖缠绵悱恻词多篇皆获得新解。此戋戋心得发表以来，已为学术界所认可。②孝祥与李氏南渡避乱中遇见，相亲相爱直至同居，生下同之（1147）。后廷试擢进士第一（1154），由于曹泳请婚未答，夺秦埙第一又触怒秦桧，张祁被诬有反谋下狱。虽桧死得释，犹有余悸，不得已遣送李氏回故乡浮山隐居，而娶仲舅之女时氏，未三年时氏殁于临安。至1167年同之赴潭州省亲，孝祥怀念李氏，犹作词抒感。阅岁致仕遽卒，始终未得破镜重圆也。详拙撰《张孝祥词笺校》有关词笺及年谱附录。

编者按 《张孝祥词笺校》1993年由黄山书社出版，姑系于1993年。

鹧鸪天

宋虞允文以书生指挥溃卒抗击外来侵略，获得采石大捷，张孝祥作《水调歌头》颂其殊勋①。今新兴马鞍山市以雄姿屹立华东，亦当年允文奋战力争胜利精神之继续也。

胡马窥江万里愁。书生决胜古城楼。燃犀群怪深渊窜，飙卷残云骇浪浮。争胜利，继前修。钢都新建旧矶头。江山雄丽春骀荡，人物风流乐唱酬。

注 ①《水调歌头·闻采石矶战胜》为《于湖词》名篇。孝祥（1132–1169）幼年随父自乌江渡江居芜湖。1169年与朱熹书云："某有田在谢家青山下，屋十余间，下俯江流……元晦异时……乘兴东游，则仆可以奉从容于梁山、博望、慈湖、采石之间也。"是孝祥亦有别墅在今马鞍山境内。此年夏秋之间，孝祥以送虞允文饮于芜湖舟中，中暑卒。二人为绍兴二十四年同榜进士。

编者按 该词写作时间不详，姑系于此。

甲戌春深喜逢八十九初度口占（二首）①

苍颜白发骨嶙峋，俯仰人间又一春。花落闲庭如有待，不堪回首忆前尘。

词多情致思秦七，老更痴顽笑宛三。[2]自是河清人亦寿，来年春色满江南。

注 ①1994年3月14日，予以八十九岁生辰，大儿适因公南来马钢参加会议，趁便省视，信宿即去。仲子□□□□□□□□，其同有关单位询问国务院特殊津贴消息，据答1993年上半年早到，要等候下半年续到才发，于是改变常规。②宛三，早年所用笔名。结句谓来年九十春光将满时，予亦晋入九十晚景矣。

编者按 该词刊《高教新探》1994年第2期，无自注。文中方框为原稿字迹潦草，难以辨认。

甲戌春节与客漫谈马鞍山今昔走笔抒怀

骓逝回腾赴主艰，金鞍飞脱化青山。英雄盖世气悲壮，浩荡长留天地间。牛渚由来险马当，东来李白乐斯乡。照天炉火咏秋浦，惜未及见今马钢。钢都屹立宁芜线，马鞍山色惊多变。加鞭疾骋十五年，画图难足春风面。昨夜春回怀谢亭，池塘生草代常青。旧游小谢亦清发[1]，落月屋梁梦未醒。知交更有詹锳叟[2]，诗研太白知名久。一别渝州五十春，南北时萦一樽酒。园丁老去忆清欢，元日闲情说马鞍。更期旧雨联翩集，雨山湖上杯茗酌，纵谈大嚼采石干[3]！

1994年

注 ①江南六朝以来多谢家故事，此借指采石谢庆观，已故心理学家谢循初师公弟。谢循初师，采石人，抗战期间创立国立女子师范学院于四川白沙，我们追随工作，直至复员东归。解放后多次晋谒循师于沪上，而庆观仅在合肥一度偶晤，竟致相失。②詹锳教授，山东人，亦女师院国文系同事，解放后，我回安徽，君去河北，至今仅间接互致问候，不胜离易会难之感。③采石茶干夙负盛名，尤以谢家酱园所产为著，当年在川同事，曾有胜利东归吊太白品茶干之约。

题皖江四园丁合影（二首）

百年事业群贤继，一代人师四叟馨[①]。潮涌皖江春浩荡，菱湖遥映赭山青[②]。

毕生奉献四园丁，望九华年两鬓星。桃李春风无限好，菱湖遥接赭山青。

1994 年 6 月

注 ① 1994年6月25日，安师大教授张先基（1910—，物理），宛敏灏（1906—，中文），张定荣（1910—，化学），程则凡（1912—，教育）四人合影于校园陶行知铜像前。四叟原系本校前身省立安徽大学一、二、三、四届入学校友（宛于1929年秋以文学院第一名考入，中经休学一年，故与张定荣同于1934年“以各院系第一名毕业”），张先基曾留学日本，宛毕业论文《二晏及其词》、程毕业论文《中国妇女教育史》先后由上海商务印书馆及中华书局出版。早期分散各地，主要从事高教或教育行政工作，新中国成立后皆回母校担任教学科研兼教育管理，即今同登耄耋之年，犹积极为师范教育事业奉献余热。②省立安徽大学校址在安庆菱湖。

忆昔口占二绝于空调室内

严霜九月菊花黄，鹤唳辽天秋梦凉[1]。忽忆少年哭同学，不堪回首话重阳！

古今世态总炎凉，暂入空门夜梦长[2]。“君复有何未了事”[3]，一生回首客他乡。

1994年7月10日午后

注 ①1923年秋（虚年18岁）合肥六师追悼物故同学，余作悼诗七古一首，全校传诵，此为首二句。接着写道：“故人仙诀联翩集，共话西窗欲断肠。醒来孤枕愁欲绝，转忆昔年共晨夕。”其后警句云：“年年客暑且惜别，况复一朝成永诀。葱茏夏绿既霜凋，皎洁秋华复风折。玩月不见去年人，悠悠我怀已郁结。那堪风雨又重阳，把酒登高应怆绝。”②予从事教育工作近七十年，儿辈怜予老病，为置一功率较小的空调，让我独处，家人不能同一待遇也。③1922年合六师追悼英语教师陈宽伯先生，此为国文教师龚虬（鉴云）代校拟挽章下联中语。

苦热两月，晚雨乍凉偶感

生死茫茫两不知，十年梦断费猜疑。那堪阵雨微凉夜，忆昔迎秋共话时。

1994年7月15日夜

一九九四年九月五日夜凉口占

十年生死两茫茫，此恨空随江水长。君尚有何未了事？一生漂泊在他乡。

探客有望予病危者，戏赋

阵摆龙门话古今，感伤世态复长吟。忍看南郭欺东郭，堪笑机心枉费心。新月西描秋冶艳，中江北去浪深沉。风光如此君须住，莫管儿曹伺好音。

1994 年 10 月 7 日晨

怀孙孝俦

少年同里记城东，月夕风晨时过从。晚岁各归关帝庙，隔江怅望两衰翁。

编者按 该诗与上诗书写在同一便笺上，疑作于1994年，姑系于此。

悼念钟硕民

少年同学风华茂，弱冠旋惊玉桂残。天上人间悲永诀，老来更忆小钟三。

编者按 该诗与上诗书写在同一便笺上，疑作于1994年，姑系于此。

为不愿离休者偶集唐宋成句

桃花历乱李花香（贾至或作黄庭坚，略有异字），离恨空随江水长（贾至）。古往今来只如此（杜牧），斜阳古柳赵家庄（陆游）。

五绝（二首）

难减衷肠热，贪乘树下凉。闲情看儿戏，亦为出台忙。

昨日子为政，今朝我有权。眼前图一快，何必问明天！

行香子

秋晚江乡，露冷陶塘。问湖山几阅沧桑。诗人老去，米市凄凉。剩大花园，中山路，日营房。　　惊雷急雨，飞越茫茫。浴朝暾，满眼春光。布新涤旧，人物轩昂。喜赭山青，红旗展，百花香。

佚题

望月怀君南北天，几经风雨故乡旋。从游犹认弦歌地，放眼惊看沧海田。

梦断女婴容宛在，绩成宅相德承先。河清更喜人间寿，唱和抒情乐晚年。

忆陈梦周

为师昔叹人之患，反害今知道可伤。忽忆快人多快语，尔图资格我龙洋。

忆刘浚亭（二首）

千年成语翻新意，一代传人比至尊[①]。信是刘家多远见，毕生辛苦为儿孙。

早年妙解儿孙福，到老甘为孺子牛。樽酒细论失交臂，裁书重难此生休。

注 ①“儿孙自有儿孙福，莫为儿孙作马牛”，此语含义，尽人皆知。唯吾乡口语亦有将“莫为”作“莫把”者，于是刘浚亭竟理解为“儿孙应该享受其应有的幸福，不要把儿孙当作牛马来使用”。刘与我在20年代同学于合肥第六师范学校。

闻鹧鸪啼声有感

学书学剑费深思，年少雄心不自持。却恨春来春又去，鹧鸪声里欲何之。[①]

注 ①余以家贫读中师，利其可以免学膳费也。迨将毕业前，又动升学之念，学文、学理，颇费踟蹰，但终以无法解决经济问题而罢。昔人谓鹧鸪啼声为“行不得也哥哥”，闻之不胜感慨。

眼儿媚｜少年游

悠悠往事总难忘。年少几疏狂。淝水秋风，宜城春柳，最忆是庐江。而今同作江南客，相识鬓添霜。放眼湖山，时还唱和，莫负好风光。

状元第、庆云楼｜遗迹在今芜湖市状元坊巷内

于湖承水部，乐府盛名传。爱国词声壮，从公宦守廉。九皋鸣老鹤，一曲仰前贤。风景陶塘好，新来景更妍。

一剪梅｜题黄有智同志镜湖摄影

木落霜天晓雾收。小憩栏边，游目芳洲。半湖疏柳水悠悠。绮阁迎宾，遥对高楼。　　问讯陶塘几度秋。一代词宗，曾此归休。而今人物更风流。新葺园林，好景长留。

偶成

小时非了了，老去愧昏昏。转徙怜双燕，漂流欲断魂。华年惊短梦，浩劫悸伤痕。晚年春光好，幽居懒闭门。

无题

痛逝萧条行自念，惊心余悸当难忘。九儒十丐横催抑，一饭三遗更谤伤。为报英灵堪宽慰，春风桃李又爱芳。

编者按 该诗为残篇。

家中用一劣砚竟致磨穿

非歙非端砚一方，得犹小肆笑支床。却怜公伴终磨损，胸泪横流墨沉香。

编者按 以上数首诗词写作时间不详，姑附于末。

附录

一、作者自传

宛敏灏，字书城，号晚晴，安徽庐江人。清光绪三十二年（1906）生。安徽大学肄业。历主高等学校讲席，授词选、词学通论诸课，并兼任中文系主任、副教务长等职。现为安徽师范大学中文系教授兼图书馆馆长。大学期间，曾得与周岸登绪论。周氏词学梦窗、草窗，有集曰《蜀雅》，尝自号二窗词人。周氏讲词，勉以就原有基础上，求进益，不必强同。后李大防、王树荣诸老辈客安庆，雅集谈词，亦常参与聚会。论词不偏于一家一派，认为各有成就，宜兼取众长。作词勿专学某家，运用旧形式以有新内容为尚。早年著《二晏及其词》，夏承焘序谓“二晏词情意窅渺”，此书“于其奥义微旨爬梳无疑”。抗日战争期间，为爱国词人张孝祥作评论，唐圭璋称许其“显微阐幽，激励忠义，有功词苑”。解放后所撰词学论文，散见于报刊杂志。其中仍有论证孝祥卒年及部分词作解说，皆前人所未发，具见锲而不舍精神。即将脱稿之著述，有《词学概论》及《于湖词编年笺注》。所作旧体诗词，十年动乱中散佚殆尽，将辑为《晚晴轩诗词剩稿》。

（《当代词综》第 1171—1173 页）

二、晚晴轩诗词选序

幼年入塾，日晡读诗；朗诵长吟，至以为乐。又有湘州吟社，群贤过往，时以诗词相唱和。耳濡目染，遂亦放胆试作，诸如古近体诗及部分词调格律，已能初步掌握。其后历小学至中师，究心科学常识；大学虽读语言文学专业，又忙于勤工助学，皆无暇更多致力于此。然以其为比较熟悉之文体，每遇抒情言志，辄复东涂西抹，倏忽七十年矣。

尝论诗歌形式，每因发展而变迁；思想内容，莫能脱离其时代。是故古今之体制并存，而诗人之表现各异。继承取法，宜采众长；立意遣辞，毋忘创作。浅见如此，贻笑是惧，而实践之际，又难坚持。例如用韵：东、冬有别，诗韵似严；灰、元再分，词韵更谨。予既主张从当代口语取押，或混合诗词韵而从其便。但自作则仍依《佩文诗韵》及《词林正韵》等，甚至偶有破例而复改者。每遇责难，辄以“职业病”解嘲。盖谓长期从事教学，畏人斥为不知韵也。

十年动乱，旧稿散佚殆尽。回忆昔年随意书于片纸，弃置未暇整理。一朝遽失，又不禁感慨系之。顷值滥竽教育工作六十年，承友好盛意，就劫余及近作杂抄百首刊布，谓即此可略见平生。并嘱自弁数言，藉留纪念。夙惭浅薄，敢珍敝帚以见讥？向往风骚，尤冀它山之攻错。重违雅命，聊述鄙怀。谨献雕虫于明时，尚乞方家之督教！

一九八六年季夏宛敏灏于芜湖赭山

三、集评

吴孟复曰：晚晴小词，时见章法严谨。如其《浣溪沙》登振风塔："漠漠秋阴"逗下句"雾里"；"晓寒"逗"强从"。"塞雁"两句由"认湖山"来，又承时艰而痛切言之。同时寓奋起抗战之望，故结以"中流击楫"。顿挫跌宕，针线绵密。《南歌子》观人字瀑一首结构之妙，与此相同。其《庆春泽》镜湖迎春词，则表现作者善于抓住一点而辐射出去，又能把众多情事融成一片。约而不薄，豪而不粗，组织之工，深堪玩味。（《读词偶评》）

史颂民曰：晚晴善于借用成句，如"欲说还休""多情不为伤离别""人间有味是新凉"等，或截取，或翻转，或脱化，信手拈来，辄如己出。尝作《忆秦娥》咏凤仙一首：或称其借英语以寄意，运思甚巧；或叹其多情怀旧，幽怨动人；余以为应是动乱后回首平生，寓美人迟暮之感。晚晴不置可否，并更发挥谭复堂"作者未必然，读者何必不然"之说，谓能知有所寄托，已属知音难遇，固不妨尽皆同意云。（《爱吾庐漫志》）

（《当代词综》第1173—1174页）。

联语

挽宗志黄[1]

早负曲学盛名，自度新腔，久主讲席。缅怀文采风流，几卷遗编惜散零落；
晚爱图书胜业，着意收藏，躬亲整理。喜值河清秋霁，十年公祭告慰忠诚[2]。

注 ①代图书馆拟，宗卒于1969年7月22日。②1979年9月29日开追悼会，已逾十周年矣。

挽宗志黄

家学溯渊源，湘水皖江承教泽；
瑯嬛留业绩，人间天上仰风华。

挽张煦侯[1]

教泽遍东南，晚年函授育才，益广涌濡培杞梓；

声闻著苏皖，早岁翊参革命，更留事业在名山。

注 ①代主办单位拟，作遗像两侧用。

编者按 张煦侯卒于1968年。追悼会时间不详，疑在拨乱反正之后,姑系于1979年。

挽张煦侯[①]

多士仰裁成，放眼江淮，佳木葱茏宏作育；

浮云终扫却，缅怀业绩，秋风萧瑟吊英灵。

注 ①代图书馆拟。

挽张义尧[①]

心理仰精研，为教育，为学会，夙夜辛勤，江北江南留业绩；

沉疴终莫起，念专长，念清范，同声哀悼，秋风秋雨助凄凉。

注 ①代主办单位教育学教研室拟作主联。

编者按 张义尧追悼会于1979年9月22日召开，此联当作于20日前后。

挽张义尧[①]

插架记当年，老病侵寻，犹为馆藏多效力；
迎秋惊噩耗，良师凋谢，精研心理仰专长。

注 ①代图书馆拟。
编者按 写作时间同上。

义尧同志千古[①]

十年风雨总惊心，幸扫阴霾，冀献余生为四化；
几日暂离遽隔世，缅怀教泽，长留令誉在三江。

程谪凡、宛敏灏合挽

注 ①1979年9月22日下午三时开追悼会。
编者按 写作时间同上。

义尧同志千古

牛棚相对记当年，四害终除，净扫阴霾见天日；
噩耗惊闻悲隔世，薪传犹在，长留教泽满江淮。

编者按 写作时间同上。

挽联[①]

树木树人，毕生辛勤垂业绩；

春风春雨，缅怀教导愧薪传。

注 ①代鲍训华改作，似挽江植棠。

编者按 江植棠卒于1977年3月，作者另有《临江仙·悼江植棠先生》。

挽丁应辰

热爱祖国，善为人师，研生物，培植英才，晚岁以忘我精神，一贯忠诚于教育；

五载结邻，十年重晤，惊溘逝，追维平昔，久病犹关心政治，长留风范仰光辉。

编者按 丁应辰（1896—1977），解放前曾任安徽大学生物科主任，解放后任安徽师范大学生物系教授。

挽涂适吾

加罪岂无辞，却幸冤狱终平，三反三开尽昭雪；

吊君有余悸，欲问牛棚旧识，江南江北几存亡。[①]

注 ①1978年夏举行追悼会，1979年春在稻香楼曾有人提及，谓此联曾传至合肥。

挽联[1]

树人业绩自长青，愤群凶祸国殃民，迫害园丁摧教育；
饮恨积年终大白，欣此日拨乱反正，遥瞻华岳仰崔巍。[2]

注 ①可能是挽涂适吾的主联。

挽陈建萍[1]

革命早忘身，晚掌图书，无限忠诚为教育；
音容遽隔世，缅怀业绩，长留风范在人间。

注 ①代学校拟，1979年5月。

挽周辛[1]

孟夏赋怀沙，淝水长流悲浩劫；
毕生事教育，典型犹在仰高风。

1980 年 6 月 10 日拟

注 ①1980年6月13日开追悼会，周以1966年此日投合肥稻香楼侧水塘自杀。

挽吴昭明

早岁显才华，长记淝水春波，曾鉴同心为教务；
十年悲浩劫，最是下塘风雪，不堪回首忆前尘。

为教育竭尽忠诚，力疾从公，廿载辛勤留业绩；
数平生跌荡文史，多才短世，九秋风雨吊斯人。

擘划著才能，珍惜三余，博览群书研国史；
忧伤成疾疢，缠绵十载，惊呼朝露冷秋风。

豪爽话平生，哀乐中年，夙愿未偿云已散；
忠诚留业绩，古今遗恨，长江东去月西沉。

生也有涯，惊闻淮上风凄，皎洁秋华遽凋谢；
魂兮未远，正是江南气爽，清幽月夜倘归来。

夙怀壮志，早负能声，四化正需材，锦瑟华年胡遽逝；
露冷枯荷，香飘丛桂，三秋惊落叶，赭山风月倍凄清。

编者按 吴昭明，一作吴昭铭，卒于1980年。作者另有《追念吴昭铭同志》等诗词。此组挽联当作于1980年。

挽联[1]

史学擅专长，乐育青年传教泽；
故交惊凋谢，痛挥老疾向悲风。

1981 年 2 月 28 日晨

注 ①此联不知挽谁，可能是挽陶梦安的。

挽单粹民

硕望重江淮，一夕秋风，鲁殿灵光惊遽失；
专研精数理，百年业绩，学林教泽仰常新。

多士仰熏陶，秋实春华沾雨露；
老成遽凋谢，晓风残月吊人师。

编者按 单粹民（1904—1984）,河南上蔡人，安徽师范大学数学系教授，卒于1984年8月16日。

挽黄叶村

艺苑久蜚声，翰墨犹新，遽失江南一枝竹；
小楼漫听雨，湖亭在望，长同尺木两家春。[1]

注 ①韦毓骢组织若干人公送嘱拟，有陆子权及我，还有外语系的。

按黄于1987年5月13日在芜湖病故。

代拟挽潘效安[1]

硕望重江淮，勋业昭彰遗爱在；
岁寒惊噩耗，老成凋谢典型存。

注 ①潘效安，无为人，当过安徽省委副秘书长，“文革”中当淮南市长，被迫害至失明，其人能诗，兼长于书法，卒年85岁。12日20日在淮南举行遗体告别，索联甚急，敷衍作此，不及将其平生多写一些进去。1988年12月18日。

挽杨兴涛

十载仰清辉，风雨隔江悭一面；
仲冬传噩耗，惊涛入海涌三山。

兴涛亲家仁兄千古
姻愚弟宛敏灏敬挽

注 1989年11月30日杨修兰回称物理系接长途电话，其父于昨晚以脑溢血逝世，杨即奔丧，赴江边赶船过江。

涤华道兄千古

四十年执教论交，追维往事如新，文采风流怀矩范；

重九日慰情电候，讵料嘉言在耳，寒江呜咽哭斯人。

编者按 张涤华先生于1992年12月22日逝世。

挽彭庆旨

往事记犹新，回首淝上当年，花发春融承教益；

高龄作永诀，执手弋矶如昨，江寒月冷哭斯人。

编者按 作者1992年历书9月25日记：“彭庆旨，9月20日晚八时病故，其子、婿来找作挽联。”28日记：“下午彭家取挽联。”《忠诚的战士——彭庆旨》收录此联照片，“作永诀”作“惊遽逝”。落款时间为1992年9月28日。安徽文艺出版社1998年版。

代挽彭庆旨

少年奋起潇湘，北上延安。南下颍皖，晚过江东。千里勇驰驱，无限忠忱为革命；

理论精研马列，辛苦教学。致力编审，培育专才。九州惊遽逝，长留业绩在人间。①

注 ①昨日郭南的儿子、女儿、女婿来，要我给彭庆旨作副挽联。晚为拟成。彭庆旨，岳阳人，1927年参加共青团，1937年经董必武介绍赴延安当教员，1938年入党，1948年南下颍上，1953年调合肥省出版社副总编。

编者按 《忠诚的战士——彭庆旨》收录此联，“九州惊遽逝”作“九秋惊殂谢”。

挽许用思同志

早年革命著勋劳，奋起庐阳，驰驱淮海，最钦乐育英才，业绩常新辉鲁皖；
晚岁比邻承教益，同病相怜，余热共献，讵料连绵梅雨，风光顿失暗江南。[1]

注 ①许1993年6月27日晨病故，7月1日火化。

敬悼用思同志（代学校拟）

献身革命为人民，卓著勋猷，耄耋仰同松竹永；
无限忠忱兴教育，缅怀矩范，老成凋谢典型存。

1993 年 6 月 27 日

程母马夫人灵鉴

闻程则凡夫人七月二日自北京还芜湖（晚到达，跌了一跤），次晨始知已于夜间溘逝，三日火化。自七月一日奇热，接着高考试卷在安师大评阅，十八日晨炳生遇程柱生，见带孝，始询悉。后以电话向朱瑞仙打听始知大概。程夫人马瑾如与泰敬相处尚好，她近年常在北京女儿处，作挽联云：

三千里冒暑归来，多病多情，小聚遽惊成永诀；
数十载结邻过往，老章老马，久违料应喜重逢。

编者按 据作者1994年历书，作于1994年7月18日。

江去疾道兄千古

热浪袭江城，三叟同庚君遽逝；
高风怀教泽，百年大计绩长留。

编者按 据作者1994年历书，作于1994年8月7日。江去疾，安徽师范大学化材学院教授。

代拟挽生物系某年青女教师

研生物培植人才，文武兼长，对农业学大寨应多贡献；
学理论联系实际，红专并进，在教育新阵地留下光辉。

是支农战士，为高校教师，短短一生，献给党的教育事业；
学大寨英雄，走红专道路，悠悠百世，长留志于革命精神。

学理论，学先进，学大寨精神，几回深入农村，无限忠诚干革命；

为人民，为教育，为科学实验，力疾坚持战斗，长留业绩在人间。

代拟挽梁家祥

少小历艰辛，不怕苦，不怕科学难关，侍老母立志励行，无限忠诚事教育；
毕生为革命，热爱党，热爱社会主义，干工作力疾忘我，长留模范树风声。

挽李岩

革命早忘身，频年服务江淮，无限忠诚为教育；
音容遽隔世，多士缅怀业绩，同饮女范仰徽音。[①]

淝水记前尘，共事十年服才干；
赭山惊噩耗，隔江八月悼斯人。

李岩同志灵鉴　宛敏灏敬挽

注　①此联为函授部代撰。

赵信同志千古

名士仰裁成，放眼江淮，嘉木葱茏宏作育；
浮云终扫却，缅怀业绩，秋风叶瑟吊英灵。

为化学系拟挽郭戚中联

科学仰专研，硕望高龄，作育人材为四化；
江淮传教泽，秾桃郁李，继承遗志竞长征。

□□□同志千古

学术各专长，同谒忠诚，嘉木葱茏树江左；
星北终长去，追溯往事，寒风叶瑟吊英灵。

魂去魂来，落月依稀照颜色；斯人斯疾，秋风萧瑟殒英华。
逝者如斯，去日苦多来日少；浮生若梦，他生未卜此生休。

挽陈建萍[①]

早参革命为人民，溯当年转战江淮，屡著勋劳驰令誉；
晚典图书事教育，痛此日同瞻遗范，益当黾勉慰英灵。

注 ①代图书馆拟。此联另一稿："早参革命斗争，慷慨奋发，赞助建军。溯当年，转战江淮，屡著勋劳驰令誉； 晚爱图书事业，擘画周详，辛勤工作，痛此日同瞻遗范，益增怀念动哀思。"最后用哪一联记不清。

编者按 以上挽联写作时间不详。

黄山狮子林联语

烟水微茫，三十六峰冲海出；
松涛浩荡，百千万树倚云生。

1956 年 8 月

撰医嘱为联备忘

少说话，节劳累，宁心养气；
留青山，好种树，细水长流。
戒躁寡言，宁心养气；
留山种树，细水长流。

联语两则

闲静少言，宁心静气；
恬淡寡欲，乐天永年。①

亦痴亦梦，何往不返；
无忧无虑，可以永年。②

注 ①此联系遵医嘱，拟以自勉。②此联记系拟赠颂老者，由于来信提及与儿媳妇处得不好，夫妇有南归意，复信不再提及家事，故暗用“不痴不聋，不作家翁”语意作联语劝慰。

灵璧诗词楹联学会成立志庆

磬山崛起诗坛，采风咏史颂明时，古调今声何慷慨；

雅集欣逢国庆，觅句填词商巧对，豪情逸兴共轩昂。

1989 年 9 月 24 日

许依群为魏心一带口信嘱拟联

湖海平生豪气在，风光满眼晚霞明。

联语

寄情健笔龙蛇走，放眼长淮意气豪。（为张乃田作）

（月上）半窗花影谈，（笔酣）盈袖墨香浓。（为张乃田作）

助人为乐平生愿，施教因材兴味多。（为许万寿作）

广培楠梓成嘉木，管领江山爱壮游。（为许万寿作）

精研舆地培新彦，装点江山致远游。（应卢村禾家属要求撰联）

散文

拟约毕业同学赴饯别会小启

一鞭先著，欣看徙冥之鹏；歧路将分，怅折离亭之柳。如兰旧侣，固已别绪依依；倾盖新知，亦复离情耿耿。念佩刀之未解，问马策之谁遗。是用小集夫盍簪，藉叙殷勤于丽泽，期于东日，假座包祠。在同人骊唱，兴怀此日，送客中之客；愿诸君莺选，指顾他年，争人上之人。伫待惠临，不胜荣幸。谨启。

（编者按：原刊《学生文艺丛刊》1925年第2卷第9期第29页，署名：安徽第六师范宛敏灏）

忆江南

一、秋尽江南草未凋

江南是多么值得怀念啊！白乐天《忆江南》词云："江南好，风景旧曾谙。日出江花红胜火，春来江水绿如蓝。能不忆江南。"是的，我们平时尚且想念江南，何况在流离颠沛中，能不忆江南吗？

我原非江南人，但江南却是旧游之地，"人情同于怀土"，所以尤其怀念安徽的江南——宣城与芜湖。

芜湖是大江中流的重镇，全国三大米市之一，宣城是六朝以来的名郡，夙称繁富之区，此两地在行政上虽各设有专员公署，但实际县境邻接，交通的联系，除水阳江和公路外，最便的是江南铁路的火车，朝发午至，迅速舒适。可惜因暴日入寇，而将路轨拆毁了。

安徽首先失守的一县是广德，继续沦陷的便是宣城与芜湖，自宣芜不守而南京不得不放弃。一年以来，战区益广，可是宣城已为我军克复，只芜湖始终陷于敌手，最近我军正向宣芜间的湾沚猛扑中，遥想敬亭山下，青弋江边，正不知有多少英勇壮烈、可歌可泣的伟绩。

"暮春三月，江南草长；杂花生树，群莺乱飞"，此种落花时节，固足令人眷怀故土，感慨平生。但际此秋尽江南，青山红叶，西风残照，血战方酣；这一幅悲壮的故乡情景，又怎能不教人想象兴奋，感念萦怀呢！

二、相看两不厌，唯有敬亭山

宣城自来以山水著称东南，六朝人士，往往求守此郡。近年因交通便利，南京游客，流连风景，络绎于途，最擅岚影波光之胜者为敬亭宛溪。谢玄晖游山诗云：

兹山亘百里，合沓与云齐。隐沦既已托，灵异俱然栖。上干蔽白日，下属带回溪。交藤荒且蔓，樛枝耸复低。独鹤方朝唳，饥鼯此夜啼。渫云已漫漫，多雨亦凄凄。

可惜这样的名山，迭经猛烈炮火摧毁；而清涟的宛溪，又不知有多少倭奴的秽血。至于城内鳌峰公园，幽蹊回转，竹树翳荟，鸟啼花落，好景天然。据说自经狂炸，已非旧观。倭寇愚蠢，真是太煞风景了。

芜湖负山襟江，赭山、陶塘，夙称名胜。陶塘相传即古于湖，南宋张于湖所浚。绿柳千条，荷香十里，一湖秋水，尤宜荡舟。赭山俯瞰大江，气象雄伟，自辟为公园经营布置，花草缤纷。鳌峰有自然之趣，而此则多人工之美，今为犬羊窟宅，又不知摧残至若何情状，读温飞卿“花压阑干春昼长”之句，能不慨然！暴寇黩武，直欲毁灭世界文化，宜不知有艺术，锦绣河山，任其践踏，此真吾人之羞。

三、罗帕分柑，冰盘剥芡

昔张翰因秋风起而思莼羹鲈脍，由来传为美谈，故乡风味，自是耐人寻思。张于湖有《满江红·秋怀词》，其下半阕云：

思归梦，天边鹄。游宦事，蕉中鹿。想一年好处，砌红堆绿。罗帕分柑霜落齿，冰盘剥芡珠盈掬。倩春纤，缕脍捣香齑，新篘熟。

读于湖此词，能不动念？其实可念者又何止此？江乡秋老，紫蟹正肥，把酒持螯，情景如昨；言念及此，岂仅老饕涎垂三尺，恐任何人也都不胜感慨系之吧？

此外如宣城的蜜枣、干笋以及芜湖的茶干、咸鸭等，都很够人想念，然此不过供口腹之欲，其他驰名物产，如米、煤、茶叶、宣纸等，或产自本地，或来自邻近各县，都值得我们重视。

四、我欲乘风去，击楫誓中流

安徽在历史上的人物，大抵起于淮泗间者，往往为天下雄；而东南则多文学之士，以宣城言：清代梅文鼎定九精历算之学，著书八十余种，为举国所推崇。诗人则施闰章愚山与王士禛齐名，又与宋琬称南施北宋。稍远求之宋代则有诗人梅尧臣圣俞，词人周紫芝少隐，圣俞之《宛陵集》，少隐之《竹坡词》，皆流传至今。

更有趣者，当南宋时，张孝祥安国寓居芜湖，吴潜毅夫寓居宣城，二人皆进士第一，文章政事之外，又各以词见长，先后辉映，不可谓非一代之盛。曩曾作《安徽两宋词人小识》，分篇载《学风》杂志，于张、吴各有简略介绍。同时另作《张于湖评传》，全书已脱稿，不幸倭寇进犯流离转徙，竟将首尾散佚，今存残稿而已。

吴潜字毅夫，号履斋，嘉定十年进士第一，淳祐中参知政事，拜右丞相兼枢密使，进左丞相，封庆国公，改封许国公。景定初，安置循州，卒赠少师。

履斋原籍宁国（今安徽宁国县），其后寓居宣城。周密《齐东野语》云："朔斋刘震孙知宛陵（今宣城），毅夫丞相方闲居，刘日陪午桥之游。后以召还，吴饯之郊外，刘赋《摸鱼儿》词为别，末云：'怕绿野堂边，刘郎去后，谁伴老裴度。’毅夫为之挥泪。”至其安置循州，乃为贾似道所陷，杨慎升庵《词品》云：“吴毅甫……为贾似道所陷，南迁，有《履斋诗余》行世。有‘送李御带珙’一词：‘报国无门空自怨，济时有策从谁吐。’亦自道也。”《履斋诗余》三卷，见《彊村丛书》。是书余遗于战区，“送李御带珙”全词，已不复记忆。

其《满江红·滕王阁》下阕云：“秋渐紧，添离索。天正远，伤飘泊。叹十年心事，休休莫莫。岁月无多人易老，乾坤虽大愁难著。”亦复感慨苍凉。又《满江红·金陵乌衣园》云：“乌衣巷，今犹昔。乌衣事，今难觅。但年年燕子，晚烟斜日。抖擞一春尘土债，悲凉万古英雄迹。”这简直是哀江南了。

孝祥字安国，号于湖，原籍乌江（今安徽和县乌江镇）。其后卜居芜湖，绍兴二十四年廷对第一，累迁中书舍人，直学士院，兼督府参赞军事，领建康留守。寻以荆南湖北路安抚使进显谟阁直学士致仕，归芜湖病卒。

于湖初见恶于秦桧，曾陷其父于狱，桧亡始渐重用，惜其不年，致用才未尽。所著《于湖居士文集》，《四库》著录，词有刻本数种。于湖才思敏捷，平昔为词，未尝著稿，笔酣兴健，顷刻即成，如《歌头·凯歌》诸曲，皆骏发蹈厉，寓以诗人句法，有《水调歌头·闻采石战胜》云：

> 雪洗虏尘静，风约楚云留。何人为写悲壮，吹角古城楼。湖海平生豪气，关塞如今风景，剪烛看吴钩。剩喜燃犀处，骇浪与天浮。　忆当年，周与谢，富春秋。小乔初嫁，香囊未解，勋业故优游。赤壁矶头落照，肥水桥边衰草，渺渺唤人愁。我欲乘风去，击楫誓中流。

读“我欲乘风去，击楫誓中流”不禁令人兴奋，今日上下一心，绝不如履斋时“报国无门空自怨，济时有策从谁吐”的环境。而先贤游息之所，犹沦为异域，大家起来努力吧！

五、看东南佳气郁葱葱

关于前贤的介绍，已经不少了；试再对该地现在的青年加以检阅：宣、芜两地教育，原尚发达，就中等学校说，合计省立、联立、私立普通中学师范学校及职业学校共十余所。沪战爆发后，虽时在敌机威胁下，犹照常上课，直至战区迫近始行离开，闻省立宣城师范及中学，在学生退出的次日，即被寇机狂炸。敌人意图残杀我青年学生，只是迟了一日。

后来如宣城的宁属中学，迁往皖南；芜湖的萃文中学，迁到四川；其他停办各校的学生，我想不外走这三条路：一是退往皖南，入徽州中学等校；二是流亡西上，入湖南或四川的国立安徽中学；三是不离战区，留在敌人的后方。我相信这些曾受相当教育的青年，一定都具有坚强的民族意识，艰难困阻，正足磨炼其苦干精神而致力于抗战建国工作。于湖有句云："看东南佳气郁葱葱"，此不啻为今日写照。在怀念江南的情绪里，深望这蕴藏着的伟大力量，能有一天表现出来。

（原载《安徽教育》1939 年创刊号）

抗战中的国立女子师范学院

国立女子师范学院，是在抗战的第四年才产生的，依教育部二十七年七月公布之师范学院规程第二条规定，现单独设立的，有国立师范学院和国立西北师范学院，设置于各大学的有中央、西南、中山、浙江诸大学的师范学院；而女子师范学院，在目前还“只此一家”。

一、筹备经过

女师学院的孕娠期很短，至今还不足一年，因为成长得很快，早就呱呱坠地了，当二十九年四月间，教育部聘谢循初、陶玄、齐国梁为筹备委员，并以谢兼筹备主任，令发筹设办法四条：（1）校名——国立女子师范学院。（2）校址——拟设四川。（3）科系——拟设文史、英语、数理、教育、家事、音乐等系及体育专修科。（4）经费概算——（甲）开办费二十万元，（乙）本年度五个月经常费八万元。饬即进行筹备，于秋季招生开学，时齐氏在西北师范学院任职。五月初，由陕乘飞机来渝，开筹备会于教育部，根据部里筹设办法，决定应设科系，经临时分配，选择校址及筹备组织等。

校址的选择是最迫切而又必须审慎的，这时合江、綦江、江津等县人士都曾表示欢迎前往设校。于是三人先赴綦江察勘，随□谢、齐二氏复溯江而上。至江津白沙一带寻觅，结果决定在綦江对岸的三台庄。一面进行购买民地，一面委托重庆綦泰工程司设计，将全山测量□峻后，绘成全部校舍图样。时齐氏已回陕，谢氏正预备在綦江成立筹备处，忽发现该处已测定为铁道路基，正由校中穿过，当然不适于作院址之用，故虽界桩已立，终于放弃。

接着谢氏即到江津的白沙另选新桥坪为院址。经呈准后，随即于白沙马项垭教育部特设大学先休班内成立筹备处，当时已经七月了，因为要赶着下学期开学的关系，亟待购定地基，兴建校舍。于是一面电请四川教育厅、江津县政府协助征收，一面仍托地方士绅与地主接洽价购，结果于八月一日成立契约，共计购地五十余亩，恰好綦泰工程司派之建筑师及春泰祥等筑营造厂厂主都来白沙，遂由建筑师就地另绘草图，同时举行比价，结果春泰祥营造厂以最低价十二万元承包建造第一期工程，中秋节后，开工赶造。于是一座座的新屋，不久便在荒山上陆续耸现。

有了校舍还得要设备，有了设备还得要教员与学生，这样一直忙到九月二十日便奉部令正式成立，并聘谢循初为院长，以专责成。时已有少数战区学生前来报到，只得向大学先修班商借一部分校舍，为新生宿舍，十一月四日开学学生报到益多，遂于十一月十一日迁入新校舍，十四日开始新生训练，二十三日正式上课，十二月二十五日举行成立暨院舍落成典礼，这一天便是她的诞辰了。

二、建筑与校景

本院现有的建筑，计办公室、大教室、普通教室、特别教室各一栋，学生宿舍两栋，学生自修室一栋，女教职员宿舍一栋，学生盥洗室、浴室各一栋，大小厨房各一栋，女教职员浴室一栋，教职员家庭宿舍四栋，连同临时膳堂等，总共大小二十余栋。这些房屋都是按照部颁专科以上学校建筑校舍暂行规则设计的，表面看来，不过是普通瓦顶土墙的平房，实际采光通气，都很考究。室内平顶，粉刷洁白，窗糊棉纸加油，映日很像云母，在战时确是很难得的了。

说到校景，这里本是三溪环绕的小冈，三溪是驴子溪、蜈蚣溪和罐子溪，后二者在秋冬水落确能名副其实，比较大的是驴子溪，他发源于黑石山，蜿蜒经过本院门前，下流注入大江。白沙夙以产酒著称，实赖有此甘冽的溪水。溪流湍急，在本院附近有箭滩，冬季水落石出，使人领略到白居易“幽咽流泉水下滩”句正是写实。滩东地名白苍，固未必取“蒹葭苍苍，白露为霜”诗意；但当晓雾初收，确有白云苍狗之变。其地有茅屋数椽为地主吴姓旧居，今作农场，总务主任管瘦桐特锡以嘉名曰“白苍山庄”，校后有橘林绵亘里许，苏东坡谓“一年好景君须记，最是橙黄橘绿时。”其实橘熟时景色尤胜，隔溪相望又有一龙眼林，每届新秋，甘实累累，附属学校校址即拟设于此，其他山林禽鸟之胜，不必细述。

至于本院第二期建筑尚待兴工，防空设备工程亦未完竣。关于内部校景，正设计布置中。

三、科系及设备

本院筹设办法规定拟设科系，已见前述，嗣经第二次筹备会议议决，改文史系为国文系，数理系为理化系，并增设史地系。经呈奉部令照准，所以现有科系为国文、英语、史地、理化、教育、家政、音乐七学系，一体育专修科。

说到各种设备，新创的学校，一件件从头购置起，本不是一件容易事。四川的竹器价值较廉，抗战中各校多采用竹桌竹椅竹床之类，可是本院除一部分竹凳外，其余仍完全是木器，并且桌椅曾加油漆，赶造时白沙的大小木铺几乎总动员来承包，在未运送到校以前，白沙镇上是随处可以看见女师学院的校具。

关于图书仪器须向国外购买的，早经以六千元美金由教部转财部代洽购。暂时尚未寄来；其在国内可以办得的，都已陆续运到。国立北平图书馆并将英国牛津大学及美国哈佛大学捐书转赠数百种。此外如音乐系需要的钢琴、风琴等乐器，家事科需用的缝纫机等，体育专修科需用的各种体育用品，虽然搜寻不易，可是都还应有尽有。医药一项，亦有相当设备，现教育部为使设备更加充实起见，又加拨临时费三万余云。

四、从训练到开课

新生训练，自十一月十四日起至十九日止，敦请院内外人士逐日讲演；除注意思想行为等方面指导外，并使各生明了本院实际情况，今后使命及获得学术上一般之知识。谢院长题写“本学院筹备经过及今后使命与地位”。教务、训导、总务三主任亦分别讲“本学院之目的及其学生应具之条件”，“本学院训导方针及今后女性责任与使命”，“本学院组织设备及今后发展计划”。校外讲演者十余人，有国立编译馆馆长陈可忠之“学术思想与研究”，中央图书馆馆长蒋复聪之“人生意义与图书”，参政员程希孟之“青年对民族的责任”，地方绅耆邓禴仙之“白沙之沿革与今后地位”等。

当举行训练的第一日，筹备委员陶玄女士，亦自重庆赶来，同时的有钱女士韵荷。陶女士讲题为“中国妇女之□胆”，钱女士亦曾讲“第二次世界大战与国民道德”。

新生训练完毕，接着举行国文、英语分组测验，编定后随即注册，并试行分系。照规定一年级是不分系的，本院为预知各生志愿起见，特订一暂行办法，仅适用于文组学生，并至第一学年终了时始依据规定条件确定之，至二十三日正式开课，各科课程，悉依部订标准，国文、英语等学程各分五组上课。

五、现有员生生活一斑

本学院学生，约百二十八人，占籍四川、西康、贵州、湖北、湖南、江西、安徽、江苏、浙江、广东、广西、山东、河南、河北、辽宁等15省，就中以湖北籍居第一位。四川、安徽次之，湖南、江苏等省又次之。就所入科系统计，则入教育系者最多，理化、英语、史地等系次之，家政系及体育专修科较少，论年龄以27岁为最长，以18岁为最幼，有初毕业于高中之学生，亦有服务至七年以上的老师，有天真烂漫的小姐，亦有生儿养女的母亲。教职员方面现约有50余人。

这样一个数目的教职员和学生，正表现出他是一个新办的学校。他们在新的环境中，都很有筚路蓝缕的精神。举行第二次国父纪念周时，谢院长讲"树立优良校风的目标"，期望学生三点：（一）气魄要远大；（二）思想要细密；（三）行为要有热力。以此三大目标树立优良的校风，进而服务中国教育界的风气，大家听了都很兴奋。

每日晨光熹微，一声角号，全院师生以至工友都活跃起来，在朝霞绮丽或晓雾迷离中升旗，在白鹤回翔、山光如画中工作。在教室里，每人有宽大而有靠背之课椅一张，听讲确很舒适，但考试时必须就椅之右臂写字，大家都不得不低下头来，或谓这是"俯冲式"的。天黑了，大家都进到自修室，黄卷青灯，颇觉古色古香。

乡野里办了一所学校，洗衣作坊和小店，暂时都还付缺如，兼院方注重操作训练，所有洗涤、缝纫等工作，都应该自己去做，于是一变"临流赋诗"，而为浣衣。驴子溪上，平添一段景色。校基有几段原种红薯，当时一并价购，迁校之日，红薯正已长成，小姐们也学起村姑来，自掘自烤，自是别有风味。据说在不久的将来，他们便各分园地一片，实行躬耕学园丁。

关于各种活动，据教务处所拟工作计划，预定于本年度内，举行学术讲演八次，音乐及体育表演各一次，国、英语演讲各一次，论文竞赛一次，并将会同有关部份，推行社教工作。学生方面之各种组织亦正着手进行中，而最先成立的是膳食委员会，在今各物价乱涨的情况下，白沙竟高于重庆，膳食确是一个严重的问题，预算原只列每月膳费十四元，谁也料想不到 11 月份每人竟□十八元五角的代价，还只能吃到最低标准的菜饭，该会亦有院方人员参加，现正积极研究改进办法，其他如学生自治会业已开筹备会几次，即可正式组织成立。

六、趣事拾零

筹备未久的学校，趣闻当然较少，兹略志其于篇末，留作创校佳话：

（1）璧回经常费

白沙校名有“师范”二字者，除本院外尚有江津县简易乡村师范学校及四川省立重庆女子师范学校，尤以后者最易与本院相混淆，邮局捡信，往往纠缠不清。本院八月份经常费财部支付通知，不知误投何校，竟被璧回，教部准财部函后，乃一面函请再寄，一面电令本院与邮局接洽，结果八至十的三个月经常费同时到了。在需款孔亟时，这个玩笑开得真不浅。

（2）院址之谜

本院的所在，很多人不清楚，甚至已经考取的学生，在未接到通知之前也是如此，因为确定设在綦江时，曾见于当日的报章刊物；同时统一招生的简章内亦载校址綦江，所以统考揭晓后，由綦江转来很多的信，都是远道学生寄来的，内容不外询问院址距车站多少里，有何交通工具之类。在白沙呢，筹备处设在马项垭，工程处设在新桥。员生到校时，忽略了本院在码头上的通告，误听旁人信口回答，必大吃其亏，尤以阴雨天气泥绕白沙一周，狼狈之状，可笑亦复可怜。

（3）无独有偶

教职员及学生因不能如期到校而请假者颇不乏人，以事假为最多，病假次之，最令人注意者为教员、学生中各有一人请分娩假，可谓无独有偶。教员为家政系助教，学生系湘籍某生，当起草学则时，曾规定学生生产可给假四周，或谓此条将为具文，讵料开学之初，即已适用。

（4）歉惜之至

本院于暑假中由某君代为在蓉购钢琴两架，索价六千数百元，此即将款汇去，乃竟月余无消息，嗣经查询，始知已为某校争购以去。开课后需用甚急，忽于《中央日报》小广告中见有英副领事售琴启事，遂即去函询问，复电请音乐系主任杨仲子就近面洽。杨即来电索五千元，旋又接英国副领事阮克霖十二月十一日复函云："径复者……本月九日收到五日台函，敬悉一是。钢琴已在接信之前日有人购去，是以歉惜之至，尚请原谅为荷！！"伊固不知此购琴者仍为女师学院，大可不必歉惜也。

最后要向读者报告，关于附属学校，教育部早于十一月间电令筹设，并限二十九学年度内筹备成立，现正草拟计划呈部，一俟核定，即可着手进行，预计三十年的秋季，还没有满周岁的她已经做了母亲。

（原刊《民意周刊》第14卷172期，1941年，署名少怀）

黄山纪游

一、潇潇风雨入黄山

1956 年 8 月 1 日的早晨，一辆直达黄山的汽车从芜湖赭山出发。同行共 32 人，打算到那里度过半个月的休假。

爰居避风

就芜湖地方来说，这天是 1956 年内少有的日子。一次拔木走石的强烈台风，它的中心就打这里附近经过。事前虽得台风登陆的消息，但没有想到是那样惊心动魄的场面。幼年时读过《国语》，据说：有种海鸟名叫爰居，飞到鲁国的东门外停留了三天。这一稀有现象迷惑了臧文仲，连忙叫人设祭。可是展禽的见识比他高，指出定是避灾来的。后来查明果然海里发生了大风。当我检点行装出发时，偶然记起这段故事。自笑此行不仅避暑，竟像爰居避风了。

到黄山的路线，通常取道杭（州）屯（溪）公路和芜（湖）屯（溪）公路的较多。这两条路在歙县会合，专车可由此经岩寺折向西北行直达黄山南麓的汤口，并以原车登山抵温泉。一般客车则过岩寺到屯溪市为止，次日再由屯溪改乘屯（溪）青（阳）公路的客车北行，仍经岩寺到汤口下车。如欲便经青阳的九华山一游，就应取道芜（湖）青（阳）公路；我们没有这样的打算，所以专车是沿芜屯公路开行的。

汽车在灯火阑珊中离开市区。夜风吹散了烦暑，送来一阵阵的稻香。由于天空有浮云的关系，没有旭日东升的晓景；田野的秀色，在曙光中逐渐明朗起来。古人描绘山阴道上的好景，曾以“应接不暇”一语来形容，究竟是夸张的说法。现在从车窗去看景物，只觉稍纵即逝，如谓“目不暇接”倒是写实了。

经清水河、湾沚等镇到达宣城，停车休息并在车站附近进早餐。

相看两不厌

宣城是六朝以来名郡。诗人谢朓曾做过宣城太守，遗迹有北楼。李白有一个时期往来金陵、宣城间，他登过北楼并时常怀念谢朓：

> 谁念北楼上，临风怀谢公。
>
> ——秋登宣城谢朓北楼
>
> 蓬莱文章建安骨，中间小谢又清发。
>
> ——宣城谢朓楼饯别校书叔云
>
> 玄晖难再得，洒酒气填膺。
>
> ——秋夜板桥浦泛月独酌怀谢朓
>
> 解道澄江净如练，令人长忆谢玄晖。
>
> ——金陵城西楼月下吟

王士禛论诗绝句谓李白“一生低首谢宣城”，大约就指这些诗句说的。李白在宣城游山玩水的生活，也曾经写入他的诗：

> 时游敬亭上，闲听松风眠。或弄宛溪月，虚舟信洄沿。
>
> ——赠宣城宇文太守兼呈崔侍御

我尤其爱读他的《独坐敬亭山》绝句：

众鸟高飞尽，孤云独去闲。相看两不厌，只有敬亭山。

敬亭，确实是座秀媚的好山。这里产茶叫“敬亭绿雪”，品名也是很美的。当我们正从车窗指点遥望的时候，突然有一群惊飞的白鹭掠过。这正是杜甫所谓“一行白鹭上青天”，但不如王维的“漠漠水田飞白鹭”能道出眼前美景。白鹭越飞越远，最后只剩若干白点在移动。因觉李白的“又如雪点青山云”一语，就描绘远景来说似乎更为真切。

过宣城入宁国县境，第一大镇是河沥溪，距宁国县城仅五里。因为交通条件不同的关系，市镇大于县治。所以当地向有“小小宁国县，大大河沥溪”的说法。

这一路都是丘陵地带，公路横越过去不免时有起伏，所幸路面很平，在汽车疾驶中向前看去，竟有些像柏油路新铺了一层薄沙。这些晶莹可爱的石英细粒，就出产在沿途的山溪里。

山溪纵横交错，流水清澈见底。在竹树交荫中一丘一壑的小景随处可见。皖南初次试种双季稻，这时正忙着一面收割，一面插秧。

过丛山关便入绩溪县境，关为明遗民金声（希正）抵抗清兵处。旋至杨溪进午餐，下午一时到临溪。

由临溪站前进要通过一座木桥，这天上午有辆载货汽车在桥上发生事故。两岸被阻客货车达数十辆，我们只好在这里暂时休息。

下午6时继续开车，行20公里到歙县。歙县是旧徽州府治，以产歙砚著称。

深山暮雨夏疑秋

车站在太平桥附近，桥横跨练江，通常又叫作河西桥。汽车加油后越过这座石桥向岩寺疾驶。对岸桥头有太白楼。这时晚山送青，流波倒影，可惜未能登楼眺望。

从歙县到屯溪约25公里，到岩寺约10公里。芜屯客车和入山专车在岩寺分路。暮色苍茫，斜风吹雨。汽车开灯前进，随山曲折上下，速度大减。

约5公里到潜口，这是入山第一口。世传黄山有九口而汤口列在最末，此两口间相距约40余公里。从前游人步行入山，到此已流连光景，访容成台等古迹，我们是黑夜里通过，竟连容成峰也没有见面。

山行不久，风雨渐渐加紧；草木萧瑟，因而人的心情也感到有些凄凉。晚九时许抵汤口。汤口是山麓一个比较大的市镇，有汽车站、银行办事处、百货公司分销处等。

从汤口到茅篷仅5公里，汽车循之字路缓缓登山，几费一小时之久。车停黄山管理处礼堂前，其附近为祥符寺遗址，下临逍遥溪。此时台风正挟大雨入山，虽暴力为群峰所阻而余威犹在。又兼涧水怒吼，咫尺不辨人语。灯昏泥滑，同行竟有跌倒而伤及手掌或口鼻的。

跨溪有小补桥，过桥就到了黄山宾馆。

二、“六月长廊不知暑”

听涛看雨

黄山宾馆系新建公营旅社，规模宏敞，各方面设备都很完善。我住的是个窗临逍遥溪的房间，涛声一枕，夜梦很甜。8月2日早起，开窗遥望，知隔溪便是桃花峰。万绿蔽山，飞瀑下泻，使人很容易想起王维“山中一夜雨，树杪百重泉”的诗句。往年两过巫峡，远望巫山十二峰。恨所谓“行云行雨”未得一见，现在此景竟在眼前。飞云带雨，如曳长绳。觉“雨中看山”和“山中看雨”两者各有妙趣。

早餐时，看见一只木盘上有“紫云禅林”四个字，询知是紫云庵旧物。

庵在黄山宾馆北紫云峰下，早年只有几间茅屋，一个磨豆腐的和尚叫悟千的住在这里。清乾隆初才改建为紫云庵。旧有匾额题“黄山第一茅篷”，门外的对联也说：“地近丹泉，岩涌飞流千嶂雪；院依紫石，门开曲径一茅篷。”因此茅篷两字一直沿用作为这一带的地名。

元、明以来，游人初入山都宿祥符寺①。元鲍深（伯原）曾有“六月长廊不知暑”的诗句，可见当年栋宇胜况。但其时黄山未大开发，似尚有野兽踪迹。明吴廷简《黄游纪略》说：

> 薄暮至祥符寺……饮灯下。有顷，欲散步后园，僧苦劝止，不言其故。怪问之，沙弥但唧唧云：“钉爬、钉爬。”盖山君之别号。时兴正浓不能听。果有灯光灼耀出林木间，僧益惊怖，谓是虎目。

不过这是一场虚惊，原系相约同游者从后面赶到。

自茅篷盛而祥符寺衰落，今连紫云庵也不存在。但“六月长廊不知暑”，则黄山宾馆仍擅此胜。且附近新建筑年有增加，将逐渐繁荣为海拔六百余公尺的山间市镇，更不会有所谓“钉爬”的恐惧了。

大雨竟日，据说为多年所未见的急雨。溪涧岸崩石走，电灯柱倒线断。并闻小补桥昨夜被冲断，距我们通过只数小时。

初浴汤泉

8月3日下午气压渐升，傍晚雨止。遂出游溪上，小坐揽胜亭。亭在小补桥头，俯看洪流，奔腾激荡，所谓“怒涛卷霜雪”还嫌未能形容它的吼声。涧中满布巨石，靠岸边的如象、如骆驼，在中流的很像水牛浮鼻露背。

---

① 寺敕建于宋大中祥符元年，故以祥符为名。因地近汤池，一般又呼为汤寺。据说寺即轩辕宫，最早为唐开元十八年志满禅师所手创，天祐二年刺史陶雅重建，号汤院。南唐保大二年改名灵泉院。清以后称古祥符寺，时建时废。

涧上古有圣泉桥，清乾隆时为水冲塌。道光间，旌德方、吕两姓始重建石桥，命名小补。据传系取“对于交通不无小补”的意思。今小补桥为近年新修，此次以山洪暴发，竟将西岸桥头所凭大石冲走。从东岸到桥心亭都还完好，唯亭西断约两丈，又不得不小补一次了。

寺敕建于宋大中祥符元年，故以祥符为名。因地近汤池，一般又呼为汤寺。据说寺即轩辕宫，最早为唐开元十八年志满禅师所手创，天祐二年刺史陶雅重建，号汤院。南唐保大二年改名灵泉院。清以后称古祥符寺，时建时废。

下揽胜亭，见岩壁有“热海”等石刻，知为温泉所在地。前人游记略谓汤泉在紫云峰下，天然成一池，长约一丈五尺，阔半之，深处可没腹。晶莹彻底，下布淡红粗砂。暖泉涌出如连珠。池北有冷泉一缕，从石隙流入池内，得此调剂，故温凉适中，最宜沐浴。池东有小石洞，污水可自流去。又言明嘉靖间曾建亭设长廊，为浴者解衣乘凉处。池边有栏，下池有级，池中有石可坐。现在这一切都化为乌有了。就形势推测，旧日汤池，已掩藏在温泉旅社的楼房下。屋后逼近山岩，好容易从壁上找着一块明万历癸未的石刻，曰：“天下名泉。”

我想，温泉固宜利用，但名胜古迹也要保存，二者自宜兼顾。不知往年是谁作此“杀风景”事！昔人尝夜浴于此，谓：“一幅银沙，半池明月，解衣盘礴入水晶宫，暖珠百串从沙底迸出。”此胜不可复得了。

温泉旅社兼营浴室，与地面相平的几号房间较好。室有六座，其下浴池每次最宜两人，三人尚可各据一隅，过此便摩肩促膝，难得舒畅了。

池壁砌以瓷砖，初下去犹有寒意。拧开水龙头则汤泉喷射，暖雾蒙腾。以有关节炎宿疾，因先就水柱冲淋肩胛，使肢体柔和后才继以酣浴。浮沉偃仰，尘垢都除。

通常温泉多带硫磺气。此为朱砂泉，清澈温润，竟疑其微有香味。浴罢归来，肌理滑腻；倚枕遐想，自谓曾浴兰汤。

在黄山宾馆与温泉旅社之间，有一个游泳池。从房舍建筑到水池规模都很好，但它的最大特点还在引用温泉。满池澄碧，水暖肢柔。原来擅长游泳的当然可以大显身手，就是初次练习的也感到满意。刚学游泳是难免要喝几口水的。有人取笑他们说："饱餐山色，痛饮汤泉，可以延年益寿。"

观瀑探幽

4日，天气阴云。以雨后最宜观瀑，大家相约及时出游。沿溪涧北行，右望可见紫云峰下的黄山疗养院。其前有绿硫璃瓦的楼房一座，旧名正道居。左临青龙潭，再前为白龙潭。潭上旧有桃源庵和狎浪阁，为明徽人佘抡仲所建，后为丰南吴氏别业。据说当年栋宇宏丽，一阁踞大石上，可临视白龙潭怒涛，故名狎浪。现在遥望水帘洞附近的桃花源，犹可想象桃花万树之胜；惜狎浪阁的遗址无迹可寻了。

这里引人注目的倒是白龙桥西新建的观瀑楼。循仄径前往，山光照映，花木清幽。楼东遥对罗汉级，山腹隆起，飞流分泻，遂成人字瀑布。昨有冒雨来观者，盛称笔法丰腴；今日稍瘦，又觉遒劲可喜。据说久晴便纤细无力甚至干涸，此番适遇大雨，共幸眼福不浅。

白龙潭上游还有虎头岩、药臼、丹井等胜迹。药臼、丹井据说是黄帝炼丹遗迹。又传这里有时可以看见"龙"，如鱼而长，四足有角。按黄山有一种稀有动物叫戴帽蝾螈，通常在丞相源的水沟里可以觅得，此处或亦有之。山泉里常有蝾螈，但未见"戴帽"的，或即因其形状特异而误指为龙吧？

小坐石上，因漫谈黄山得名的由来。古时本称黟山，唐天宝年间才敕改今名。世传黄帝问道于容成子，获灵丹于浮邱公。浮邱公说："炼成金丹，要找个山明水秀的地方，其药才灵。黟山据天下之中，云凝碧汉，气冠群山，神仙之所栖止。灵泉香美清温，冬夏不变，沐浴其中，万病皆愈。"于是黄帝命驾和容成子、浮邱公同游此山，得道上升。《周书异记》又说黄帝服还丹，浸汤泉七日，见白龙珠履琼浆自天而降，就是指黄山的温泉。我想，唐代重道教，可能有些方士来黄山采朱砂炼丹，因而造了不少神仙之说。山中所以有容成子和黄帝的遗迹，就是这样来的。

登山前夕

天晴稳了，我们决定明日登山，晚间大家座谈如何做好准备。首先要决定路线问题，通常入山有三条路线：

（一）东南线：歙县—岩寺—汤口—茅篷—云谷寺或文殊院—狮子林

（二）西线：太平—焦村—汤岭关—茅篷

（三）北线：太平—松谷庵—狮子林

一、二两线，实殊途而同归，都以茅篷为第一休憩站。现在我们已经在茅篷，问题只是全程或半程以及游文殊院和云谷寺的先后。

商量的结果分为两队：一队取道云谷寺至狮子林，仍循原道回茅篷；另一队取道文殊院至狮子林，经云谷寺下山。前者路较平易，最宜年老体弱。如有余勇可贾，仍可登光明顶望天都、莲花诸峰。虽仅历半程，亦可谓已窥全豹。后者路较艰险，但可游览更多的名胜，且全程并无重复，先险后夷。游兴豪者非如此不足以尽兴。故此队参加者较多，我亦其中之一。

游山行程，我们初步打算是这样：第一天——从茅篷经慈光寺到文殊院，约 15 里；第二天——从文殊院经光明顶到狮子林，约 20 里；第三天——从狮子林经云谷寺、眉毛峰回茅篷约 25 里。这在日程中是最短的安排，事实上后来没有这样匆忙。从第二天起便又分为若干组合，最少延长了游程一天。

前人游记中曾提到黄山有所谓“海马”，专负游人登山，现在已经没有从事这种职业的了。为了便利游客，抬子是有的。普通体重需四人，肥胖的酌增或加倍。每人每日工资以两元计，在山休息亦照算。这样游山一次非数十元不办。游览究竟不是赶路，所以很少有人这样做。一般只请一位向导兼为携带包裹。

山上旅社房间少而游客多，饮食所需，全系运自山下。因此可否登山必须由黄山管理处根据具体情况决定。我们取得同意并经写信介绍，草帽竹杖等爬山必需品也各自准备齐全。一夜无话。

三、“不上文殊院，黄山未见面”

8 月 5 日（星期日）晨七时半两队同时出发，相约在狮子林会合。

旧传黄山谣有这样几句话：“不上文殊院，黄山未见面；不登狮子峰，黄山未见踪。”此时正向文殊院进发，大家都勇气百倍。

朱砂峰上慈光寺

循昨游路线至双溪阁，阁左有石径通汤岭，为从太平焦村入山到茅篷必经之道。我们由右边石级继续前进，过听涛亭遂达慈光寺。寺在朱砂峰下，拔海才 720 公尺。同行有因心脏不甚健康感觉不舒服的，到此遂折回。

此寺旧名朱砂庵，明嘉靖年间为玄阳道人所居。万历丙午，普门禅师来此。后南游到普陀，元旦担柴，被风吹入海，不死。复游五台，并到北京。为慈圣皇太后所知，给以紫金衣钵，金书《法华经》和建寺银三百两。普门亲自设计，制成四个佛殿的模型。落成后金碧交辉，算是徽州最大的一座佛寺。

今据门额记载，系万历三十六年敕建护国慈光寺，康熙丁卯重建，民国九年黟三都李淦之卢氏重修。入门见一大石池，干涸无水。导游指寺后诸峰谓为五马，据说往年每夜来此饮水，自从建寺绕以围墙，就没有“五马饮槽”的事了。这些山峰确如一群骏马向池奔来，民间传说虽不免怪诞，但也不是凭空想象的。

再前为大殿废址，已成菜圃。其后为僧人宿舍，有客堂可小坐。佛像都堆积在寺左一个小阁上。旧传寺内有古木莲，大可合抱，间几年在四五月里开花，花九瓣，如白莲而带紫，香闻数里。到八九月结实，如红菱而无角。现只堂右阶前尚有小木莲树，叶像枇杷而光润，据云秋冬不凋。

空中闻天鸡

从寺后右侧出，石坡渐陡峻。几转遂至立马桥，海拔已达 1000 公尺。桥系木制，跨两岩间，下临深壑。按测量记录自温泉至此计 2100 公尺，立桥上回顾来路，还可望见观瀑楼。万绿丛中，红楼一角，得此点缀，更觉景物鲜妍。

过桥凡攀登 250 余级，都是右靠削壁，左临深涧，海拔计增 40 公尺。既历险境，因稍稍休息。遥见石壁上有“立马空东海，登高望太平”十个大字，题名处已隐约不可辨。据导游人说是在抗日期间，有一个什么副司令长官，躲在山里耀武扬威，不肯抗日，却强迫石工冒险，用长绳系身凿了这些字。老百姓痛恨他污了名山，解放后把姓名凿掉了。

“立马”“太平”系暗指立马桥和太平县，语意双关。把敌人不放在眼下，口气倒也不小。可惜，东海究竟不是“空”的，“太平”也不是“望”来的。人民的裁判真毫不留情，连遗臭万年也不容许他。我把这十个字加上头尾成为三五七言体的小诗：

拥重兵，寄闲情。“立马空东海，登高望太平”。原冀名山共不朽，怎知遗臭亦无名。

从立马桥到半山寺据测量是 800 公尺，到达时已十点多钟。这座供土地神的小石庙，与其称它为寺，不如称它为茶亭倒恰当些。在饮茶的一间屋里，题壁很多。

高山煮水的沸点较低，泡茶不易立刻出汁。索性利用候茶的时间，在附近眺望风景。

石壁上大书“空中闻天鸡”五个字。这原是李白《梦游天姥吟留别》的一句诗，刻在这里当然不是无的放矢。举头向半空看去，果然一只大鸡蹲在峰顶上。导游人说："这是'金鸡叫天门'。如把前后诸峰顶上大石联系起来看，便应叫作'老鹰赶金鸡，金鸡跳天门'了。"所谓老鹰倒也很像。

在朱砂峰顶上又有大石如佛像，前立一小石，据说是"童子拜观音"。

石上有测量记载：温泉至半山寺2800公尺；半山寺至文殊院1250公尺；至光明顶3950公尺；至狮子林5400公尺。

过天门坎

从半山寺到天门坎测量为750公尺，但海拔已由1040公尺升至1420公尺。显得这段山路是比较陡峻的。

在天门坎下的横岭上，右望可见"五老上天都"。所谓五老，实际还是在半山寺所见的金鸡。从不同的角度看去，便另换一景，若非导游说破，我们是不会想到的。

再向左边遥望，莲蕊峰下有"姊妹看羊"，不仅形象酷似，姿态也好。两姊妹并肩坐着，是牧羊也是在谈心吧。从层峦叠嶂中找出这一小景不免有些困难，因而有"无缘"就看不着的传说。我顺着导游指点的方向看去，恰巧就碰着了，同行有愈急愈找不着的。因而这位导游的和尚说我有"慧眼"，其实我离开眼镜就一点也不"慧"了。

卧龙洞口话天都

天门坎两崖夹立，中通狭道。过此折而暂下，旋又盘旋上登至云巢洞。旧时须入洞历数十级而出，现洞外已有新路可通。再上便至卧龙洞。据说从前这里有卧龙松一株，根生于此而枝桠横伸达彼岸。旧道原从洞中经过，今亦改在洞外凿新路。这一段即徐霞客"游黄山日记后"所谓"天都之胁"，高峰挺秀，近在咫尺。因小坐洞口，漫谈此峰得名由来。

世传天都峰即《山海经》所谓三天子都，其东南西北皆有障。婺源率山又名天障山为南障；庐山亦称天子障为西障；绩溪有大障为东北障。明汪循《游率山记》曾辨其误，谓率山俗呼为张公山，“即《山海经》所谓三天子鄣也，鄣一作都，后世失其处。或云绩之大鄣、歙之黄山乘之，而遂谓其上皆有三天子都”。

按《山海经·海内南经》说：“三天子鄣山，在闽西海北。”郭璞注谓“今在新安歙县东，谓之三王山……即三天子都也。”《清一统志》又说：“歙县东三字为黟县南之讹文，三王山亦在黟不在歙。”可见自古以来已经搞不清。不过，就山的高低而论，应以天都为天子都，率山、庐山、大障等作为天子都的屏障。

在黄山未开发以前，天都峰是比较难登的。宋吴龙翰《游黄山记》谓曾“夜宿莲花峰顶，霜月洗空，一碧万里……飘然有遗世独立之兴”。但没有攀登天都峰，故云：“把酒临风，对天都而酹之曰，吾辈与若为熟识，他年志愿俱毕，无忘此山。”明徐霞客是再游黄山时才登此峰的。在他的《游黄山日记后》里这样记载：“历险数次，遂达峰顶，惟一石顶壁起犹数十丈。”他似乎还没有爬上石顶。按此石顶当即所谓鲤鱼背，今已可登。其防护栏干自山下隐约可见。徐霞客下天都时是采用如下方式的：“日渐暮，遂前其足，手向后据地，坐而下脱。”现在也用不着这样了。因为完全凿有石级，并设铁链以备上下攀援。尽管条件这样好，可是大家肚子正饿，都无乘便一登的打算。望峰闲谈，亦“过屠门而大嚼”的意思罢了。

小心翼翼下坡来

前进数十步到小心坡，这是著名的险处。峭壁当路，石级蜿蜒而下，外临深壑，俯视无底。我们都小心翼翼地扶着石栏下坡。据说平时并无危险，险在有大风日。因坡前两山夹峙成峡，长风至此被阻，激荡回旋，往往将人卷坠绝壑。昔人以小心两字名此坡，实寓有警戒之意。行人到此自然格外当心，因而不会发生意外事故。

既下悬岩，遂至渡仙桥。桥又名断凡，下为深涧。回想小心坡不禁心悸。

再上为一线天，石壁高耸，中裂仄缝。仅容一人通过。扪壁知多苔藓，岩泉偶一下滴。脚下阴湿，幸有乱石故不滑。从昏暗中仰望，宛如一条白线上横。与通常石室上穿一洞而名为一线天者大异其趣。

出一线天没有几步又入蓬莱洞，攀登20多级始出，顿觉开朗。两山间有泉水下泻，筑横坝为小水库，据说名文殊池。

苍松迎客

立文殊池上回顾，不见来路，只石级尽处有瓮口，后来者一一从瓮中出。构成一线天蓬莱洞等峭壁，从这里望去居然又是一景，曰：蓬莱三岛。

著名迎客松从渡仙桥上遥望已可见其一枝，到此则近在咫尺，文殊池上有数松亦佳，但不如迎客松的苍老。

黄山松的特点在其高不盈丈，针短顶平，枝皆横伸而出，和直干约成九十度角。但此类奇松唯一千公尺以上有之，山麓仍然是普通的马尾松。半山寺以上始渐变，到天门坎一带则特点愈明显。其所以如此，当和适应生活环境有关。托根在石缝里，水分养料，都成问题，自然使得干叶短小；高山多大风，唯有层枝横出，风可从平行空隙中穿过，既省抵抗力量，又免群枝互击受损。这些道理是不难理解的。

迎客松据说约在千年左右了。苍颜绿鬓，挺立道左，好象伸臂欢迎游客。可恨几年前有个少不更事的恶客，大约是想题句留名吧，居然将松干剥掉很大一块皮。后来虽经一再用水泥修补，迄未治好创伤。

过迎客松右转便达文殊院，有人记从云巢洞到此凡经十三折。这时已经是下午一点半了。

此山尊

文殊院于1952年失慎焚毁，1955年就原址改建玉屏楼，为公营旅社。设备与黄山宾馆同，唯无电灯和自来水。茅篷自来水原即伐竹作管引泉而来，文殊池水也同样清冽。

饮食供应都运自山下，午餐很丰美。因想到宋吴龙翰登山时，“餐胡麻饭，掬泉饮之，不火者三日，从者皆无人色”，古今情况大大不同了。这里没有居民代洗汗衣，饭后亟自洗濯。

楼后面紧靠着玉屏峰，斜阳凝紫中遥见“此山尊”“天地自明”“云海奇观”等摩岩大字。楼前平地广约数亩，有两石山，左曰青狮，右曰白象。狮身题字如“一览众山小”系指眼前所见；“不险不奇”“大巧若拙”等则颇耐人寻味。所谓白象实如偃息的骆驼，倘说它是昂首的海狗，更为神似。

从玉屏楼左侧可遥望光明顶。顶北有小峰矗立如塔，又似铜象。稍北大峰上有小石如骆驼，皆不知其名。

石狮左近有悬岩曰文殊台，其微洼处据说是文殊当年趺坐的遗迹。立台上高瞻远瞩，天都、莲花两高峰耸立左右，而玉屏居其中。天都峰旁有小峰名耕云，其上有石如鼠，竖着耳朵作跳跃状，曰“松鼠跳天都”，闻此景唯宜远望，倘登峰探访，只两大石并列如鞋而已。莲花峰附近有莲蕊峰，前者像荷花初放，后者尚系花苞。或又呼为莲子峰，亦颇形似。莲蕊峰顶有石如船，头北尾南，中间有松如篷，曰“采莲船”。其削壁又悬一长石，曰“蚰蜒上壁”，又名“姜太公钓鱼”。盖一就全石而言，一就上端局部去看，于是蚰蜒的触角就变成老翁坐而垂钓了。

踞石背松照了一张相片，又哼了一首《浣溪沙》：

一抹斜阳映玉屏。文殊台下万峰青。却看来路细如绳。　　亦险亦奇真大巧，曰山曰海本无名。今宵倚枕听涛声。

高处不胜寒

文殊院海拔1766公尺，中午气温华氏72度，下午旋降至70度以下。入晚加了毛线衣还嫌不暖，只好把雨衣也披上，很像和尚穿了袈裟。

由于玉屏峰崖泉下沥的关系，玉屏楼楼下较阴湿，甚至地面有积水。我们住在前排房间，被褥也不免潮润。拥衾蜷卧，虽然垫了两床棉被，最初还是寒气逼人。直到体温驱尽了湿气，才觉得肢体渐和。

高山多大风，狂飚突发，令人惊怖。文殊院附近风力尤劲，常达十级左右。这夜风力不算强，但已与平地大异。卧听松涛，悠然意远。

四、清凉世界万松林

8 月 6 日（星期一），即农历七月朔。早晨室内气温华氏 66 度。

望长江

黎明为同伴唤起，相约到玉屏楼侧山脊观日出。有人从梦中惊醒，深恐失却这大好机会，睡眼朦胧，抓件衣服就走。怎样也套不上，才发现错把短裤当作背心。连忙回去掉换，哪知弹簧锁已经闭门不纳，只好夹着裤子追来。

东方不少浮云，红日迟迟没有露面。在尖峭的晨风中伫立许久，很扫兴。

偶然回头一望，文殊台前景物大异昨日所见。白云像波涛在群山间移动，仅存的若干峰巅如水中绿洲。据说真正的云海为黄色，因晴光照射关系。若在晴天则为黑白相间。今天是纯白色，不如称它为银河。有人说：“干脆说它是长江倒好些，那不是江岸的芦滩吗？……那不是弋矶山吗？”当前景物，使我们竟疑此身尚在芜湖。

过莲花沟

提早吃了午餐。有几位相约回登天都峰，有几位暂留玉屏楼休息。大多数决定前往狮子林。

上午 11 时，别了送客松直趋莲花沟。沟界玉屏、莲花两峰间，这是一段艰苦的行程。

大约走过一里便到阎王壁。昔人盛称其险，如清黄肇敏《黄山纪游》说："壁骑路中，非越壁不得过。视壁下凿有足迹，须依痕方可停足，幸只三步。外则万丈深渊，所喜榛棘横生，为之遮蔽，虽深而不觉也。遂令导者先过，用白布一匹，使执定其尾端，使从者拉之如栏状。因以一手扶布，一手扪壁，次第而过，正不觉险也。壁刻大士崖三字，盖古称阎王壁，后人改名大士崖，欲以慈悲济险恶也。去数十步，又如前壁，亦三步耳。"依现在情况看已经起了变化，除凿壁加宽外，并于易崩处置跳板。这样只要小心些就不难通过了。

我觉得这段艰险处在路仄坡陡，步步疾下。胆怯腿软的简直不能成步：有的像小脚妇女那样走不动；有的坐地拦路慢慢挨；最妙的是手脚并用，索性倒爬。形形色色，难以描摹。戏作《一半儿》一首：

潘妃莲步古来夸，苏嫂蛇行道上遮。安庆街头狮倒爬[1][1]。哎呀呀，一半儿山猫，一半儿马。

途中曾见顶如圆盖的蒲团松，很有趣。

越莲花岭

当从沟底攀登莲花岭时，曲折上升，两旁多深壑，很难找着比较安全的地方稍定喘息。尤其是接近莲花岭时，坡度愈陡，石级更厚。岭为莲花、莲蕊两峰交接处，石壁并峙亦如天门坎，过峡遂达岭顶。大石略平，可以小坐。当从玉屏下至莲花沟深处，单衣犹嫌闷热；到此顿有凉意，又须添衣了。

岭旁有路可登莲花峰，据说往返约 7 里，我们原来预定便道登峰一游。现以该峰既历历在目，且即将下百步云梯，不可不稍蓄筋力。又据测量记录，从文殊院到莲花岭是 1150 公尺，前往狮子林尚有 3000 公尺。因此，大家都

---

① 安庆有"倒爬狮子街"。

临时改变了计划。

下百步云梯

百步云梯是黄山著名险道之一。它的石磴很像凿在鼻脊上，不过这鼻子是歪的。

云梯的顶端搭在鼻梁凹处，两边夹着石壁，除坡度稍陡外显不出有什么奇险。有胖而怯者到此忽觉胆壮，一马当先，以示勇敢。不料石壁渐尽，鼻脊突出，竟胆落不敢再进，于路转处抱松踞地呼救，幸赖导游肩负而下。谑者因谓此地应名“罗汉愁”。

下山最怕腿发软，所以先要充分休息；既动步就要有信心，必须坚持下去。云梯的特点是石磴狭小而陡，下段更像鼻尖的削空无所依傍，但石磴稍有损坏处都曾用水泥修补。只要不遇狂风，下坡时也不东张西望，稳步前进是没有任何危险的。

穿鳌鱼洞

前行至鳌鱼洞，与百步云梯相隔一壑。回头遥望来路，始信“云梯”两字不虚。

黄山旧道穿石洞的如云巢、卧龙等处业已改由洞外，唯鳌鱼洞仍须贯鱼腹而出。

洞内阴湿多苔。石坡数十级，很像有折的楼梯，并不难登，不过要小心碰头或滑跌而已。出洞豁然开朗，遂登鱼脊。过此直至天海，道皆平坦无石级，山旷足舒，精神一爽。

鳌鱼洞的外景宜距离稍远回顾才有意趣。不仅大石如鱼，背上又有石如龟。导游者谓为鳌鱼驮乌龟，并指出它的头脚，更觉妙造自然。

渡天海

天海是由鳌鱼背前往光明顶必经之道。四望如大泽，倘遇云雾乍起，往往迷失了方向。因此段无石级可循，路不甚显。

初经平天矼，在沙砾中拾得不少龙牙石，莹洁可爱，其结晶体与水晶无异，只是很小罢了。黄山西海产水晶，过去有人开采过。据说石柱峰附近的一座山上还有所谓水晶井。井在拔海约 1500 公尺的石壁上，口狭内宽，深约 7 公尺许，尚有凿石采晶痕迹及遗弃的残破晶体。

中途经天海亭，年久倾圮，尚未修复。

从鳌鱼背直到光明顶，一路多姊妹松。两干并立，亭亭竞秀。因为近根处相合为一，故又称连理松。

登光明顶

天海尽处，有石级直达光明顶。顶上平广约数十亩，有新建气象台。

旧说黄山以莲花峰为最高，拔海 1948 公尺；光明顶次之，拔海 1943 公尺；天都峰又次之，拔海 1913 公尺。论其差数，实在伯仲之间。近闻新测光明顶高度为 1960 公尺，竟一跃而为黄山最高处。清沈归愚固早于其《登光明顶放歌》指出："千峰万岭兮俱在下，天都莲花只许齐其肩。"此行虽未登天都莲花，到此也聊可自慰。所惜登临太易，平衍无奇，终觉逊色。同行曾有人西指某山为匡庐，东指某山为天目，南指某山为天台。是日能见度不大好，是耶？非耶？很难一一细辨。

寻东海门

下光明顶行约里许，路的右侧有两峰相对壁立，便是东海门。门内背日阴森，杂树翳荟。远处阳光照耀，一望无际。相传东海人迹罕至，黄山的毒蛇猛兽都躲藏于此，猴子尤其多。这里原有一景曰"老鳖下蛋"，张望了好久没有看见，据说已因采作建筑材料凿毁了。

我正在感叹“下蛋已难窥老鳖”，忽听有鸟鸣声甚异，赶快追上导游问他是否所谓山乐鸟。据答此鸟鸣声为“上山好、上山好”。按元汪泽民《游黄山记》云：“夜闻啼禽声甚异，若歌若答，节奏疾徐，名山乐鸟，下山咸无有。”清黄肇敏《黄山纪游》述之尤详：

忽闻松间细声袅袅，宛如笙笛。询僧，云：“此山乐鸟也。”夏日甚多，入秋则少……元汪文节公泽民记中所载山乐鸟有三种：一较鸲鸽差大，每集必数十，毛色浅赤，游人将至，必先期而鸣，曰客到、客到。一似百舌，亦数十为群，其声屡迁，时而大声轰轰，如车轮之过阙；时而细声袅袅，如洞箫之临流。一质小而轻便，飞不过寻丈，声如铃铎，至多数百，散依丛薄间，今所闻，盖似百舌一种也。

我想，山乐鸟既夏日甚多，品种又繁，我所听见的可能就是形似鸲鸽的一种。因为“上山好、上山好”与“客到、客到”的鸣声有些近似。

从东海门向万松林前进，一路下山颇为省力。因而有闲情逸致来作打油诗，几经拼凑，诌成《浣溪沙》一首：

东海门深何处寻。峰回路转见双岑。长风万里一披襟。　　下蛋已难窥老鳖。掉头且共话山禽。行行渐入万松林。

憩清凉台

下午三时许抵狮子林。由云谷寺来的一队已先到，两路会合，相见甚欢。

狮林精舍在狮子峰南，清光绪间重建。附近地势平旷，但海拔仍达1540公尺。此处旧为僧舍，今已改作旅馆，门首犹存石刻一联，云：“狮子林中福地，清凉顶上灵山。”

饮茶稍息，即往寺后游览。上山不数步，有松枝干横伸作兽形，曰麒麟松。再转便至清凉台。台旧为凌空石岩，并有一松自台石出，曰破石松。闻三十余年前为傅某刳皮记游，松竟枯死。今台系就原址以水泥重建，长约丈许，阔半之。绕以栏杆，上题 1956 年荷月造。倚栏俯视，下临无地。其旁岩壁有题字曰“清凉世界”。

游始信峰

晚餐后斜阳在树，越显得万松林风景的幽美。因更乘兴往游始信峰。始信峰得名的由来，据明吴廷简《黄游记略》说：“峰头奇妙，见者始信，故以名也。”我想这不过是望文生义，未必可信。吴氏又形容登峰之险说：“始信之险，又倍莲花。攀接引松，度独木桥，侧足而步，下深不测。”今“下深不测”的情况虽未改变，而独木桥已代以较宽的石板，其一面并有简单的铁栏。接引松又伸着长臂以待，游人大可放步而过，但心脏不健康者仍称此为“奈何桥”。

初登有石壁夹立如窄巷，曰净土门。再进便达峰巅，石屏互倚，松枝触额。上有琴台，为清江丽田弹琴处。旁有松一，不知是否即所谓聚音松。旧传江天一曾游的“定空室”，更难觅其遗址。峰上摩崖有“始信峰”三大字；嵌壁石刻有清崔国因律诗，以“湿云侵岫晴疑雨，深谷藏风夏已秋”一联较工，字也还娟秀。

山行两日，所见皆瘦骨嶙峋，气魄雄杰，其胜在“奇”；到狮子林顿觉肌理停匀，意态妩媚，其胜在“秀”。始信峰固然丘壑清幽，其附近的好景更难尽述：曰散花坞，石树错杂，紫绿纷披；曰石笋矼，石林罗列，竞秀争奇；曰梦笔生花，孤峰笔立，顶端有松；曰笔架峰，其巅歧出，似待架笔者。此外如“二仙弈棋”“仙人背宝”“美女照镜”“八仙过海”“五老荡舟”以及“猴子望太平”等胜，有的已见前人游记，有的似为近人所拟，无不神肖。

按明徐霞客两游黄山都登过始信峰。第一次为万历四十四年丙辰（1616）阴历二月初六日。其游记云："乱峰列岫，争奇并起，循之西，崖忽中断，架木连之。上有松一株，可攀引而度，所谓接引崖也。"他在初七日又"由接引崖践雪下，坞半一峰突起，上有一松裂石而出。巨干高不及二尺，而斜拖曲结。蟠翠三丈余，其根穿石上下，几与峰等，所谓扰龙松是也"，其所登可能就是"梦笔生花"。第二次是万历四十六年戊午（1618）阴历九月初五日，其后记云："趋石笋矼，至向年所登尖峰上，倚松而坐，瞰坞中峰石回攒，藻缋满眼，始觉匡庐、石门，或具一体，或缺一面，不若此之闳博富丽也。久之上接引崖……日暮，返狮子林。"

我们一直到晚烟四起，才从始信峰下来，夜宿狮林精舍。

五、"茑与女萝，施于松柏"

云海微茫

8 月 7 日（星期二），即阴历七月初二日，立秋。早起时室内气温为华氏六十九度，较昨日下午初抵狮子林时低三度。在文殊院未能看得真正云海，终觉不甘。特凌晨再登清凉台，希望在这里能一见更好的云海。

清凉台面临后海，较文殊院前的前海更为辽阔。初见台下白云如絮，流动甚速，知正铺海。转眼便如水光接天，峰巅露出者有如孤屿。晓日既出，略有黄色波涛，较在文殊院所见者稍胜，但究竟没有澎湃汹涌之势。李白诗说："海客谈瀛洲，烟涛微茫信难求。"今露出水面倒有不少"瀛洲"，可惜"烟涛微茫"的程度不够，算不得云海壮观。

昨在狮林精舍读壁上对联，如："三十六峰云作障，百千万偈石翻经。""薄宦逐风尘，未免山灵笑我；胜游入云海，也如天仙化人。"总未脱宗教意味和官僚气息。立清凉台上观云海许久，也试作一联以记所见：

烟水微茫，三十六峰冲海出；

松涛浩荡，百千万树倚云生。

循清凉台东边石路，下岭北行十余里可到松谷庵。庵已寥落，其附近胜景有三潭。昔人谓青潭整而洁，黄龙潭沉沉如积玉，油潭如绿云浮素波之上。据说这里也有温泉。

访西海门

早餐后，与同游十余人访西海门。一路平坦，虽有石级而坡度不大。顿忘尚在海拔一千几百公尺的高山中。夹道杂树翳荟，清露晨流，令人呼吸芬芳。乔松挺秀，其瘦根浮出地面如爪者叫作鸡爪松。

到达西海门，就排云亭前石坡小坐。两峰对峙如阙，极目无际。岩下为不测深壑，幸曾围有石柱，并络以铁索，还可持索略俯瞰。

此处最宜看云：峰青欲滴，忽有白云出岫，犹夷幻变，随风流散。有时弥漫蔽日，直奔排云亭，至亭而尽，莫知所往。

归途便经姚氏别业（散花精舍），今已改为旅社。楼房新加修理，并有自来水及卫生设备，远胜于狮林精舍。两处房屋原统一管理，经理其事者昨推托已有人预定，但越日仍空无一人。

立楼外眺望，昨所见笔架峰及梦笔生花等又历历在目。并有驼背峰为前此所未注意者。旁歧一路，前行若干步又可见“仙人背宝”及“二仙下棋”等胜景。

别黑虎松

狮林精舍楼下房间阴湿，窗小不透气，且昨为蚊蚤所扰，彻夜未能安眠。因于午后约数人向云谷寺前进。

首途未久，过黑虎松。昨游始信峰曾在此分路。旧传黄山有八大名松，今所知松名已超过此数。就中如“扰龙”“接引”曾见《徐霞客游记》，但难确信仍为当年旧物。清黄肇敏《黄山纪游》谓狮子林有“品字”“连理”“五龙”“破石”诸松。然清人后游者已言“有连理松两株合并分枝如五龙，顶正圆如十丈伞盖，荫可庇百人，黄山松之最大者也。惜仅剩枯干，皮尽秃，萎瘁久矣”。破石松枯死年代前已述及，品字松不知亦于何时失去。至“麒麟”“黑虎”等则旧记并未提及，其名似皆后人所加。

黑虎松枝干雄伟，苍翠欲滴，为诸名松中所仅见。

前行过李法周墓。据说李居士为江苏上元人，建庵于狮林精舍背后。解放前为恶僧所害，其庵遂废。

喜鹊登梅

由狮子林出发初向东行，旋循板桥岭折而南下。下坡虽较省力，但如所谓四百磴连续下降，且多陡坡，也不敢稍有疏忽。

沿途胜景有：“三猫捕鼠”“观音送子”“天狗望月”“喜鹊登梅”“仙人翻桌”等，一经导游指点，顿觉惟妙惟肖。虽由于石诡峰奇，亦见人民想象的丰富。

山中测量记录，在喜鹊登梅及白沙矼两处都曾刻石载明：由喜鹊登梅到狮子林为1300公尺，到云谷寺为3000公尺；由白沙矼到狮子林为2500公尺，到云谷寺为1800公尺，到温泉为6620公尺。

世以泉、石、松、云为黄山四奇：盖谓汤泉清澈、怪石嵯峨、奇松拗折及云海奇观。连日所见胜景，有以松石相配合而成者，如“采莲船”及“梦笔生花”等是。“喜鹊登梅”亦复如此，所谓梅者实系虬松一株，有石于枝间露出如喜鹊。论其大小殊不称，但喜鹊如不稍大则远处无从得见。且随山路曲折和距离的远近，鹊形及其姿态亦有变化，终于松、石两分，归于乌有。所以善于看风景的要选择最适当的角度。有些人粗心大意地按图索骥，未能真正领略景物美处，往往埋怨前人游记过于夸大。

异萝松

我们从狮子林出发的时间为中午十二时十分，下午三时许抵云谷寺。其时气温为华氏 82 度，因该处海拔与茅篷不相上下，且系山间谷地，所以比较热。洗澡后斜日未曛，见温度已下降至 80 度。

云谷寺有最著名的奇松一株，它的品名据木牌标明“异萝松”。曾见前人游记说过：“至云谷寺，左有萝松一株，同干异叶，俗以为奇。”我早想一观究竟，所以到后即寻此树。

就云谷寺废址去看，该树系在山门左侧，枝叶茂密，与松大异。说得正确一些，应是铁杉而非松，不能因为它属松柏科就不加细辨。

铁杉又名栂，常绿乔木。它的特点是：树干皮作灰褐色，带有细长的裂纹；小枝为灰黄色，微有毛茸；叶线形，其前端圆而平，微有沟线；正面暗绿有光，背面较淡，有两条白带。球果卵形，无柄；鳞片黄褐色而有光泽。中国云、贵、川、鄂的高山上，都有自生的铁杉，原不是什么奇树。但此株特异之处，实在其与萝同株。

最初，我没有看出这株铁杉上的萝。因在树下见有落花，和茑萝的红色小花近似，断定必从此树落下。终于发现树的高处有萝的杉枝不少，正在开花。它的叶子有些像铁杉，但比较肥润。后来又在低拂废寺石栏的横柯上找着一枝，因得细察其形态和生活。总的说来，它非常像一年生草本的茑萝：叶互生，羽状细裂，不过肥大得连铁杉也不能相比；叶腋抽花轴，开筒状的小红花，这似乎找不出和草本茑萝有多大区别。它也有蔓茎，但只见枯萎的若干段缠绕在杉枝上，我们简直没有理由说他活的部分不是从杉枝上生长出来的，因而推测它的蔓茎是善于和铁杉的皮层附合。当它能从树枝获得养分时，本身的蔓茎也就没有存在的必要了。它的生活力旺盛，当某枝为其所夺，有时不是彼此杂在一起，竟是代替了铁杉。

《诗经·小雅·頍弁》篇说：“茑与女萝，施于松柏。”“施”应读“异”

音，我们可以肯定这株树的最初命名，当是“施萝松”。不过附合在这上面的植物既不是茑也不是女萝。

初见黄杉

在云谷寺遗址的后面，另有一株高大的常绿乔木，四周围以竹篱，有木牌标明为“黄杉”。它的叶子作栉齿排列，长约一寸左右。前端有个小凹口，表面有条中槽。背面的中肋隆起，旁有两口线。

在地面上拾得它结的球果，长约一寸多。系二十多枚的果鳞合成。果鳞的木质不及松果之厚，其苞鳞较果鳞为短而先端反曲，中有突轴，旁有两短裂，落下的球果中种子间有存者，其长约近五分。球果后有长柄，这是个显著的特点。

此种树很少见，最早发现于云南。据说在1923年，前金陵大学植物采集团在黄山找着这株树，在东南算是第一次发现，因而定名为黄杉。后来证实浙江湖州所谓狗尾松也就是此种杉树。

宿掷钵精舍

云谷寺在钵盂峰下，一称掷钵禅院，明代曾敕赐藏经。是黄山最著名的大寺。自清咸丰元年为风雨摧毁，此后就没有修复。根据遗址的础石和水池等推想，犹见当年殿院规模的宏大。

旁有掷钵精舍，系以木材为主的一栋楼房。壁柱尚未油漆，仅楼上初修几座佛像，显见建成年代尚不久。这天晚间我们就住在楼上，轩窗四敞，板床宽平，比狮子林似乎还好些。

谷中入晚极静寂，夜色微茫，峰峦如睡。凉风时至，似有野花幽香。我们就楼前长廊箕踞而坐，同行有熟悉民国以来掌故者，纵谈直至夜分，才各归室就寝。这是几天来最恬适的一宵，有诗为证：

云谷松风送晚凉，披襟跣足话长廊。人生几得名山宿，梦里微闻百合香。

六、路长人倦漫思茶

8月8日（星期三），晨起视气温表为华氏72度。尚凉爽。

田家风味

徐霞客后记说：“过丞相原，山间一夹地耳。其庵颇整，四顾无奇，竟不入。”黄肇敏《黄山纪游》则云：“凡游客从前海至此，则为下山憩息之地；若从后海来，则入山第一胜景也。”我觉得这里确是往来休憩的好地方。

寺有僧数人，据说是新从九华山调来的，他们为客人服务还周到。

山中饮食供应，主副食品皆运自山下。黄山宾馆客多时，每日必宰猪。腊味及罐头等亦可存积，唯蔬菜稍感不足。玉屏楼、狮子林规模虽较小，但荤腥供应与市镇亦无大差别。独云谷寺为素食，蛋类而外，仅有蔬果。然其特点正在此。僧人自营园圃，种有玉米、百合及各种蔬菜。青椒紫茄，皆于烹调前临时采摘。虽系寻常物品，而新鲜可口，远胜市上之曾经润水者。

昨晚和今晨进餐时，我们都有田家风味的感觉。但分量过少，也是美中不足。

回首白云低

徐霞客谓“四顾无奇”，实则云谷寺附近山水也很秀媚。其四周诸峰：北为罗汉，东为青鸾，西有钵盂，西南有九龙，导游者指为九龙攒珠。山间竹树丛生，时有老树自枯，枝叶尽脱，孤干作灰白色，排列于万绿丛中，乍看很像电线杆。

从云谷寺到温泉有两条路：一越眉毛岭，路近而较险峻；一经苦竹溪，路平而较迂回。我们决定取道苦竹溪，为了趁凉于午前到达，所以早餐后即动身。过异萝松登途，有大石当道，壁上镌有“醉吟”“回首白云低”等题字。山回路转，过此便看不见钵盂精舍了。

丞相源

通常称云谷寺所在亦曰丞相源，自徐霞客已然。黄肇敏《黄山纪游》谓从雪庄和尚墓到山胜境坊皆曰丞相源。按雪庄墓尚在昨过之白沙岭以北，而黄山胜境坊则在苦竹溪附近。是其范围相当广大，想以云谷寺为地区中心。

所谓丞相究竟指谁尚待考。黄肇敏但谓：“相传为宋丞相营菟裘处，或云陶学士石刻尚存，故称丞相源云。”或谓宋程元凤读书于此，因以得名。或谓系明末某丞相逃隐于此，大约因有明遗民（熊开元）墓而误加推测。按徐霞客后记已经提及“丞相源”，显见此地名由来已久。明遗民墓以不当路旁，所以没有绕道前往凭吊。

这一段下山路径有两个特点：（一）常有茅草阻塞，晨露沾衣，穿短袴者皮肤易为所伤。（二）石级较少。时有倾斜的坡路，上浮巨砂，容易滑跌。

松烟与墨

昨今两日常见路旁有废灶，初疑皆修路者就地作炊的遗迹。后发现山中另有常见的两种人：一是采药草的，一是采油松的。油松可燃烧取烟以制墨。

采油松的工人是在山间寻觅枯松，伐倒劈开，取其带有松油部分，无用的仍弃之山间。虽然高级墨已采用桐油烟，但一般的墨仍用松烟，因为成本较低。所以还有不少工人在采油松。

提到墨，谁都知道这是徽州的名产。据说这一工业起自唐末，那时有一位河南易州墨工叫奚超的，带他的儿子廷珪来到皖南山里避乱，便利用松树取烟制墨。后来廷珪当了南唐后主的墨务官，赐姓李。到了宋朝竟有“黄金易得，廷珪墨难得”的说法。

经过元、明两代的发展，到清康熙、乾隆间，歙县、休宁一带墨坊很多，但以曹、江、胡、汪四家为最著。太平军起义，在战争中休、歙两城为清兵烧毁，仅在休宁城西的胡开文墨店幸免。于是近百年来供应全国的墨只有这一家老招牌的出品，但其质量江河日下。直到1956年才有公私合营的屯溪市胡开文徽墨厂出现。它是由三家徽墨厂，一家墨灰厂和一家化工厂合组而成的。政府已投资扩建这一墨厂，使它走向机器生产的道路，不但要提高产量，并且要提高质量。他们研究百年前的老配方，恢复制造高级墨供书画家使用。

制墨要配合牛皮胶和冰片等香料，但最主要的成分是松烟制成的墨灰。在和料的时候要杵得很匀，在做坯的时候要锤得很熟。经过“千杵万锤”才用墨模范成种种不同的形式晾干，并用金粉和各色彩粉把上面的图案描绘起来。图案有字有画，简单的如题上“艺林珍赏”“黄山松烟”几个字；稍繁杂的则依其画的内容题上“山可一窗青”“横香室”或“黄粱初熟，碧管增华，蝶来香来，凤吐文夸”等。黄山三十六峰，层峦叠嶂，各具特点，也是绝妙的图案。

九龙瀑布

明吴廷简《黄游纪略》云：“觅路下丞相源，道中殊无景况。足底皆砂砾，一步一跌。幸全胜已收，若初经此，游兴减半矣。尚有无识人欲由此上，而以朱砂为归途，谓之渐入佳境。譬设客者先陈糠糒，责令餍饫，虽继以烹龙炮凤，亦当食不下咽，何渐入之有哉！修路亦属多事，不若以一丸泥封却函谷关也。”此原谓狮子林至云谷寺一段，就我昨日所见，吴记未免言之过甚；但在今日行程中，则颇有此感：沙砾滑溜，时有戒心，一也；好景多不当道左，须迂回往观，二也；松石皆不如前数日所见之奇诡，令人游兴渐阑，三也。故由此路登山而多消耗体力，殊不值得。作为归途则无可无不可。所谓“十八罗汉朝天都”及“玉屏楼一角”，皆可西向遥望。亦非景物一无可赏。较近者有“仙人榜”，而“九龙瀑布”尤负盛名。

九龙瀑布据黄肇敏《黄山纪游》说："飞瀑千寻，直落岩下。下注为潭，潭流为瀑；瀑叠有九，潭亦有九。其潭方圆天然，殆类凿成。水色澄碧，远视如九匹白练连续而下。历观瀑布，莫有巨于此，亦莫有奇于此者。"在我们的想象中它一定如李白《望庐山瀑布》所云："飞流直下三千尺，疑是银河落九天。"哪知事实上非常令人失望。它是那样的有气无力。说得夸张一点，远看简直比檐溜大不了多少。久晴水源渐竭，只怪我们来得太迟了。我觉得黄山瀑布的通病是一泻无余，应该筑坝加以节制。这样不仅好景长留，并可考虑如何利用水力发电问题。

苦竹溪品茗

由九龙瀑布到苦竹溪约 3 里，一路皆下岭，渐渐接近平地。又兼夹道茅深竹密，殊觉闷热。山麓有一石坊，清乾隆三十二年秋七月高晋题"黄山胜境"四大字。

出坊即到苦竹溪。其地为沿屯青公路的一个小村落。路长人倦，都想饮茶休息。但这里并无茶馆，不得已试向农家商求。主人殊殷勤，出家园毛尖招待。壁上张贴制茶图多幅，于是有关茶叶问题成为大家谈话的资料。

安徽是个产茶的省区，就绿茶说：皖北以六安为中心，皖南以屯溪为中心。论产量皖南实超过皖北。我们游山几日，只随处见有野茶，尚未看到大规模的生产。但听说黄山区的一个茶叶社就拥有一千几百亩的茶园。所有杀青机、揉茶机都很齐备。他们在一季采茶中要邀请 1000 位以上的采茶工人，制茶需用的木柴要备足 80 万斤左右。为了做好茶季劳力互助，社与社之间在进行准备阶段就得签订合同。

谈话的内容很快就转到茶的品质上来。"六安瓜片"和"黄山毛峰"都是安徽绿茶中的名品，"瓜片"的特点是色、香、味俱佳，较之"杭州龙井"毫无愧色。虽来年陈叶，仍能保持其碧色和清香。但茶味不浓，一泡易尽，是其所短。"毛峰"的特点正在其滋味浓厚，汁出较缓，冲饮三次，犹有余甘。

但新茶已嫌香气不烈，稍久色亦转黄，不能说不是缺点。介乎二者之间者在皖南产品中有“九华云雾”与“太平猴魁”。色香稍逊于瓜片而耐泡略次于毛峰，二者品质亦高，惜“猴魁”产量很少，“云雾”也不多。

茶叶的品名，往往从它的产地、采时以至本身特点等得来。“云雾”两字是形容产地为高山，所以黄山不但有“云雾草”，也有称黄山茶为“云雾茶”的。“毛尖”“毛峰”原是形容叶的细小。为什么有“毛”呢？因为这是经冬或早春初发的嫩芽，所以生有茸毛以护寒，春暖续发的就没有了。“毛”虽指其特点但亦暗示采取的时间较早。为了更明确，因而又有什么“雨前毛尖”，甚至“明前毛尖”的名称。现在二十四节气的顺序，“清明”固在“谷雨”之前，但古代曾经颠倒过。那么，如就“雨前”“明前”论优劣，古今就应有所不同。

有人说：“瓜片我所欲也，毛峰亦我所欲也，二者不可兼得，怎办呢？”我告诉他一个小办法，就是混合二者于一杯。这样第一次饮的茶汁主要是瓜片，二、三两次饮的茶汁主要是毛峰，色、香、味就会兼而有之。在冲泡的时候，瓜片深绿，大叶乍舒；毛峰微黄，眉尖徐展。浮沉交错，很像春柳婆娑。因而给它加个新品名叫“春风杨柳”。茶具最好用白色的玻璃杯，大可一赏鹅黄翠绿的景色。

卢仝是最善于从饮量说出饮茶之乐的。他在《走笔谢孟谏议寄新茶》诗里说：“一碗喉吻润，两碗破孤闷。三碗搜枯肠……，四碗发轻汗……五碗肌骨清，六碗通仙灵，七碗吃不得也，惟觉两腋习习清风生。”我们到了“吃不得也”的时候才离开苦竹溪。

重来宾馆

在山里面循公路步行是很不舒服的。汽车一过，灰尘飞扬，其苦一也；迂回曲折，多走冤枉路，其苦二也。好容易在烈日炎炎下走了五里到达汤口，略进点心再继续登山。

山麓新设一所黄山林业学校，自 1956 年秋季招生，正在兴建校舍。山间也有其他新的建设，为供建筑材料的需要，时见有人在溪涧中凿取石料。

公路是盘旋上山的，但在“之”字的两折间往往相距很近，中有小径可通，我们便横越而过。因此少走了不少路，日午回到黄山宾馆，是游罢归来的第一批。

七、归来胜境话黄山

朝发夕至

自 8 月 9 日至 14 日，我们都在黄山宾馆休息。

8 月 15 日晨，约定的专车自黄山管理处礼堂门前出发，把我们载上归程。早餐在歙县，午餐在河沥溪。中途曾遇阵雨。傍晚到芜湖。

香菇与徽梨

孩子们知道我这天应该到家，早在门前等候了。他们最关心的是买了些什么带回来。

我首先说明带有茶叶，是真正的黄山毛峰，他们并不感兴趣。我说又带了香菇，这是徽州出口外销的特产，他们也不感兴趣。当拿出一些白嫩的徽梨，他们高兴了。这些梨子原从歙县运到黄山的，我又从黄山把它买回来经过歙县，这叫作自找麻烦，逗得孩子们都笑起来。

他们对于“玩”的比“吃”的似乎更需要，问我为什么不买猴子带回来。这样就迫使我不得不谈一些道听途说的故事了。

黄山珍闻

黄山不但有猴，而且不止一种。可是我一只也没有看见。据说他们都藏在东海里，有黑色的大马猴，一出来就有五六十只。也有一般的小猴，北方玩猴戏的艺人有时来捕捉。

当山下玉米成熟的时候，这些猴子就和人淘气了。它们成群结队来抢玉米，摘下一个便放到腋下夹起来。当夹第二个时，臂一松，第一个丢了。因此它尽管继续不断摘下去，腋下却永远只夹着一个。孩子们听到这里都觉得好笑。

在云谷寺遇见一位以采石耳为业的“爬山虎”。据他说生活在山里已经有三十年，只见过一次龙须马。毛色黑，比家马稍大。野马的鬣和颔毛当然永不修剪，因而分披下垂如长须。彼此无意中在一个山巅上相遇，正惊慌不知所措，它却更为惧怕人。耸身一跳便到隔涧的另一个山头，刚落脚又腾跃起来，就这样在云雾里消失。俗传龙须马会飞是过于夸张的。

谈到蛇，他见过一次“乌龙”，身约碗口粗，有鳞，天雨前很远就闻到腥味。至于山羊比较多，它的两角是相交的，比老羊大，估计重约150斤左右。最后他谈到一个神话，黄山的毒蛇猛兽所以不为人害的原故，是由于有只“白猴精”在管理它们。

山上有个奇怪现象是，鸟类画眉特多，尤其是万松林一带。可是没有遇见一只麻雀，在除四害运动中这里倒省却一些麻烦。细想此中道理是不难理解的：画眉的食料是虫而麻雀的食料则以谷类为主。高山上不种五谷，叫麻雀如何生活呢?

丞相源水沟里的戴帽蝾螈是稀有动物。莲花沟里的鹦嘴龟，黄山以南也就没有了。

从石耳便谈到黄山的药用植物，据说有一百几十种。每年四月到十月，经常有人入山采药。在距狮子林不远处，导游的人采了几株叫“七叶一枝花”给我，其中一株尚有枯萎的花，另一株已结紫色的籽，它的根叫作条参。据说还有一种龙须参，中医用作补品。

采石耳是比较艰险的，它往往生在背阴的削壁上。“爬山虎”必须爬上壁顶，将粗索的一端系在大树上，一端垂到有石耳处，采者悬身空中或攀援岩石凹处，以手紧捺石耳的中心旋转，就可连根取下。传说早年曾经发现一个采石耳的挂在岩壁上僵死了。据推测是同时放绳太多，同伴忘却所在，没有按时收绳，而本人又无力缘索自上。石耳大逾手掌，颜色亦如黑木耳，食前须以食盐搓洗。其功效可疗痔疮，尤为妇科要药。

三十六峰

大孩子们关心的是一些有关科学的问题。于是我们又从地质构造谈到冰川遗迹。黄山遍布坚硬的花岗岩，它的凹入部分，显然是其他岩层被侵蚀了。就地质史来说，可能是在侏罗纪的上期所造成的。关于冰川遗迹，在桃花峰下可见很厚的冰碛层，有些深潭可能是冰川瓯穴。据研究地质的人说，有几处还可找着搔痕。

因为全山大部分是花岗岩侵入体，所以突兀的奇峰很多，一般都说三十六峰，实际不止此数，所以又说有七十二峰。三十六峰的名称如下：天都、钵盂、青鸾、紫石、朱砂、莲花、桃花、石人、云际、云门、浮邱、容成、轩辕、上升、青潭、翠微、仙都、望仙、九龙、圣泉、石门、石柱、石床、丹霞、炼丹、狮子、云外、紫云、飞龙、芙蓉、采石、叠障、仙人、棋石、布水、松林。在三十六峰外而甚著名者有始信、飞来、石鼓等。

孩子们对这些峰名并不感兴趣，急切要问的是何处最险。我告诉他们应该算“马蜂关”，这一关是新近才有的，而且说不定已为陈迹。因为在至眉毛岭的途中，有一层石磴正被很多马蜂把守。只要发觉有行人偷过，便成群结队飞出袭击。这里左右没有余地暂避，上下不能奔跑。在且战且进中，很多人负了伤，被刺三五以至数十针不等。有一个工人腿部受创很重，肿得简直不能行动。因而大家称呼这地方叫“马蜂关”。孩子们很敏感地说：“原来你们绕道苦竹溪而不经眉毛岭，目的是逃避过关。”

旅行须知

谈谈黄山的胜景，因而引起大家的游兴。爬山前应该做好哪些准备就成为另一话题。

曾见有人在三十几年前写的游记，最后附有五条旅行须知：一、多带粮食（干粮为妙）；二、高山旅行，无论何时须带棉衣；三、履宜用芒鞋；四、人数至少须三人；五、登山口渴，须带热水壶。

这几条就目前情况看来，多少有些改变：（一）山上宿食是没有问题的，但略带饼干面包之类也有好处。因为游山非同赶路，很难按时到达预定地点进餐。抽烟的游客并应注意预带香烟，温泉以上这些都无供应。（二）带棉衣太累赘，可改为毛线衣，最好还有雨衣，既防中途遇雨，必要时也可御寒。大草帽晴雨咸宜，带伞不仅握持不便，有风更不敢张开。（三）力士鞋似比芒鞋更好。如用布鞋就应有胶鞋，否则中途弄湿了怎办呢？带一根手杖也很好。温泉的黄山消费合作社暂无出售，如未携带可以临时托人砍根竹杖。（四）人数稍多途中才能互助，比独游的兴趣也要好些。（五）带水壶与否看游山季节。衣物可请导游的代为提携，须严格选择最必要的东西。

最后我强调要带针线。究竟妙用何在呢？经说明在下莲花沟时，曾见有人用“五点落地”的方式前进而磨破了裤裆。试想他这时多么后悔没有带针线啊！大家才恍然这不过是笑谈。

何时有缆车

由于我说过儿童游黄山有困难，一个上海来的小朋友只到慈光寺就回头了。孩子们因而提出一个疑问：“黄山何时才有缆车呢？”

这一问题关系到黄山的未来建设。我听说在狮子林和云谷寺等处即将增建新的房舍，以供游客寄宿和工人休养。我觉得无论从气候和风景来说，狮子林都是个好地方。从苦竹溪经云谷寺、狮子林直达光明顶的一条公路，据说在第二个五年计划中即将兴筑。将来不但天都、莲花、玉屏诸峰，可能通行缆车；就是较大的山涧如逍遥溪等，也可设计筑坝蓄水，以便乘船游山。

休养生活

芜湖残暑未消，我们就这样一面闲话，一面乘凉。偶然抬头望见明月，因而提到重回黄山宾馆的晚上正是新月如眉，现在已经过了上弦了。

这几句话引起老妻问我下山后的一周是怎样消磨的。说起来很可笑，我简直什么也没有干。休养生活是因各人嗜好而有所不同，游泳、作画、写诗、制标本以至“长日惟消一局棋”的应有尽有。我呢，也有几位同调。大抵既非多才多艺，又想真正获得身心休养。因此主张不效颦，不酬应，不辜负山中生活。每日除吃饭睡觉外，主要还是看山、听泉、散步、漫谈、读古今山水游记。

追记胜游

清游如昨，转眼已经快到一年。琐琐追记，难免挂一漏万，甚至有错误处。所以不惜辞费，亦聊表不忘名山之意而已。

从前白居易有《忆江南》词三首，抒写他对于江南风景的怀念。兹亦戏效其体，作《忆黄山》三首附于篇末：

黄山好，何似在人间。天外峰奇云作障，崖阿泉暖气如兰。能不忆黄山！

黄山忆，最忆玉屏楼。铺海云深迷海子，采莲船去望莲沟。何日更重游？

黄山忆，其次忆狮林。始信峰头攀接引，排云亭下看晴阴。早晚得重寻！

1957 年 7 月 9 日于芜湖赭山

为汪浩同志所藏《楚辞补注》断句跋

《楚辞》注本，今存者以汉王逸《章句》为最早，宋洪兴祖作《补注》，于王逸多所阐发，《四库提要》谓于《楚辞》诸注中特为善本。朱熹作《集注》亦多取其说。明清以来，注本渐多。其著者则有王夫之《楚辞通释》、蒋骥《山带阁注楚辞》、戴震《屈原赋注》等。至近人研究成果尤多新的贡献，而洪兴祖《补注》仍不失为重要注本之一。

犹记1931年秋，余与同学王士逸共读《楚辞》于安庆，病洪补仍有未惬人意处，曾戏言君宜名嗣逸，更为《章句》作详解。已尔士逸下世，余亦不复治《楚辞》，忽忽四十余年矣。

1973年秋，承汪浩同志嘱为所藏《补注》断句，余利其可重温一过，欣然同意，兴之所至，点句而外，时亦涂抹数语备参考。然或作或辍，事冗辄束之高阁。至去年十月突以病危入医院，几不能竟其事，今夏始于溽暑中读毕，而行年已逾七十，盖不胜“老冉冉其将至”之感云。

1976年10月11日宛敏灏识于芜湖

周啸天《唐绝句史》序

曩读中国文学史多种，病其每皆瑕瑜互见，盖涉及面广而撰者囿于所闻也。夫文非一体，鲜能备善；书海浩瀚，鲜难尽观。故知人论世，以评述一家一派者为详明；探源析流，则断代分体为精审。

绝句诗大盛于唐，洪迈辑《万首唐人绝句》九十一卷，王士禛删为《唐人万首绝句选》七卷，清《四库全书》并著录。独惜全面论述唐绝句之专著尚属阙如。今周子啸天所撰《唐绝句史》适可填补此项空白。其书稿初成于1981年，曾作为选科教材试用于高校，近始修改定稿。予谓此书有三善：全面叙论唐代五七言绝句之产生、发展及其艺术特色，引诗证说，史论并举，使读者获得系统知识之外，并可提高鉴赏能力，其善一也；论诗自有见解，不蹈袭人语，间举古今学人成说而不影响自成一家之言，其善二也；以深入浅出之笔，纵谈一代重要诗体创作得失，兴酣墨饱，引人入胜，其善三也。至其为用，则文学史、诗史等撰者，或将如泰山之于土壤；对于有志著述欲更扩大研究成果者，《唐绝句史》固不失为肇始之椎轮；若乃青年学子或文艺爱好者，思于诗学知识有所增益，则此书亦可初供饮河之资焉。

予与啸天一别几四年，顷承以此书修改稿寄示。快读一过，欣然忘暑。因思口之于味也，有同嗜焉，爰志数语，促其印行，公诸同好。庶几百花齐放，得侪新秀于群芳；偶烹小鲜，亦冀识者之品味云。

1985 年大暑于芜湖赭山

师生·教师节

我今年虚度八十，回顾平生，约有四分之一的时间当学生，四分之三的时间当教师。因此对于师生关系，耳闻目见和自身感受较多。这里，不想举出那些不正常的现象，只说一段美好的回忆。

纪念校庆55周年时，我写了几首《校史零拾杂咏》。有一首说："一代宗师仰蜕私，传经兼及古文辞。劫余惊喜珍藏在，深愧当年赠别诗。"注云："蜕私先生姚仲实（永朴），曩被聘为安徽大学第一任校长。晚年任文学院教授，主讲《群经概论》等课。据言治经自有家法而无汉宋门户之见。家法，盖指惜抱所云义理、考据、词章也。灏尝乞为先母作墓志铭，江宁杨铸秋先生为书丹，不幸被毁于浩劫中。而1934年6月在毕业同学聚餐席上所赋赠别诗书付敏灏珍藏者，居然于废纸堆中觅得。展卷重读，深愧有负师望，更不胜'亦匪盛颜'之感云。"原诗如次：

甲戌夏安徽大学中国文学系第三届毕业诸君招饮江园，谨赋一诗赠别：

高楼揽镜发如丝，风雨斯文欲付谁。却喜远游装解后，正逢多士学成时。
当筵同抱频年感，尺素倘传千里思。莫惜骊驹歌太遽，云鹏会看跃天池。

桐城姚永朴

是日适大风雨，冒恶劣天气赴约者以先生年事为最高。即席赋诗相赠，举座为之欢乐。时先生患白内障几于不能见物，归去犹乘兴勉强留此墨迹，尤为可宝。师生之谊，往往于一言一行中见之。故虽时隔50年而记忆犹新。

有人说，民国以来曾经多次规定教师节，可惜我一点印象也没有。最令人难忘的是1946年8月尾在武汉过了一个啼笑皆非的教师节。

1945年秋抗战胜利，这时我在四川一所高校任教，由于交通梗阻，欲归不得，曾有“流落黎民江上望，升腾鸡犬太空游”的诗句。好容易挨到次年八月，自重庆东下至宜昌，又换乘一艘客货轮到武汉。次日适逢孔子诞辰，江汉关借口教师节放假不办结关手续，致使满船教师及其家属曝秋阳于江上。恭候一天，群情激愤，然亦无可如何。因戏填《八声甘州》一首云：

问滔滔、江汉汇东流，底事阻归舟。任解维待发，严关不启，飞越无由。道是教师嘉节，有假且同休。君自寻烦恼，夫复何尤。　　回首惊心往事，恨江防瓦解，谁柱中游？但苍黄西走，巴蜀且淹留。喜重来，江山依旧，白云外，黄鹤耸高楼。君须住，上蛇山去，一醉新秋。

海关人员可以优哉游哉放教师节假，真正的教师，却因为有自己的节日而受到惩罚。此理从何说起！

现在，国家新规定的教师节即将到了，作为一名老园丁，我正以激动的心情来迎接它。

（编者按：此据手稿整理而成。《安徽师大》校报1985年9月10日刊登《教师节怀念老师》，主体内容与此文相同）

重修无量殿记

冶父山在庐江县治东北二十里许，传为春秋欧冶子铸剑处，古之名山也。环山数十里，群峦起伏，一峰高耸耳。无量殿居其山巅，峥嵘独立，雄视八方，诚江淮游览之胜地。无量殿肇建于唐昭宗光化年间，今已千有余年。其间屡历沧桑，寺观几经兴废，而此殿岿然尚存，洵可谓人间奇迹。十年动乱，古文化横遭践踏，无量殿亦被波及，旦夕间变为断壁残垣。幸四凶剪灭，天宇澄清。神州恢复生机，宗教信仰复受尊重。于是无量殿有缘得以重建。公元一九八四年，安徽省人民政府列冶父山伏虎寺为省级重点寺观，并拨巨款修建无量殿。蒙省、地领导重视，由县宗教科主建，经老方丈新住持之努力，暨各方赞助支援，遂于一九八四年十一月动工。按其原址，遂其旧制，越年十二月落成。殿高七点五米，顶覆金色琉璃瓦。殿长十一点五米，宽十一米，总面积为一百二十六点五平方米。庄严雄伟，古殿重光。至此全县人民之宿愿以偿，僧侣之虑心以遂。冶父晴岚，倍增秀色；剑池映月，分外生辉。兼有临海松涛，疏棂杰阁，可观可赏，可憩可栖，福于人世，荫于后胤。爰为之记。

一九八五年十二月

泰敬两周年忌辰家祭之文

维公元一九八七年十二月五日谨以清茗米酒致祭于夫人泰敬之灵曰：

人间永诀，倏忽两年。朝夕相对，遗像空悬。梦中一见，遥隔云烟。是耶非耶？未及共言。

自君去后，我病依然。楠楠渐长，犹记偏怜。全家融融，器用稍添。惜君未见，遽尔游仙。

昨夜忖思，追悔难眠。我负君多，何以赎愆？三生枉约，此恨绵绵！呜呼哀哉，尚飨！

敏灏一九八七年十二月五日于芜湖赭山

校史上几则小掌故

桐城姚永朴仲实先生，在1926年秋议设安徽大学时曾被聘为校长，受北伐军事影响未及筹办。1928年，安徽大学在安庆成立，又应聘至中文系任教，主要讲授《群经概论》。这年十月为营救文法学院院长刘文典，当日拒遭不见，回来后很气愤地说："'飞龙在天，利见大人'，像我这样的就是大人，居然不见！"他晚年患白内障，接近失明。大约是1933年吧，有一次上课，忽然生气地说："什么刘镇华，也来听我的课，他懂吗？"旋又小声问同学："在后面吗？"我适坐在前面，答以："任意旷课，照骂不误！"他却笑了。刘是当时的省主席，为表示好学，装模作样来听课，怎不令人生厌。先生尝为家母作墓志铭（江宁杨铸秋书丹，石台徐建生篆盖），珍藏三十余年，被毁于"文革"中，今唯1934年赠别安大中文系第三届毕业生一首七律，书为横幅者尚存。

1946年秋，作者前往南京国立编译馆，道经芜湖，临时改应安徽学院之聘。其时从合肥迁校不久，尚在忙乱中。刘齐夫当总务长，拉我帮忙兼文书组主任，我便在文书组的办公室（今校医院理疗科）里住下来。事无巨细，大家随时一起相谈。有一天要去办理电报挂号，也征求我的意见。当即答以"为了便于记忆，最好采用一个特殊号码——1234。"于是照此登记，事隔四十余年，校名已由安徽学院依次改为："安徽大学""安徽师范学院""皖南大学""安徽工农大学""安徽师范大学"，凡五次，这个偶然建议的电报挂号，居然一直沿用至今。

现在校医院的一幢旧房，原是“岭南义庄”，停棺柩的地方。安徽学院用作办公室，训导处在今药房那边。1947年春，姓谢的训导长趁程演生院长在沪尚未来芜湖时，突然张贴布告，自立为院长。这天晚上我走到办公室门前，由于床铺在里面，想偷偷溜进去就寝。同事赵养锋急出阻止，他说：“皇上同冯皇后正御金殿，侍从唯我丞相一人……快走！快走！”后闻此闹剧到天明始散。当时有一首打油纪事诗：“儿戏文书一纸张，拜官封后自称王。春宵苦短游魂散，金殿原来是义庄。”

安徽学院程演生院长，是安徽省主席李品仙请来的。但由于程坚持迁校来芜湖，李不高兴，从此学校多事。1947年春节，我在家乡收到他一封信催我寒假后早到校，参与“掩护退却”。当时我是从四川来的，宗志黄先生是从湖南来的，宗派色彩不浓。于是宗自认接总务，我搞秘书，预定等空气稍微和缓即辞职准备移交。谁知他由沪到芜之夕就出了事。当时住在广济寺的养心园，校警将我的床铺连被抬去安排在对面房间。傍晚我发现有些迹象不正常，即将很重要的全铜关防和小官章用衬衣包起来作将赴浴室状，到滴翠轩去找宗。未谈几句话即闻枪声大作，有人计数达35发。当我赶回现场时，只见程被两人夹坐在长沙发上。程说：“我从来没有玩过枪，这个人如何致伤我不知道。平生做事，到处都是学生帮忙。估计你们也是我的学生吧？看着办好了。”镇静自若，拒绝签字。深服此老修养。这时室内外挤满了人，驱程，程不为所动，最后终于散去。少数人陪程过了夜。至此“掩护退却”工作不得不加紧进行。后来商得柯育甫默契，程辞荐叶元龙兼（当时叶、柯分任安徽救济总署正、副署长），再由叶提出请柯以教务长代理暂时过渡。

江植棠先生是安徽教育界老前辈。他在安师院生物科任植物课时，经常自采一些新鲜标本带到教室，有人便背后称他为“草药郎中”。他在合师院搞绿化时，树无大小，常被移来移去，“务使各得其所”。有一天，我正取笑他把植物当动物驱遣，他却就另一问题向我诉苦。据说他利用废地把水凼挖深些栽点睡莲，堆几垛假太湖石，再点缀若干花草和石座，已有学生早晚在此小憩，却有人批评这种保留自然形势是资产阶级的，我戏言那就照浴池改成方的好了。赭山校园今日花木成荫，有些还是他当年兼管绿化工作时搞的。江老逝世已经多年了，我每见其所植法国梧桐，辄深怀念。尝口占一绝云："滋兰艺菊播芳馨，桐荫交柯夹道新。树木树人留楷范，令人长忆老园丁。"

（本文原刊《安徽师大报》1988 年 5 月 10 日）

曾经沧海识桑田

在我从事教育工作60年时，词人宋亦英同志以《鹧鸪天》一首见赠，诸多期许，令人汗颜，其中有“曾经沧海识桑田”句。因念平生浮沉沧海，百无一成。但80余年的风云幻变，也算得几度沧桑。承《学语文》编辑部索稿，我就写了这笔“流水账”，聊以塞责。

一

辛亥革命那年，我虚龄六岁。虽是光绪、宣统两朝“遗少”，读的都是蒋维乔编《最新国文教科书》（中国最早的一部国文教科书，全十册。第一课是“天地日月，山水土木”，与晚出以“人手足刀尺”开始的不同）。正式入塾从师是在民国二年的春初。读经、读古文、读唐诗而外，还有史地等多方面知识传授，尤其重视写作。每旬三、六、九逢课，命题以半日练习。记得我自“联字”（即造句）开始，清明作文，七夕作诗。以“秋风吹送落花香”句为老师所赏识。五年多已过去，1918年春考取庐江县立第一高小，偶然获得第一名。入学后不久，又以《与友论周平王东迁书》一文为老师同学所瞩目。趁着这一优势，我决心学好每一门课，结果是取得三年六个学期考试六连冠的荣誉。但更重要的收获还在如下两点：一初步认识“学”的重要性。我把“学而时习之”的道理跟“活到老学到老……”的谚语联系起来看。读了王安石的《伤仲永》，说明神童不学也就变为众人，更证实我的想法是正确的。二是加强“只要学，不愁不会”的自信心。举个事例：体育兼音乐老师规定，期终考试，不能打一套拳和自弹风琴唱歌者，每种各低15分。这对我来说未免不是个小问题，于是下定决心争取，利用一切条件暗暗自学，考试居然“一鸣惊人”，连老师也不得不承认“这个鬼东西真有点鬼聪明”。天晓得，我是下了苦功的。

我以战无不胜的豪情考入省立第六师范学校。该校的特点是兼顾升学和就业两手准备，数学采用外文本，习题特多；二、三年级就有新从国外聘来的英语老师，教会话或读本。一句话，够忙的。我以激动的心情来迎接这一新的学习生活。入校不久，我就在一次话剧演出中扮过外国女人，学校创办周刊，我也不断为它写稿，散文、新诗，以至剧本，都曾尝试过。次年五一节，校刊出劳动节专号，载有我写的四幕剧《芜湖底劳工会》。前些年，有人在报刊提到我曾参加芜湖工人运动，我认为可能是在合肥支援“五卅运动”的误传，那次我编过一本《淝水怒潮》。后来有人出示《五四时期期刊介绍》（中共中央马恩列斯著作编译局研究室编）第三集下册，载有劳动节专号目录。上册评价略云：“这个剧用生动的事例，告诉劳动群众向剥削者乞求是不能减少或消灭任何痛苦的。要想达到这一目的，最有效的手段是团结起来和他们的死敌进行毫不妥协的斗争。”回忆这已是65年前的事了，说明那时重视学习并未走向读死书的路上去。

年轻人嘛，总是豪气盛，畅想多。见到同学未毕业就去考大学，我也就动了心。限于家庭经济，我就想找本省有津贴名额的学校。这时兴趣很广泛，想学美术，曾经和苏州美专联系过；又想学医，和南通医学院联系过。都说津贴无空额。本来打算学理工，所以数学选科一直学到底；后又打算研究所谓“国学”。想得很多、很美，事实上是“四大皆空”。

回顾在中学教育这一阶段，我除以百倍信心努力向学外，又增加两点认识：一是高深的学问，一定要建立在广博的基础上。所有中小学课程都是为打好基础而开设的。必须样样学好，否则以后还得补课，迟学就不如早学。

二是学以致用，空谈算不得什么学问，必须在实践上下功夫。理科的练习和实验，我从来不马虎；作文更要求写好。如：老师命题《淝城之春》，我便仿六朝赋体来写，获得“春在笔端”的好评。题为《读〈盐铁论·非鞅〉篇》，我写了上下篇。总评说：“两篇立论全反，而敷藻掞辞，各能言之成理。足见笔端施无不宜。”遇到欢送毕业或追悼早逝的同学，我总写些旧体诗词，不轻易放弃锻炼机会。

二

辛亥革命清王朝被推翻，遗老们称此为“沧桑后”。中经袁世凯称帝，张勋复辟，国共第一次合作北伐胜利，应算得又是一次沧桑。

辛亥革命我剪去辫子，这次大革命我的妻子也剪成短发。在迎接新时代的激流中，我们审度一己的工作能力，各自回到幼年受教育的母校，想对教育有所贡献。不料我次年在当校长的时候，为了教育局克扣经费，就和局长对着干起来。直闹得其以“思想偏激”的罪名，策动直接加害于我，我才趁大雨间道逃脱至安庆暂避，却被向来器重我的老师狠狠批评一番，老师立即介绍我到省会第一实验小学工作。这时我想起十岁生日，三舅给我一块图章，文曰：“性刚才拙。”当时只知语见陶渊明《与子俨等疏》，细心看来，也许舅舅借此指出我的缺点。于是决定以“勤能补拙，韧以济刚”二语为终身座右铭。图章久已遗失，去年四川周啸天同学曾为重刻并镌此二语。

1929 年，是我在人生旅途中一个转折点。我把前此所以在地方“争一日之短长”，归咎于学问不足，求知欲又高涨起来。恰好安徽大学新任校长王星拱先生聘来很多知名教授，对我很有吸引力。自度今后家庭已无力供我升学，唯一切实可行的道路是勤工助学。于是瞒着同事去报考中国语言文学系。揭晓之日，独自溜去看榜，文法两院合在一起依成绩排列的，这时我只有勇气从后向前搜索，直到第一行才发现榜首“黄某（法）”，次“宛某（文）”。同事有人知道我从家乡被迫出走的事，那时名列第三，戏言“探花”考上“榜眼”了。一阵高兴之后，想到有两个问题亟待解决：一是怎样兼顾教和学；二是怎样把自己培养成为一个有用的人。我考虑具体做法要点如下：一是把两校上课时间完全排满，无法听讲的课，次晚一定要依同学记录章节，参考同性质的书，补成自学笔记。“勤能补拙”，在学习期间，不管遇到如何困难都要坚持下去。二是“勤工”的工种不轻易改变，要把实验小学当作研究教育科学的实验基地。打算今后更将学习语文的成就，用之于教育工作，作为我的终身事业。三是接受高等教育仅匆匆几年，选择中文系不过是初步决定方向。一年级学完一些基础课之后，便要确定专攻的科目，以期在这方面有所深造。一时想得很多，但后来事实上也不尽如人意。我以竞走的速度往返于两校之间。安大同学说“你是走授（兽）”；一实小同事说“你是走读（犊）”。我则以“太史公牛马走”自勉。苦干一年刚满，小学校长易人，只得向大学申请休学，改应省立二女中之聘。不料未到一年，又因校长易人，由芜湖再回安庆。所幸此后就比较顺利。由于我能计划并主持一些教育小问题的实验，写成报告小册子，适合当研究主任；又能起草公文，编写概况，适合兼文书；所以不难打开销路。如中心实小、二实小都聘过我。有兼职便可减少教课时数，同时大学到高年级，可以少选一些学分，把精力投到打算深入研究的科目上去。

回忆在这几年中，我作了若干较大的决策：一是对学术见解不同的教师，同样虚心接受其教益，这样更便于形成自己的独立见解。二是在学好规定必修课程外，更多致力于中国古代文学的研究，尤其是词学方面。三是开始试写书稿，争取在毕业时出版。后三年匆匆过去，1934 年夏，我以本系第一名毕业。所写《二晏及词》初稿正好在《学风》月刊连载完毕，出了抽印本。不久便将版权让与上海商务印书馆，于次年六月出版。

三

当勤工助学阶段，“教学相长”的作用并不显著。大学毕业后四年多的中学教师生活却不同了。例如怎样教好多科性高、初级女子职业学校的国文课；怎样帮助普通中学高三学生掌握语文基础知识并写好作文；抗战期间，中学应如何通过语文课进行教育等问题，都有待于边教、边学、边解决。

1939年以后，在高等院校工作。除学术方面便于向专家学者请教或研讨外，更难得的是学习高等教育管理的机会。我在国立女子师范学院七年是从筹备开始直到代表旧任移交。向擅长办学的老辈学得不少经验和美德。复员东归，继续在高校工作。觉得每经一校，总可多得一些教学相长之益。教学而外，对于科研和写作实践也未敢放松，撰写了《张于湖评传》，续写《安徽两宋词人述评》初稿。此外应酬文学诸如序言、题辞、庆贺书信、挽联、墓志、诗词唱和等，总尽可能让委托者满意。有人戏谓“有求必应”，我说，这叫“无恶不作”，“恶”者，恶文也。

“人间正道是沧桑”。1948年秋，我先后接得安庆、芜湖、南京三所高校之聘。经家庭会议，决定到南京去迎接解放。这个激动人心的日子终于在次年四月到来。原聘我的几所高校都由南京军管会接收。于是决定调到在芜湖新成立的安徽大学。学校曾经几度分合易名，我也担任过多种不同课程和兼职。总是坚持“勤能补拙，韧以济刚”的精神干下去。有一年秋季开学前决定要我开《词学通论》选修课，只得写成备课卡片，仓促上阵。后来有人批评我凭卡片上课，不认真。有位老师却鼓励我说：“有出息！能凭卡片上课。”这时我白天要到校务处上班，只有抓紧在晚间赶编讲义，靠一个“勤”字解决了问题。有那么一位惯以可怜相骗得同情的教师，忽然异想天开，伪造匿名信来陷害三位同事，我也忝在其列。在案情开始阶段我就偶知此事，决心置之度外。直到学校彻底查清向全校师生宣布，真相终于大白。这样事例，多少有点像得力于“韧”字吧！

十年动乱，知识分子横遭侮辱迫害，谁也免不了有沧海横流之感。一旦拨乱反正，碧海波澄，桑田涌现，能不为之感奋兴起？其时我正与两位中年教师共同选注李商隐诗，因取其“天意怜幽草，人间重晚晴”句意，自号“晚晴老人”。一变“少年豪气凭谁问，故纸生涯只自知”的悲凉心境而为“细味平生晚最甜”。近十年来，我正致力于两件力所能及的事：一是整理劫余旧稿，如剪裁补缀曩撰词学讲义为《词学概论》，已由上海古籍出版社出版。重写《张孝祥年谱》第三稿，在华东师范大学出版社的《词学》第二、三辑连载，拟俟续撰于湖词研究专书时收入。二是指导几名中国古代文学（主要唐宋段）硕士研究生。我们的做法是：规定对重要作家一定要研读原著，做笔记。一般的可斟酌涉猎。同时也要翻阅各种详略不同的选本。读原著是希望无所依傍，有利于形成自己的见解，参阅选本，便可比较异同，论其得失，有助于更进一步研究。我渴望他们成为能从事工作的人才，而不是眼高手低，虚有其表的陈列品。因此特别重视实践能力的培养。例如遇有约稿时，我总邀他们合作，使其从商量起草，经修改以至定稿过程中，获得严格的写作训练。其他如有意从事旧体诗词写作者，无论继续练词或从头学起，也都乐意指导。一句话，要多给他们一些实践机会。这一试验，似已行之有效。这类合作作品，见于江苏古籍出版社的《唐宋词鉴赏辞典》已有若干篇；不久上海辞书出版社的《唐宋词鉴赏辞典》出版，将会见到更多的合作篇目以及我们研究生独自写的文章：毕业较早的如周啸天，其《唐绝句史》已由重庆出版社出版。

幼读曹丕《与吴质书》说：“少壮真当努力，年一过往，何可攀援？”现在深有此感。豪情犹昔而余热无多。回首平生，诸多愧悔！我尝有“不求甚解思彭泽，难得糊涂愧板桥”的词句，人老了，总难免糊涂，即如此文只顾琐谈生平经历，竟忘已涉自我吹嘘之嫌，岂非又干一件糊涂事吗？

（编者按：此据手稿整理而成。《学语文》1988 年第 2 期刊发此文，文字有较多出入）

学词散记

幼年就学外家，借抄一本《白香词谱》。我把它当作词选去读，从而知道李后主，李清照……以至“不师秦七，不师黄九”的朱彝尊等，这就算我学词的开始吧。在中师学习期间，买得一本中华版谢无量撰的《词学指南》。薄薄的小册子，主要取材于《词苑丛谈》和《词律》，两者拼凑而成。记当日也曾给我一些词学知识，在学词过程中起了中继作用。我的研究兴趣偏于词学方面，是在进入大学以后。那时接触词籍渐多，最难忘的是向安大图书馆借来一部赵万里《校辑宋金元人词》。从这部书里见到辑存的《漱玉词》，也见到多条久佚的《古今词话》。图书馆给几本线装书分加两个布函，下函却只一本。

抗战期间，省立安大停办，图书仪器，散在内迁校、馆。这时我在四川白沙国立女师学院，受托查阅《校辑宋金元人词》，原想请图书馆代借，馆员却回答“我们有”，当他从架上抽取时，我一见分函特点，认出就是安大那部，大有“他乡遇故知”之感。据说是从国立编译馆转借来的。1946 年夏，女师学院迁往重庆，我留白沙代表旧任办理移交，将这批书仍交编译馆转还在安庆复校的国立安徽大学。1948 年夏，我应安大之聘，拖到寒假中前往，因上课无期，又折回国立音乐院迎接解放。是秋新安大筹建，我在南京就近帮忙做一些工作，旋即先到芜湖。随后原安大亦从安庆全部东下。嗣经师、农两院分设，师院文、理再分，至 1959 年秋我调到合肥师院，偶至图书馆入库看看，这部特分两函的《校辑宋金元人词》居然又在架上，顿觉如见故人。回想三十年间，在三个不同的地方见到她，想不到何以如此“有缘”。正如白居易诗句说的，“谁谓月无情？千里远相逐”。“文革”晚期并校，于是“人”和“月”又都回到芜湖赭山、镜湖之间。当时我写过一首《人月圆》：

大江日夜东流去，人月却重圆。湖山劫后，琅嬛失色，憔悴谁怜。阳生律转，百城同拥，且待春暄。欲邀山月，招来细柳，共醉陶然！

这时我正和一些同事以“牛鬼蛇神”身份在图书馆劳动。词里所谓人和月，当然不限于我和那部“千里相逐”的书，而是泛指重逢的同事以及馆藏图书。当时环境尚多顾忌，写在纸片上的已加工为：“湖山胜处，琅嬛福地，好景无边。”下片也有几处改过。回想起来，还是初稿能表达那时的真情实感。

顷值建校60周年纪念，图书馆同样庆逢花甲。回顾它曩在安庆菱湖上初露风华，中经流离转徙。新中国成立以来，在合肥、芜湖两地日益壮大。即今已成为安徽高校中规模最大的图书馆。展望前程，方兴未艾。追念平生从学习到工作，得其助益良多，尤其有关词籍方面。用特摘录学词笔记数则，并述“书缘”小故事于前，聊备馆编纪念专刊补白，藉伸庆祝之忱！

1959年秋，初到合肥师范学院。偶与古典文学教研组李吉行主任谈及张孝祥的《六州歌头》。我指出这首词应是采石战后，张浚于十一月以新判潭州改判建康府兼行宫留守，即绍兴三十一年（1161年）冬或次年初春所作（后来查核史料，正月初五日高宗到建康，诏张浚仍旧兼行宫留守。二月初六日高宗还临安。孝祥盖于此期间在浚幕作客并参与宴会。故确定写作时间为三十二年初春）。但一般多说误以为隆兴二年（1164年）孝祥兼建康留守宴客时所作，以致与词意抵牾，只得任意曲解。他深以为然，从此在教学中即改用予说。自李老下世，忽忽逾二十年。新出选注、赏析一类书，不少关于这首词写作年代的说法，总是陈陈相因；甚至把孝祥领建康留守提早一年，也无人指出。如早在20世纪60年代初就出书，其后又多次重版的《宋词选》说：“宋孝宗隆兴元年（1163年）北伐军在符离溃败后，主和派得势，与金国通使议和。这时张孝祥在建康（南京）任留守，作此词。”晚出的有去年才发行的苏版《唐宋词鉴赏辞典》，说得更肯定：“这首词作于孝宗隆兴元年（1163年），是张孝祥任建康留守时所写。是年，南宋出师北伐的军队，在符离（今安徽境内）战败，朝野震动。孝宗的抗金意志一时动摇，朝廷中的主和派得势，并派人至金议和。在一次宴席上，孝祥对此义愤填膺，即席赋写这篇词章。”按孝祥在隆兴元年（1163年）三月以前闲居宣州，此后始复集英殿修撰，知平江府。据范成大《吴县志》载系以元年五月到，二年二月赴召。平江、吴郡均今苏州市古称。成大吴人，孝祥同榜进士，这一记载当可信。是其除中书舍人，直学士院以至兼都督府参赞军事，领建康留守，都是入对以后的事。史实具在，自不容随意混淆。上举两例，据说前者的发行量不小，后者更是热销一时，则其影响可以想见。去年我和研究生合作，应约为某书写了一些宋词赏析稿，其中也有于湖的《六州歌头》，据闻审稿经过有争论，几次有人主张要“从众”，最后我愧谢“未能”。

现将所持理由整理记录，以待进一步研究。

（一）这首词的本事，原见已佚的《朝野遗记》。今从《说郛》《花草粹编》等书转引，最重要的两句话是：“安国在建康留守席上赋此”，“歌阕，魏公为罢席而入”。照文言表达习惯，前句是说在某人席上；后句不用“避席”而称“罢席”，宾主原亦分明。明陈霆《渚山堂词话》记此事是这样写的：“张安国在沿江帅幕，一日预宴，赋《六州歌头》云……歌罢，魏公流涕而起，掩袂而入。”“预宴”就非设宴主人，“在沿江帅幕”，尤合于绍兴三十二年正月自宣城往建康浚幕作客身份，可供参考。

（二）判断一篇作品的写作背景，有关的史地知识很重要。张浚和张孝祥都当过建康留守，这就要看谁的任职时间较合。孝祥领建康留守在隆兴二年（1164）。史载本年三月诏张浚视师江淮，孝祥当即以此时参赞军事兼留守。

据其《赴建康划一利害》奏状，首称将先往镇江府措置事宜，然后赴建康就职。令次官暂时权管，却往两淮。将来仍许其往来措置。可见就职之初，就和视师江淮的张浚不遑宁处。接着四月张浚即罢判福州。看来他们很难有共同时间在建康宴会。绍兴三十二年春的情况却不同，高宗逗留建康较久，成为临时的政治中心。各方面人物咸集于此，宴会自多。再就宋金对峙的态势看，原约以淮河为国界。隆兴元年是宋军渡淮北伐，符离之溃在盛夏（这一古战场在京沪铁路线上，宿州以北，南距淮河边的蚌埠甚远）。而绍兴三十一年则是金主亮突破宋淮河防线，冲到长江北岸。采石战后，犹与宋军夹江东下，谋在镇江强渡，才为部下所杀。高宗应张浚之请进驻建康以谋恢复，正是春寒料峭的时候。倘谓孝祥就留守在春夏，罢职已是凉秋九月以后，怎奈张浚早于八月便离开人世了。

（三）理解是否正确，还要仔细揣摹词作的本身。“霜风劲”的现象，无论是在符离之战或是孝祥任建康留守期间，都明显抵触。就说“隔水毡乡……遣人惊”这一小段吧，明明指建康对岸是“烟火穹庐一江隔”（于湖《和沈子寿赋雪》），写得有声有色，触目惊心。一经扯到淮河以北，试问谁有千里眼，顺风耳，能见到“骑火一川明”，听到“笳鼓悲鸣”呢？

（四）换头“念腰间箭……岁将零”一段，是于湖抒发其有志未遂，虚度年华的心情。绍兴三十年（1160）他从提举江州右平兴国宫起知抚州，才一年又罢。十一月闻采石战胜，他高唱“我欲乘风去，击楫誓中流”。可是赶到建康一看，他失望了。所以有这番感慨。至于隆兴二年正在获得重用，为参赞军务奔走不暇，怎会产生这样想法而见之于歌词呢？

拨乱反正以来，我重写《张孝祥年谱》（见《词学》二、三辑连载）和为《中国历代著名文学家评传》（山东教育版）撰《张孝祥》等，皆肯定此篇写作时间为绍兴三十二年（1162）初春。惜吉行先生已不及见，殊深故交零落之感！

1979年夏，我在黄山疗养院，继续搞于湖词编年。偶然重读其《念奴娇》（风帆更起），至“德耀归来，虽富贵，忍弃平生荆布？”忽有所悟。

词里送与被送者之间显有夫妇关系，一个“弃”字透露这不是一般的别离。张孝祥的正室是仲舅之女时氏，殁于临安。《于湖文集》中尚存有《亡妻时氏宿告文》等。联想到《文物》1973年4期所载江浦出土的张同之夫妇墓志，据称同之“父孝祥……此时氏硕人”，又有“本生母李氏”同之继配章氏“以疾终于湖里第”等语。综合其他一些有关资料，我推断这首词就是为送别李氏和同之写的，《于湖集》里向有不少难于索解的词篇，南宋的《花庵词选》也只加些无关痛痒的词题如“离思”“别情”等。现在发现当日讳莫如深的关系，不但有不少词作可以获得正确新解，更有趣的是反过来有助于了解当时事实和深厚感情。于是很顺利地形成一个本事，写入《张孝祥研究中的几个问题》，八月属稿，十月修改寄出，后收入上海文艺出版社的《文艺论丛》十三辑。（1981年4月版）。

去年我从苏版《唐宋词鉴赏辞典》里看到关于这首词的赏析文章首称：“宛敏灏先生据1971年江苏江浦县发现的张同之夫妇墓志进行考证，认为‘词里送行者就是孝祥自己，两被送者是李氏和同之。出发的地点在建康（今南京），目的地是安徽桐城。别离原因是遣返，大约作于绍兴二十六年（1156）的九月’。这一推论是符合词作实际的。”

遗憾的是，词中“德耀归来”二句，文章的作者和我理解有分歧。我认为于湖在这里用了个梁鸿、孟光的典，孟光字德耀，荆钗布裙也是她的故事。所以我写这样几句话作解释：他们的结合尚在微贱时，所以把李氏比拟孟光，说她如德耀的来归；下面是说自己今日虽然富贵，“哪就忍心抛弃一向甘苦与共的贤妻”。但赏析文章的作者却说：“‘德耀’德业光耀也。谓己中进士归来。他们之间，恩爱情深，而如今自己虽然有了官职，算是富贵了，但怎能忍心抛弃这位曾经同甘共苦的贤妻呢？”全首赏析与我旧说原无甚差异，这里忽将“德耀”作新解，就显得很突出。因而想到梁孟是常用典，散韵文里什么“齐眉”“荆布”“伯鸾”“德耀”……都是一个来源。于湖还有一首《丑奴儿·张仲钦母伯鸾德耀贤夫妇夫人寿》的起句云：“伯鸾德耀贤夫妇，见说宜家。”这里恐不能解释为梁鸿“德业光耀”吧？把一位古来著名妇女的字当作普通词语去解说，不能谓非千虑一失。

在断句上我们也有不同意见。我是把这几句标点为“德耀归来；虽富贵、忍弃平生荆布”（其后在他处引及，分号已改为逗号），并特地在文里用括号夹注：“《念奴娇》调此处可作多种分合不同的句式，如以‘德耀归来虽富贵’为一句加逗号，就不大好讲。”看来赏析的作者不同意管见，仍把这一以内的长句断为“德耀归来虽富贵，忍弃平生荆布”。后果是“于飞”变为“及第”了。

检查我过去发表论文引及此词，都按“四、七”断句。唯一例外是去年出版的拙撰《词学概论》，也被好心人代改为“德耀归来虽富贵”了。不过下面说明部分还作“虽富贵，忍弃平生荆布”，细心的读者会看出上举例词标点是错的（此书例词标点在出版过程中有曲折，这里不赘）。至于我所主张词里一均以内的长句，可作多种不同的分逗，这是明清以来如杨慎、万树以至时贤未能解决的问题。说来话长，暇日拟另文为详述。

前些日子，接到一本新出的《柳永词赏析集》，里面有我写的一篇关于《曲玉管》的短文。熟人知道我近年常将约写的单篇文章，邀研究生合作，让他们多得一些写作锻炼。为何有兴趣自写了这一篇？答以当时研究生都不在校，也由于《曲玉管》是双拽头，在词调中属于特殊形式。想通过欣赏柳永这首词，顺便谈谈有关双拽头研究的见解。

我最初知道所谓双拽头是从《花庵词选》周邦彦《瑞龙吟》篇末的注：“今按此词自‘章台柳’至‘归来晚’是第一段，自‘黯凝伫’至‘盈盈笑语’是第二段。此谓之双拽头属正平调。自‘前度刘郎’以下即犯大石系第三段。至‘归骑晚’以下四句再归正平。今诸本皆于‘吟笺赋笔’处分段者非也。”有人很形象地把双拽头比作双头蛇。我没有见过双头蛇实物，在印象中似如幼年所见三人抬的“虎头蛇尾”轿子。前面两人并肩抬，轿杆较短；后面只一人而轿杆长。

万氏《词律》一面指明《瑞龙吟》为双拽头，一面又主张分为四段。杜文澜指出如此即“不能有双拽头之名”。《宋词赏析》（1980年上海古籍版）在柳永《曲玉管》词赏析里却写道：“全词共分三叠。凡是三叠的词，以音律论，前两叠是双拽头，后一叠才是换头（一称过片）。故文词也每每是前两叠大体一意，后叠另作一意，使声情相应。”这些话似是而实非。如果凡是三叠就是双拽头，那么《两河》《兰陵王》《宝鼎现》等能算双拽头吗？照此类推，《莺啼序》便是“三拽头”了。“以音律论”这句话很含糊。不能以《瑞龙吟》前两段属正平调，第三段犯大石，最后再归正平，便认为所有双拽头调都应如此。例如《绕佛阁》在《清真集》入“大石调”，《梦窗词集》里入“爽钟商”，并无“犯调”“再归”情况。显然这不是构成双拽头的条件。“声情相应”是应该的，双拽头受前两段一致的限制，就必然到第三段才能换头。至于其他三叠的词便不一样，例如《兰陵王》《夜半乐》《宝鼎现》等一般都两次换头，词情的安排不拘一格。

我以为双拽头的形式是由音谱决定的。今词乐失传，只能从词作间接推断，初步认识，其特点如次：

（1）词分三段，一般是前两段短而第三段较长。

（2）前两段的句法完全相同，有如第三段的双头。

（3）曲谱与歌词紧密配合，试检姜白石自度曲双拽头的《秋宵吟》，前两段旁谱相同。词的字句也无出入。可见“凡是三叠的词，以音律论前两叠是双拽头”的说法不准确。

（4）为使乐声与词情互相配合，双拽头抒写的词意应是平行或紧密相连的，到换头才“发起别意”。

（5）双拽头的前两段应分开，毋使混为一个上片；两片相应的字句，在无碍文理的情况下宜断成一致。如柳永《曲玉管》“一望关河萧索千里清秋”这一长句，一般都在“索”字后加逗，我为《柳永词赏析集》写的稿子就改在“河”字断句，取其与次段“断雁无凭，冉冉飞下汀洲”整齐相应（同时也说明：就配合一个乐句的文字说，其较长者原可任作几种不同的分逗，并不妨碍其为双拽头）。

双拽头的词调，除《瑞龙吟》《曲玉管》《剑器近》《绕佛阁》《秋宵吟》较为常见外，其他尚有《安公子》《踏歌》等。自来词谱及词选等书，往往随意分段断句。万树《词律》既主张《瑞龙吟》分为四段，又疑柳永《曲玉管》词的第二段结句“思悠悠”是后段起句。诸多可笑。其后叶申芗、杜文澜似稍知之，然如《剑器近》《绕佛阁》竟无指出其为双拽头者。近人龙榆生作《唐宋词格律》，仍将《曲玉管》《剑器近》《绕佛阁》作上下两片处理，并称其图谱为“定格”，无一语提及双拽头。关于这方面知识，至今唯予在《词学概论》里曾专节略述而已。

在特殊词体中，如上述双拽头是由于音谱配合关系。其属于文字技巧者，则有回文及独木桥等。尽管有文字游戏之嫌，然亦大家所不废，如苏轼有回文词，黄庭坚也写过独木桥体。

词的回文形式比诗多：

（1）全首倒读仍成为同调的另一首词，如宋郭世模写的《瑞鹧鸪·席上》，王文甫写的《虞美人》（黄金嫩柳摇丝软）。

（2）利用词调和一首七律字数相同，写成诗词两读的作品，如明张綖就有一首《虞美人》（堤边柳色春将半），又可照七律读下去。这些受形式束缚太甚，很难写出好词。

词人乐于采用的是用《菩萨蛮》写的倒句（即逐句回文组成一首词）。除见《东坡乐府》外，他如晁端礼、张孝祥、朱熹等都有此种传词。倒句在回文中虽然难度较小，但也有不少限制：

（1）每句首末两字必须同韵。

（2）平仄要能在倒转时不发生障碍。

（3）两字构成的词，要颠倒后仍能成意或与邻近字结合另成新意。

（4）一句倒转后能表达另一意思为上乘，还要注意全首的文理。

这是我想到的一些清规戒律，总没有耐心去尝试。1985年冬却偶然于枕上得之，词如下：

菩萨蛮

寒夜无寐，枕上得回文小调。

见难恒别伤鸿燕。燕鸿伤别恒难见。风雨泣山空。空山泣雨风。　　梦余悲老凤。凤老悲余梦。肠断话西窗。窗西话断肠。

时悼亡未久，寒山听雨，悲不自胜。哪里还有心作文字游戏？真情流露，聊寄哀思。明知不合平日所提写好回文的要求，此时已不顾及了。

至于独木桥体，也有几种不同形式。较早的如黄庭坚的《阮郎归·效福唐独木桥体作茶词》，隔句住韵处用同一“山”字。次一种形式是上半片用同字协韵，如元张翥的《清平乐·酒后二首》。其全词用同字协韵则辛弃疾、蒋捷、赵长卿、方岳等皆有之。我也在老妻去世后的两年中各写过一首：

半死桐

滥竽教育工作六十年，参加庆祝活动归来有感，不仅如贺方回为“梧桐半死清霜后”悲也。

一叶惊秋百感生。逢场作戏笑平生。十年浩劫余心悸，五纪为师愧老生。　　桐半死，约三生。今生遗愿卜他生。炎凉阅尽山居晚，送了斜阳月又生。（1986年9月20日）

鹧鸪天

老妻晚年颇思故里，以旧宅尚待落实政策未能成行，遽尔溘逝。殊深“同来何事不同归”之戚也。

海燕归来岁有期。蓬山一去渺无期。年年陌上花开日，故里同归不

可期。　　追往事，梦佳期。只今谁共话襟期。落霞孤鹜江天远，此恨绵绵无绝期！（1987 年春）

这类词往往得之顷刻，似有不能已于言者。生离死别之痛，我想谁也不会认为是搞文字游戏。既是至情吐属，无论好不好宜存其真。

至于游戏之作，交往中亦常有之。如集词牌倚声贺结婚调寄《相见欢》云：

烘帘烛影摇红。醉春风。今夕换巢鸾凤。两情浓。　　双双燕，长亭怨，偶相逢。从此于飞，比翼大江东。

又《临江仙》云：

淮甸春回日丽，早梅香里风和。换巢鸾凤两情多。鹊桥仙暗渡，解佩试香罗。　　乘兴阮郎归也，双双燕舞莺歌。鸳鸯梦好乐如何。鱼游春水暖，骤雨打新荷。

词前小序说：“1973 年春节，刘、潘两同志赴淮上旅行结婚。破旧立新，喜佳偶之相得；同心永爱，祝幸福兮无疆。爰集词牌，聊表贺意。”词应“流动服务小组”之命而作，要求富丽耐寻味，颇费一番拼凑功夫。事实上女方搞骗局，临时突变，男方独游淮南而返。这首戏谑的贺词并未用上。两首词所以都有“换巢鸾凤”，则因他和她皆非初次结婚了。

开玩笑的词，我也利用定句叠字的特殊形式写过，下面是一首《钗头凤》：

东边走。西边吼。不知疲倦多能手。常谈笑。无烦恼。兴来争辩，弹飞风啸。炮炮炮。　　交能久。醇如酒。两婴危疾承相救。天难老。人长好。每回重遇，猛惊谁叫。鲍鲍鲍。

原为1980年赠同事鲍训华（雅号大炮）同志小词，亦庄亦谐，原只冀供一笑乐。他却认为神情毕肖，对客时时提及，并屡嘱录存或发表。兹特附记于此。

1988年寒食于芜湖赭山晚晴轩

（原刊《安徽师范大学图书馆建馆六十周年纪念文集》，1988年4月编印）

庐江方志序

1991年秋，庐江新修县志告成，承嘱为撰序。坚辞未荷同意，谨陈数语志盛，兼伸祝贺之忱。

修志为明时胜事，人生难得一遇。地方志八千余种，其书亦非随时随地可得。忆幼年偶见《庐江县志》，后就学县立第一高等小学，尝摘取资料在课外活动中作本地风光的讲演。校长陶尔侯先生，谓可补乡土教育之不足。是为平生接触并利用地方志的开始，忽忽已七十余年。20世纪30年代初，为词人晏殊父子、张孝祥、吴潜等作评传、年谱或述评，时客居省会安庆，常每就省立图书馆或赴南京龙蟠里图书馆借阅地方志。翻检渐多，既惊地方志确为古籍史部之瑰宝，亦发现其不足之处。下焉者不仅体例不纯，且芜滥多误。适有李君撰《庐江风土志》载于省图书馆之《学风》月刊，内容诸多错误，旅省同乡惧其以讹传讹，贻误日后修志参考，嘱我为文纠正。遂撰《正讹》一篇。经编辑部商得双方同意，略去关于文字的指摘，将订正事实部分发表。即此一事可见，旅外人士对于家乡修志向来至为关心。抗日战事期间，省、县修志皆停顿。及抗战胜利，我县始编印《庐江文献》初编及二编各一册，为修志准备资料。按我幼年所见县志为最晚之续修本，刻于1885年（光绪十一年），新志记载闻以1985年为下限，前后时间相距已及一百年，可见修志一次之不易。

新中国建立以来，在老一辈无产阶级革命家的关怀与倡导下，新修地方志事业，已于20世纪50年代中期起步。但经“文化大革命”中断多年，直至党的十一届三中全会后，拨乱反正，修志工作始在全国范围内普遍展开。庐江此时亦迎头赶上。其全部历程约可分为三个阶段，即大胆创新，放手修改和反复审定。地方志为记载某一地区有关自然、社会、人文各方面历史与现状的综合性著述，具有资治、存史、教育之功能。经过历代修志者的努力，累积经验，精研理论。但时代不同要求亦变，自不能陈陈相因。故庐江新志以马克思列宁主义，毛泽东思想为指导，坚持四项基本原则，具体贯彻于修志的每一环节。首先表现在其体例打破常规，不仅详今略古，更能除旧更新，人物方面已不见大批甚至几卷有氏无名的所谓节妇；人口方面，旧志一般只寥寥数语述及，新志却特列专篇，细分章节，详述其民族姓氏，发展分布以及普查控制。全志就自然和社会各方面，如：地质、土壤、植被、水文、气候、矿产、能源、水利、交通、农林、工商、金融、赋税以及文化教育、城镇建设等皆旧志所未及或未详者，予以新的科学论述。秉笔诸同志意气风发，在广泛采访、掌握资料的基础上，兴酣墨饱地写成百万余字的初稿。这是一个巨大的丰收。1988年夏6月，邀请各有关方面举行评议会。群贤毕集，一致肯定这一丰硕成果。而修志领导暨秉笔同志虚怀若谷，会后认真研究所提参考意见，于是进入放手修改阶段。按“起草”与“定稿”的要求不同，前者不嫌繁富而后者则忌烦芜。于是不惜改变结构，大刀阔斧，凡可有可无或取材欠妥以至辞浮于义者，悉予削改，由博返约，盖见精练。凡得数十万言而大功基本完成。继此又进入反复审定阶段，特组成审稿班子负责，从思想内容到语言表达，都进行严格检查斟酌。除复查可疑事实，重检称引资料外，并对个别不足的篇章进行补充甚至重写，如方言篇即其一例。自1989年开始至次年终审凡三次，而修改则连前共达五次。群策群力，使一部既承前志精华，又具时代和地方特色之庐江新志卒本于成，洵为建国以来之盛举，其中不仅有关于经济等多方面的记载，可作今后地方事业发展的参考依据，尤其晚清抵抗帝国主义侵略为旧志所未及收入的一些名将，如出师朝鲜阻日侵略的吴长庆，甲午之战壮烈殉国的海军提督丁汝昌，镇南关大捷抗法而政府求和，悲歌“兄弟一军归故里，河山百战送蛮夷”的潘鼎新，这些人物的英雄事迹，皆大有助于给青少年进行爱国主义思想教育。

我少小离乡求学，中岁旅居各地工作。新中国成立以来，竟未暇一履故土，时深怀乡之情。喜闻本县修志并承以学术委员见命，敬恭桑梓，义不容辞。自忖从1906年入世以来所闻耳见者在时间上正合于修志之需要。游踪所至，偶有一得与故乡有关者，如：多与各地人士接触因而得知哪些是地方字和庐江口语中尚有少数字不读入声之故。在东川白沙见镵岩大字，称誉兴学者为“今之文翁”，因知吾乡文翁仕蜀影响之深远。诸如此类点滴，似亦可作不择细流之助。不料限于种种条件，献替无多。甚至评议盛会，适因病未能参加。拟陈书面意见未尽欲言，尤深惭悚。

当前一部社会主义新型的《庐江县志》已呈献在读者面前。作为前期旅外而又时以乡思的庐江老民，自以为亦与有光荣。倘承广大读者在肯定成就的同时，进而匡其不逮，使她得列于史志宝库，更好地为祖国两个文明建设服务，这不仅符合致力编审者精益求精之旨，也是热爱故乡，关心地方新志者之所感望。

宛敏灏 1991 年 11 月于芜湖赭山安徽师范大学

古城往事记犹新

十几年前，我读过姚著《李自成》的第一卷，他竟把一个当知县的桐城人说成是“老母鸡”（老猛资）。看来我这个有旧庐州府属关系的庐江人，更应算是“鸡牌”的了。遗憾的是，在将近80年的悠长岁月里，连续生活在合肥共仅17年，分为两段。前段在合肥学习，说起来是半个世纪以前的事了。

1921年农历七月里，我为投考省立第六师范学校第一次来到合肥，住在前大街（今长江路中段）的王双盛客栈。当时安徽正进行省议会选举，各旅社成为竞选者活动中心。我有幸见到他们贿选用的所谓“红条”，文曰：“凭条即付大洋……元正，认票不认人。”

那年省立二中有意与六师同日考试而招生名额多一倍。有人劝我改考二中，当即婉谢，但心里也不踏实。放榜之日，只敢从后向前一直搜索到榜首张开选（即张检予，今在合肥市）隔两名处，才发现自己的名字。科举时代嘲讽落第者叫“上庐州府吃府饼”，这天我怀着胜利的喜悦，品尝了后大街（今安庆路）刘东泰的麻饼和烘糕。

六师设在大书院，今省第四招待所以西为其遗址。1978年5月我到省里开会，偶从市招待所的东院见其隔壁尚存旧时宿舍一段，大有如见故人之感。写了一首七律，前半云：“旧燕重来栋宇非，西寮一角认依稀。百年残瓦犹鳞次，几处虚檐有雀飞。”

凡事如愿以偿，便觉得一切顺眼：街道崎岖，井水咸苦，入暮群鸦飞噪，认为这都是古城本色；邮票又叫龙头，肥皂别名洋碱，理发雅称待诏，听来也很新鲜。学校给我的印象当然更好：教师阵容强；培养目标明确，就业和升学兼顾；尤其是提倡自觉，让师生有较大的自由。

在这样生动活泼的环境里，我年复一年地积极学习并参加课外活动，诸如话剧演出、经常给校刊写稿等。趁星期例假，去看看梅花鹿，或是访教弩台下来，顺便经宋三面馆吃碗鸡面，也觉得其中自有深趣。

参加社会活动，是通过学联进行的。有天，我们开会，决定要揭露官府的假禁鸦片。于是抓了一些烟馆老板和烟鬼子，捧着烟灯、烟枪直送到县衙门的大堂。蔡知事连忙出见，在群众围观呵斥声中弄得十分尴尬。

1925年6月间，“五卅惨案”消息传到合肥，学联立即发动各界一致声援。在卫衙大关召开群众大会，会后游行示威，激起全城反帝爱国运动的高潮。但有个别捣乱者居然趁女生夏某在大会讲话时，从背后大叫“今天又不是演讲比赛会，出什么风头！”几乎扰乱了会场秩序。是晚我们开会决定予以教育，写张便条说：“兹须了解一事，闻阁下知道最清楚，请即惠临一谈。”他以为有所借重，欣然而至，一见情势不妙只得认错，写了道歉书。

为了扩大宣传，学联决定编印特刊。我建议以《淝水怒潮》为这一不定期刊物的名称，本期封面底纹加双钩“五卅耻”三字。于是审编责任主要就落到我身上，只好夜以继日地赶成任务。当不久接到这本毛边纸铅印的特刊时，我曾以激动的心情写下了一首绝句：“九州奋起志成城，叱咤风云百万兵。漫道睡狮犹未醒，请听淝水怒潮声。”1926年冬，学校受北伐战争的影响提前放假，我暂时离开。直到新中国成立后才重来合肥，以更长时间在这里工作。可惜，再次离开又已多年了。

（本文刊《合肥记忆》，完颜海瑞主编，安徽文艺出版社2011年版）

老去园丁忆合肥

“余生只合江南老”，这是“文革”晚期因并校重返芜湖，我说过的一句感慨消极话。回忆平生学习与工作多在长江南北两岸大、小城市，曾先后有 5 年和 10 年两段时间在江淮闻名的古城合肥。前段肄业于合肥省立第六师范，时值“五四”运动以后，从此决定我终生致力于教育事业的大方向。越 30 余年后故地重返，在“大跃进”的高歌声中参加了合肥师范学院的建校。时已滥竽高校教学兼行政工作 20 年，颇思多作贡献。不料“文革”运动突发，竟因并校让址仓卒离去。往事如烟，追记一二于此。

新潮激发古城春

1920 年冬，我以 3 年期考六连冠的成绩从庐江县第一高小毕业，次年又认真复习了一学期，满怀信心去报考号称难取的合肥省立第六师范学校。

冒着秋暑陆行三日到合肥，几里外就喜见古城雄姿。但入城后却见市井萧条，群鸦噪晚，更知所谓省议会正在公开贿选议员，不免感到失望。适遇在省立二中肄业的同乡黄君，告诉我今年二中和六师竞争，有意将新生入学考试定在同一天，力劝我报考二中，录取名额多一倍，较有把握。从他的谈话中得知，这座古城由于五四以来新潮思想的冲击，人们思想逐渐解放、变得新潮。六师为新办学校，可能进步更快些，由此我没有轻改志愿。放榜之日，我挤在人群里从榜末向前搜索，惶急中发现侥幸录取在第四名。

六师校址在前大街上的大书院，原是庐州府的科举考棚，破烂的老房子近年来边修边用。校长许拙云先生主张中师应作当教员和升学两手准备，以激励青年同学努力上进。他公开挪用师范学生膳食费节余以提高教师待遇，多方罗致各地优秀教师，后来曾因此而引起学潮。教师以北京高师毕业者为多，亦有留学回国者。这时学校的学风特点是思想积极活泼，向往民主自由，爱国主义表现强烈。大家在学习中不是没有困难的，如数学教材采用国外原本，英语教师过早由完全不懂汉语的外籍教师担任。像我这样有“少年狂”的人，总是以“努力”抗“压力”，而不放弃课外活动和社会活动。迎新会上就有新生参加话剧演出。不久排演《波兰亡国镜》时，我就应邀饰剧中的“二夫人”。学校出版《周刊》（四开版，有时增张），杨定宇先生主编。其时我尝试文艺创作兴趣甚浓，经常给该刊供稿。新中国成立后，中央马恩列斯著作编译局所编的《五四时期期刊介绍》第三集下册载有《安徽第六师范周刊劳动号》（1922 年 5 月）目录，并就我写的《芜湖底劳工会》（四幕剧）简介梗概，予以好评。这是我在一年级下学期写的，当时年 16 周岁。四弟敏渭比我小 3 岁，是年秋天也到合肥入省立第二中学。当时以两所省立中学为首，组有学生联合会，我作为六师代表之一，参加了这一社会活动。

是时，军阀政府对于鸦片烟表面上是严禁，而实际是包庇收税。合肥城内也多有吸食鸦片，搞得乌烟瘴气。有天，在学联例会上学生代表提出讨论，认为学联有捣毁烟馆，揭露真相，宣传群众之必要。一位姓董的同学自愿先去探听虚实，几位壮士继进抓人，强迫一批贩毒老板、烧烟姑娘和瘾君子捧着烟具在大街上游街示众，沿途吸引一批群众前呼后拥，直送到县衙门大堂。县知事蔡某不得不中止吃晚饭出来接待。我们便从中英战争、国际禁毒等方面给群众进行了一次爱国主义思想教育，大家鼓掌称快。像这类活动，对于提高当时社会群众的认识，将人们从暮气沉沉中唤醒起来，都起了一定作用。

1925 年，上海发生“五卅惨案”。合肥各界闻讯震愤，立即起来声援。

学联就在原有基础上略作调整，包括六师、二中、三育（教会主办）、正谊、庐阳（两校私立）、女中（县立）等校学生首先投入行动，印发传单，绘画图片，联系各界。学联还专门召开会议，会议决定以召开全市声援大会为高潮，编印特刊作为运动的纪要，供当前扩大宣传，也给日后留个历史文献。为了与商界主动封存英、日货相呼应，学联还提倡每个中学生做一套白土布制服，穿者参加大会及游行。一切进行顺利。大会在卫衙大关广场举行，万民空巷参加，群情激愤，怒气冲霄。学生代表纷纷发表演讲，谴责日、英等国列强的暴行，声援上海工人的反暴斗争。正当大会按照预定程序进行到姓夏的女生演讲时，突然有个学生模样的人闯到后台，要起流氓腔大声说："今天又不是讲演比赛，出什么风头！"说罢随即溜走，但已被人认出。这一袭击使得演讲活动立即中断，幸未打乱全局部署。晚间学联代表开会，代表一致认为此事如不追究，少数社会流氓分子今后将会更加放肆，影响女同学参加活动。于是请一同学写个条子去请捣乱者："兹有一事，闻唯阁下知道最清楚，请即惠临一谈。"其人一请就到，当指出其破坏会场秩序问题时，那人无法抵赖。学联责令他去向姓夏的女同学当面道歉；又要他写个书面检查，以表示接受教育，保证以后不再重犯。

这次会议又研究编印一期纪念"五卅运动"的专刊，一致同意我的建议：刊名定为《淝水怒潮》，封面设计下托空心"五卅耻"三字，推选编委并责成我任主编。并请江孝潜先生题写刊名，龚嘘云先生撰写发刊词，主要是在"怒""耻"两字上作文章，互约皆不署真名。会议讨论后，各方投稿踊跃，影响及全城各界，塾师也动员一些女生写了许多诗歌。由于多急就之章，须一一加工修改。暑假渐近，更为急迫。结果赶编成为一册，由启新印刷厂用毛边纸铅印。但编校欠精，错误不少，然仍风行一时，收到了扩大宣传、鼓舞民心的效果。

从上述事例可以说明，学风活泼的影响，带动了当时整个庐州城社会也焕发青春。但学校本身过于强调自由，有时也不免出现偏差失误，致令教育受损。如蔡荫乔先生当省立二中校长时，聘杨武之先生（杨振宁父）为教务主任。杨先生为人耿直，对学生要求严格，他规定学校大门晚 10 时落锁。某晚有十几名学生看京剧过时回校，撬开门槛爬进来，结集成群要找杨武之先生算账。杨先生适闻声下楼查询，知学生正在找他，见学生情绪激动，势难劝解，急以手掩鼻，向迎面而来的学生朝后面一指说："杨武之在那里，快追！"学生改向走廊另一处黑影奔去。他乘隙离校回家，从此不再来校，转去外地求学。戴允荪先生任校长时，聘徐中舒先生教我们国文。他选《盐铁论》作教材，天天"大夫曰""文学曰"，引起一些同学不满。某天晚自习时，有人提出："明日第一节课愿到包公祠的请同去，不去的也不要到教室去。"意欲发动罢课。晨事发，戴校长和教务主任谭植菁先生急忙找我动员在校的 14 人赶去上课，但已无法挽回局面。徐中舒先生一气之下，离开了合肥。

我对当时能让学生自由发展，至今怀念。对于六师能让学生就业与升学兼顾的做法，认为颇有可取之处。我就是在六师的学风熏陶下，决定终身从事教育工作的。

岁月匆匆惭奉献

1926 年冬，由于北伐战事的影响，安徽省立中等学校停办。次年，省立二中、六师合并为省立第六中学。我们应届毕业生即以历年考试分数平均数作为毕业考试成绩，我得留六中附小任教，时年不足 20 岁。秋季开学，遭母丧，只得辞谢。

从北伐战争后到新中国成立，这悠悠二十几年中，我初时在当时省会安庆第一、第二及中心实验小学任教，以勤工助学方式读完了当时安徽大学中文系本科，侥幸得第一名。毕业论文《二晏及其词》一书，后由上海商务印书馆出版。抗日战争爆发后，我也辗转流亡至后方，中有 7 年在四川白沙国立女子师范学校任教，并兼行政工作。总计先后当过中小学教师13年，大学讲师4年，副教授、教授各3年。

1948年夏，我同时接到国立安徽大学、国立音乐学院及省立安徽师范学院三所高校之聘请，最后决定前往南京国立音乐学院任教，讲授文史课。南京解放后，音乐学院迁往北京，改名中央音乐学院。我不欲北去，便回到芜湖的安徽大学。时安徽大学由安庆迁芜湖，与安徽师范学院合并成立安徽大学。几经院系调整，1954年将农学院迁往合肥，文、理学院留芜湖，恢复原名为安徽师范学院。“大跃进”中又决定将留在芜湖的文、理学院也迁至合肥扩充，现在的安徽大学部分校舍就是当时为安徽师范学院迁移理科时建筑的。文科原拟迁至合肥工农速成中学及其对面的师范学校校址，调我前往了解是否可用，旋决定就合肥师专原址扩建。1958年春节后开学，我就暂住在师专小南楼，就教学需要用房在师专及速成中学预拟具体安排方案。不料隔了一段时间计划又变了，原先准备安排安徽师范学院理科迁至的校舍改办合肥大学，另在合肥师专校址成立合肥师范学院。安徽师范学院仍留在芜湖。隔些日子，我又被调去陪同芜湖地委陈书记为筹办合肥大学前往北京，要求多分本届毕业生，以便预备培养开课教师。奔走多日，才从教育部搞清楚国务院并没有批准成立合肥大学，批准通过的校名仍叫安徽大学（此后毛主席来安徽视察，为该校题写了校名）。到合肥后，未及陪同陈书记向省委汇报，即被安徽师范学院的领导要求一道还芜湖。车上他才告诉我，要我立即赶回去商量招生工作。

就这样东奔西颠半年，也算是在合肥学校工作的开始。隔一年，合师院又和安师院文、理分院，我又被调到合肥师范学院任教。回想少小游息之地，重来已非昔人，所谓哀乐中年。尤其是从1939年以来，连续在高等院校工作了20年，对于教学、科研、教育管理各方面，多少积累了一些经验。昔年老师们兴办六师的精神，就是我今天参与创建合师的榜样。给一所新办的高校多作些贡献是难得的机遇，这就是我当时的心情。初来合师院时，我还仍在芜湖安徽师范学院兼课，经常往返于合肥与芜湖两地，非常辛苦。一年后，我就不在安徽师院兼课了。在合肥师范学院，我身为教务处负责人，整天忙于学院的教学业务管理。但忙中有乐。每年举行毕业典礼，看到又有一批新的教育工作者走上教育岗位，心里感到十分的骄傲与自豪。除了我们这些教育工作者，谁又能拥有这份自豪与骄傲呢？

1966年5月，史无前例的“文化大革命”爆发。6月6日，我就被铺天盖地的大字报冠以“反动学术权威”的罪名揪出，打入“牛鬼蛇神”行列。没隔几天，周辛教授夫妇自杀了。周辛教授因是党员而被定为“叛徒”，夫人非党员是“畏罪自杀”。我还是守着“韧以济刚”行事，逆来顺受，到1972年12月23日结论和我见面，最末一句竟是“未发现政治问题”。

1970年1月，我们还在下塘集搞所谓“斗、批、改”，突然接到并校让址的命令，紧急通知我们回合肥集体南迁。从此，我又离开了合肥这块土地。临行前夕，不胜依恋之情，口占绝句二首：

芳园日日减容光，犹有寒鸦聒噪忙。雹碎霜凋生意尽，十年弹指见沧桑。

相对无言夜未央，北风吹雨送凄凉。明朝又向江南去，却望庐州是故乡。

乳燕来寻夏正长

在风雨中来到芜湖，这里也是旧地重返。江城春光明媚，各方面关系都很好，于是我又以“人生难得江南老”与老伴互慰。合肥是省会所在，除经常有会须前往参加外，有些问题必须到省才能解决，所以来往还是比较多的，亲友往返也较多。

今夏，小孙女宛楠去合肥旅游，到科大找到我当年在合师院的宿舍，小立门前并拍照带回。审视画面，如在梦中。追忆1966年秋抄家之日，我夫妇待罪窗下的石榴树侧，今见围以短墙。门前小径接校园正道，似无变化。

应楠楠要求，题词一首《鹧鸪天》：

旧梦依稀识绮窗。石榴花外见新墙。楼头疑似当年路，蛙为公私说渺茫。　追往昔，总沧桑。史无前例叹荒唐。只今春去词人老，乳燕来寻夏正长。

（编者按：据“今夏，小孙女宛楠去合肥旅游”云云，本文写作于1993年）

剧本

辛弃疾

简短的说明

辛弃疾是南宋杰出的爱国诗人，同时也是坚持抗金的英雄人物。

他二十几岁时候的行动，尤其显得有声有色。以书生身份毅然在敌后方起兵，进而拥护农民起义军的领袖耿京共同抗敌，并坚决与甘心附敌的叛徒作斗争：曾经追斩盗印潜逃的义端和尚；又以轻骑直入敌营，擒拿杀害耿京的张安国，终于率领起义的卫队渡江归来。

像这样伸张民族大义、热爱祖国的行动，应具有生动的教育意义。

兹即以辛弃疾这段历史题材为主，并广泛运用其生平有关抗金的言论主张以至逸闻轶事，集中表现他在尖锐民族矛盾中的忠义奋发与战斗精神，同时也着重描写广大爱国群众的顽强斗争。对于其他正反面人物的渲染，一面根据剧情发展的需要，一面仍尽可能照顾到历史的真实。剧中引用了辛弃疾一首诗和三首词，也只就原文略改几个字。

由于作者水平有限，自惭写得很拙劣，敬请高明多予指教。

一

字幕：公元 1157 年，即南宋绍兴二十七年，金主完颜亮大力准备侵略南宋，激起北方民众无比愤怒，也激起辛弃疾祖孙起义的雄心。

北国初春，原野静寂，偶闻几阵鸦声。

远处是济南与泰安间的丘陵地带，山坡上挺立几株苍松翠柏，隐约可见有老少两人在指画山河。

（镜头前移）

须眉皆白的辛赞，精神矍铄。

18 岁的辛弃疾，宽肩长臂，目光有棱，显得少年英俊。他正凝神顺着祖父手杖指点的方向看去。

“用兵，一定要选择有利的地形。这一带山川形势我是非常熟悉的。”

“爷爷！济南以北的形势您也熟悉吗？”辛弃疾自袖中取出方尺的锦帕，祖孙共同展阅。

“这是什么？”辛赞惊异地问。

“爷爷！这方锦帕，实际是幅袖珍地图，不过还不够详尽。”辛弃疾微笑着看爷爷。

辛赞很兴奋：“哦！原来你早有准备——可惜你爹爹死得太早了，要不父子起义抗金该有多好哇！”

“要起义就得准备打仗，打仗必须地图。”

“你说得对！今年正月二十五日在燕京考进士，你早晚不是要去赶考吗？这正是了解河北形势，侦察虚实的好机会呀！我已经给你约好同伴——山东西路转运司的张押递，利用他的掩护一路大有方便。”

“爷爷！您想的真周到。我一定好好利用这次机会，完成这一重要工作，各地屯戍金虏兵马数目以及虏酋姓名，我想也要探明记下来。”

辛赞微笑点头说：“对！”

辛弃疾进一步说明他的打算：“从沧州直到燕山，都想仔细查访。回程已没有张押递同道，打算绕道邢台拜望范邦彦（子美）老伯，范如山（南伯）大哥，和他们商量一下有关起义问题。能知道大名府王友直的行动计划更好。我们必须互通声气，一致来对付金虏。”激动地收起锦帕。

“这样更好，孩子！”辛赞慈祥地抚摸着辛弃疾并徐徐下山。“新年正好到各处走动走动，前面就是辛庄，我们下山去吧。”

（渐暗）

画外一片歌声，由远而近。

怒发冲冠，凭栏处、潇潇雨歇。

抬望眼、仰天长啸，壮怀激烈。

三十功名尘与土，八千里路云和月。

莫等闲、白了少年头，空悲切！

靖康耻，犹未雪；臣子恨，何时灭！

驾长车踏破贺兰山缺。

壮志饥餐胡虏肉，笑谈渴饮匈奴血。

待从头、收拾旧山河，朝天阙。

（渐显）

辛弃疾祖孙在走向辛庄途中。

“爷爷！您听！这歌唱的不是岳少保《满江红》词吗？民气多么激昂啊！”辛弃疾喜形于色。

“这首词已经成为忠义军的军歌了。刘豫那小子做了小皇帝后，曾经严禁歌唱，可是越禁唱的越多，民族意识是压制不了的。”

“将来大军起义，就依靠这里的群众做基础，爷爷您看怎样？”

“你想得对！乡亲们绝大多数是懂得民族大义的，要不断地激发鼓舞，不让他们悲观失望，消沉下去。”

（镜头渐远）

一座破败的轩辕庙附近。聚集不少农民：有的在敲锣打鼓，有的在练拳使棒，有的在围着几碗清酒密谈。

农民甲：“听说四风闸辛爷爷的孙子要到燕京考进士了，我不懂他们究竟做什么打算？”

农民乙：“不要怀疑！孙儿比祖父还要强。去年我到泰山采药碰见过他，后来在灵岩石壁上看到有署名‘六十一上人’的题字，‘六十一’分别是把‘辛’字拆开。冒充和尚还不忘本姓，哪有考了进士就忘了祖国。我想，这回赶考也许是虚应故事吧！”

农民丙：“呀！你们瞧！”（举手遥指）

辛赞和辛弃疾在不远的小路上出现，群众迎上去热烈地招呼他们。

农民丙：“我们辛庄的本家早应到四风闸府上拜年。怕人多了引起汉奸们的注意，找麻烦，想不到你老倒先来了。”

“爷爷经常想念诸位！”

“不敢惊动大家！我来到这儿很方便。狗官们对城池的控制比较严，像这样偏远地方他就不敢伸头，咱们正好尽情叙叙。”

“在走进山区时，听到诸位歌唱岳少保的《满江红》，是多么令人兴奋啊！城里很久听不着这样慷慨激昂的歌声了。”

辛赞祖孙在群众欢送簇拥中就庙旁几块断碑坐下。农民们把酒斟了两碗送到他们手里。大家四面围坐起来。

辛赞环顾一下地带说：“乡亲们继续取乐呀！”

农民甲：“哪里是什么取乐！接着新年聚会一下，闹闹出口怨气，难得老爷爷和辛弃疾大哥也来了。（面转向辛弃疾）我们刚才正谈到你哩。”

辛弃疾似乎从农民甲的表情和语气里发现了什么。

“承父老的关心，是不是谈到我要上燕山考进士？”

“对呀！早晚就要荣行了吧？”

“诸位乡亲放心！当年诸位不让爷爷南下，爷爷也舍不得离开诸位，后来被逼当了伪官，是多么痛心的事！我还能走爷爷的老路吗？”

农民乙急迫地接着说：“对！老路子走不得！”

辛赞很痛苦地长叹一声。

“但是，燕山一定要去的，那里是金虏的中都，是完颜亮经营了五年的巢穴，我能够不找个题目到那里走动走动吗？”弃疾一面说，一面激动地站起来。

“去年领乡荐就是为找这个上京会试的题目呀！”辛赞爽朗地大笑。

“考中了进士才放官，我能够让自己考中，伸着脖子钻进圈套吗？”

农民甲眉飞色舞地说：“明白了，完全明白了。”

农民乙高兴得起立，翘着大拇指向群众边摇边说：“我说他有办法吧！”又转向辛弃疾：“快先去把路探好，回来就领着咱们一道上燕京。”

他的表情引得全场哄堂大笑，大家纷纷就近和别人谈论起来。

“跟他干，到燕京把狼窝抄掉。”

“比爷爷强，有本领。”

“领我们一道打到燕京好了！”

“不探清楚就能轻举妄动吗？”

“万一考中怎办？”

“傻家伙！有心把文章做坏些不成吗？”

“姓辛的有种！”

“谁像刘豫父子，他妈的！不是轩辕黄帝的子孙！”

……

一位青年农民突然走到辛赞祖孙的面前激动地说："辛爷爷！辛相公！到这里就如同回到祖国，见到你们就如同见了亲人，可恨我们那里已经是人间炼狱了。"

"你是谁？"辛赞很惊异。

农民乙连忙说："他是我的亲戚，新从河南来的。"

"就请你把金虏和汉奸的罪行告诉我们一些吧。"辛弃疾表现出同情与愤怒交织的表情。

青年农民："数不尽那些野兽的罪行，也吐不尽咱的苦水，请各位乡亲们听我控诉。"

（化）

冬季，田野里烟尘滚滚，人声嘈杂，一队以金兵为主的人马从远处奔驰而来。

近处村庄里的老百姓四处奔逃，只有少数农民一面躲躲藏藏，一面以怀疑的眼光想探听是怎么一回事。

有人猜测："又是打猎吧？把麦子糟蹋完了，来年吃什么——这批畜生。"

有人说："不对，怕是什么屯田军吧？这几天各处闹得凶。"

有人惊叫："不好！来了，来了！"

农民没有来得及躲避，几匹马已经冲过来，一个面目可憎的汉奸无耻地大声叫嚷："奉大金千户长的命令，百户长进驻这个村庄；屋子里的男女老少，通统赶出去。"

老百姓咬牙切齿，怒目相向，不发一言。

凶残的百户长在马上兽嚎了一声，一群虏兵随声怪叫，冲进庄子去。

屋子里闹成一片，屋外金酋和汉奸等耀武扬威，农民们摩拳擦掌，跃跃欲试。

接着进屋的金兵被农民赶出，手持农具抵抗敌人的皮鞭和大刀。屋外农民突起把汉奸从马上拖下来痛打，金酋惊慌失措。

在一场激烈的斗争中渐隐。

同时在另外一个村庄。

一批金兵和汉奸在屋顶上正开始拆取屋梁，另一批正在准备伐取墓上古树。

一辆大车上载着参差不齐的木材，并挑着一个人头和斩断的肢体。

农民正与少数金兵和汉奸在僵持中。

汉奸:“大金皇帝要伐宋问罪,不造船怎能渡过长江？现在奉命征集木材，谁反抗，这里有现成的榜样（手指车上的人头和残断肢体）。他的身体已经拿去熬油了。”

农民：（愤怒）“不要祖宗的败类才肯砍掉墓树，拆掉房子只好上山！”

“告诉你的主子：靠杀人熬油来造船过不了长江，也吞不了大宋！”

汉奸（色厉内荏）：“好大的胆，你有几个头！”

突然有人大呼:“火放着了,烧死拆屋的野兽。乡亲们！揪住强盗的伙伴，不让他们过来救啊！”

一片火光中，拆屋的虏兵和汉奸走投无路，在屋上哀声喊叫。

在群众怒吼与拦阻下，地面的贼影乱成一团。

又是一场惨酷斗争。

远处农村一片妇孺啼哭声，犬吠猪叫声。隐约可辨那里正在发生事故。

近处是大路的两侧，隐蔽着带有农具作武器的农民。

一个青年农民焦急地说：“怎么还不来？”

一个中年农民坚决地说：“沉住气！这里是必走的一条路。”

一个农民翘起头远远张望一下说：“哟！强盗们连妇女也掳去了，咱们首先要救人。”

另一个农民连忙把他按下说：“不许露头，听我的号令动手，首先要抓住强盗们，尤其是强盗头子。”

在金兵和汉奸的驱使下，被掳掠的妇女、牲口等拉成一个很长的行列，顺着大路浩浩荡荡而来。

一个金酋不满意地对汉奸说：“皇上命令征兵，从二十岁到五十岁都要；怎么这里合格的通通逃跑了？是谁走漏了风声？”

汉奸陪着笑脸说：“跑不了！反正朝廷需要的东西多，这次总算掠了不少，您看！（手指妇女，妇女含泪怒视）皇上诏旨百官可各娶妾两个，现在正需要。”

又指着牛和牛背驮着的群鹅说：“皮革，不用说是急需的军用品，就是宰几头牛犒赏为兄们大吃一顿，也可以激励‘大汉军’多给大金皇帝效劳。特别是那些鹅，真是稀世之宝，听说皇上在会宁府每天都要吃鹌鹑，定鼎燕京后改用鹅来代替，这几年北方鹅快吃光了，地方的进贡常用一条牛换一只鹅——想不到这里老百姓真孝顺。”（丑恶地陪笑）

金酋报以讥讽的口吻：“看来你有大功了！”

汉奸立刻变了色：“不敢！都仗百户长的威风！”

路两旁突然一声怒吼，农民猛扑上来，吓得金酋和汉奸几乎同时从马上栽下，立刻被农民绑住。

农民大呼：“大宋起义军在此！投降的不杀！快举起手来！”

这一群眼看头子被擒的强盗有的失魂落魄地举手双手；有的顽强抵抗但也被俘虏，俯首帖耳地跪下来。

在格斗中有些农民受了伤，但裹了伤又冲上去。

这场斗争在马嘶鹅叫、群众欢呼中胜利结束。

（化）

控诉的青年农民：“乡亲们！我们就是这样一场又一场地在斗争。但是

我们力量很分散，不能把所有的女真番子赶走，要把忠义军再组织起来，所以让我来联系。”（激动地结束他的控诉）

辛弃疾：“对！我们要把忠义军再组织起来！”

切齿愤恨的群众也随着怒吼：

“我们再也忍不下去了！”

“我们要起义！”

“不恢复祖国不算炎黄子孙！”

一位老农很殷切地问辛赞：“我们究竟什么时候起义？”

辛赞微笑着指着辛弃疾说：“你问他吧！”

“起义，一定要选择最适当的时机，没有十分的把握不能轻举妄动，乡亲们！请随时准备着。当前最要紧的工作是抓紧一切机会和屯田军作斗争，不让他们扎下根来。同时还要多方面联系。”

他转向控诉的青年农民：“河南这位乡亲来得好，今后要随时互通消息。我这次到河北也要进行联系。这里，是我们的根据地；起义，少不了诸位乡亲。一到时机成熟，我会立刻到这里的。”辛弃疾沉着地回答。

一时群众活跃起来：“好！什么时候大搞一场，听你安排。”

辛弃疾忽然想起一件事：“爷爷！党怀英同学来信不是说今晚到我家吗？我们该回去了。”

“你不说，我倒忘了，快回去！”（起立向群众）“乡亲们！再会了！”

一位老农依依不舍地说：“今天会谈太痛快了！不多留一时吗？”（大家起立相送）

在一片欢乐声中挥手告别，祖孙频频回首，群众目送。

（渐隐）

济南四风闸辛宅的书斋里，图书而外，案头有琴，壁上有剑。

辛弃疾祖孙与党怀英（世杰）秉烛夜谈。

老仆辛万奉茶后退出。

二十四岁的党怀英书生装束，眉宇清秀。

他面向辛赞说：“太老们新年万福。”

“承问！饮食还好，记忆力差得多，不过人老心不老罢了。哈哈……”

他又转向辛弃疾说：“这次专程到府，一来给太老们请安拜年，同时也给你贺喜远行！”言下有些羡慕的意味。

“早晚打算动身去燕京走一路。‘远行’不敢当！彼此好久不见面，承蒙远道来访，正好谈谈心思，交换一些意见。”

“我们少小同学！当年在亳并列岩老（刘瞻）夫子门下，辛党是齐名的，现在呢，愚兄落后了。”

弃疾露出不悦的神态说：“世杰！咱说你自从应举不得意，便脱略世物，放浪山水，真是这样吗？——你以为我此行是为了功名富贵吗？”

“李太白说得好，‘人生在世不称意，明朝散发弄扁舟’，我也是不得已呀！”党怀英一面答一面顺手翻阅案头半展的一本书。

“怎么？你近来读《孙子兵法》吗？”

“我不但研究孙吴兵法，并且每天早起舞剑（指壁上挂剑），因此我的臂力大大增强，就这样结下深厚感情。”

弃疾从案头上抽出一张青笺，接着说：“你看我为它写过一首诗。”

党怀英接诗与辛赞展读，弃疾取剑。

莫邪三尺照人寒，
试与挑灯仔细看，
岂挂空斋作琴伴，
应须携去斩楼兰！

“好诗！不揣冒昧，妄改两个字。”党怀英轻率地取笔改“岂”为“且”；改“应”为“未”。

“这样就不是反诗了！”

弃疾按剑，辛赞阅诗，党怀英注视辛赞，期待他表示意见。

（特写）改后的清稿，涂去的原文及改字清晰可见。

辛赞捋须微笑：“我看你们思想上的距离就在此，如果让这把剑‘姑且’挂在空斋里不用他去杀敌的话，剑也要鸣不平了。”

“老太伯也这样想吗？”党怀英很惊讶。

辛弃疾眉飞色舞，倾听他们的对话。

辛赞严辞正色地说：“贤契以为我受过伪职就死心塌地觍颜忘仇吗？李陵的心思，只有司马迁知道，‘欲将以有为也’，可惜能力衰退，不得不把恢复希望寄托在你们青年人身上，但是我的良心绝没有死。我们坚信大宋人心不死，子传孙，孙传子，一定能够伸张民族大义，终于恢复祖国河山。”

党怀英默默无语。

弃疾也慷慨陈词：“世杰兄！我想进一步和你谈谈这一问题。咱们生是大宋人，死是大宋鬼，不能容忍外族来统治。张邦昌、刘豫这些小子不顾民族气节，在敌人的卵翼下做了儿皇帝，给敌人起了和缓民族矛盾作用。但当敌人不需要的时候，终于把他们一脚踢开了。汉奸的下场不足惜，可恨的是推迟了恢复祖国的时间。现在我们不能专等待王师北伐，要准备起义，在敌后方配合作战。”

“你起义？”党怀英情绪显得紧张。

“对！不但我决定起义，还要联合你起义，联合不忘祖国的人民起义。我这次到燕山真是为了功名富贵吗？为的是恢复大业。这是我们当前最紧要的任务。”

“那我就自愧不如了，想不到老弟有此大志。在文场上我已是败兵之将，在起义上我还能做什么吗？”

“泰安军是起义极好的根据地，党世伯当年在泰安军做个录事参军，后来就此落籍，可见得群众关系搞得不错。你大可利用这一基础号召乡亲们组织起来，到时机成熟我们同时起兵，那时老兄就近打下东平府，小弟把济州兵带来会和，声势就浩大了。”

辛弃疾胸有成竹地侃侃而谈，可是党怀英的表情仍是在为个人打算，听到“声势浩大”有些动心。

“不错，这也是我立大功立大业的另一条路，只是比较难走些。”

“这就看我们民族气节如何了。”弃疾目光炯炯地看着党怀英。

在大义凛然的感召下，党怀英不得不说：“现在我明白了，太老伯和老弟都是身在金而心在宋，我一定也要好好考虑这一问题。不过……”终于欲说还休，显得仍不坚决。

辛赞看透了党怀英的心思，想趁他不得不考虑民族大义问题时结束这一场紧张谈话。他连忙起立握着党怀英的手说：“贤契，就这样决定了！我预祝大宋太尉的后裔，早晚做出一番轰轰烈烈的事业，让老夫亲眼看见你和弃疾光复祖国，携手还乡，一定致迎三十里陪你们痛饮一杯！哈哈哈……”

“夜深了。大家都去休息吧！”

弃疾赶上去和党怀英握手：“世杰兄！感谢你慨然同意！”

党怀英无可奈何地说：“太老伯要休息了，咱们明天再谈。”

（渐隐）

二

同年暮春时节，辛弃疾由燕山归来，经邢台联系范邦彦（子美）父子等。

斜阳影里，辛弃疾主仆二人风尘仆仆地在冀南悠长的驿道上出现，正走向一个柳暗花明的村庄——尧山范解村。

辛弃疾等在一所古色古香的大宅前停步，仰首注视门上“河朔孟尝”的横匾，这里是范进士的祖居。

由于鸡鸣犬吠引起主人注意，范邦彦从里面走出来。

范邦彦两鬓斑白，风度潇洒。

辛弃疾一见上前施礼：“范老伯还认识小侄吗？”

邦彦端视略有所思后大笑：“原来是辛世侄，想不到的远客，快请进！”

相偕入门。

书斋让座未定，范如山也匆匆进来。他比辛弃疾长十岁，显得更沉着老练些。

范如山一进门就热情地抓住辛弃疾的手说：“久违了，辛大弟！从哪里来？”

弃疾：“燕京落第，无面目见爷爷，想暂寄‘河朔孟尝’门下温课。”

如山：“塞翁失马，焉知非福！”

邦彦：“落第大喜，应向世侄致贺！我看正是爷爷的意旨吧？”

三人会心大笑。

弃疾探怀取信奉范邦彦：“爷爷问世伯好！”

“承老世伯垂念！我们只顾说笑话，还没有问候老世伯。”

弃疾：“我也要拜见老伯母。”

“用不着多礼！老妻今天有些不舒服，明天再见面吧。”

老仆范千捧茶入内，范如山吩咐备酒给辛公子洗尘。

如山：“客自虏巢来，应知虏酋事。”

“关于完颜亮的阴谋和虏酋内讧情况曾经听说一二。”

邦彦：“请快谈！”

“先谈一个无耻的故事：今年二月，完颜亮爬上所谓武德殿，把伪吏部尚书李通这群汉奸都叫来，他说：昨天夜里，我刚躺上御榻，恍惚有两个青衣来说天帝请我去谈话。我就骑了御马小将军腾云驾雾到了钧天之宫，听殿上宣诏说‘天策上将，金征宋国’，我伏地拜谢。回来在路上看见前后左右都有像鬼的兵，我射了一箭，于是万鬼号哭，我一惊而醒，立刻叫内侍去看御马小将军，果然正在喘息流汗，检查箭袋，也少了一支箭。看来是上天命我伐宋好统一中国了。”

“这明明是个弥天大谎，可是那些汉奸都同声称贺，更可恨的是李通这个败类，竟说什么天命不可违，时机不可失。引得逆亮心花怒放，南下侵略大宋的计划就这样决定下来。”

“他在说梦话！”如山很愤怒。

“虽是梦话，但逆亮的阴谋已经很露骨了。我自从陷虏以来，没有一天不怀念故国。早晚战事再起，又将被阻隔在北方，正不知何年何月才有机会南下！”邦彦显得比较软弱，但究竟不忘祖国，重视名节。

弃疾：“老伯慢着急，依小侄分析，完颜亮大举南下，可能还要两三年，这是他内部矛盾和军事条件决定的。首先女真内部的意见有很大分歧，伪皇太后徒单氏就坚决不主张轻举妄动，尤其完颜亮杀兄自立以来，大诛宗室，淫乱骨肉，弄得诸王疑惧思乱。所以他在侵宋前必先巩固他在国内的统治。其次两河遗民至今不服，他想迁都汴京来加强镇压，汴都宫室自从四年前被大火烧光，还待从头建起。既需横渡长江，就必须多造战船，大练水师。这更不是短期能办到的事。”

如山连连点头说：“你分析得非常正确。”

“既然早晚还不免大动干戈，正好给我们以充分时间，积极进行我们应该做的事了。”

“爷爷派我来，就是打算和老世伯、大哥有所商量。爷爷很想知道世伯最近有没有新的打算。”

“我和你爷爷原来处境是一样的，都因族众挽留不得脱身，在如何‘苟全性命于乱世’的办法上，彼此有了不同的见解。你爷爷忍痛就了伪职，据说要待时而动。我呢，只想只身渡江，回到祖国。唉！三十几年了，彼此的愿望都没有实现。”

“老世伯仍然打算独善其身吗？”

“不，不！家父已有新的计划。早年可以只身归宋，以全气节。现已在沦陷区忍死多年，正好运用这一有利条件，以期对祖国有更大的贡献。”

“老世伯举了进士，此中恐有奥妙？”弃疾有意作出一步试探。

“当然有点用意，让我自己说明吧！陷虏年代已久，行动容易引起注意，早已无法只身南下。因此不得不举进士表示有心求官，益与大小汉奸多方面结纳，打算相机求为边境县令，表面希望多得立功机会，骨子里和祖国容易联系，便于脱逃。”

如山又补充说：“这样我的全家可以随在后头，在反正的时候就无所牵挂。同时可以多帮助一些忠于祖国的人才回到大宋。”

“这确是个好办法，不过对祖国的贡献似乎还不及敌后起义影响的重大。爷爷和我已决定采取起义的途径。唯有这样才能振奋人心，才能配合大宋王师作战。”显然，辛弃疾对于范氏父子的打算还不十分了解。

“起义，我们完全赞同，家父刚才说‘脱逃’是最坏的打算。我们原计划反正的做法也是据城起义，迎接宋兵。”如山带有解释的意味。

范邦彦感到还是说得更具体些好：“我曾经想过，山东已有你家祖孙。河北有王友直，淮海之间有魏胜，只河南方面发展，最好能求得淮河上游的蔡州，进行已稍有眉目。”

弃疾以敬仰的口吻说：“世伯老谋深算，这样各方面配合，华北大部分都在我忠义军的掌握里了。”

范千进来报告酒已摆好，他们的谈话到此暂告结束。

酒后，宾主仍回到书斋，剪烛续谈。

如山：“现在我们可以谈谈敌我形势和今后工作了。”

“请先了解一下山东和燕京间的情况。”弃疾探怀取出方锦帕，与范氏父子共同展阅。

如山：“好一幅地图！绘画在锦帕上。”

“这里材料还不够充实。”弃疾谦虚地说。

邦彦：“真是有心人，亏你想得到！”

弃疾一面指点锦帕上的地图，一面说明：“敌我对峙的形势是犬牙交错的。

这图上红色地区是在我们控制之下，有黑点的是敌人屯田军的据点，大的驻有千户长，小的驻有百户长。这些地方便是敌人粮草仓库，一般防守很薄弱，可以说是敌我共有的……”

“了如指掌，世侄真是将才！”邦彦表示对弃疾的器重。

“知己知彼，百战百胜。有了这样的图，我们就不至于盲目行动。”如山同意他父亲的看法。

“希望把你们所了解磁州、大名一带的情况也填起来，使得这幅图更加完备，尤其是王友直方面，我们想取得密切联系。”联系王友直，是辛弃疾此行的主要目的。

如山：“你来得真巧，王友直约定明天赶来尧山附近，和我们商谈怎样接收这一地区的子弟兵，由于家父谋到边境就伪职的愿望可能实现，今后邯郸南北一带将请他统一负责。

“太好了！我明天一定参加这一具有重大意义的会谈。”

如山转向他父亲说：“爷爷，为了辛大弟的安全，我们还得想个办法掩人耳目。”

邦彦沉思了一会微笑说：“有办法！范进士不能全家游春吗？告诉你母亲吩咐儿媳和你妹妹如玉都跟随我们一道好了。”

“妙！这样行动起来更方便，别人也不会怀疑，我去告诉母亲。”

“你母亲能否同道明天再看情况。可先传达我的吩咐，叫儿媳和如玉都来跟辛世弟见见面，彼此原是通家好，尤其今后互相配合的行动多，要不拘常礼才是。”

“好！”如山退出。

邦彦再审视锦帕，意甚欣赏。

“这幅图很有用，我想复制一幅。”

“我给老伯照绘。”

“用不着，我可吩咐小女临摹。此孩粗读诗书，能识春秋大义，最仰慕韩夫人梁红玉的英雄事业。给她临摹也好见识见识。”

弃疾正不知如何置答才好，如山偕内眷已到。范夫人张氏和范小姐如玉携手而入，女婢田田随侍。经介绍并寒暄后，范邦彦指案上锦帕对如玉说：“孩子，你给我照样临摹一幅，这是辛大哥绘制的。”

如玉接锦帕展视，不觉失声说：“呀！多么精微的地图。”她抬头看辛弃疾，辛也正在注视如玉作何表示。

邦彦说明天的游春，要不拘形迹，大家都表示同意。

华北春深，风光旖旎。

在人烟寥落的广大田野里，范邦彦等一行正乔装载酒寻春。

辛弃疾、范如玉、田田走在最前面，紧跟在后面的是范如山夫妇。稍远有范邦彦、赵夫人和范千。

辛弃疾对景低吟：

陌上柔桑破嫩芽，

东邻蚕种已生些。

平冈细草鸣黄犊，

晴日疏林点乱鸦。

田田一面扑蝶，一面喘着气大嚷：“辛公子！你在哼什么？给我帮个忙嘛！”

“嚷什么？傻丫头！”如玉正在倾听弃疾吟诵。

如山夫妇被田田的憨态引得好笑，走上去帮助扑蝶。

弃疾因田田嚷叫回首，正看见如玉在微笑。

“这丫头有些傻气，不要管她！辛大哥！‘疏林乱鸦’这是‘田园寥落干戈后’的景象，写得逼真。不过作为一首绝句意犹未尽，是‘鹧鸪天’的上片吧？”

弃疾表现惊佩的神情：“大妹说得完全对，不过下片被田田一嚷就忘了。”

彼此都笑起来。

“不会的，请读下去！”

“好！我读出来请大妹指正。”

山远近，路横斜；

青旗沽酒有人家。

城中桃李愁风雨，

春在溪头荠菜花。

“好词！结句尤其寓有深意。”如玉顺手折了一枝荠菜花给弃疾，“这样朴质无华的荠菜花好在哪里呢？”

“我最爱荠菜花，正取其朴质无华。你看它多么坚强，尽管风吹雨打，绝不屈服。”

“哦！原来英雄喜爱的花也和常人有所不同。”

会心相视而笑。

（划）

范邦彦和赵夫人且行且谈。

“夫人今天兴致这样好，原因何在？”

“今天有两大喜事。第一，你们和王老九会谈，为了祖国，为了子孙万代，这是很不寻常的一件事。”

“第二呢？”

“第二件还用我说吗？”她转脸看看范千。

范千结结巴巴地说：“小人都想到了。难道老爷还没有想到吗？辛公子和小姐真是天生一对，只看他们的性情一样豪爽就难得了。”

邦彦带笑对范千：“用不着你多嘴。”

赵夫人说：“范千！更难得是我范、辛两家都讲民族气节，忠义传家啊！”

远处烟尘滚滚，几个骑兵从驿道奔驰而来。范千惊叫：“不好！巡逻的金兵来了。”

（划）

弃疾、如玉、如山夫妇、田田等在巡逻金兵的威逼下，停立路旁。

“你们这些蛮子干什么的？”巡逻金兵扬起马鞭噼啪一声。

“我们是范进士一家出门游春。”范如山勉强陪笑着说。

“什么‘近士’‘远士’！把你们这群男女关系报上来！”

“这是我妻，这是我妹，这是丫环，这是……”如山手指弃疾，未能即时说明关系。

巡逻怀疑地说：“这里有文章。”

田田慌忙抢先一步说：“没有文章（手指弃疾），我们姑爷刚才只填了一首词。”

惹得巡逻金兵大笑：“原来一班书呆子在这里假斯文。（手指远处）那老头儿就是范进士吧？不管他，走！”挥手扬长而去。

弃疾目送巡逻已远，连忙向田田说：“谢谢你给我解围。”

“应该谢谢小姐。”田田故意躲到范张氏背后。

“小姐也得谢谢你呢，今后不会再叫你傻丫头了。”范张氏注视如玉和弃疾的表情。

如玉急上前掩住张氏的嘴，羞嗔地阻止她再说下去：“嫂嫂！……”

（特写）化装为普通农民的王友直正在向前行进，张望约会的对象。

在一块僻静的草地上，辛、范等与王友直在饮酒密谈，范千在放哨，赵夫人、范张氏、如玉、田田在附近休息并野餐。

王友直：“辛老弟说得对！我们的棋子要布开，同时又要保持联系，互相照应。”

如山：“中州是大宋旧都，讲民族气节的忠义军分散在各地一定不少，所以我们打算到那方面发展，河北方面就不得不请你完全负责了。”

邦彦：“环绕尧山范解村横直有十里都是我们姓范的本家和亲戚，为了抗金复国绝对可以听从你的指挥，我们早将你父子赤心为国的事迹介绍过了。”

弃疾：“九兄！还有一点我们要注意，敌人正在加强屯田军，这是起义的最大障碍。平时就要把它控制住。”

“这屯田军确是大害，就大名府来说吧，当千户长的番子是完颜福寿，他手下有万把人，好厉害的家伙，可是我王老九并没有饶过他，每逢少数番兵出来骚扰就把他干掉。现在他很不安，估计我们一起兵这家伙就会向辽东老巢逃跑。”

弃疾以坚决的语气说：“一定要就地彻底消灭掉，不让一个人漏网。”

“辛老弟！依你看什么时候是起义的最好时机？”

“形势很显明，完颜亮正准备迁都汴京，倾巢进犯大宋。可是女真内部矛盾很大，当他做饮马长江迷梦的时候，完颜乌禄就要在辽东起兵夺他的帝位。那时一片混乱，正是我们起义的好时机。”

王友直喜形于色说：“完全正确！那时完颜亮进退不得，我们忠义军就可以和祖国大军在江淮间会师，完成恢复大业。来！我们痛饮一杯。”

大家干杯。

（划）

赵夫人等正席地谈笑，辛弃疾等前来。

“老伯母今天不累吗？你们谈什么兴致这样高？”

“他们告诉我在路上怎样应付番兵的。”

“田田很机智。”

“她说的也是老实话。回去禀告爷爷，国事办好我们就要办家事了。”

赵夫人很爽直地这样暗示。

弃疾会意欣喜："谢谢老伯母！一定遵命禀告爷爷。"

田田："小姐！我不傻吧？"她说罢急藏在赵夫人背后。

范张氏："妹妹……"刚叫出这一声已被如玉把嘴掩起来了。

在一片欢笑声中渐隐。

三

公元 1161 年（即宋绍兴三十一年）的秋天，辛弃疾起义于山东。

（特写）二十二岁的辛弃疾，戎装乘马，揽辔徐行，朗吟《破阵子》词：

醉里挑灯看剑，
梦回吹角连营。
八百里分麾下炙，
五十弦翻塞外声。
沙场秋点兵。
马作的卢飞快，
弓如霹雳弦惊。
了却君王天下事，
赢得生前身后名。
莫教白发生！

泰安军郊外一个广场，辛弃疾检阅起义军。

这时已是农历十一月，林寒涧肃。但起义士兵个个精神抖擞，军容很威风。

当辛弃疾莅场的时候，旌旗摇动，金鼓齐鸣。群众争送茶水，也夹道欢呼。

辛弃疾在高举辛字帅旗的地点下马，慷慨激昂地向全军和群众讲话。

"各位父老们！全军弟兄们！"

"我们泰安忠义军起义两个多月了。自从打下泰安军已经发展到两千多人，器械粮草都已措办齐备。首先我代表全军衷心感谢乡亲们的大力支持。

同时我也感谢全军弟兄们对先祖父和我个人的信任。”

全军和群众欢呼雷动。

“今天我不仅检阅全军阵容，更重要的是把敌我当前形势和我军行动方向给大家讲清楚。”

“弟兄们！父老们！最近采石大战，大宋王师在中书舍人虞允文的指挥下，已经取得决定性胜利。”

欢呼声再起。

（化）

采石战江边，太白楼下。宋败兵三五星散，解兵束甲坐道旁。

虞允文正召集诸将讲话：“这次都统王权不听节制，轻易放弃庐州，以致从昭关、和州一直退到这里，我奉命前来犒赏三军并传达圣旨，要他把兵权交给新都统李显忠。现在王权何在？”

诸将精神颓丧，默不作答。

允文目视统制魏后说：“魏统制你知道他的下落吗？”

魏后愤慨地答道：“早已逃之夭夭了！根据探报，完颜亮今早已到和州江边，披甲登台，杀马祭天，只要江旗一麾，几百只兵船就要横渡大江。我们的主将却临阵脱逃！”

“军情如此紧急，李显忠都统远在芜湖，倘若等待他来，势必误了军国大事。”虞允文针对当前形势提出意见。

“军中无主怎能作战？虞舍人你既奉诏参赞军事，应当临机应变，从权亲任指挥。”魏后希望虞允文能负起责任来。

“对！朝廷告命、金帛都带在这里，谁有功就赏谁！皇上现在驻跸平江，早晚就要进驻建康。保卫祖国谁都有一份责任！”

众将激动地说：“只要舍人肯亲自出马，我们一定听从指挥，和番兵决一死战。”

“虞公你只奉命犒军，并没有受命督战，将来被人弹劾，你吃得消吗？”有人这样提醒虞允文。

虞允文很不满意这一意见，他大声斥责说：“国家安危，就在今日一战，我能临阵脱逃、为个人打算吗？”又转向诸将说：“大战已经决定，时间紧迫，各位按照我的部署即刻行动。一、就江岸布起大阵，敌人进犯要坚持战斗，不得动摇后退。二、把战船分散五队：以海鳅船一队为中坚，开驻中流，预藏精英准备冲击；用两小队分驻采石矶上下游，掩护岸上大阵，另外两小队藏在小港里候命补充。诸位！我们今天的阵地是长江渡口。我们面临的一战，关系民族兴亡。要求全部将士激发忠义，发扬淝水之战的传统精神。我虞允文赶来就是要和前线将士同生死，和阵地共存亡的！”

诸将纷纷表示：

“我们服从舍人命令！”

“我们要死里求生！”

“打回淮南去！”

“把虞字帅旗建起来。”

“活捉完颜亮！”

遥闻长江北岸金兵鼓噪，虞允文等匆匆进入阵地。

长江一片茫茫，夹岸青青隐隐，偶见几只水鸟飞翔。

北岸和州江边台上，插有黄红两色旗帜，戎服登台，挥舞小红旗，指挥战船几百艘前进。南岸采石矶江边宋军严阵以待，海鳅战船正向中流集中。

两军战鼓齐鸣，人声鼎沸，如狂风暴雨由远而近。

金船抵达南岸的七十多艘，番兵纷纷登陆，直冲宋军，以优势兵力压逼宋军渐渐后退，情势危急。

虞允文突入阵中，拍着魏后的肩膀说：“魏统制的胜略天下闻名，怎么站在这里像大姑娘，还不出阵吗？”

魏后一声怒吼，立刻挥舞双刀出阵，宋军士气大振，猛向金兵反扑，杀得落花流水。

大江中流，宋海鳅大船正把金兵的小战船成批截住，反复冲击，金兵有的中箭落水，有的全船被冲沉没。

红日西斜，金兵犹苦战不退，虞允文骑马往来阵前奋战，不免焦急。忽然阵后发现一队军容不整的溃兵赶到，虞允文连忙上前询问："弟兄们从哪里来？"

众溃兵说："我们是从光州败退下来的，实在不甘心，所以赶到这里再投入战斗。"

"可爱的英雄！现在听我的命令：你们多拿些金鼓旗帜，兜一个圈子从山后面出来，分散几处摇旗呐喊，虚张声势。"

众溃兵："得令。"

江上晚霞如血，遥听山侧鼓声大呼："弟兄们！芜湖援军到了。"

"李都统的命令，不许放走一个番兵！"

"弟兄们！截断渡口，留几个番子给我们杀呀！"

金兵惊愕向江边退却，宋兵勇气百倍，从后面掩来。在一片混战中，金兵有的被俘，有的被斩，有的上船。

虞允文眼看上船的有脱逃可能，立刻下命令："弓箭手赶上去歼灭江边上船的敌人！"

金兵哀叫声，宋兵冲杀声，闹成一片。

落日苍茫，采石大战在宋兵欢呼胜利声中结束。

（化）

辛弃疾继续给军民讲话："当天晚上虞舍人重新布下天罗地网，第二天在杨林河口又打了一个小胜仗，烧掉金兵三百多只船。现在，完颜亮的三十二路军，六十多万人马，已经溃不成军。又因完颜乌禄早在辽阳做了女真皇帝，完颜亮走投无路，只好向扬州方面逃窜，虞舍人从李显忠都统那里分得一万六千人马追上去了。”

欢声雷动，父老有喜极落泪的。

“再告诉各位一个好消息：我们的友军首领高平王友直早已在河北起义，打下了大名府，就了河北各路安抚制置使，现有十万人马，分做十三军。河南方面，蔡州新县令范邦彦父子也按照我们预定的计划起义，欢迎大宋王师北进。完颜乌禄就算做了女真皇帝也统治不了咱们了。”

全军和群众狂欢跳跃。

“弟兄们！当前形势虽是这样有利于我们，但不等于祖国河山已经恢复，现在番兵分驻各地的什么‘谋克’‘猛安’以至‘总管’还有不少据城死守的。朝廷已经派遣成闵、李显忠分担淮东、淮西招讨使，就将进兵收复两淮州郡。我们忠义军必须从敌后方配合作战。”众军士激昂地高呼：“咱们立刻进军！”

“马上出发，南北夹攻！”

“不！我们要先铲下东平府。”

辛弃疾进一步提出自己的主张：“弟兄们莫急！我同意首先铲下东平府来做根据地，但这一仗就不是杀几个番兵或者什么‘蒲里衍’来试身手，也不像打泰安只要对付一个‘谋克’和他的喽啰，而是要跟更大股的敌人交锋对垒，两千个子弟兵有把握干得了吗？因此，最好联合其他忠义军共同作战，甚至拥护一位更有威望的做统帅。现在正和莱芜起义军耿京进行联系。要求弟兄们信任我，我好放手做去。为国家，为民族，不要计较个人利害得失！”全军严肃起来。同时给他们以满意的回答。

“拥护大帅的主张！”

“听从您的命令！”

“为国家，为民族，忠义军团结起来！”

辛弃疾激动地说：“这样的为公忘私，才是华夏民族的好子孙。弟兄们！随时做好一切准备，早晚我们就要进攻东平府了。”

在经久不息的欢呼声中渐隐。

四

东平府官署里一个议事厅，起义军领袖置酒举行高级会议，参加的有辛弃疾、耿京、贾瑞、李铁枪等。

辛弃疾这时已将泰安起义军归并耿京部下，他恢豁大度，眼光远，要放手干。

耿京是在农民中具有极高威望的起义者，他的思想比较保守，一切措施都很谨慎。

贾瑞是个善于组织军队与指挥军队的将领，见解与辛弃疾很相近。

李铁枪是耿京的忠实战友，一个民族意识很强的农民。

“耿大哥！回想我们在东山起义的时候，只你耿京和我李铁枪五六个人，真想不到有今天。”

“这多亏贾、辛两位将军。”

“我贾瑞只带来几十个人，不过起带头作用；起决定作用的，还是辛帅的两千个弟兄，否则东平府不能这样顺利拿下来。”

弃疾连忙谦虚地说：“这次胜利，一方面是仗耿帅的威望；一方面也是贾帅善于用兵；李铁枪大哥在军中宣扬民族大义，鼓舞士气，大有作用。”

“我不过是给弟兄们讲讲道理，想不到居然有功。”李铁枪大笑，众人笑。

“这些都不谈了。今天我们要讨论的是军政建制问题。场面大了，这样乱哄哄的不行。”耿京提出了议事主要内容。

贾瑞：“耿大哥提出的是当前极其重要的问题。当起义的初期，是我劝耿大哥要放手，让各军自行招兵买马，因此发展很快。现在是到整顿的时候了。谈到组织部队作战我还有些办法；关于军政的正式建制，就必须请辛帅发表意见了。”

弃疾："这确是当前迫待解决的问题。我们的起义军现在号称二十五万，假使不统一编制训练，便是乌合之众；我们的根据地已经有东平府所属各州县，也就不得不考虑民政问题。因此必须有个军事民政统一的建制。"

耿京："我赞成你的意见。"

贾瑞："这些事是你们文人的长处，就请你提出一个整套的具体意见。"

李铁枪听得出神，耿、贾都在期待弃疾提出意见。

弃疾："我提出一个初步意见，大家再斟酌。首先，我们起义军必须有位最高军政长官，耿大哥在农民群众中最有威望，我建议拥戴耿大哥做天平军节度使，节制山东河北忠义军马。"

"其次，我们起义军必须有位统一指挥的元帅，要大哥亲手组织各路军马，应由节度使任命他担任'都提领'。"

"你我干什么好呢？"李铁枪是个急性子。

"慢急！军队的编制还要统一起来：所有莱芜、泰安各地起义军要统一改编，暂分左军、右军、策应军、游奕军。各军将领，一律暂分统制、统领、正副将三级。"

李铁枪以更着急的神情说："现在要谈到你我应干的职务吧，难道闲着不成？"

弃疾故意慢吞吞地笑答："你我的职务要听候节度使都提领分派呀！"

惹得大家都笑起来。

"贾大哥！我看辛帅的部署很周到，都提领的职务非你干不可。只是要我自称节度使不合适。"

"耿大哥！你我都是不识字的人，但是眼黑心不黑。我们是起义军，我们要拥戴你做什么就是什么，谁也干涉不了。只要不像刘豫父子当汉奸，做儿皇帝，有什么不合适！"李铁枪先表示意见。

"铁枪真是心直口快，他说的道理完全正确。王友直不是已经就了河北各路安抚制置使吗？他派人联系要听你节制，你没有个较高的名义，怎么发号施令呢？”贾瑞更补充一些理由。

“这是为了加强在敌后方的号召力，有朝一日和朝廷取得联系，毫无疑问会追认的。起义是为了恢复祖国，有利于我们的事业就应该从权。”辛弃疾是从恢复大业来看问题的。

贾瑞有意把谈话移到另一个问题上：“得了！节度使赶紧把辛帅和铁枪的职务分派下来，不要急坏了铁枪！”

“哪能少掉他们一文一武呢？好！我接受诸位盛意，勉强负个节度使名义。辛帅我想委屈你担任掌书记，办理文案，兼管印信。铁枪就在‘总辖司’里担任一名提辖，在都提领手下工作，唯有这样我们才能经常在一起。”

李铁枪、辛弃疾同时表示接受任命。贾瑞抢先举起酒杯：“为庆贺节度使就职，为预祝光复祖国大业成功，干杯！”

在大家一阵欢跃之后，辛弃疾提出一个新的问题：“节帅！现在我们谈一谈收编义端和尚部队的事好吗？”

一句话提醒了李铁枪：“对！这家伙一早就来了，我吩咐他在辕门外听候命令呢。”

耿京有些游移：“老实说，我对他不大放心。这是一个不安分的油滑和尚。以前他独树一帜，打莱芜、打泰安都不出兵。现在东平府拿下来了，他才来谈归附，可能是在投机。”

贾瑞：“我同辛帅研究过，这家伙不一定可靠，但如不设法收容，可能他要投金。我们现在不能树敌，连张安国那个家伙我都有心招安他。”

弃疾：“义端这个和尚喜谈兵法，所以我过去间或和他往来。自从他聚众到千人以上，我认为是不可忽视的一股力量，所以说服他归附我们。我想，在节帅伸张民族大义的感召下，也可能不会变心。”

耿京：“即是辛帅能负责，那就收容他好了。——（顾铁枪）传义端进来！”

李铁枪下，与义端同入。义端，一个非僧非俗，貌恭顺而心怀叵测的家伙。

辛弃疾介绍耿京是节度使，贾瑞是都提领后，义端惊愕。

耿京很严肃地说：“义端将军你这次归附本使部下，是为了共同恢复祖国大业，我们非常欢迎，据报你部只有千人左右，即就无庸另成一军，可传谕全军听候都提命令改编。”

“谨遵命令。”义端表现失望的神情。

耿京：“今天我们议定的事，就由都提领和掌书记分别执行。”

（渐隐）

一片寂静的荒野，天边一钩残月，几点疏星，远处时闻鸡声报晓，犬吠行人。

叛徒义端和尚正在策马奔驰，突然在一个三岔路口停住，跳下马来，焦急地向路边东寻西找，又对路旁一株大树上下打量并绕树张望。

“天啦！怎么一个分路碑也没有？这不等到天亮也分不清方向了！”

颓丧地挨着树根坐下来探怀取出一个四方形的黄绸包裹，摆了摆说：“哼！这家伙总算在我手里；辛小子连个鸟节度使印都管不了，看耿京那个暴发户能够不杀你吗？”

他得意地笑起来。

“他妈的！泥糊腿也自封节度使，都提领，居然只派老子当什么副将，就有那没出息的辛小子跟着拍马屁。凭老子把这东西（玩弄偷来的印信）献给大金皇帝，不封三齐王真怪！”

他喜极跳起来猛向马腹打了一拳说：“识时务者为俊杰！”

马惊狂奔，义端尖声叫起来：“呀！不好了！”

连忙从后面追赶，在人马距离愈来愈远中隐去。

天平军节度使的议事厅里。李铁枪拿着武器侍立在耿京后面，贾瑞焦急地看着愤激的辛弃疾。这是义端叛变后清早一次紧急会议。

耿京威怒地说："掌书记！军中无戏言！我本来不信任这个秃驴，负责介绍的是你，典守印信的又是你；现在秃驴叛变了，印信被偷了，还成个什么体统！为了整饬纪纲，为了杀一儆百，我要借你的头！"

最后一句显然出乎贾瑞意料之外，他连忙离席力争："大哥不要这样急躁！当日收容这个叛徒原从大处着眼，争取一切力量能为我用，现在既已事出意外，还是从容商量善后。"

耿京余怒未息："善后？丢了印，丢了人，有什么话说！"

弃疾激动而又诚恳地说："节帅！都帅！这件事应该由我完全负责，我拥护严格执行军纪，但想请示一个问题，能不能拿义端的头来换我的头？"

性急的铁枪抢着插嘴："对对对！我们为什么不砍那个秃驴来示众？却找掌书记来给他还账？我们少不了掌书记呀！大哥！"他的语调显然也在为辛弃疾缓颊。

耿京理智渐能控制，他的语气大为和缓："我们诚然少不了掌书记，而且他对于起义是有大功的人。论道理砍了秃驴最能树立威信，但是，从哪里拿获这个叛徒呢？"

"听掌书记的意见！"贾瑞松了一口气。

弃疾切齿痛恨地说："为了恢复大业，我总想团结一切可以团结的人。可是，我对他推诚相与，他对我却以怨报德。如果不能亲手把这个叛徒砍掉，也算空顶了我自己这个头颅！节帅！请给我三天限期，倘不能把秃驴头砍来，甘愿抵罪！"

"好！我给掌书记保证！"贾瑞急于打开当前的紧张局面。

"我跟你一道去追那秃驴！"李铁枪一番好意，同时也义愤填膺。

耿京终于接受大家的意见说："行动趁早吧！"

（渐隐）

红日已高三丈，辛弃疾上马待发，贾瑞、李铁枪赶来送他。

李铁枪以不放心的口吻说：“辛帅！你单身去万一出岔子怎办？还是让我陪你一道。”

贾瑞：“你分析他偷印是为了取信于番将，想把我军虚实换一官半职，这完全正确。可是他已快马加鞭跑了半夜，怎么赶得上？李提辖跟随你去也好，追上应有一场恶斗。”

弃疾：“有把握追得上，他夜里跑一夜沿着大路，我白天追就可以利用一些小路。抓住了，他不是我对手，尽管放心，你两位监视这叛徒的内部要紧——我走了，再见！”

贾瑞、铁枪几乎同时说：“听你的好消息！”

辛弃疾的坐骑在灰尘滚滚中消失。

红日渐渐西斜，辛弃疾仍马不停蹄在追赶。

忽然听见一阵马嘶声，驻马瞭望，发现远处灌木丛边有一匹马。

辛弃疾做好战斗准备赶上去。

仔细搜索的结果，这灌木丛里并未发现有人，再来从马的本身研究问题，才恍然大悟。

“哦！原来这匹马不是系在这里而是拖着马缰奔逃被绊住的。这明明是那叛徒的坐骑，怎会让他逃到这里呢？”

辛弃疾沉思一会。

（画外音）

“这叛徒已经被杀了吗？不！杀了他不会不要这匹马。”

“这叛徒已经发现我在追吗？不！那就应该把马藏好。”

“这叛徒有意纵马布下疑阵，使我认为他已经死了不再穷追吗？也不像！那应该把马绊在路边让我容易发现。”

“现在他丢了坐骑的原因虽不明，但肯定这叛徒还活着而且在步行，看样子加把劲今天就可以追上了。”

辛弃疾兴奋得立刻上马再追。

残阳如血，寒鸦噪晚。

义端跪在辛弃疾马前，辛弃疾愤怒地数他的罪状。

“你这叛徒知道自己犯下滔天罪恶吗？”

“大丈夫合则留，不合则去，彼此各奔前途，何必相强？”义端色厉内荏地勉强回答。

“无耻的东西！你背叛祖国，甘心投逆，不忠！你出卖民族，欺负朋友，不义！不忠不义，还有什么面目活在世上！”

义端颤栗哀求：“辛帅！你的面儿像青兕，你的力气能杀人，我绝不是你的敌手。但是蝼蚁尚且贪生，哀求你饶恕我这条狗命，好做和尚了此残生。”

“废话少说，交出你的头来！”

“辛帅！节度使印在这里，我这样做就是要你来追我，我好披肝沥胆和你说句知心语，庄稼汉能成什么大事？我拥护你做齐鲁大帝，你也不要回去了。”

这些无耻的话激怒了辛弃疾，他从马上跃下说：“为人民除害，只好污我这口宝剑了！”

弃疾拔剑砍下义端的头，挂在马颈上疾驰回去。

他的背影渐远、渐小、渐隐以至消失。

五

天平军节度使的议事厅里张灯结彩，置酒为辛弃疾庆功，同时商议今后行动大计。

耿京，这位坦率的农民军领袖置酒对英勇青年辛弃疾更加器重，他首先为辛弃疾劝酒。

“我敬辛帅三杯！一杯谢过！一杯庆功！一杯庆我忠义军文武得人。”

弃疾谦虚地说："我当敬帅三杯：一杯赎罪，一杯上封，一杯庆贺整饬军纪成功。"

这时贾瑞喜形于色，他说："我建议同饮三杯：一杯为铲除叛徒，一杯为全军团结，一杯为祖国恢复大业——干杯！"

在贾瑞举杯先饮的时候，李铁枪进来连忙说："为祖国人人有责，把杯酒给我。"随即向耿京行礼报告。

"奉命传谕三军，已经办理完毕。军营岗哨严密，将士开怀畅饮。他们要来中军献酒，已吩咐从免。"

"辛苦了，慰劳一杯！"耿京很高兴。

"今天为辛帅庆功，迟到不罚酒，倒先慰劳我，不敢！不敢！"

在欢笑中，大家同饮。

耿京："自从辛帅手斩叛徒，全军整饬风纪，讲明大义，现在军纪一正，士气很旺，今后的行动方向，已经到了决策的时候了。"

"辛帅文武全才，熟悉整个大局，一定有高明的见解。"贾瑞注视辛弃疾静候回答。

"我可以提出初步意见，供共同考虑。首先研究一下敌我形势。"

耿京："在我们忠义军方面，辽东已由开趋领导起义控制广大地区；淮南敌军薄弱，王友直已经率领部队，直下寿春。"

弃疾："仅从起义军扩展情况去考虑问题还嫌不够，我想分析一下宋金两国的最近形势。"

贾瑞："完颜亮已经在瓜州被杀，部下溃散，不是完蛋了吗？"

耿京："是啊！"

"对！完颜亮算完蛋了，但是新立的金主完颜雍又来到燕京，这家伙就是做过济南尹的辽王乌禄，对山东情况非常熟悉。他现在正千方百计，花言巧语来引诱我起义军归顺；同时又故作姿态，派遣使臣到大宋议和，眼看他动摇我军心之后，就要以优势兵力直取山东。"

最后一句话引起耿京震惊，他说：“这是很大的威胁，看来我们必须赶紧调集重兵镇守黄河。”

弃疾：“孤军守河，谈何容易，当前亟待解决的有两个问题：一是怎样把山东境内所有的忠义军抓住，完全听从我们指挥；二是怎样配合大宋北伐大军，逮住江淮之间的残敌。”

贾瑞：“辛帅讲得有理，必须没有后顾之忧，前线才能起义，可是你提出的两个先决问题，从哪里下手呢？”

耿京：“想办法招抚山东境内起义军我同意，和朝廷的军队联系我看无此必要。”

铁枪：“贾瑞说得对，姓赵的朝廷从皇帝以下都是一些贪生怕死、卖主求荣的东西。我看还是大家得节度使弄弄干一场痛快些。”

耿京：“我耿京誓死不当儿皇帝，也不想闯天下。为了恢复祖国我绝不贪生怕死，最怕的是和赵宋朝廷那些贪生怕死的军队打交道，成闵、李显忠两军为什么停滞在两淮就不前进呢？”

贾瑞：“看来节帅的意见是不愿和朝廷啰唆，这些年朝廷的求和政策，也确实使人失望，不过当前再没有联系必要，还请辛帅讲讲道理。”

弃疾：“我以为解决问题，首先要认清关键所在，现在屯兵两淮的将领，成闵姑且不说，李显忠父子忠义闻天下，还能怀疑他们贪生怕死吗？他们所以犹豫不敢继续北进，就是因为摸不清我们的态度，他们能不防备我们做刘豫第二吗？至于多路忠义军同时起义，谁也不甘人下，问题就在没有维系中心。”

耿京：“李显忠不敢北进，怎知道不是怕朝廷主和？我们和朝廷取得联系后，对抗多路起义军也不一定有多大作用。”

弃疾：“我所以主张和朝廷联系，正因为朝廷改变了投降政策。现在主战派抬头，已经起用前宰相张浚做建康留守，依我的浅见，要马上上告朝廷，表明我军以国家为重，顺从命令，相信朝廷一定嘉奖忠义，授予官职，那时我们名正言顺。这样一来，连完颜雍的阴谋诡计也打乱了，他怎能一面讲和一面进攻宋军呢？”

贾瑞：“这一点倒是很妙，只要我们起义军一变而为大宋军队，完颜雍就师出无名。”

耿京意有所动，大家暂时冷静期待他表示态度。

他沉思后缓缓不发言，显然同时还在考虑：“看来这盘棋的形势很清楚，只有这一招利多害少……”

他拍案而起，突然转变为坚决的语调：“老贾！我们要当机立断，派你辛苦一趟。”

“我拥护这一决策，接受这趟美使，但有一点顾虑：我是庄稼汉出身，不但不懂得朝廷礼节，就是皇上和宰辅大臣有所询问，也难答得上来。没有辛帅同去还是不成。”

“加派辛帅做副使！”

“遵命！不过齐军也得选派代表同去。”

“由你们两位先行提出名单。”

“看来我是没有机会到祖国后方观光了！”李铁枪很羡慕。

“提辖！辛帅留军坐镇，左右少不了个得力的心腹，这个重任就交给你了。”弃疾在安慰的同时也指出他的责任。

耿京：“你们大概要几天准备呢？”

“看辛帅怎么计划！”

“临动身前我还有一件紧要的事，说服党怀英和我们一起行动。”

“就是和你同学的泰安党怀英吗？迟几天请他到我们这里管军师。”耿京还想辛弃疾不为此事耽搁行期。

“我也这样想，可惜此人和我意见还有分歧。这次打算责以大义，动以感情，至少稳住他别去做坏事。”弃疾说明会见的必要。

“好！决定之后就启程吧，铁枪准备饯行酒，不得有误。”

（渐隐）

辛弃疾与党怀英同登一大丘，席地置酒，促膝纵谈。

岁暮天寒，草木零落，唯苍松翠柏依然挺秀。

从表情上看他们已经过一番辩论，党俯首无语，辛很激动。

“我们少小同学，友谊非比寻常，有什么心思尽管说出来。”

“我的祖籍是凭证。先父到泰安来做录事参军小官，后居官萧条，以致流落不能北葬，试问赵宋对臣下何等刻薄，现在朝廷非科举士大夫出身不用，像我这样哪有飞黄腾达希望，恐怕更不如先父了。”（神态沮丧）

“我们回到祖国是为了个人飞黄腾达吗？姑作为必须取得官，才能够施展抱负吧，那又何难？花上百个青铜钱，买一部时文看看，还怕不能考取进士？”在笑声中辛弃疾流露鄙视所谓进士的意味。

“同样是进士，在金在宋，有何区别！”

弃疾严肃地反驳：“大大不同！大宋是我们先帝子孙的祖国，女真是我们不共戴天的仇敌，稍有民族气节的还能觍颜事敌吗？”

党怀英报以苦笑，遮遮掩掩地说：“我本来无意仕宦，打算放浪江湖了此一生，管他是姓赵还是姓完颜的做皇帝！”

弃疾很气愤，但勉强压抑着继续以恳切的口吻说：“这样想法是非常危险的，不能共赴国难，在敌人眼下苟且偷生，还能美其名为放浪江湖吗？”

党怀英理屈词穷，带有怒意说：“士各有志，何必相强！”

弃疾知难喻以大义，转念想动以感情，在沉默片刻之后，改变温和的语气向他说：“世杰兄！彼此既是知心的朋友，就应知无不言，言无不尽。回想我们往岁同学，辛党齐名，这仅仅是美谈的开端，必须彼此在事业成就上始终齐名，才能成为千秋佳话。”

党怀英没有等待辛弃疾说完，便插嘴道：“这有何难！你归宋我归金，各自努力好了！”

“果真不幸而各行其是，事业上尽管你的成就比我更大，议论出处小节，可能历史家的看法就有所不同了！”

“历史？”

“是啊！我敢断定彼此姓名都将见于历史记载，失身全节，这是两条不同的道路，倘若走错了便是民族罪人。我们能不慎重考虑吗？”

党怀英似稍有所动，旋忽倒一杯酒说：“‘且乐生前一杯酒，何须身后千载名！’老弟！看来你是决意归宋了。仅借一杯祝你胜利！”

辛弃疾失望强笑。

“老朋友！你暂留这里吧！我将从此远行了！（手指苍松翠柏）岁寒然后知松柏之后凋也！谨举一杯，愿你且作江湖隐士，后会有期！”

党怀英面有惭色，很不自然地回答说：“请老弟放心！既已辜负雅意，至少不能妨碍你的事业。”

“信任我的老朋友，就此分别了！”

在握别的时候，辛弃疾昂首顾盼，党怀英羞惭畏缩，恰好成个对照。

（渐隐）

六

楚州（今淮安）城郊，战后流民渐渐归来，牵茅补屋，整理田园。在一片萧条景象中，显出人民坚决抗敌与重建家园的毅力。

这是绍兴三十二年的正月初，辛弃疾等一行经山东来到楚州。

辛弃疾和贾瑞并辔徐行，后面跟随着：统制官刘震，右军副总官刘弁，游奕军统制孙肇，左军统制官刘伯达，左军正将梁宏，左军节二副将刘德，左军正将刘威，策应右军副将邢弁，踏白节三副将刘聚，总辖司提辖董昭、贾思成等二十一人。

一群儿童敲锣打鼓，围车歌唱：

正月里来闹新春，

魏大刀雄振海州城。

女真呀番子来送死，
杀得他片甲不留存。

二月里来暖洋洋，
李招讨海上陈兵忙。
显威风大战陈家岛，
郑家奴跪下叫爹娘。

三月里来百花开，
忠义军几路会黄、淮。
……

儿童们忽然看见一队人马走近，立即停止歌唱，拍手欢呼。

贾瑞：“听！孩子们在歌唱魏胜和李宝哩。”

弃疾：“他们杀敌建功，群众当然热烈歌颂。这些孩子也懂得民族大义，真可爱！”

又一队有杨字大旗的人马迎面而来，为首的是驻扎楚州的淮南转运副使杨抗，带领几个随提来迎接辛、贾等一行。

杨抗的随从喊话：“前面是山东忠义军的将领吗？”

弃疾：“权属天平军节度使耿京部将贾瑞、辛弃疾等拜见杨转运使。”

杨抗：“不敢，特来欢迎诸位。”

彼此下马相见甚欢。

（渐隐）

招待辛、贾等的行馆里。

杨抗：“得到消息较迟，招待不周，请原谅。”

弃疾：“拜见运使，深深感觉回到祖国的温暖，又蒙盛情招待，实不敢当！”

杨抗：“诸位入朝觐见圣人，下官已专使上奏。”

弃疾：“感谢引见盛意！”

贾瑞：“车驾还在平江吗？”

杨抗：“不，早已进驻建康。”

弃疾眉飞色舞地说：“皇上进驻建康，可见决心恢复，这是国家之福。参赞军事虞允文舍人，淮西招讨使李显忠都统，目下都在建康留守府会商规复大计。”

弃疾兴奋地转向贾瑞说：“都提领！看来他们正需要知道两河一带敌方情况，我们要起赴建康听候咨询。”

杨抗：“此去可顺着水道南下，下官已吩咐准备船只，在河下听候命令。”

弃疾向杨抗致谢：“多承运使照顾，就请使令破晓开船。”

杨抗深受感动地说：“诸位为了国家奔走，下官不敢强留宽住，明天一早河下送行。”

辛、贾：“不敢劳动。”

（在杨抗告别中渐隐）

建康留守府的客厅，陈设威严朴素。

张浚、虞允文和辛弃疾、贾瑞会晤，谈笑风生。

弃疾面向张浚说：“这次辛苦渡江觐见皇上，以正月十八日到建康，即日就蒙引见，连日拜谒在朝大臣，多蒙奖励，更提高我们对于民族大义的认识，增强恢复失地的信心。留守公是国家元老重臣，此时出任艰巨，对于我们在敌后方起义的忠义军，还请多多指示。”

张浚，一位意气风发的老臣，他很坦率地接待这两位从敌后方入朝的远客。含笑对弃疾说：“北方好久不见王师，我们也好久不见忠义军的领袖了。两位这次南渡入朝，给我们以很大的鼓舞。尤其觐见的时候，皇上再三嘉奖，我想早晚圣旨下来，诸位就要回到防地。因此今天特邀请虞参赞参加会谈，我们共同研究一下今后如何配合行动。大家随意谈谈，不要拘束。”

客厅里的气氛，由严肃专为活跃。虞允文初与贾瑞就近交谈，他们互询防地军的情况，民气消长以至粮饷运输的问题，声音比较低，似恐妨碍辛、张谈话。后来索性以辛、张提示的问题为议论中心。

辛、张谈的是战略问题，偶尔谐谑，引起哄堂大笑。

张浚："应否迁都建康的问题想听听掌书记的意见。"

允文："对！我们是由南向北看的，他是由北向南看的。"

弃疾："我们是身在北而心在南啊！"

允文："正因为如此，否则不请你看了。"

大家都笑起来。

张浚："问题是这样：我们以为要北取中原，就要迁都建康以示决心，可是有人反对，认为这是走年轻寇准的老路子，拿皇帝来冒险，孤注一掷。"

"皇上自己的意见怎样呢？"

"万岁在南渡之初，吃过兀术的苦头不少，因此也怕临前线，这次进驻建康是我一再要求的。"

"既然如此，似乎不宜过于勉强。留守现在重镇建康，已足够维系中外之望了。"

"迁都只要对国家有利，老夫还要廷争。"

"有利也就有害，可迁也可不迁。"

允文："此话怎讲？"

弃疾："我的看法是这样：迁都的好处是示天下以必战而促使人民在敌后方起义；害处呢，未战而先迁都，必就惊动敌人加强防宋。万一完颜雍又照完颜亮的做法，迁都后亦以镇压中原民变，我们激励起义的希望就归于幻灭，这不是有利就有害吗？"

"其次，我们作战的目的是要恢复中原，迁都建康还嫌太近，日下前线在两淮，皇帝驻跸平江和建康已可张大声势；一旦王师过淮北上，车驾还应巡幸扬州和庐州。唯以这样机动前进，才能适应形势发展，所以说可迁也可不迁。”

“看来迁都并不是当前亟待解决的问题。”虞允文注视张浚如何表示。

“对！见解比老夫高。”张浚得意掀髯而笑。

“我以为当前迫待解决的问题是选择决战地点，调动一切力量做好必要的部署。”弃疾提出一个急待研究的问题。

“采石之战我们是被动的，今后究竟选择哪一个有利地点，主动地狠狠地打击敌人，让它在整个战局中起决定性作用，确是当前要好好研究的问题。”允文支持弃疾的意见。

张浚：“中州是大宋首都所在，将来在那里必有一场恶战。可惜对敌我情况了解的很不够，已邀请范邦彦父子东下一谈，可能还在路途中。”

弃疾惊奇地说：“已召请范氏父子吗？如山的妹妹是否会来呢？”

“谁？如山的妹妹，她来不来跟战局何干呢？”张复把一切问题都联系到国事上。

虞允文也注视辛弃疾，一面嘟囔：“如山的——妹妹？”

弃疾发觉到大家怀疑的表情，有意解释说：“没有什么！我们在敌后方就是这样互相关心的。”

冷静了片刻，虞允文忍不住又把问题提出来。

“将来决战地点在中州吗？我和贾帅刚才交换意见认为可能在山东。”

贾瑞：“辛帅向来这样看法，请提出来让留守和舍人研究。”

“在山东决战？”张浚有些疑愕。

虞允文的神情，表现对这样的见解感兴趣。

辛弃疾迟疑了一会说：“书生之见，大胆提出来请诸位指教。”

“兵法有几地，就是告诉我们要善于选择有利的战场，造成必胜的形势。”

“地有险易和轻重之分，在敌人的眼中，关中、洛阳、京师三处的形势最为险重，所以防御非常严密；山东的形势比较轻易，因为只有一般的戒备。”

“正因为敌人的主力在关中、洛阳、京师三地，必须以我方的主力才能解决问题呀！”张浚是向来主张打硬仗的。

“这正是两种不同的战备：留守主张的是攻坚，我拟议的是乘虚；攻坚必须具有压倒敌人的优势兵力，乘虚是叫敌人的主力失其作用，终了不战自溃。”

“乘虚能解决问题自然不必冒攻坚的危险，请详谈乘虚的做法！”虞允文进一步追问。

“就当前整个战局来看，不占山东就不能进兵河北，不夺取河北就不能恢复中原。因而山东在战备上是重地。

“说得更具体些，敌人如同一条巨蟒，身尾在京、洛、关陕，而头在山东。古人说：用兵如常山之蛇，击其首则尾应，击其尾则首应，击其身则首尾俱应。看起来完全有理，其实这里有个笑话。击其尾则首应，击其身则首尾俱应，那是可能的；果真击中其首，就必然一命呜呼了，身尾还应个什么呢？”

由于弃疾一面说，一面以自身比拟，引得大家都笑起来。

张浚：“请进一步谈谈具体部署。”

弃疾：“‘声东击西’是句成语，我们现在要‘声西击东’。首先在川蜀要设疑兵，叫嚷：关陇是秦汉故都，我们不可不争；其次在襄阳故作进兵姿态，声称洛阳是祖宗陵寝所在，势在必取；同样在淮西也调兵遣将表示要收复京师。使得敌人捉摸不定，不敢不把精甲锐兵都调集到这几方面去加强防务。

“我们最主要的一路却是从山东直捣老巢，一方由李宝将军率领战舰北上，联络密州开赵的忠战军夹攻登州、莱州一带的残敌；一面由李显忠将军出沭阳，先以轻骑突进，我们就可以兖州、单州一带欢迎王师。然后并力直捣燕京，从泰山北去只一千二百里，自黄河失了故道，淤浅无险可守，如预先密派王友直回河北号召忠义，到时起兵响应，我们相信完颜雍逃命更快。”

“这时敌人首脑已经粉碎，手足必然无力，留守和舍人就可以奉圣驾渡江北进，下令全线出击。天子亲征，士气百倍，关、陕、京、洛的敌军必更惊惶震动，进退失据，只有溃散投降。纵有抵抗，也和摧枯拉朽一样，跟攻坚就大大不同了。”

在大家听得正出神的时候，张浚突然截断辛弃疾的谈话，非常高兴地说：“听君一席话，胜读十年书。老夫过去经略川、陕终于失败，费了很大的劲而对于全局无补，毛病就出在不知乘虚。”

“我不乘敌人之虚，敌人就要乘我之虚。我们如果全力进兵中原，纵不能一战而下洛阳，胜负还不可知。因为敌人的首脑还在，他会倾河北、山东的兵，南下直取临安，那时回师救援不及，怎办呢？”

允文：“这确是个关系全局的问题，不可不审慎从事。”

弃疾：“不知道叶枢密义问对于今后战略有何主张？”

允文：“弃公自命行将，有主张与众人不同。他劳军到了镇江，听说金虏和官军相持不下，大为惶急。赶快征集民夫挖沙战沟，埋插木桩，据说金后如果渡江，由此可以阻拦。民夫边做边笑说：‘枢密吃羊肉，何以见解还不及我们吃糟糠的大老粗，一夜涨潮，看他到哪里去找沙沟和木桩！’

张浚：“那只好唱‘大江东去’了。”

正在大家笑不可仰的时候，军校传呼贾瑞、辛弃疾迎接圣旨。

接着中使捧着朝命进来，贾、辛伏地听宣，余人只立一旁。

中使宣读：“敕尔归朝人贾瑞、辛弃疾等：岁星临于关兮，已战采石之奇勋；忠义起于中原，益彰民族之气节。兹授耿京检校少保，天平军节度使；贾瑞敦武郎，閤门祇候；皆赐金带。辛弃疾右羽林郎，改右承务郎，天平节度掌书记。其余依例授宦：统制官转修武郎，统领官忠训郎，正副将战忠郎。即令枢密院差使臣二员斋节使官诰节钺及统制官以下诰身，偕同尔等前往防次，其余抱忠仗义，效命立功；共赞中兴，以副朕望。”

贾、辛：“谢恩！”

中使：“斋送节使郎诰使臣已经派定吴革、李彪二员，可即到枢密院联系。”

中使退出后，张浚等纷向贾、辛致贺。

（渐隐）

七

公元1162年（绍兴三十二年）农历二月，辛、贾等一行和枢密院所派吴革、李彪二员到了海州。

在京东招讨使李宝的官署里，李宝接见了辛弃疾和贾瑞。英雄相见，谈论甚欢。

李宝：“从邸报知道诸位归朝觐见，皇上嘉许忠气，已分别授予官职，应向诸位致贺！”

弃疾：“敬谢苦怀！”

贾瑞：“今后还请多多督教！”

李宝：“诸位回返院次，为什么绕道经由此地？”

弃疾：“到达楚州以后，原打算继续北进。可是枢密院派的两位专使不同意，要耿京节度使南下拜领官诰节钺。”

贾瑞：“当然，他们考虑到前方不如后方安全。”

李宝：“那就在楚州等候好了。”

弃疾：“他们又托词到海州有公干，因此我们也就绕道前来拜望。”

李宝：“感谢专使，让我们有会见的机会，请代向耿节使致以欢迎！”

“这两个胆小鬼以为我们这里安全些吧，那就大错特错了。知州魏胜经常出生入死地和敌人战斗，最近谍报金虏又要派什么‘五斤太师’，发动三十万兵力来攻海州，魏胜正赶在外围布防。”

弃疾：“安全是没什么问题的。不过敌人送礼现有‘五斤’，他们少不了要吃一斤（惊）吧？”

贾瑞：“让胆小鬼见见场面，锻炼锻炼也好。”

宾主欢然大笑。

统制王世隆闻声进来，说一句“原来有客”掉头就走。李宝连忙招呼：“王统制回来，这里是平时我们最仰慕的山东贵客。”

未及介绍，他们一度熟视之后就互相问好，弄得李宝非常惊奇。

“怪了！你们真的‘一见如故’？”

弃疾笑着说：“请问现在海州的，除鼎鼎大名御前诸军统制外，有几位红胡子瘦将军？”

“山东贵客，貌如青兕的将军又有几位？同往不是贾帅更有何人？”王世隆也答得很风趣。

宾主又欢笑一阵。

王世隆：“难得贵客来到，邀请巡视一下我们的营垒怎样？”

李宝：“好！就请统制奉陪。”

弃疾：“海州是久经考验的英雄城，更难得是有英雄人物引导我们巡礼。”

（在大家起立离开客室时渐隐）

接近山东边境的野外，风和日丽，菜黄麦绿，一片欣欣向荣的景象。

辛、贾等一行正兼程北上。董胜、贾思成为提辖先行，大队随后。在一阵驰骤之后，辛、贾并马徐行。

弃疾：“好一片锦绣山河啊！”

贾瑞：“目下战事没有稳定，还不能算是已经收复的国土。”

“只要东平府顶得住，敌人就不敢深入，这两个多月来辛苦耿大哥了。”

“两个多月？——对！现在已经是闰二月了。”

弃疾忽然指前面：“发现敌伪吗？怎么董、贾两提辖带一个人折回来？”

贾瑞以惊疑的眼光注视所指远处。

（划）

化装成普通农民的李铁枪，形容憔悴，由董、贾两提辖下马陪同徐行，李铁枪切齿恼恨地说：“报仇！一定要报仇！”

董、贾两提辖劝他："不要过于激动，头脑冷静一下，好有条理地把事变经过向贾、辛两帅报告。"

（划）

李铁枪伏在马前痛哭，辛、贾驻马跃下，连忙扶起铁枪。大家也都围上来。

弃疾："你怎么来了？快说！"

贾瑞："快说！"

"耿大哥被害了！"铁枪忍不住又大哭起来。这一突然而又沉痛的消息，袭击了每个人的心。惊疑、恼激、悲痛从每个人的面部流露出来。

贾瑞："铁枪不要再哭。谁害耿大哥的？快说清楚！"

铁枪忍泪回答："张安国那个坏蛋叛变了。"

贾瑞："这小子害了大哥吗？宰了他没有？"

铁枪："我没有尽到保护大哥的责任，为了要报仇才老着面皮来见你们的。"

贾瑞："报仇！一定要报仇！我们的军队呢？"

"垮了，一切都完了！"铁枪长叹回答。

这时辛弃疾以沉郁而又坚强的语调向李铁枪说："没有完！我们应尽的责任没有完，我们的事业也没有完。铁枪！你冷静一下，把事变经过全部说明白，让我们好研究对策。"

大家都沉默地注视铁枪，静听他叙说。

铁枪："自从你们走后，完颜雍曾经下过所谓大赦令，他以'在山者为盗贼，下山者为良民'来威胁利诱，并以重赏收买汉奸发动叛变。

"叛徒张安国就在这时候和敌人挂上钩，接着他又勾引邵进这个无耻东西充当内应。"

"邵进？好小子！"贾瑞怒不可遏地插上这一句。

李铁枪接着说明事变经过。

（化）

事情发生的十天前，叛徒张安国照例来向耿京报告军中情况，邵进突然冲进来伪装要跟张安国寻衅，骗得李铁枪上前拦阻。叛徒张安国就在这时下了毒手，并趁大家没有搞清情况冲出辕门。

军中无主，人心大乱。叛徒张安国又调集伪军前来包围，结果一部分被裹胁欺骗，一部分各自逃散。

（化）

“叛徒们现在在哪里？”弃疾追问。

“邵进不知去向，张安国投降金虏后做了济州的知州。”

弃疾：“事情已经很明白了。变起非常，我们不能短气；要化悲愤为力量，要以行动来安慰节帅在天之灵。大家同意不同意？”

全场激昂地回答：“同意！”

“铁枪！我们和大哥情同骨肉，报仇责无旁贷，应该马上进到济州和他拼命，诸位都是节帅旧系，愿和我们一同去的当然欢迎。”显然贾瑞激于义愤，理智已经不能控制感情。

“不能这样草率。当前我们有两件大事要做：一、要捉拿叛徒明正典刑，才能伸张民族正气。二、要救出我军旧部，暂时率领南归，保全兵力，再图北进。这两件事一定要做得又利索又安全。我们现在已经是朝廷命官，因此我建议转回海州求援，再做计较，请大家考虑！”

在场纷纷表示赞同辛弃疾的主张，贾瑞也不再坚持己见，他说：“我的方寸已乱，辛帅文武全才，见解比我高，我提议拥护辛帅做我们的领袖，今后一切听从他的指挥。现在决定转回海州，及时赶路要紧。”

（在贾瑞带头行动中渐隐）

在京东招讨校署的客厅里。

李宝、王世隆、辛弃疾、贾瑞等都以沉重的心情在考虑这一事变如何善后的问题。

李宝慨叹地说："这是国家的重大损失啊！"

弃疾："我反复考虑过了，既然代表大帅奉表归朝，现在突然发生事变，如果不能拿获叛徒，收拾旧部，将何以复朝廷王命？"

世隆："我同意辛帅的意见。一来必须把叛徒张安国抓来，解送行在办罪。二来瓦解伪军，挽救忠义军的旧部南下。为了帮助一臂之力，我愿意随同前往济州，相机行事。"

辛弃疾欣喜趋前致礼说："感谢统制高义。"

李宝："王统制肯去极好！不知需要多少助手？派五百骑兵接应够不够？"

世隆："不可太多，只要忠义人马全副跟随我一道，另加二十名骑兵尽够了。"

弃疾："统制的想法跟我不谋而合。这是入虎穴擒虎子的打算。人马不宜多，多了容易败露。"

贾瑞："能谈谈具体做法吗？"

弃疾："我先提一个轮廓，是否妥当请大家指教。"

"王统制和叛徒张安国原来熟识，虽然现在道不同不相为谋，但也不妨利用这一点关系，因此入虎穴的事可由王统制和我去办，马全福、李铁枪负责接应。二十名骑兵埋伏远郊沿路，每隔四五里一个岗位，接到俘虏后快马加鞭传递。"

"我也要进城候命！"贾瑞提出要求。

"用不着，所有忠义军的将领以贾帅为首集中城南近郊。当我们号召旧部反正出城后，随时接收编队，担任断后工作，敌伪军必然是要追赶我们的。

世隆："我完全同意辛帅的部署。"

李宝："计划暂时就这样决定，到济州再随机应变。辛、王两帅都有胆有识，我祝愿你们成功。"

世隆："我们分途去做好准备吧。"

弃疾："忠义军旧部心情很愤激，渴望能早日成行。"

李宝："行动越快越好，别让士气消沉下去。"

（渐隐）

八

济州城郊，兔葵燕麦，摇曳春风；不见人踪，偶闻鸟语，更显得战后景象荒凉。

辛弃疾和王世隆在这里出现，辛已化装为随从马弁。

王世隆俯向辛弃疾说："暂时委屈了！"

辛弃疾问："不露马脚吧？"

"计算时间，李铁枪和马全福该混进城了。"

弃疾："他们混不进去我们更要加速行动，否则引起注意，会把我们埋伏的马队搜索出来。"

二人快马加鞭向前疾进。

知州官署的客厅里，张安国和群丑正在宴会席上，这里有无耻的汉奸，也有金虏的将领，喧哗劝酒，丑态百出。

一个差役匆忙进来向张安国报告："有远客王世隆求见，据说是大人的老朋友，有紧急事面谈。"

张安国极为惊讶。

"王世隆？我认识的王世隆早已投南去了，怎会突然到这里！"

"风尘仆仆，看样子是远道来此。"

"是不是面孔瘦长，还留了几根红髯子的？"

“仆人看得不仔细。”

“混蛋！去给我看清楚，果真是红髯子王世隆就引他进来——可能是来商量投诚的。”

由于“投诚”的猜测引起大家的兴趣，差役退出后席上又活跃起来。

辛弃疾陪同王世隆直到席前，张安国正离席引世隆别室坐谈，辛弃疾突然拔刀怒目向众宣布：“我们奉命来请知州到郊外议事。谁乱动小心你的脑袋！”

在一座惊慌失色中，安国发现说话的是辛弃疾，立刻把头低下来，让他们挟持着离开大众。

张安国被押出州署，署前营里的伪军正想上前阻止，李铁枪和马全福赶来接应。

辛弃疾向伪军高呼：“大宋王师十万到了，张知州已经投降。受骗的伪军要马上反正，才可获得宽大处理。有大宋先锋王世隆统制在此保证。”

“原天平忠义军全部到南郊集合，听候编队，你们还认识我吗？”

这时一阵雄壮的欢呼声起自四周：“掌书记！我们望您回来好久了。”

这一呼声震动了观望的伪军，有的惊慌失措，有的抱头鼠窜。

李铁枪接着大呼：“贾帅和各军将领都在郊外。忠义军弟兄们，跟我一道去迎接亲人啊！”

欢呼再起：“听候命令！”

张安国俯首颤栗，辛弃疾把他抓上马，在王、马、李等警戒下，忠义军旧部簇拥中出城。

（渐隐）

在少数骑兵的监视下，张安国随辛、王并马南行。

辛弃疾以轻蔑的口吻对张安国说：“知州大人！认识我吗？”

张安国面无人色，断续地回答：“我……我……我罪该万……万死！”

“哪里！你升官了！”

王世隆也有意凑趣:“老朋友！死不得，皇上特命小将迎驾，廷对怎样‘安国’哩。”

辛弃疾再问：“邵进呢？”

“他死了，因为和我争功被女真杀了。”

“这小子死有余辜，居然斗胆跟知州大人争首功。”

李铁枪驰马赶来。

“贾帅要我赶来报告：忠义军旧部连同新降伪军，已经收编的共有一万多，决定拥护掌书记为统帅，一致同意暂时南下渡江，保全实力候会师北伐。据最后一批出城反正的伪军说，金营闻伪军溃散，决定派番兵追赶，要夺回张安国。贾帅已经下令分兵三路迅速南下，他亲自断后，全军将在何时何地会合，请统帅指示！”

辛弃疾略略沉吟，很果决地说：“铁枪！下令全部急行军到淮河上集合。你和马全福留后面保护贾帅。”

（渐隐）

经过几昼夜急行军之后，辛、贾在淮南会合。

大军经过休整，精神抖擞，辛字帅旗在东风里舒卷。辛、贾、王三位将领并马缓进，李铁枪、马全福押解张安国随后。

弃疾：“此去江边不远了，我们打算从瓜州古渡到京口，已经命令先行布置。”

贾瑞：“渡江以后，不知何时再打番兵了！这次在截击追兵中，杀得不过瘾，俘获的更少。”

王世隆：“杀敌机会有的是，欢迎你们上海州。”

弃疾：“我们这里最大胜利就是拿获汉奸元凶，把他送到行在明正典刑，昭告天下，这不仅仅是大快人心的事。”

王世隆：“也给沦陷区的大小汉奸以深刻教训。”

贾瑞：“对！这正发扬我们民族正气。”

说到这里，他回顾李铁枪和马全福说：

“你们怎么不谈谈呢？汉奸的心究竟怎样长的，也请知州大人发表高见。”

引得大家都笑起来。

辛弃疾若有所思，在大家静默一时后，他眉飞色舞地说：“王、贾两帅！今天的场面，使我想起去年秋天起义的时候。当日意气甚豪，写了一首《破阵子》词，后来军中传唱，也就成了忠义军的军歌。经过几个月的战斗，形势变化得很快，有失败也有成功。今天回到祖国，我感到心情非常舒畅。”

“也填一首词做军歌不好吗？”贾瑞看着辛弃疾。

“听口气已经有了，快念出来吧！”

辛弃疾含笑朗读《鹧鸪天》词：

壮岁旌旗拥万夫，
锦襜突骑渡江初。
燕兵夜娖银胡觮，
汉箭朝飞金仆姑。
追往事，励今吾，
春风不染铁髭须。
好将万字平戎策，
留得英名青史书。

王世隆：“好词！令人听了同样感到自豪和鼓舞。”

贾瑞：“知州大人名不见史吗？”以鄙视的眼光回顾张安国。

李铁枪故意一本正经地答：“将来见是要见的，只怕很臭。”

马全福接着摸摸鼻子说：“现在已经臭不可当了，还谈什么‘将来’！”

大家一阵哄笑。

（渐隐）

镇江江面。

在风和日丽、江山如画的环境里，群众欢迎南下的忠义军。

有人慰劳忠义军一路辛苦；有人为他们回到祖国怀抱欣慰；也有人探听沦陷区情况，愤怒地要打回老家去。

镇江都统张子盖、统制张汜以及新从建康赶来的王友直都统正和辛弃疾、贾瑞、王世隆等欢晤。

王友直首先赶上去热烈地说：“三位英雄辛苦了！”

“你怎么也来这里？军队呢？”辛弃疾以惊疑的眼光急问王友直。

“我从寿春防次到建康报告淮南防务，留守张公命我赶来代表他慰问。”

“留守有命令吗？”

“一切吩咐，由张子盖都统报告，他今天也和张汜统制前来欢迎你们，快快相见。

张子盖神采奕奕地注视辛弃疾等说：“我代表镇江居民热烈欢迎南下的忠义军领袖和弟兄们！”

“劳动大驾，深感不安！”

“留守已有命令：一、饬将汉奸张安国即日解送临安行在，奏请明正典刑，以昭炯戒。二、贵军暂住镇江，修整后开往海州抗金。三、辛帅在入朝前希望先到建康走一遭。”

弃疾：“完全遵办。”

王世隆：“请问张都统，海州近来有消息吗？”

张子盖："正打算告诉你：那边情况很紧急，估计最迟一个月后将有大战，故李招讨使的奏请，我奉命赴援，已经派张汜统制担任先锋，三日内出发。"

王世隆："我即日动身回去准备迎接，更欢迎都统早日莅临。"

张子盖："有话再商，现在就请辛、贾诸帅到行馆休息。"

王友直以喜悦神秘的神情插进来说："莫着急！那边还有欢迎辛大哥的等着厮见咧！"

"谁？"辛弃疾惊异地追问。

"见面就知道了！"王友直有意不即时说明。

"究竟谁呀，怎么我也不知道？"由于张子盖感到茫然，代迎使王友直不得不作正面回答。

"范如山的令北堂和如玉小姐。她们住在镇江，张都统你是知道的。其余可能就不知道了。"王友直有意透露一点消息。

"想不到在这儿又会见她们！"弃疾表示惊异。

王友直却意味深长地说："该有多少悲欢离合之感啊！"

张子盖似乎有所会意。

"两家忠义相知，久别重逢，确是难得的事。王都统陪同辛帅过去一见，就请便邀同到行馆畅谈。"

范如玉扶着她的母亲与辛弃疾相见，田田侍立一旁，从表情上辛弃疾和如玉都流露出一种说不出来的滋味。

弃疾："请老伯母安！如玉大妹好！"

范母赵夫人很高兴地说："辛大哥越发少年英俊了！"看看弃疾又看看如玉。

如玉："听说汉奸张安国被你拿着了，祝贺你胜利！"

弃疾："前次只听建康留守张公提到邀请范老伯东下，不知现在是否正在建康？"

如玉："我们全家奉召东下后，家父蒙差湖州长兴丞，大哥侍奉到那去了，家母和我在这里暂时住下。"

弃疾指着田田说："她也长大了。"

"分别了五六年，长大的也不止我一个。"她有意这样逗趣。

范母会心地笑起来。

王友直恐张子盖等候发急，乘机催促说："久别应该长谈。张都统托我邀请老夫人和小姐一道到行馆，我们就到那边集合吧！"

李铁枪和马全福押着张安国经过夹道欢迎忠义军的群众面前。

群众表示无比的愤怒和鄙视。

有的高呼要把汉奸丑恶嘴脸让大家瞧瞧；有的嚷着要把汉奸的心挖出来看看究竟黑到怎样程度；有的吐唾沫扔石子来发泄对汉奸的仇恨。

张安国狼狈不堪地挤过去。

辛弃疾等一行，在张子盖等陪同下风采凛然地走过来。群众欢呼鼓掌，辛、贾等不断地点头挥手答谢。

江干成为一片欢腾的海洋。

接着是旗帜高举，精神焕发的忠义军。

他们高唱着辛弃疾的新词"壮岁旌旗拥万夫"豪迈地前进。

人影歌声，在群众留恋目送下徐徐消失。

（完）

1959 年 12 月 15 日修改于合肥师范学院

附录

宛敏灏先生著述目录

说明：1. 诗、词、曲、联、语、骈文不在此列。2. 部分署名“少怀”“书城”的作品，不能判断是否是宛敏灏先生所作，不予收录。

一、著作类

1.《二晏及其词》，商务印书馆，1935 年

2.《抗战与天时》（署名宛书城），中山文化教育馆，1939 年

3.《抗战与地利》（署名宛书城），中山文化教育馆，1939 年

4.《宋四十词人述评》，手稿，1947 年

5.《张于湖评传》，贵阳文通书局，1949 年

6.《中国语言教学法》，安徽师范学院油印本，1954 年

7.《黄山纪游》，安徽人民出版社，1957 年

8.《辛弃疾》（电影文学剧本），手抄本，1959 年

9.《唐宋词选》，合肥师范学院油印本，1963 年

10.《晚晴轩诗词选》，安徽师范大学图书馆编印，1986 年

11.《词学概论》，上海古籍出版社，1987 年

12.《张孝祥词笺校》，黄山书社，1993 年

13.《词学概论》，中华书局，2009 年

14.《张孝祥词校笺》，中华书局，2010 年

15.《二晏及其词》，唐红卫整理，文化艺术出版社 ,2018 年

二、文章类

1.《庐江风土志正伪》（署名宛书城），《学风》1933 年 第 8 期

2.《晏同叔年谱》（未完），《安徽大学月刊》1933 年第 6 期

3.《二晏及其词》（一），《学风》1934 年第 2 期

4.《二晏及其词》（二），《学风》1934 年第 3 期

5.《二晏及其词》（三），《学风》1934 年第 4 期

6.《二晏及其词》（四），《学风》1934 年第 5 期

7.《二晏及其词》（五），《学风》1934 年第 6 期

8.《方岳与秋崖词》（《安徽两宋词人小识》之一），《学风》1936 年第 2 期

9.《胡舜陟父子及汪晫祖孙》（《安徽两宋词人小识》之二），《学风》1936 年第 3 期

10.《休歙十词人》（《安徽两宋词人小识》之三），《学风》1936 年第 4 期

11.《二汪二朱及王炎》（《安徽两宋词人小识》之四），《学风》1936 年第 7—8 期

12.《词人周紫芝暨吴潜兄弟》（《安徽两宋词人小识》之五），《学风》1937 年第 1 期

13.《于湖先生张孝祥》（《安徽两宋词人小识》之六），《学风》1937

年第 2 期

14.《相山居士王之道》（《安徽两宋词人小识》之七），《学风》1937 年第 3 期

15.《阮阅及朱翌》（安徽两宋词人小识之八），《学风》1937 年第 5 期

16.《忆江南》（散文）（署名宛书城），《安徽教育》1939 第 1 期

17.《桐城文派的新评价》（署名宛书城），《安徽教育》1939 第 2 期

18.《青年升学必具之条件及其准备》，《教育通讯周刊》1939 年第 2 卷第 28 期

19.《抗战中的国立女子师范学院》（署名少怀），《民意周刊》1941 年第 172 期

20.《略谈古典文学作品的朗读》，《语文教学》1956 年 8 月号

21.《张孝祥世系、里贯考辨》，《安徽师范学院学报》1957 年第 2 期

22.《关于“八百里分麾下炙”》，《语文教学》1957 年第 5 期

23.《关于“词”的基础知识》，《语文教学》1957 年第 8 期

24.《从敦煌曲子词和〈花间集〉谈词的发展》，《语文教学》1957 年第 9 期

25.《北宋两位承先启后的词人——张先和贺铸》，《语文教学》1957 年第 10 期

26.《南宋两种不同的词风——慷慨愤世和感喟哀时》，《语文教学》1957 年第 11 期

27.《从词的备课说到课堂教学》，《语文教学》 1957 年第 12 期

28.《读毛主席词五首》，《语文教学》1958 年 10 月号

29.《读毛主席词并试论词韵问题》，《安徽师范学院学报》（综合）1958 年第 3 期

30.《张孝祥年谱》，《安徽史学通讯》 1959 年第 4—5 期

31.《张孝祥年谱补正》，《安徽史学通讯》1959 年第 6 期

32.《读毛主席的“游泳”和“北戴河”词》，《语文教学》1959 年 8 月号

33.《略谈词的章法》，《语文教学》1959 年 11 月号

34.《读毛主席的〈沁园春·雪〉》，《语文教学》1960 年 1 月号

35.《学习毛主席诗词的几点体会》，《学语文》1960 年第 1 期

36.《张孝祥和他的〈于湖词〉——纪念词人诞生 830 周年》，《合肥师范学院学报》1962 年第 1 期

37.《为吴潜辨诬》，《江淮论坛》1962 年第 2 期

38.《学习毛主席的〈词六首〉》,《合肥师范学院学报》1962 年第 3 期

39.《吴潜年谱》，《合肥师院学报》1963 年第 1 期

40.《试论古为今用》，《江淮学刊》1963 年第 2 期

41.《谈谈写词》，《江淮论坛》1963 年第 6 期

42.《人间正道是沧桑——读毛主席诗词十首》，《合肥师范学院学报》1964 年第 1—2 期

43.《漫谈唐诗的比兴》，《安徽师范大学学报》（哲学社会科学版）1978 年第 1 期

44.《目尽青天怀今古——读毛主席〈贺新郎〉等三首》，《安徽师范大学学报》（哲学社会科学版）1979 年第 1 期

45.《张孝祥和张同之》，《淮北煤炭师范学院学报》1979 年第 1 期

46.《词的体制——词学讲话之一》，《安徽师范大学学报》（哲学社会科学版）1980 年第 1 期

47.《词的章法和句法——词学讲话之二》，《安徽师范大学学报》（哲学社会科学版）1980 年第 2 期

48.《谈词谱——词学讲话之三》,《安徽师范大学学报》(哲学社会科学版)1980 年第 3 期

49.《谈词韵——词学讲话之四》,《安徽师范大学学报》(哲学社会科学版)

1980 年 第 4 期

50.《关于诗人张孝祥一二事》，《艺谭》1980 年第 2 期。

51.《张孝祥研究中的几个问题》,《文艺论丛》第 13 辑，上海文艺出版社，1981 年

52.《漫谈词的断句》，《学语文》1983 年第 1 期

53.《词林初步话求书》，《学语文》1983 年第 2 期

54.《张孝祥年谱》（上），《词学》第二辑，华东师范大学出版社，1983 年

55.《张孝祥年谱》（下），《词学》第三辑，华东师范大学出版社，1985 年

56.《张孝祥（评传）》，《中国历代著名文学家评传》第三卷，吴慧鹃、刘波、卢达编，山东教育出版社，1984 年

57.《怎样辨认诗词曲》,《煤矿中学教师之友》（教育参考资料·语文版）1984 年创刊号

58.《谈词话》，《安徽师范大学学报》（哲学社会科学版）1985 年第 1 期

59.《〈唐绝句史〉序》，重庆出版社，1987 年

60.《唐宋词鉴赏辞典序》，上海辞书出版社，1988 年

61.《曾经沧海识桑田》，《学语文》1988 年第 2 期

62.《张孝祥怀念弃妇词考释》,《安徽师范大学学报》（哲学社会科学版）1988 第 2 期

63.《学词散记》，《安徽师范大学图书馆建馆六十周年纪念文集》，安徽师范大学图书馆编，1988 年

64.《张先（评传）》（署名宛敏灏、邓小军）,《中国历代著名文学家评传》续编二，吕慧鹃、刘波、卢达主编，山东教育出版社，1989 年

65.《庐江县志序》，庐江县地方志编纂委员会编，社会科学文献出版社，1993 年

66.《老去园丁忆合肥》，《合肥文史资料》第10辑，合肥市政协文史资料委员会、合肥市教育委员会，1994年

67.《古城往事记犹新》，《人文合肥丛书·合肥记忆》，完颜海瑞主编，安徽文艺出版社，2011年

三、诗词鉴赏类

1. 李白《赠汪伦》赏析（宛敏灏、宛新彬）

2. 李白《独坐敬亭山》赏析（宛敏灏、宛新彬）

3. 李白《哭宣城善酿纪叟》赏析（宛敏灏、宛新彬）

以上见《唐诗鉴赏辞典》（上海辞书出版社1983年版）

4. 张先《惜双双》（城上层楼天边路）赏析（宛敏灏、邓小军）

5. 张先《江南柳》（隋堤远）赏析（宛敏灏、邓小军）

6. 张先《千秋岁》（数声鶗鴂）赏析

7. 张先《渔家傲》（巴子城头青草暮）赏析（宛敏灏、邓小军）

8. 张先《木兰花》（龙头舴艋吴儿竞）赏析（宛敏灏、邓小军）

9. 张先《青门引》（乍暖还轻冷）赏析（宛敏灏、邓小军）

10. 张先《满江红》（飘尽寒梅）赏析（宛敏灏、邓小军）

以上见唐圭璋主编《唐宋词鉴赏辞典》（江苏古籍出版社1986年版）

11. 张先《惜双双》（城上层楼天边路）赏析（宛敏灏、邓小军）

12. 张先《千秋岁》（数声鶗鴂）赏析

13. 张先《青门引》（乍暖还轻冷）赏析（宛敏灏、邓小军）

14. 张先《满江红》（飘尽寒梅）赏析（宛敏灏、邓小军）

15. 辛弃疾《水龙吟》（听兮清珮琼瑶兮）赏析（宛敏灏、沈文凡）

16. 方岳《瑞鹤仙》（一年寒尽也）赏析（宛敏灏、沈文凡）

17. 石孝友《惜奴娇》（我已多情）赏析（宛敏灏、周家群）

18. 无名氏《满江红》（斗帐高眠）赏析（宛敏灏、邓小军）

以上见唐圭璋主编《唐宋词鉴赏辞典》（上海辞书出版社 1987 年版）

19. 柳永《曲玉管》（陇首云飞）赏析，《柳永词赏析集》，巴蜀书社，1987 年

20. 范成大《黄罴岭》赏析（宛敏灏、沈文凡），《范成大诗歌赏析集》，巴蜀书社，1991 年

21. 范成大《晚春》赏析（宛敏灏、沈文凡），《范成大诗歌赏析集》，巴蜀书社，1991 年

22. 杨万里《过扬子江二首》（选一）赏析（宛敏灏、彭国忠），《杨万里诗歌赏析集》，巴蜀书社，1994 年

23. 张孝祥《六州歌头》（长淮望断）赏析（宛敏灏、邓小军）

24. 张孝祥《木兰花慢》（送归云去雁）赏析（宛敏灏、邓小军）

25. 张孝祥《木兰花慢》（紫箫吹散后）赏析（宛敏灏、邓小军）

26. 张孝祥《雨中花慢》（一叶凌波）赏析（宛敏灏、沈文凡）

27. 张孝祥《转调二郎神》（闷来无那）赏析（宛敏灏、周家群）

23—27 见夏承焘等著《宋词鉴赏辞典》（上海辞书出版社 2003 年版）

后记

宛敏灏先生是我景仰的前辈乡贤。早在1981年9月我考取安徽师范大学中文系不久，安徽师大所有在读的五届庐江籍数百位学生在中操场与宛先生合影。当时宛先生已经75岁高龄，担任图书馆名誉馆长，招收唐宋文学研究生，但不给本科生开课。读书期间，我年少懵懂，虽然经常去图书馆看书，经常去图书馆馆长孙文光先生家，却从未想过去拜访宛先生。1988年7月我从四川大学硕士毕业后回到安徽师大工作，经常听沈文凡、周家群等宛门弟子聊起宛先生，经常路过他所居住的类似别墅的教授楼，但仍然没有鼓起勇气，去打扰他老人家。后来在宛先生的日历中看见中文系1983级的庐江籍学生蔡荷芳多次来访的记录，据蔡荷芳教授回忆，宛先生对晚辈非常亲切和善，真是后悔当年未能向宛先生请谒。

安徽师范大学中文系具有悠久的学科传统，前些年陆续出版《张涤华文集》《祖保泉选集》《王明居文集》等著作，近年来，随着学科建设力度的加大，文学院更加重视继承学科传统，先后整理出版了《张煦侯文史论集》《梅运生诗词论著辑要》《汪裕雄美学论集》《蒋立甫古典文学论集》《袁传璋史记研究论丛》、潘啸龙《楚辞与汉文学论集》《刘学锴文集》等著作，广受学界关注。宛先生 1934 年毕业于省立安徽大学，后又在国立音乐学院、国立安徽大学、安徽师范学院、合肥师范学院、安徽师范大学任教，他的著作理应得到及时的整理。文学院曾几次动议编纂宛先生文集，甚至有了宛先生论著的基本目录，原院长储泰松教授也曾希望我来组织，考虑到宛先生的代表作《二晏及其词》《词学概论》《张孝祥词校笺》等书发行甚广，加之我的琐事较多，有其他更合适的人选承担此任，也就没有应承下来。

2021 年 1 月 31 日，宛先生哲嗣、安徽师范大学附属中学原校长宛炳生病逝。我与宛校长及其夫人杨修兰老师有所交往。杨修兰老师按照宛校长的遗嘱，让我去宛校长家收拾宛先生的藏书、文稿之类。当我踏入宛校长家时，杨老师正在清理这套长期不住的房屋，客厅、卧房地板上堆满了图书、杂志以及其他物品，宛先生藏书更是尘封了 20 多年。当我得知，还有宛先生的书信、诗词手稿时，我立即带领几位研究生清点图书和手稿，每天都有令我震惊的发现。

一是证书。如宛先生夫人章泰敬女士 1925 年安徽省立女子职业学校（校址在安庆）的毕业证书，A3 纸大小，彩色套印，宣纸，约百年来，居然如新，签发证书的校长居然是鼎鼎大名的植物学家李寅恭（后来创建中央大学森林系）；宛先生 1938 年受聘重庆私立南渝中学国文教师的聘书，聘书内居然有每周 16 小时“钟点”任务和每月 80 元“薪金”的内容，保存完好；1949 年 10 月受聘国立安徽大学国文教授的聘书，聘任单位居然是中国人民解放军南京市军管会高等教育处。类似证书具有珍贵的文献价值，出乎我的意料，增长了我的见识。

二是藏书。有夏承焘先生题签“书城词学正之”的《白石歌曲旁谱辨》，那是 1932 年《燕京学报》第 12 期的单行本；有唐圭璋先生编纂的《词话丛编》第一版，那是 1934 年印刷的线装本（仅有 200 套）；有唐圭璋先生的早年讲义《词选》，线装油印本，也许是海内孤本，1979 年更名为《唐宋词简释》正式出版。

三是各类手稿。有数以百计的诗词手稿，或写在便笺上，或写在卡片上，或写在日历上，或誊抄在笔记本上；有数以百计的书信，包括家书，与施蛰存、唐圭璋等学者的来往书信；有装订完好的线装本《宋四十词人述评》，有硬面装订题签的电影文学剧本《辛弃疾》。

四是教学文件。有早年油印本《唐宋词选》《唐宋词概论》《中国语言教学法》讲义，有晚年招收研究生的试卷、录取研究生的评语，还有对邓小军等学生的每页数十处细致批改的文章，以年近八十的高龄，尚如此亲历亲为，认真指导学生，让我始料未及。

五是日常用品。有摆放整齐的宣纸、稿纸，有宛先生与夫人同款的精美印章，有题有悼亡诗的蒲扇……令人动容。

宛先生是全国第一批硕士生导师，也是我校中国古代文学硕士点的创始人，与刘学锴、余恕诚先生一起联合培养出周啸天、汤华泉、邓小军、丁放、沈文凡、彭国忠、彭万隆等一批优秀的学者。在宛先生的书信中，我意外地发现，早在 1985 年，他请唐圭璋先生推荐刘学锴先生担任博士生导师，说明那时就已经谋划博士点之事，我们这些后来的导师们以及受教于此的研究生，不应该忘记前贤的贡献。

作为安徽师范大学中国古代文学学位点的一员，宛先生的同乡晚学后辈，面对宛先生这么多的遗物，特别是那些珍贵的手稿，我再也不能无动于衷。宛先生 1994 年去世后，宛炳生校长几次搬家，已经损失了部分珍贵书信和手稿，27 年已经过去，这些手稿如果再听之任之，随时可能散佚于天壤间。我立刻意识到，我有义务、有责任抢救性地整理这些手稿。经与杨修兰老师商量，杨老师决定将宛先生的所有藏书、手稿、书信（家书除外）无偿捐赠给中国诗学研究中心，授权我整理宛先生手稿。于是，自 2021 年 3 月开始，我毅然放下了很多其他工作，义不容辞地承担起整理宛先生遗著的任务。

为此，我组织了一个庞大的团队，宋凯、高洋、胡晓凡、王薇、王京玮、付光慧、汪琛艳、戴梦、沈欣悦、武缓缓、耿文慧等十余名研究生参与录入文字，詹绪佐、李伟、张应中、黄振新等老师协助辨识疑难文字，胡健、程诚等老师参与校对《宋四十词人述评》和《唐宋词选》。最初我只打算整理手稿和未刊稿，后来听取邓小军等老师的建议，进一步搜集宛先生早年作品，以及《张于湖评传》和《吴潜年谱》《张孝祥年谱》等重要论著。搜集过程中，不时有喜出望外的发现。譬如在上海大东书局1925年出版的《学生文艺丛刊》上发现他的七言长诗《正谊二中六师诸同乡毕业锦归诗以赠别》和骈文《拟约毕业同学赴饯别会小启》，当时宛先生仅是19岁的师范生，我们不禁惊讶于他的风雅他的才华。又如在1939年重庆创刊的《安徽教育》第1期上发现他的散文《忆江南》，不仅深切怀念宣城、芜湖两座江南城市，还自始至终贯穿着抗日灭敌的殷切期待，感人至深。有的著作因为时间久远，现在已难得一见。如《张于湖评传》1943年唐圭璋先生作序，1949年3月才由贵阳文通书局出版，宛先生本人也只有一本有缺页的“清样”，直到二十世纪八九十年代才辗转复印了一份（散页）。宛先生早年的期刊论文知网没有收录，这次整理还是请校图书馆刘和文副馆长协助，借阅数十种二十世纪六十年代的期刊。这些论文不仅存有那一代学者共同经历、无可厚非的时代印记，而且很多论文在今天仍然具有学术价值，即使谈论唐宋词教学的论文，仍然具有参考意义。最终，我们用了一年多时间选编成《宛敏灏文学作品集》和《宛敏灏词学论集》二书。

整理过程中，始终得到邓小军教授的真诚鼓励、细致指导和有力支持，得到周啸天、汤华泉、沈文凡、彭国忠等教授的热心帮助。77岁的汤华泉教授认真审读了《宛敏灏文学作品集》，纠正了不少录入错误。邓小军、彭国忠教授在百忙之中慨然应允，分别为《文学作品集》和《词学论集》撰写长篇序言，全面评价宛先生诗词创作的成就，总结宛先生词学研究的业绩。为了识读手稿中的疑难字，确定诗词和联语的年代，我广泛咨询知情人。从90岁的陈嘉正先生到85岁的许依群先生，从校外的张新民（张振珮先生之子）、王锡九、查屏球、方锡球等教授到校内王守恒、高飞、阮成武、焦华富、聂刘旺等教授，在他们的热情指点下，一些疑难得以解决。在此，谨对杨修兰老师的信任、对所有付出心血和精力的老师和同学们表示衷心的感谢。由于本人精力、水平和学识有限，书中所收尚非完备，取舍未必允当，失误在所难免，敬请读者批评，我们会以适当的方式加以改正。

胡传志

2022 年 3 月 11 日

图书在版编目(CIP)数据

宛敏灏文存·文学作品集 / 宛敏灏著；胡传志整理. —合肥：黄山书社，2024.4

ISBN 978-7-5737-0661-4

Ⅰ. ①宛…　Ⅱ. ①宛…②胡…　Ⅲ. ①中国文学—当代文学—作品综合集　Ⅳ. ① I217.2

中国国家版本馆 CIP 数据核字（2023）第 013737 号

宛敏灏文存　文学作品集

WANMINHAO WENCUN　WENXUE ZUOPIN JI

宛敏灏 著　胡传志 整理

出 品 人　葛永波

封面题签　曹宝麟

策　　划　汤吟菲

责任编辑　朱莉莉

装帧设计　观止堂_未 氓

责任印制　李　磊

出版发行　黄山书社

地　　址　安徽省合肥市蜀山区翡翠路 1118 号出版传媒广场 7 层　邮编：230071

印　　刷　安徽新华印刷股份有限公司

版　　次　2024 年 4 月第 1 版

印　　次　2024 年 4 月第 1 次印刷

开　　本　700 mm × 1000 mm　1/16

字　　数　500 千字

印　　张　29

书　　号　ISBN 978-7-5737-0661-4

定　　价　98.00 元

服务热线　0551-63533706

销售热线　0551-63533761

官方直营书店（https://hsss.tmall.com）